Charlotte Brontë

# Villette

빌레뜨

---

**1**

Charlotte
Brontë

빌레뜨

1

Villette

창비 세계문학 81

샬럿 브론테

조애리 옮김

창비

# 차례

1장    브레턴                    7

2장    폴리나                   18

3장    소꿉동무                 28

4장    마치몬트 여사            53

5장    새로운 장을 넘기다       65

6장    런던                     72

7장    빌레뜨                   89

8장    베끄 부인               103

9장    이지도르                124

10장   존 선생                 141

11장   문지기의 방             152

12장   작은 상자               162

13장   때아닌 재채기   178

14장   축제   195

15장   긴 방학   240

16장   지나간 시절   258

17장   라 떼라스   280

18장   말다툼을 하다   294

19장   클레오파트라   306

20장   음악회   325

21장   반작용   355

22장   편지   381


발간사   397

일러두기

1. 이 책은 Charlotte Brontë, *Villette*(Harper & Row 1972)를 번역 저본으로 삼고, Oxford University Press(2000)판을 참조했다.
2. 본문 중의 각주는 옮긴이의 것이다.
3. 원문에 프랑스어로 표기된 부분은 각주에 '(프)'라고 표시하고 그대로 옮겼다.
4. 각주의 성경 인용은 개역개정판을 따랐다.
5. 본문 중의 고딕체는 원서에서 이탤릭체로 강조한 부분이다.
6. 외국어는 되도록 현지 발음에 가깝게 표기하되, 우리말 표기가 굳어진 것은 관용을 따랐다.

# 1장
# 브레턴

대모(代母)는 깨끗하고 오래된 도시 브레턴의 멋진 집에서 살았다. 대모의 시댁은 대대로 그 도시에 살았는데, 고향 도시와 집안의 이름이 같았다──브레턴의 브레턴가. 우연히 서로 이름이 같은 것인지, 아니면 브레턴가의 먼 조상이 아주 중요한 인물이어서 그 이름을 따 마을 이름을 붙인 것인지는 모르겠다.

소녀 시절에 나는 일년에 두번 정도 브레턴을 방문했는데, 그곳에 가는 것을 무척 좋아했다. 그 집과 식구들이 특히 내 마음에 들었다. 평화롭고 커다란 방, 잘 정돈된 가구들, 깨끗하고 시원한 창문, 멋지고 고풍스러운 거리가 내려다보이는 창밖의 발코니, 너무 고요하고 너무나 말끔해서 늘 일요일이나 공휴일 같은 거리. 이런 것들 때문에 그곳에 가면 늘 기분이 좋아졌다.

어른들만 사는 집에선 아이가 귀여움을 받게 마련이어서, 브레턴 부인은 말없이 나를 잘 보살펴주었다. 처음 보았을 때부터 부인은 이미 아들이 하나 딸린 과부였다. 남편은 의사였는데 부인이 한창 젊고 예쁠 때 세상을 떴다.

내 기억에 부인은 젊지는 않지만 여전히 아름다웠다. 키가 크고 체격이 좋았으며, 영국 여자치고는 피부색이 어두운 편이긴 했지만 갈색 뺨은 늘 투명하고 건강해 보였고, 아름답고 쾌활한 검은 두 눈에는 건강한 활력이 넘쳤다. 사람들은 아들이 부인의 안색 같았으면 훨씬 나았을 것이라고 애석해했다. 아들은 파란 눈을 하고 있었는데 소년 시절에도 아주 예리해 보였으며, 머리카락은 햇빛이 비쳐 황금빛을 띨 때를 제외하고는 무엇이라 딱 꼬집어 말할 수 없는 색깔이었다. 하지만 이목구비는 어머니 쪽을 닮은 편이었다. 그는 또한 어머니로부터 고른 이와 큰 키(아직 완전히 자란 것은 아니니까 앞으로 클 키), 그리고 금상첨화로 어떤 재산보다 더 값진 결함 없는 건강과 건전하고 차분한 정신을 물려받았다.

그해 가을 나는 브레턴에 머무르고 있었다. 당시에 내가 계속 거주하기로 되어 있던 친척집으로 대모가 몸소 나를 데리러 왔던 것이다. 그때 대모는 앞으로 무슨 일이 일어날지 분명히 알고 있었다는 생각이 든다. 나는 무슨 일이 일어날지 거의 짐작도 못했지만, 약간의 의심만으로도 불안한 슬픔은 충분히 느껴졌다. 어쨌든 나는 장소를 바꿔 다른 사람들과 살게 된 게 기뻤다.

대모 곁에서 시간은 늘 순조롭게 흘러갔다. 요란한 격류가 아니라 평야를 가로질러 유유히 미끄러져 흐르는 시냇물처럼. 대모의 집에 머무는 것은 크리스천과 호프풀[1]이 "둑 양쪽에 푸른 나무들이 무성한" 쾌적한 시내와 "일년 내내 백합이 피어 아름다운 초원" 곁에

---

1 존 버니언의 소설 『천로역정』의 두 주인공.

머물렀던 것과 비슷했다. 다양한 삶의 매력이 있는 것도, 흥분할 만한 사건이 일어나는 것도 아니었다. 그러나 나는 평화로운 걸 아주 좋아하는데다 자극을 찾는 편도 아니어서, 자극이 될 만한 사건이 일어나자 심란해졌으며 오히려 그런 일이 안 일어났더라면 좋았을 걸 하는 생각이 들었다.

어느날 편지가 오는데, 브레턴 부인은 편지를 읽더니 놀라고 걱정하는 기색이 역력했다. 처음에는 우리 집에서 온 편지라고 생각하고 무슨 불행한 소식이 쓰여 있는 것은 아닌가 불안에 떨었다. 하지만 부인은 내게 아무 말도 하지 않았으며, 먹구름은 지나간 것처럼 보였다.

그다음 날 내가 한참 산책을 하고 돌아와 침실에 들어서니, 예기치 않은 변화가 있었다. 어두운 구석의 내 프랑스식 침대 말고도 하얀 천이 둘러진 난간이 있는 유아용 침대가 들어와 있었고, 내 마호가니 장롱 말고도 작은 장미목 장롱이 보였다. 나는 우뚝 서서 바라보며 생각했다.

'이건 다 무슨 징조지?' 하는 의문이 들었다. 답은 명확했다. '손님이 한 명 더 올 예정인가보군. 브레턴 부인 댁에 방문객들이 더 올 건가봐.'

저녁식사를 하러 아래층으로 내려가자 설명을 들을 수 있었다. 곧 내가 어린 여자아이와 함께 지내게 될 거라는 것이었다. 그 아이는 고故 브레턴 박사의 먼 친척이자 친구 되는 이의 딸인데, 최근에 어머니를 여의었다는 것이다. 그러나 곧이어 브레턴 부인은 어머니를 잃은 건 생각했던 것보다 그리 큰 상처는 아닌 것 같다고 덧붙였다. 홈 부인(홈이 그 친구의 이름인 듯했다)은 아주 예쁘지만 경박하고 조신하지 못한 여자여서 아이를 제대로 돌보지 않고 남편의 마음을 상하게 하고 실의에 빠지게 했다는 것이다. 그 두 사람의 결합은 전혀 어울리지 않는 것이어서 결국 부부는 별거에 들어가게 되었다. 어떤 법적인 과정을 거친 것이 아니라 상호합의에 의한 별거였다. 그런데 별거한 지 얼마 안되어 이 부인은 무도회에서 지나치게 춤을 추다가 감기에 걸렸고, 열이 나더니 얼마 안돼 사망했다. 남편은 원래 아주 예민한 사람인데다 갑작스럽게 그 소식을 듣자 이루 말할 수 없이 큰 충격을 받아, 자기가 너무 가혹하게 대하고 인내와 관용을 보이지 못해 아내가 일찍 죽게 되었다는 생각에서 벗어나지 못하는 것 같았다. 죄책감에 사로잡혀 마음의 병이 깊어지자 의사가 치료를 위해 여행을 하는 게 좋겠다고 홈 씨에게 권했고, 그동안 브레턴 부인이 어린 딸을 맡아주겠다고 자청한 것이었다. "그리고 바라건대," 대모가 결론을 지으며 말했다. "그 아이가 제 엄마를 닮지 않았으면 좋겠구나. 지각 있는 사람이 어떻게 그런 어리석고 경박한 바람둥이한테 넘어가 결혼을 했는지." 그녀가 말했다. "홈 씨는 현실적이지는 않지만 나름대로 지각 있는 사람이거든. 그는 과학을 좋아해서 인생의 반은 실험실에서 보냈어. 그 바람둥이 아내는 그 실험이란 걸 이해하지도, 참아주지도 않았지. 그리고 정말이지," 대모가 고백했다. "나라도 그런 건 좋아하지 못했을 거야."

내가 묻자 대모는 더 자세하게 얘기해주었는데, 과학에 대한 홈 씨의 재능은 외가의 아저씨뻘 되는 프랑스 학자에게서 물려받은 것이란 말을 남편에게 들었다고 했다. 홈 씨는 프랑스인과 스코틀랜드인의 혼혈이고, 지금도 프랑스에 친척들이 살고 있으며 그중 이름에 '드de'가 붙는 귀족도 두어 사람 된다고 했다.

그날 저녁 아홉시에 하인 하나가 우리의 어린 방문객을 태우고 올 마차를 마중하러 나갔다. 브레턴 부인과 나는 단둘이서 거실에서 그 아이를 기다렸다. 존 그레이엄 브레턴은 시골에 사는 학교 친구 집에 가고 없었다. 대모는 석간신문을 읽었고 나는 바느질을 했다. 비가 내리는 밤이었다. 비가 창틀을 세차게 때리고 바람은 분노에 찬 불안한 소리를 냈다.

"불쌍한 것 같으니!" 가끔씩 브레턴 부인이 말했다. "여행하기에 너무 험한 날씨야! 무사히 도착해야 할 텐데."

열시가 조금 안되어 워런의 도착을 알리는 초인종 소리가 울렸다. 문이 열리자마자 나는 현관으로 뛰어내려갔다. 현관에는 트렁크와 판지 상자들이 있고 그 옆에 유모처럼 보이는 사람이 서 있었다. 층계 아래에 워런이 숄로 싼 무언가를 안고 있었다.

"그게 그 아이인가요?" 내가 물었다.

"네, 아가씨."

내가 숄을 젖히고 얼굴을 살펴보려고 하자, 아이는 워런의 어깨 쪽으로 얼굴을 홱 돌렸다.

"절 좀 내려주세요." 워런이 거실 문을 열자, 가느다란 목소리가 들렸다. "그리고 이 숄도 벗겨주세요." 목소리의 주인공이 작은 손으로 핀을 뽑아내고 엉성하게 몸을 감쌌던 숄을 약간 까탈스레 급히 치우면서 말했다. 이제 모습을 드러낸 아이는 솜씨 좋게 그 숄을 개려고 했지만, 숄이 너무 크고 무거워 그 아이의 손이나 팔로는 들 수도 휘두를 수도 없었다. "이걸 해리엇에게 주세요." 아이가 지시했다. "그러면 알아서 치울 거예요." 그러고는 몸을 돌려 브레턴 부인을 가만히 바라보았다.

"이리 오렴, 아가야." 부인이 말했다. "비에 젖지나 않았는지 몸이 차지나 않은지 보자. 난로 앞으로 가 몸을 좀 덥히자꾸나."

아이는 재빨리 앞으로 걸어나왔다. 숄을 걷어내자 몹시 작지만 깔끔하고 완벽하게 차려입은 꼬마가 나타났다. 작은 몸은 가볍고 가냘팠으며 자세는 꼿꼿했다. 대모의 넉넉한 무릎에 폭 파묻혀 앉자 아이는 인형처럼 보였다. 목은 밀랍으로 만든 듯 연약해 보이고 머리카락은 비단결 같은 곱슬머리여서 더욱더 인형 같았다.

브레턴 부인은 아이의 손과 팔과 발을 어루만져 녹여주면서 나지막이 상냥하게 말했다. 처음에는 경계하던 꼬마도 곧 미소를 띠었다. 브레턴 부인은 누군가를 귀여워하는 사람은 아니었다. 그렇게 사랑하는 아들에 대해서도 다정다감한 태도를 취하는 일이 드물었고 종종 그 반대였다. 그러나 그 낯선 꼬마가 미소를 짓자 부인은 아이에게 입을 맞추며 물었다.

"꼬마 이름이 뭐지?"

"아가씨예요."

"그럼 무슨 아가씨지?"

"아빠는 폴리라고 불러요."

"폴리는 나랑 살아도 되겠니?"

"아주 사는 건 싫고 아빠가 돌아오실 때까지만 여기 있을 거예요. 아빠는 멀리 떠나셨거든요." 그녀는 의미심장하게 고개를 저었다.

"아버지께선 곧 돌아오시거나 폴리를 데려오라고 사람을 보내실 거야."

"그러실까요, 부인? 그러실 거라는 걸 아세요?"

"그렇단다."

"그런데 해리엇은 아빠가 오시지 않을 거래요. 적어도 한동안은요. 아빠는 아프시대요."

아이는 눈물이 차오르더니, 브레턴 부인의 손에서 자기 손을 빼내고 부인의 무릎에서 내려오려고 했다. 처음엔 부인이 말렸지만, 아이는 말했다.

"제발, 내려가고 싶어요. 낮은 의자에 앉을 수 있어요."

무릎에서 내려주자 그 아이는 발을 얹어놓는 등받이 없는 의자를 들고 어두운 한쪽 구석으로 가 앉았다. 브레턴 부인은 권위적이고 중대한 문제에 대해서는 단호하기까지 했지만 사소한 문제에 대해서는 너그러운 편이었다. 부인은 아이가 마음대로 하도록 내버려두었다. 부인이 내게 말했다. "못 본 척하고 가만히 내버려둬라." 그러나 나는 그 아이를 주시했다. 작은 팔꿈치를 작은 무릎에 대고 턱을 괴고 있는 모습과, 인형옷 같은 치마의 주머니에서 평방 1, 2인치밖에 안되는 손수건을 꺼내는 모습을 지켜보았다. 곧이어 흐느끼는 소리가 들렸다. 다른 아이들은 슬프거나 아프면 참지 않고 엉엉 울면서도 창피한 줄 모르는데, 그 꼬마는 흐느끼고 있었다. 가끔 아주 조그맣게 흑흑거리는 소리만이 그 아이가 눈물을 흘리고 있다는 것을 알렸다. 브레턴 부인은 흐느끼는 소리를 듣지 못했다. 그 편이 나았다. 곧 구석에서 아이의 목소리가 들렸다.

"종을 쳐서 해리엇을 불러주시겠어요?"

내가 종을 쳐 유모를 부르자 그녀가 왔다.

"해리엇, 자러 가야겠어." 작은 주인아씨가 말했다. "내 침대가 어디 있는지 알아봐줘."

해리엇은 이미 알아보았다고 했다.

"너하고 내가 함께 잘 수 있는지도 물어봐줘."

"아니에요, 아가씨." 유모는 나를 가리키며 말했다. "이분과 방을 함께 쓰셔야 해요."

아가씨는 자리에서 일어나지는 않았지만 눈으로 나를 찾는 게 보였다. 아이는 잠시 나를 찬찬히 뜯어보더니 구석에서 나왔다.

"안녕히 주무세요." 그녀가 브레턴 부인에게 말했다. 그러나 내게는 아무 말도 걸지 않고 지나쳤다.

"폴리, 잘 자요." 내가 말했다.

"우리는 같은 방에서 잘 테니까 잘 자라고 할 필요가 없잖아요." 아이가 대답하면서 거실에서 사라졌다. 해리엇이 안아서 2층으로 데려가겠다고 하는 소리가 들렸다. "그럴 필요 없어." 다시 아이의 대답이 들렸다. "그럴 필요 없어. 그럴 필요 없어." 거듭 말하고는 아이가 아장아장 힘겹게 층계를 올라가는 소리가 들렸다.

한시간 후에 잠을 자러 가보니 아이는 여전히 깨어 있었다. 베개를 등에 받친 채 구식 숙녀같이 차분하게 양손을 모아 얌전히 이불 위에 둔 자세로 앉아 있는 모습이 전혀 어린아이답지 않았다. 나는 얼마 동안 말을 걸지 않고 있다가 불을 끄기 직전에 누우라고 말했다.

"조금 있다가." 아이가 대답했다.

"그렇게 자면 감기 걸리실 거예요, 아가씨."

아이는 침대 곁의 의자에서 작은 옷을 가져와 어깨에 걸쳤다. 나는 아이가 하는 대로 내버려두었다. 어둠속에서 잠시 귀를 기울여보니 아이는 아직도 울고 있었다. 가만히 조심스럽게, 소리를 죽이고.

햇빛이 들어 깨니 물방울 떨어지는 소리가 들렸다. 이런! 아이가 세면대 옆 의자 위에 기어올라가 끙끙대며 주전자를 기울여 대야에 물을 부으려 애쓰고 있었다(아이는 주전자를 들 힘이 없었다). 나는 그렇게 조그만 아이가 소리도 없이 바쁘게 세수하고 옷 입는 모습을 호기심 가득한 눈길로 지켜보았다. 아이는 혼자서 몸단장하는 데 서툴렀다. 낑낑대면서도 참을성 있게 단추를 채우고 끈을 매고 호크를 끼우는 일을 해내는 모습은 볼만했다. 아이는 잠옷을 개켜놓고 구겨진 침대보를 제법 말끔히 정돈한 뒤 한쪽 구석으로 가 흰 커튼 뒤에 몸을 감추곤 가만히 있었다. 나는 반쯤 몸을 일으키고 아이가 어떻게 하고 있나 보려고 고개를 내밀었다. 무릎을 꿇고 양손을 모아 이마에 갖다대고 기도하는 모습이 보였다.

유모가 문을 두드렸다. 아이가 벌떡 일어났다.

"옷은 갈아입었어, 해리엇." 아이가 말했다. "내가 혼자서 입었더니 엉망이야. 손 좀 봐줘!"

"왜 혼자서 갈아입으셨어요, 아가씨?"

"쉿, 저 여자애가 깨지 않도록 조용히 말해." (나는 그때 눈을 감고 누워 있었는데 '저 여자애'란 나를 가리키는 말이었다.) "네가 떠날 때를 대비해서 혼자 옷 갈아입는 법을 배우려고 그랬어."

"제가 떠났으면 좋겠어요?"

"네가 화를 낼 때는 떠났으면 한 때가 여러번 있었지만 지금은 아니야. 허리띠를 제대로 매주고 머리도 좀 만져줘."

"허리띠는 똑바로 잘 매셨어요. 정말 까다로운 꼬마 아가씨네요!"

"다시 매야 돼. 제발 다시 매줘."

"자, 됐어요. 제가 떠난 뒤에는 저 아가씨더러 옷을 입혀달라고 하세요."

"절대로 안돼."

"왜요? 아주 좋은 아가씨예요. 저 아가씨께 거만하게 구시는 게 아니라 상냥하게 대하느라 그러시는 거면서."

"저 애가 옷 입혀주는 건 절대 안돼."

"꼬마 아가씨께서 정말 우습게 구시네요!"

"해리엇, 머리 똑바로 빗겨줘. 가르마가 비뚤어지잖아."

"정말 까다로우시네요. 이제 됐어요?"

"아주 잘됐어. 이제 옷을 다 입었으니 어디로 가지?"

"식당으로 모시고 갈게요."

"그러면 가자."

그들은 문 쪽으로 갔다. 아이가 걸음을 멈추었다.

"오 해리엇, 여기가 아빠 집이면 얼마나 좋을까! 온통 모르는 사람들뿐이잖아."

"아가씨, 착하게 구셔야 해요."

"난 착한 아이야. 하지만 여기가 아픈걸." 아이는 손으로 가슴을 가리키며 "아빠! 아빠!" 반복하면서 신음소리를 냈다.

나는 이 소동을 진정시킬 수 있을 때 그렇게 하려고 벌떡 일어났다.

"저 아가씨께 아침인사를 하셔야지요." 해리엇이 말했다.

아이는 "잘 잤어?"라고 하더니 유모를 따라 방에서 나갔다. 그날 해리엇은 근처에 사는 친구들을 보러 잠깐 외출했다.

아래층으로 내려와보니 폴리나(그 아이는 자기가 폴리라고 했지만 정식 이름은 폴리나 메리였다)가 식탁에서 브레턴 부인 옆자리에 앉아 있었다. 우유 한잔을 앞에 놓고 빵도 한조각 들고 있었지만, 먹지는 않고 맥없이 식탁 위에 손을 떨구고 있었다.

"이 꼬마를 어떻게 달래지?" 브레턴 부인이 나에게 말했다. "어째야 할지 모르겠구나. 아무것도 먹지 않고, 얼굴을 보니 잠도 못 잔 것 같은데."

나는 시간이 지나고 우리가 상냥하게 대해주면 틀림없이 괜찮아질 거라고 대답했다.

"이 집안에 좋아하는 사람이 생기면 곧 안정을 찾을 텐데. 그러나 그 전까지는 힘들 거야." 브레턴 부인이 말했다.

# 2장
# 폴리나

　며칠이 지났으나 아이는 집안의 누구도 좋아하지 않는 것 같았다. 딱히 말썽을 피우거나 고집을 부리는 건 아니었다. 말을 안 듣는 건 아니었지만 그렇게 위로하기 힘든, 아니 진정시키기조차 힘든 아이는 처음이었다. 모습을 거의 볼 수가 없었다. 그녀는 마냥 침울해했다. 어른조차 그렇게 침울해하지는 못했을 것이다. 그녀의 어린 얼굴에는 유럽의 반대편에서 유럽을 그리워하는 망명객의 주름진 얼굴을 능가하는 향수가 짙게 배어 있었다. 점점 더 나이가 들어 보였고, 이 세상 사람이 아닌 것처럼 보였다. 나 루시 스노우는 열에 들뜬, 종잡을 수 없는 상상력이라는 서주를 빈은 사람은 아니라는 것을 확실히 말해두고 싶다. 하지만 방문을 열고 그 아이가 작은 손에 턱을 괴고 구석에 혼자 앉아 있는 모습을 볼 때마다, 그 방에 사람이 아니라 유령이 있는 것 같다는 생각이 들었다.

　그리고 달 밝은 밤에 잠에서 깨어나면 그애가 눈에 잘 띄는 하얀 잠옷을 입고 침대 위에서 무릎을 꿇고 앉아 있는 모습이 보였다. 그녀가 꼿꼿한 자세로 가톨릭 신자나 열성적인 감리교 신자—조숙한 광신자 같기도 하고 어울리지 않게 성녀 같기도 한—처럼 기도하는 모습을 보고 내가 무슨 생각을 했는지는 기억이 잘 나지 않는다. 하지만 내 생각이 그 아이의 마음속에 떠올랐을 생각만큼이나 비이성적이고 병적이었을 위험도 있다.

그녀의 기도 소리는 거의 들리지 않았다. 조용히 속삭이며 기도를 해서였다. 게다가 때로는 전혀 중얼거리지도 않고 묵도를 하기도 했다. 그러나 어쩌다 내 귀에 들리는 구절은 항상 "아빠! 사랑하는 아빠!"였다. 이 아이가 강박적인 성격, 즉 편집광적 성향을 지녔음을 알 수 있었다. 그런 성향은 남자건 여자건 인간이 받는 저주 중 가장 불행한 저주일 것이다.

아이가 이렇게 계속 속수무책으로 괴로워했다면 어떤 사태가 벌어졌을지는 짐작에 그쳤다. 갑작스러운 변화가 생긴 것이다.

어느날 오후 브레턴 부인은 그 아이를 달래어, 늘 앉아 있는 구석자리에서 들어올려 창가에 앉힌 후 아이의 주의를 끌어볼 셈으로 주어진 시간 내에 지나가는 사람 중 숙녀가 몇명이나 되는지 세어보라고 했다. 아이는 창밖을 거의 보지도 세지도 않으면서 무관심하게 앉아 있었다. 나는 쭉 그 아이를 지켜보고 있었는데, 그때 갑자기 아이의 눈빛이 변했다. 이런 돌발적이고 위험한 성격, 소위 예민한 성격은 갑작스러운 변덕을 부리지 않는 침착한 사람들이 보기에 여러가지 신기한 장면들을 연출해낸다. 한군데에만 고정되어 있던 그 침울한 눈길이 부유하며 떨더니 다음 순간 불꽃처럼 빛났다. 흐렸던 작은 이마의 구름이 사라지고 낙담해 있던 작은 이목구비가 환해졌다. 슬픈 표정이 사라지고 갑작스러운 열광과 강렬한 기대가 만면에 퍼졌다.

"그래!" 그녀가 내뱉은 말이었다.

새나 화살이나 다른 빠른 물체처럼 폴리가 방에서 사라졌다. 어떻게 문을 열었는지는 모르겠다. 어쩌면 문이 원래 조금 열려 있었는지도 모르고, 도중에 있던 워런이 대단히 극성스러웠을 그녀의 명령을 따랐을 수도 있다. 나는 창가에서 차분히 지켜보고 있었다. 검은 드레스와 끈으로 매는 손바닥만 한 앞치마(그녀는 가슴받이가 있는 어린이용 앞치마를 싫어했다)를 입은 아이가 쏜살같이 달려나가 반쯤 길에 들어선 것이 보였다. 그리고 내가 돌아서서 브레턴 부인에게 아이가 미친 듯이 달려나갔으니 곧 뒤쫓아가야겠다고 조용히 말하려는 순간, 누군가가 그녀를 붙잡았다. 그 사람은 나의 냉정한 관찰과 지나가는 사람들의 의아해하는 눈길로부터 그녀를 보호해주었다. 이런 친절을 베푼 사람은 한 신사였는데, 그는 그 아이를 외투로 감싸고 뛰쳐나왔던 집으로 되돌려보내러 이쪽으로 왔다.

나는 그가 하인에게 아이를 맡기고 가버릴 것이라고 단정했다. 그러나 그는 집 안으로 들어와 아래층에서 잠시 지체하더니 2층으로 올라왔다.

그를 맞이하는 브레턴 부인의 태도로 미루어 아는 사람인 것을 금방 알 수 있었다. 그녀는 그를 알아보고 인사를 했으나 불시의 방문에 놀라고 당황해했다. 그녀의 표정과 태도에는 꾸짖는 빛까지 어려 있었다. 그는 인사말이라기보다 이런 표정에 대한 대답으로 말했다.

"부인, 어쩔 수가 없었어요. 내 눈으로 이 애가 어떻게 자리를 잡았는지 보지 않곤 그냥 출국할 수가 없었습니다."

"하지만 당신이 오시는 바람에 얘가 다시 들뜰 거예요."

"그러면 안되는데. 아빠의 귀여운 폴리, 잘 있었니?"

그는 폴리를 자기 앞에 가만히 내려놓고 앉으면서 물었다.

그의 무릎에 기대고 얼굴을 올려다보며 그녀가 대답했다. "폴리의 아빠는 잘 지내셨어요?"

그것은 시끄럽고 수다스러운 재회가 아니었다. 그 점에 대해선 고마웠다. 그러나 감정이 너무 가득 채워진 광경, 넘칠 듯하면서도 컵 위로 거품이 일거나 광폭하게 넘쳐흐르지 않아서 더욱 답답하게 느껴지는 광경이었다. 격렬하게 무한정 감정을 표현하는 경우라면 피곤한 구경꾼은 경멸이나 조롱을 보냄으로써 부담을 덜 수 있다. 그러나 의지로 제어되는 그런 종류의 감성은 아주 부담스러웠다. 거인 노예가 훌륭한 양식을 지닌 주인의 지배를 받는 모양새였다.

흄 씨는 엄격한, 아니 오히려 거칠어 보이는 인상이었다. 광대뼈가 불쑥 튀어나온데다 이마는 울퉁불퉁했다. 스코틀랜드인 특유의 얼굴이었다. 그러나 눈에는 정감이 어려 있고 당시의 상기된 얼굴에는 감정이 풍부하게 배어나 있었다. 그의 북부 사투리는 얼굴과 잘 어울렸다. 그는 자부심이 강하고 동시에 따뜻해 보였다.

그가 높이 쳐든 아이의 머리에 손을 얹자 아이가 말했다.

"폴리에게 키스해주세요."

그가 아이에게 키스했다. 나로서는 폴리가 신경질적인 소리라도 질러서 긴장을 좀 풀고 편안해질 수 있으면 좋겠다는 생각이 들었다. 그러나 그녀는 놀라울 정도로 거의 아무 소리도 안 냈다. 그녀는 원하는 것, 원하는 모든 것을 가져 황홀경에 빠진 듯했다. 태도나 얼굴은 전혀 아버지를 닮지 않았지만, 그래도 역시 핏줄은 핏줄이었다. 병 속의 포도주로 포도주 잔을 채우듯이 그녀의 정신은 아버지의 정신으로 채워져 있었다.

홈 씨는, 물론 어떤 점에선 내밀하게 감정적이겠지만, 남자다운 자제력을 지니고 있었다. "폴리," 그가 딸을 내려다보며 말했다. "현관에 가면 의자 위에 아빠 외투가 있을 거야. 주머니에 손을 넣어보면 손수건이 있을 거다. 손수건 좀 가져다주렴."

아이는 아버지의 말대로 재빨리 가서 정확하게 시킨 대로 했다. 그녀가 돌아왔을 때 홈 씨는 브레턴 부인과 이야기를 나누고 있었다. 아이는 손에 손수건을 들고 기다렸다. 조그만 아이가 깔끔한 차림으로 그의 무릎 옆에 가만히 서 있는 모습은 그대로 한폭의 그림이었다. 딸이 돌아온 것도 모르고 아버지가 계속 얘기를 하자, 아이는 그의 손을 잡고 가만히 있는 손가락을 하나씩 펴더니 손수건을 살짝 올려놓고 다시 손가락을 하나씩 접었다. 그는 아직도 아이를 보지도 느끼지도 못한 듯했다. 그러나 이윽고 아이를 들어 무릎에 앉혔고, 아이도 그에게 바싹 기댔다. 그후 한시간 동안이나 두 사람은 서로 쳐다보지도 말하지도 않았지만 둘 다 흡족한 것처럼 보였다.

차를 마시는 동안 꼬마의 행동이나 움직임은 평상시처럼 눈길을 사로잡았다. 우선 폴리는 의자를 정돈하고 있는 워런에게 지시했다.

"아빠 의자를 여기에 놓고, 내 의자는 바로 그 옆, 브레턴 부인과 아빠 사이에 놓아줘. 아빠께 내가 차를 따라드려야 하니까."

그러고는 앉더니 아빠에게 손짓했다.

"집에서처럼 제 옆에 앉으세요, 아빠."

그러고는 다시 그의 찻잔을 가로채서 설탕을 넣고 저은 뒤 직접 크림을 넣었다. "집에서 늘 하던 대로예요, 아빠. 누구보다도, 아빠보다도 제가 더 잘할 수 있어요."

차를 마시는 동안 그녀는 내내 시중을 들었다. 약간은 우스꽝스러웠다. 설탕 집게는 한손으로 들기에 너무 크게 벌어져서 양손을 써야 했다. 은으로 된 크림 단지와 빵과 버터를 담은 접시와 찻잔과 받침 등 모두가 너무 무거워서 아이의 힘이나 솜씨로는 다루기 힘들었다. 그러나 아이는 이것을 들었다 저것을 건넸다 하면서 운 좋게 아무것도 깨지 않고 모든 일을 해냈다. 솔직히 말해서 꼬마 참견꾼이란 생각이 들었다. 그러나 아이의 아버지는 다른 부모나 마찬가지로 맹목적인 사랑에 빠져 딸의 시중에 더할 나위 없이 만족했고 거기서 큰 위안을 얻는 것처럼 보였다.

"이 아이는 정말 제게 큰 위안이 된답니다!" 그는 참을 수 없다는 듯 브레턴 부인에게 말했다. 부인 또한 자신의 "위안", 즉 훨씬 더 큰 아이이기는 하지만 세상 무엇에도 비길 수 없는 사랑하는 아들을 가졌기 때문에 홈 씨의 이런 약점에 공감했다. 아들은 지금 잠시 집을 비운 상태였다.

브레턴 부인의 "위안"은 그날 저녁에 등장했다. 나는 그날이 그가 돌아오기로 되어 있는 날인 줄 알았고, 브레턴 부인이 그날 내내 그를 기다리고 있다는 것도 의식하고 있었다. 차를 마신 후 난롯가에 모여 있을 때 그레이엄이 돌아와 우리 사이에 끼었다. 아니 오히려 우리를 흩어지게 했다는 편이 맞겠다. 물론 그가 도착해서 어수선해진 탓도 있었지만, 배가 고픈 그에게 음식을 주느라 모두 동분서주했기 때문이다. 그는 홈 씨와는 이미 잘 아는 사이였다. 한동안 그는 그 꼬마에게는 주의를 기울이지 않았다.

그레이엄은 식사를 마치고, 어머니의 질문공세에 다 대답한 후에야 식탁에서 물러나 난롯가로 왔다. 그의 맞은편에는 홈 씨가 앉고 바로 곁에는 아이가 앉아 있었다. 내가 아이라고 했지만 그것은 적절한 말도 그녀를 제대로 묘사해주는 말도 아니다. 커다란 인형에게도 꼭 맞을 흰 레이스 속옷과 상복 드레스를 입은 얌전한 꼬마의 모습을 떠올리는 데 아이라는 단어는 전혀 어울리지 않는다. 폴리는 이제 작은 탁자 옆에 있는 높은 의자에 앉아서, 희게 칠한 목제 장난감 반짇고리를 그 탁자 위에 올려놓고 감침질을 한답시고 손수건을 한장 들고 있었다. 그녀는 참을성 있게 계속 바느질을 했는데, 그녀가 들고 있으니 꼭 꼬챙이 같은 바늘에 가끔 찔려서 흰 케임브릭 천 손수건에 작고 빨간 피가 점점이 찍혔다. 그 심술궂은 무기가 말을 듣지 않고 평소보다 더 깊이 찌를 때면 그녀는 움찔하면서도 여전히 조용하고 부지런히 바느질을 했고, 그 모습은 열성적이고 여자다웠다.

당시에 그레이엄은 열여섯살 난, 왠지 신뢰할 수 없어 보이는 미남이었다. 내가 신뢰할 수 없어 보인다고 한 것은 그가 정말로 신의를 저버릴 것 같은 기질이 있어서라기보다는, 옅은 적갈색 곱슬머리와 균형 잡힌 유연한 몸매와 종종 매력적이면서도 미묘한(결코 나쁜 의미가 아니다) 미소를 짓는 그의 준수한 용모가 풍기는 켈트적인(쌕슨적이 아니고) 특징을 묘사하는 데 이 말이 아주 적절하다는 생각이 들어서다. 당시 그는 정말 변덕스러운 응석받이였다!

"어머니," 얼마 동안 말없이 자기 앞에 앉아 있는 작은 아가씨를 바라보다가, 홈 씨가 잠시 방에서 나가자 그레이엄은 수줍어서 어색하게 웃던 표정을 거두고 말했다. "어머니, 지금 함께 있는 꼬마 숙녀하고는 인사를 못했는데요."

"홈 씨의 딸 말이냐." 그의 어머니가 말했다.

"어머니도 참." 아들이 대답했다. "무례한 말씀 마세요. 제가 말한 숙녀를 그렇게 부르시다니요. 저라면 틀림없이 '홈 양'이라고 했을 거예요."

"그레이엄, 저 아이를 놀리면 가만두지 않을 거다. 저 아이를 갖고 놀아도 된다고 생각하면 착각이야."

"홈 양," 어머니가 말려도 그는 계속했다. "아무도 우리를 인사시켜주지 않으니 저 스스로 소개하는 영광을 가져도 되겠습니까? 당신의 종, 존 그레이엄 브레턴입니다."

그녀가 눈길을 주자 그는 일어나서 아주 정중하게 인사를 했다. 그녀는 조심스럽게 골무와 가위와 바느질감을 내려놓고 얌전하게 의자에서 내려와 무릎을 굽혀 이루 말할 수 없이 정중하게 절을 하면서 "처음 뵙겠어요"라고 했다.

"황송하옵게도 소인은 아주 건강하고, 서둘러 여행을 마치고 오느라 약간 피곤할 따름입니다. 아가씨께서도 물론 건강하시리라 믿습니다."

"그-런-대-로 괜찮은 편이에요." 작은 여인의 당찬 대답이었다. 그녀는 아까 앉았던 높은 의자로 되돌아가려고 했으나 온몸을 버둥거리며 기어오르지 않고는 올라갈 수 없다는 것을 깨달았다. 생각지 않게 예법을 지킬 수 없게 된 것이었다. 그렇다고 해서 낯선 젊은 신사 앞에서 도움을 받는다는 것도 도저히 용납이 되지 않았으므로, 그녀는 높은 의자를 포기하고 등받이가 없는 낮은 의자에 앉았다. 그레이엄은 그 낮은 의자 쪽으로 자신의 의자를 끌어당겼다.

"현재 머무시는 제 어머니 집이 지내기에 불편하지 않으셨으면

합니다만?"

"그-다-지 편하지는 않군요. 집으로 돌아가고 싶어요."

"지당하고 갸륵한 바람이십니다, 아가씨. 그럼에도 불구하고 저는 최선을 다해 말리겠습니다. 어머니나 스노우 양이 제게 제공하지 못하는, 재미라는 고귀한 선물을 아가씨로부터 얻어낼 수 있으리라고 사료되니까요."

"저는 곧 아빠랑 떠나야 해요. 당신 어머니 댁에 오랫동안 머물지는 않을 거예요."

"아니요, 아니지요. 당신은 저와 함께 지내실 거라 확신합니다. 제가 아가씨께 조랑말도 태워드리고 그림책도 무진장 보여드리겠습니다."

"이제 당신은 여기서 사실 건가요?"

"네, 여기서 살 겁니다. 제가 여기 사는 게 마음에 드십니까? 제가 좋으십니까?"

"아니요."

"왜죠?"

"당신은 이상해요."

"제 얼굴 말입니까, 아가씨?"

"얼굴도 그렇고 모두 이상해요. 머리도 빨간 장발이잖아요."

"죄송하지만 적갈색입니다. 어머니께선 적갈색이나 황금색이라고 하고 어머니의 친구분들도 모두 그렇게 말씀하시죠. 하지만 제 머리가 아무리 '빨간 장발'이라 해도," (그리고 그는 일종의 승리감에 차 갈기 같은 머리채를 흔들었다. 그 자신도 자기 머리카락이 황갈색이라는 것을 잘 알았고, 그는 이 사잣빛 머리칼을 자랑스럽게 생각하고 있었다.) "아가씨보다는 덜 이상할 겁니다."

"제가 이상하다고요?"

"그래요."

(잠시 후) "저는 자러 가겠어요."

"아가씨처럼 어린 꼬마는 이미 오래전에 잠자리에 들었어야 합니다. 하지만 소인을 보려고 자지 않고 기다리신 거죠?"

"아니에요. 절대 그런 건 아니에요."

"분명히 저와 함께 있고 싶었던 겁니다. 제가 오는 걸 알고 저를 보려고 기다리신 거지요."

"저는 아빠를 기다린 거지 당신을 기다린 게 아니에요."

"좋습니다. 아가씨는 절 좋아할 거고, 감히 말하건대 머지않아 아버지보다 절 더 좋아하게 될 겁니다."

그녀는 브레턴 부인과 나에게 잘 자라고 인사를 했으나 과연 그레이엄도 같은 인사를 받을 자격이 있는지 망설이는 듯했다. 그 순간 그가 그녀를 한손으로 안고 머리 위로 번쩍 들었다. 난로 위의 거울에서 번쩍 들린 자신의 모습을 보자, 그녀는 갑작스럽고 제멋대로고 무례한 그의 행동에 견딜 수 없이 화가 났다.

"무슨 짓이에요, 그레이엄 씨!" 그녀가 화를 내며 소리를 질렀다. "내려주세요!" 그리고 다시 바닥으로 내려오자 말했다. "내가 당신을 그런 식으로 손으로 들어올렸다면," (그 거창한 손을 올리면서) "날 어떻게 생각했겠어요? 워런이 작은 고양이를 드는 것처럼 하셨잖아요."

그렇게 말하고 그녀는 떠났다.

# 3장
# 소꿉동무

홈 씨는 이틀 동안 머물렀다. 이곳에 있는 동안 그는 좀체 외출을 하려 들지 않았다. 때로는 말없이, 때로는 브레턴 부인의 이야기에 대답을 하면서 하루 종일 난롯가에 앉아 있기만 했다. 부인의 이야기는 그처럼 우울한 분위기에 싸여 있는 사람에게 적절한 것이었다. 너무 동정적이지도 그렇다고 불친절하지도 않은 지각 있는 대화였으며, 약간은 모성애를 풍기기도 했다. 그녀가 홈 씨보다 나이가 많았으니 그럴 만도 했다.

폴리나에 대해 말하자면, 그녀는 행복해하면서도 조용한 편이었고, 바삐 움직이면서도 늘 아버지에게 주의를 기울였다. 아버지는 종종 그녀를 무릎 위에 앉혀놓았지만 그녀는 거기 있다가도 아버지가 불편해한다는 생각이나 느낌이 들면 항상 이렇게 말했다.

"아빠, 내려주세요. 제가 무거워서 피곤하실 거예요."

그리고 그 무거운 짐은 양탄자 위로 미끄러져내려와 바로 "아빠의" 발밑에 있는 낮은 의자나 카펫 위에 앉아 하얀 반짇고리에서 붉은 점이 찍힌 손수건을 꺼내 감췄다. 이 손수건은 "아빠"에게 줄 이별의 선물인 것 같았으며, 따라서 그가 떠나기 전에 완성되어야 했다. 그러므로 그 재봉사의 일(그녀의 바느질 속도는 반시간에 스무땀쯤 되었다)은 다급한 것이었다.

그레이엄이 집으로 돌아오는 저녁이 되자(그는 낮에는 학교에 다녔다) 우리 모두 활기를 띠었고, 그와 폴리나 사이에 일어날 것이 분명한 소란 때문에 그 활기는 사그라지지 않았다.

도착한 첫날 약 올린 일 때문에 그녀는 그에게 거리를 두고 도도하게 굴었다. 그가 말을 걸면 그녀의 대답은 항상 이랬다.

"당신 이야기에 신경쓸 틈이 없어요. 생각해야 할 일이 있어요." 무슨 일이냐고 자꾸 물으면 그녀는 그냥 "일"이라고만 대답했다.

그레이엄은 책상을 열고 틈틈이 수집해 쌓아놓은 여러가지 물건들, 예컨대 우표, 밝은색의 양초, 펜나이프, 잡다한 판화—그중에는 색이 화려한 것들도 있었다—등을 보여주면서 그녀의 주의를 끌려고 애썼다. 이 강력한 유혹이 전혀 효과가 없는 것은 아니었다. 그녀는 바느질을 하다 말고 몰래 고개를 들어 그림들이 여러 장 흩어져 있는 책상을 몇번이고 흘끗흘끗 보았다. 한 아이가 블레넘 스패니얼종 개와 놀고 있는 그림이 새겨진 판화가 마룻바닥으로 날아 떨어졌다.

"정말 귀여운 강아지네!" 그녀가 기뻐하며 말했다.

그레이엄은 신중하게 못 본 척했다. 그녀는 그 보물을 자세히 살펴보기 위해 곧 구석자리에서 살며시 나와 다가섰다. 개의 큰 눈과 긴 귀, 그리고 아이가 쓰고 있는 깃털 달린 모자가 매혹적이었다.

"참 멋진 그림인데요!" 그녀의 호의적인 평이었다.

"좋아, 그렇다면 가져도 돼." 그레이엄이 말했다.

그녀는 망설이는 듯했다. 갖고 싶은 마음은 간절했으나 받아들이면 품위가 깎이는 타협이 될 것 같았다. 안돼. 그녀는 그림을 내려놓고 돌아섰다.

"그러면 안 가질 거니, 폴리?"

"고맙지만 사양하겠어요."

"네가 갖지 않겠다면 이 그림을 어떻게 할지 말해줄까?"

그녀는 무슨 말인지 들으려고 몸을 반쯤 돌렸다.

"가늘게 잘라서 양초 불쏘시개로 쓸 거야."

"안돼요!"

"그럴 거야."

"제발, 그러지 마세요."

애원하는 목소리를 듣자 그레이엄은 더욱 가혹해졌다. 그는 자기 어머니의 반짇고리에서 가위를 꺼냈다.

"자, 시작한다!" 그는 위협적으로 가위를 휘두르면서 말했다. "피도의 머리를 자르고 작은 해리의 코를 반으로 잘라야지."

"안돼요! 안돼! 안돼요!"

"그러면 이리 와. 빨리 안 오면 잘라버릴 거야."

그녀는 망설이며 머뭇거렸으나 결국 그에게로 다가갔다.

"이제 가질 거지?" 그녀가 앞에 와 섰을 때 그가 물었다.

"주세요."

"그러면 값을 치러야지."

"얼마예요?"

"키스 한번."

"그림부터 손에 쥐여줘요."

이렇게 말한 때는 폴리 쪽이 신뢰할 수 없는 사람처럼 보였다. 그레이엄이 그림을 줬다. 그녀는 빚쟁이에게서 도망쳐 쏜살같이 아버지에게로 달려가 그의 무릎 위로 몸을 피했다. 그레이엄이 화를 내는 척하며 뒤쫓아갔다. 그녀는 홈 씨의 조끼에 얼굴을 파묻었다.

"아빠, 아빠, 쫓아 보내세요!"

"물러설 수야 없지." 그레이엄이 말했다.

여전히 얼굴을 묻은 채 그녀가 손으로 그를 물리쳤다.

"그러면 내가 손에 키스를 할게." 그가 말했다. 그러나 그 순간 그녀는 앙증맞게 주먹을 쥐더니 키스 대신 주먹으로 그를 쳤다.

그레이엄은 나름대로 어린 소꿉동무 못지않게 교활해서 겉으로 쩔쩔매는 척하면서 물러났다. 그는 소파에 쓰러져 쿠션에 머리를 기대고 아픈 척하며 누워 있었다. 그가 조용해지자 폴리는 곧 그를 바라보았다. 그는 손으로 눈과 얼굴을 가리고 있었다. 아버지의 무릎 위에 앉아 있던 그녀가 몸을 돌려 한참 동안이나 걱정스럽게 적을 바라보았다. 그레이엄이 신음을 했다.

"아빠, 왜 저래요?" 그녀가 속삭였다.

"폴리야, 네가 직접 물어보려무나."

"다쳤어요?" (그레이엄이 두번째로 신음소리를 냈다.)

"신음소리로는 다친 것 같은데." 홈 씨가 말했다.

"어머니," 그레이엄이 작은 소리로 말했다. "의사를 불러오시는 게 낫겠어요. 아, 눈이!" (다시 침묵이 이어졌고 가끔 그레이엄의 한숨소리만 들렸다.)

"만일 눈이 멀면 어떡하지……?" 그레이엄이 마침내 말했다.

그를 응징한 폴리는 이런 기색을 견딜 수 없었다. 그녀가 곧장 그의 곁으로 다가갔다.

"눈을 좀 봐요. 눈은 아니고 입만 칠 생각이었어요. 그 정도로 세게 때린 것 같진 않은데."

아무 대답이 없었다. 그녀의 표정이 일그러졌다. "미안해요. 정말 미안해요!"

곧이어 그녀는 감정이 복받쳐 온몸을 떨며 울었다.

"이제 그만 놀려라, 그레이엄." 브레턴 부인이 말했다.

"다 장난이란다, 아가야." 홈 씨가 큰 소리로 말했다.

그러자 그레이엄은 다시 그녀를 안아 번쩍 들어올렸고, 그녀는 다시 그에게 벌을 주었다. 그의 사잣빛 머리카락을 당기면서 말한 것이다.

"정말이지 장난꾸러기에다 세상에서 가장 무례하고 못된 거짓말쟁이."

* * *

떠나는 날 홈 씨는 딸과 창가 구석에서 단둘이 대화를 나누었다. 내게도 그 일부가 들렸다.

"저도 짐을 꾸려 함께 떠나면 안되나요, 아빠?" 그녀가 진지하게 속삭였다.

그가 고개를 저었다.

"제가 같이 가면 곤란하실까요?"

"그렇단다, 폴리야."

"제가 어려서 그런가요?"

"어리고 연약해서 그래. 여행은 튼튼하고 커다란 사람만 할 수 있단다. 하지만 슬퍼하지 마라, 아가야. 그러면 내 마음이 아프단다. 아빠가 곧 폴리에게 돌아오마."

"정말, 정말, 저는 슬프지 않아요, 하나도 슬프지 않아요."

"아빠 마음이 아프면 폴리도 슬프겠지, 안 그러니?"

"아주 슬플 거예요."

"그러니까 폴리는 명랑해야 한다. 헤어질 때도 울지 말고 그후에도 울어선 안돼. 다시 만날 때를 기다리면서 그동안 즐겁게 지내도록 애써야 해. 할 수 있지?"

"그러도록 하겠어요."

"암, 그럴 테지. 그럼, 잘 있거라. 이제 떠나야 할 시간이다."

"지금? ……지금 당장 말씀이세요?"

"지금 당장."

그녀는 떨리는 입술을 꼭 다물었다. 내가 본 바로 아버지는 흐느꼈으나 그녀는 울지 않았다. 그녀를 내려놓고 거기 있던 다른 사람들과 악수를 한 후 그는 떠났다.

그리고 대문이 닫히자 그녀는 무릎을 꿇고 의자에 기대어 소리쳤다. "아빠!"

낮고 긴 외침이었다. "주여, 어찌 저를 버리시나이까?"와 같은 비탄에 찬 소리였다. 뒤이은 잠시간 그녀는 고통을 견뎠다. 그녀는 어린 시절이라는 그 짧은 기간에 어떤 사람은 평생 살아도 겪지 못할 그런 감정들을 체험했다. 그녀는 그러도록 타고났다. 살아가노라면 그런 순간이 더욱 여러번 닥칠 것이었다. 아무도 입을 열지 않았다. 브레턴 부인은 한 사람의 어머니였기 때문에 눈물을 한두방울 흘렸다. 뭔가를 쓰고 있던 그레이엄이 눈을 들어 폴리를 바라보았다. 나, 루시 스노우는 침착했다.

그 꼬마는 가만히 내버려두자 다른 사람이라면 할 수 없을 일을 해냈다. 견딜 수 없는 감정과 싸우다 곧 어느정도 감정을 억제한 것이었다. 그날 그녀는 누구의 위로도 받아들이지 않았고 그다음 날도 마찬가지였으며 그후에는 차츰 무기력해졌다.

사흘째 되던 날 저녁 무렵 그녀는 지쳐서 조용히 마루에 앉아 있었다. 그레이엄이 들어와 아무 말 없이 그녀를 가만히 안아올렸다. 그녀는 마다하지 않고 오히려 피곤한 듯이 그의 품에 안겼다. 그가 자리에 앉자 그녀는 그에게 머리를 기대고 곧 잠이 들었고, 그는 그녀를 위층의 침대로 데려갔다. 그다음 날 아침 그녀가 처음으로 던진 질문이 "그레이엄 씨는 어디에 있어요?"인 것에 나는 놀라지 않았다.

그날따라 그레이엄은 아침식사 자리에 나타나지 않고 오전수업에 제출할 숙제가 있다며 어머니에게 차 한잔을 공부방으로 가져다달라고 부탁했다. 폴리가 차를 나르겠다고 나섰다. 그녀는 무엇엔가 열중하고 누군가를 돌보아야 했다. 찻잔이 그녀에게 맡겨졌다. 들떠 있긴 했지만 조심성이 있는 편이어서였다. 공부방은 식당 반대편에 있고 방문이 복도 맞은편에 있었기 때문에 나는 눈으로 계속 그녀를 좇을 수 있었다.

"뭘 하세요?" 그녀가 문턱에 멈추어서서 물었다.

"글을 쓰고 있어." 그레이엄이 말했다.

"엄마랑 함께 식사하시지 그래요?"

"너무 바빠."

"아침식사는 하실 거예요?"

"물론이지."

"그러면 여기 있어요."

그녀는 간수가 감방 문을 통해 죄수에게 물주전자를 넣어주듯이 카펫 위에 잔을 내려놓고 물러났다. 그러더니 곧 그에게 되돌아갔다.

"차 말고 또 드시고 싶은 게 있으세요? 먹을 것 말이에요."

"맛있는 거면 뭐든지. 특별히 맛있는 걸 좀 갖다주렴. 정말 친절한 아가씨구나."

그녀는 브레턴 부인에게로 돌아왔다.

"부인, 아드님께 드릴 맛있는 걸 좀 주세요."

"네가 골라보렴, 폴리야. 뭘 가져다줄래?"

폴리는 식탁에 놓인 것 중 가장 맛있는 것을 조금씩 덜어가더니, 잠시 후 돌아와서는 식탁 위에 보이지 않는 마멀레이드가 어디에 있냐고 속삭이며 물어보았다. 어쨌거나 그녀는 마멀레이드를 얻어 갔고(브레턴 부인은 이 두 사람의 부탁을 거절하는 법이 없었다), 곧 그레이엄이 그녀를 하늘 끝까지 추켜세우면서 이다음에 자기가 집을 갖게 되면 그녀를 가정부로 쓰거나, 요리에 소질이 있으면 요리사로 쓰겠다고 약속하는 소리가 들렸다. 그러고도 그녀가 돌아오지 않아서 내가 가보니, 그녀는 그레이엄과 머리를 맞대고[1] 아침 식사를 하고 있었다. 그의 곁에 바싹 붙어서 그의 식사를 나누어먹고 있었다. 하지만 세심하게도 마멀레이드에는 손도 대지 않았는데, 그를 주려고 얻어온 것을 자기도 먹고 싶어하는 것처럼 보일까 봐 그러는 것 같았다. 그녀는 끊임없이 이런 뛰어난 지각과 섬세한 본능을 보여주었다.

이렇게 맺어진 우정은 쉽게 끊어지지 않았다. 약해지기는커녕 반대로 함께 보내는 시간이 늘어날수록 더 견고해졌다. 이 두 사람

---

1 (프) tête-à-tête.

은 나이나 성별이나 하는 일 등으로 미루어볼 때 어울리지 않는 점이 많은데도 불구하고 웬일인지 서로 할 말이 늘 많았다. 폴리나는, 내가 관찰한 바에 따르면, 그레이엄 브레턴과 함께 있을 때 성격이 가장 잘 드러났다. 안정을 찾고 이 집에 익숙해짐에 따라 그녀는 브레턴 부인의 말도 잘 들었다. 그러나 그럴 때면 하루 종일 부인의 발치에 있는 등받이 없는 의자에 앉아 일을 배우거나 바느질을 하거나 석판 위에 연필로 그림만 그릴 뿐, 진짜 감정을 드러내거나 특유의 성격을 내비치지 않았다. 그럴 때면 나도 관찰을 그만뒀다. 별 재미가 없어서였다. 그러나 저녁 때 그레이엄이 문을 두드리면 그 순간 모든 것이 변했다. 그녀는 순식간에 층계 꼭대기에 가 있었다. 대개 그녀의 환영 인사는 비난이거나 협박이었다.

"신발을 깔개에 제대로 닦지 않았잖아요. 어머니께 이를 거예요."

"꼬마 참견꾼 같으니라고! 거기 있었니?"

"그래요, 하지만 날 잡지 못할걸요. 내가 더 높은 데 있으니까요."(계단의 난간 사이로 엿보면서 그녀가 말했다. 그녀는 키가 작아 난간 위로 내려다볼 수 없었다.)

"폴리!"

"우리 아가!"(이것은 폴리가 그를 부르는 별명들 중 하나로, 그의 어머니를 흉내낸 말이었다.)

"피곤해서 기절할 지경이야." 그레이엄이 지친 척하며 통로 벽에 기대어 말했다. "딕비 선생님(교장선생)이 공부를 너무 시켜서 쓰러질 지경이야. 이리 내려와 책 좀 들어줘."

"아! 괜히 그런 척하는 거면서!"

"절대로 아니야, 폴리. 정말이야. 기운이 없어 곧 쓰러질 것 같아. 이리 내려와."

"고양이처럼 차분하게 바라보고 있지만, 다가가면 덤벼들 거면서."

"덤벼든다고? 그런 짓 안해. 난 그런 사람 아냐. 이리 내려와."

"내게 손대지 않는다면, 휙 들어올려서 빙빙 돌리지만 않는다면 내려갈 수도 있어요."

"내가? 그럴 힘도 없어!"(그는 의자에 주저앉았다.)

"그러면 책을 첫번째 계단에 놓고 거기서 3야드 뒤로 물러나요."

그가 시키는 대로 하자 그녀는 힘없이 서 있는 그레이엄에게서 눈을 떼지 않으면서 조심조심 내려왔다. 물론 그녀가 다가오면 그는 늘 갑자기 새로운 힘이 솟아났고, 곧이어 떠들썩한 소동이 일게 마련이었다. 때로는 그녀가 화를 내기도 했고 때로는 별일 없이 지나가기도 했다. 그런 날이면 그를 2층으로 이끌고 가며 그녀가 하는 말이 들렸다.

"자, 우리 아가, 이리 와서 차 마셔야지. 뭘 좀 먹어야지."

그레이엄이 간식을 먹는 동안 그의 옆에 앉아 있는 그녀의 모습은 보기만 해도 너무나 희극적이었다. 그가 없을 때는 조용하던 아이는 그가 오기만 하면 안달하는 꼬마 참견꾼으로 변했다. 나는 종종 그 아이가 차분히 자기 일이나 챙겼으면 했지만 결코 그러는 법이 없었다. 그녀는 그레이엄 안에서 자신을 잊었다. 아무리 시중을 들고 아무리 정성껏 보살펴도 성에 차지 않는 듯했다. 그녀는 그를 터키 황제 이상으로 떠받들었다. 그녀는 온갖 접시들을 하나씩 그의 앞에 가져다놓았고, 그가 먹고 싶어할 만한 음식들이 모두 손닿는 곳에 있는데도 무언가 다른 것을 찾곤 했다.

"부인," 그녀가 브레턴 부인에게 속삭였다. "아드님께서 아마 케이크를, 달콤한 케이크를 좀 먹고 싶어할 것 같은데요. 저기에 있는 거 말이에요." (그녀가 찬장 선반을 가리켰다.) 브레턴 부인은 보통 저녁 차 시간에 단 케이크를 먹지 못하게 하는데도 그녀는 계속 졸랐다. "작은 것으로 한조각만 주세요. 그는 학교에 다니잖아요. 여자인 저나 스노우 양은 그런 특식을 먹을 필요가 없지만, 그는 먹고 싶을 거예요."

그레이엄은 실제로 케이크를 아주 좋아했고 거의 항상 케이크를 먹었다. 공정하게 말하자면, 그는 그녀 덕분에 얻게 된 그 전리품을 그녀와 나누어먹고 싶어했지만 그녀가 극구 사양했다. 자꾸 먹으라고 강권하는 날이면 폴리는 저녁 내내 언짢아했다. 그녀가 원한 보상은 케이크 한조각이 아니라 그의 곁에 붙어서 그의 이야기와 관심을 독차지하는 것이었다.

이상할 정도로 기꺼이 그녀는 그의 흥밋거리에 자신을 맞췄다. 마치 자기만의 세계나 생활은 없고, 다른 사람의 존재 속에서 살고 움직이고 자신의 존재를 찾는 것 같다는 생각이 들 정도였다. 이제 아버지가 곁에 없자 그레이엄에게 안착해 그의 감정대로 느끼고 그라는 존재 안에 존재하는 듯했다. 그녀는 그의 학교 친구들의 이름을 순식간에 외웠다. 그의 말만 듣고도, 즉 한번만 이야기해주면 그 주변 사람들의 성격까지 훤히 알았다. 그의 친구들에 대해서도 잊거나 혼동하는 법이 없었다. 전혀 본 적도 없는 사람들에 대해 저녁 내내 그와 이야기하곤 했으며, 그들의 외모와 행동거지와 성격까지 완전히 파악하고 있는 것 같았다. 몇몇 사람은 흉내까지 낼 줄 알게 되었다. 그레이엄이 싫어하는 어느 괴팍한 선생에 대해서는 설명을 듣자마자 순식간에 특징을 파악해, 그를 웃기기 위해서 그 선생의 흉내를 그대로 냈다. 그러나 브레턴 부인은 이런 짓을 못마땅해하며 못하게 했다.

두 사람은 좀처럼 싸우지 않았다. 그러나 한번은 불화가 일었고, 그 일로 그녀가 받은 충격은 몹시 컸다.

자신의 생일날 그레이엄은 자기 또래의 친구들을 저녁식사에 초대했다. 폴리나는 이 친구들이 오는 데에 관심이 많았다. 그들은 그녀가 자주 얘기 들었던 친구들로, 그레이엄의 친구들 중에서도 가장 자주 입에 오르내리던 이들이었다. 저녁식사 후 젊은 신사들은 저희끼리 식당에 남았고, 곧 흥이 올라 와자지껄해졌다. 현관을 지나다 보니 폴리나가 맨 아래 계단에 혼자 앉아 있었다. 그녀는 번쩍이는 식당 문을 계속 바라보고 있었다. 문은 현관 불빛이 반사되어 빛나고 있었다. 그녀는 수심에 차 이맛살을 찌푸리고 있었다.

"폴리야, 무슨 생각을 하고 있니?"

"별생각 아니야. 그냥 저 문이 투명한 유리라면 얼마나 좋을까 하는 생각을 했어. 그러면 들여다볼 수 있을 테니까. 저들은 아주 즐거워 보여. 나도 끼고 싶어. 그레이엄과 함께 있고 싶고 그의 친구들도 보고 싶어."

"그런데 왜 안 들어가니?"

"겁이 나서 그래. 하지만 들어가도 될까? 문을 두드리고 들여보내달라고 해도 될까?"

나는 그들이 그녀와 놀아줄지도 모른다고 생각했기 때문에 그래보라고 격려했다.

그녀가 문을 두드렸다. 처음에는 너무 약하게 두드려서 들리지 않았지만 두번째로 두드렸을 때는 문이 열렸다. 그레이엄이 얼굴을 내밀었다. 그는 기분이 좋아 보였으나 짜증이 난 듯했다.

"요 장난꾸러기야, 뭐가 필요해서 그래?"

"같이 놀고 싶어서."

"정말이야? 날 귀찮게 할 것 같은데! 엄마와 스노우 양한테 가서 재워달라고 해." 적갈색 머리카락과 발그스름하게 달아오른 얼굴은 사라졌고 곧 문이 굳게 닫혔다. 그녀는 어안이 벙벙해졌다.

"왜 저런 식으로 말을 하는 거지? 저런 적이 없었는데." 깜짝 놀라 그녀가 말했다. "내가 뭘 어쨌다고 저러지?"

"폴리야, 네가 어떻게 해서가 아니고 학교 친구들이 와서 정신이 없어서 그래."

"그러면 나보다 친구들을 더 좋아한단 말이지! 친구들이 와 있으니 날 쫓아냈단 말이지!"

나는 언제나 써먹을 수 있게 비축해놓은 철학적인 격언 중 몇개를 차근차근 알려주며 달래려고 했다. 그러나 그녀는 내가 첫마디를 꺼내자마자 듣지 않으려 손가락으로 귀를 틀어막고 깔개에 얼굴을 파묻은 채 엎드렸다. 요리사나 워런도 그녀를 일으켜세울 수가 없어서 스스로 일어날 때까지 그대로 내버려둬야 했다.

그날 저녁 친구들이 돌아가자 그레이엄은 짜증낸 사실을 잊고 평소처럼 그녀와 놀려고 했다. 그러나 그녀는 두 눈에 불길이 일며 그가 손을 잡자 뿌리쳤다. 그에게 잘 자라는 인사조차 하지 않고 얼굴도 쳐다보지 않으려 했다. 이튿날 그는 무심하게 그녀를 대했고 그녀는 대리석처럼 꼼짝도 안했다. 그다음 날 그는 문제가 뭔지 알기 위해 그녀를 놀렸으나 그녀는 아무 말도 하지 않았다. 물론 그의 입장에선 정말로 화가 느껴질 리가 없었다. 그 한쌍은 모든 면에서 너무나 불평등했다. 그는 폴리를 달래고 구슬렸다. "왜 이렇게 화가 난 거야? 내가 뭘 잘못했어?" 그녀는 대답 대신 곧 눈물을 흘렸다. 그는 그녀를 쓰다듬었고, 그들은 화해했다. 그러나 그녀는 그런 일을 잊을 사람이 아니었다. 그렇게 거절당한 후로는 결코 그를 찾지도 따라다니지도, 주의를 끌려고 하지도 않았다. 그레이엄이 문을 닫고 공부방에 있을 때 내가 그녀에게 책인가를 가져다주라고 심부름을 시킨 적이 있었다.

"그가 나올 때까지 기다리겠어." 그녀가 당당하게 말했다. "그에게 일어나서 문을 여는 수고를 끼치고 싶지 않아."

그레이엄은 종종 아끼는 조랑말을 타고 나갔다 왔다. 그녀는 늘 그가 떠났다 돌아오는 것을 창가에서 바라보았다. 그 조랑말을 타고 마당을 한바퀴 돌아보았으면 하는 게 그녀의 소원이었지만 결코 부탁하지는 않았다. 어느날 그녀는 마당까지 내려가 그가 말에서 내리는 걸 지켜보았다. 문에 기대고 서 있는 그녀의 눈에는 한번만 타봤으면 하는 빛이 역력했다.

"폴리, 이리 와. 한번 타볼래?" 그레이엄이 무심히 물었다. 그녀는 그가 너무 무심코 물었다고 생각하는 것 같았다.

"괜찮아요." 그녀가 돌아서며 최대한 냉랭하게 말했다.

"타보지 그래." 그가 거듭 말했다. "분명 재미있을 거야."

"난 조금도 관심 없어요." 그녀의 대답이었다.

"거짓말 마. 타보고 싶어 죽겠다고 루시 스노우 양에게 말했잖아."

"루시 스노우는 투다쟁이야." 그녀의 소리가 들렸다(혀짤배기소리는 그녀의 가장 어린아이 같은 부분이었다). 이렇게 말하면서 그녀는 집 안으로 들어와버렸다. 그레이엄이 곧 뒤따라오면서 어머니에게 말했다.

"엄마, 얘는 요정이 바꿔치기하고 간 아이인 게 분명해요. 정말 이상한 애거든요. 하지만 얘가 없으면 심심할 거예요. 엄마나 루시 스노우 양보다 훨씬 재미있거든요."

*　*　*

"스노우 양," 폴리나가 내게 말했다(이제는 밤에 단둘이 방에 있게 되면 그녀가 가끔 말을 걸기도 했다). "내가 무슨 요일에 그레이엄을 가장 좋아하는지 알아요?"

"그렇게 이상한 걸 내가 어떻게 알겠니? 일주일 중에 그가 다른 엿새와 다른 날이 있는 거야?"

"물론이죠! 어떻게 모를 수가 있어요? 정말 모르겠어요? 일요일 날 가장 멋져요. 하루 종일 함께 있을 수 있고 아주 조용한데다 저녁이 되면 아주 친절하거든요."

전혀 근거 없는 말은 아니었다. 일요일에는 교회를 가는 등의 일로 그레이엄은 늘 조용했고, 저녁에는 대개 응접실 난롯가에 나른하게 앉아 차분한 시간을 즐겼다. 그는 긴 의자를 차지하고 폴리를 부르곤 했다.

그레이엄은 여느 소년들과 달랐다. 그는 활동적인 것만 좋아하는 것이 아니라 틈틈이 깊은 사색에 빠지기도 했다. 또한 독서를 즐길 줄도 알았다. 아무렇게나 책을 골라 읽는 것도 아니었다. 그가 선택하는 책들에는 어렴풋이 독특한 기호와 본능적인 취향이 드러났다. 사실 그가 읽은 것에 관해 이야기하는 법은 거의 없었지만, 책을 읽고 사색에 잠긴 모습을 본 적은 있었다.

폴리가 가까이 가 쿠션이나 카펫에 무릎을 꿇고 앉으면 둘의 대화가 시작되었는데, 나지막하지만 전혀 들리지 않을 정도는 아니어서 나도 그들의 이야기를 띄엄띄엄 들었다. 정말이지, 평일보다 더 괜찮은 분위기에 그레이엄의 기분도 한결 부드러워진 듯했다.

"폴리, 이번 주에는 어떤 찬송가를 배웠지?"

"4절로 된 아주 멋진 노래를 배웠어요. 해볼까요?"

"그러면 서두르지 말고 가사를 외워봐."

폴리는 찬송가 가사를 작은 소리로 반쯤은 노래하듯 외웠고, 그러면 그레이엄은 그렇게 하면 안된다면서 제대로 된 암송법을 가르쳐주었다. 그녀는 빨리 배우고 쉽게 모방했다. 그레이엄을 기쁘게 하는 것이 그녀의 낙이기도 했다. 그녀는 준비된 학생이었다. 찬송가 다음에는 주로 성경의 한장 정도를 낭독했다. 폴리는 간단한 성경 이야기는 뭐든지 아주 잘 읽었으므로 이번에는 별로 지적할 것이 없었다. 이해가 가고 흥미 있는 주제일 때는 강조할 곳은 해가며 뛰어나게 그 의미를 표현하기까지 했다. 구덩이에 던져진 요셉,[2] 부름 받은 사무엘,[3] 사자굴에 던져진 다니엘,[4] 이런 것들이 그녀가 특히 좋아하는 주제였다. 특히 요셉에 대해서는 깊은 연민을 느끼는 듯했다.

"불쌍한 야곱!" 때때로 그녀는 입술을 떨며 말하곤 했다. "아들 요셉을 무척 사랑했는데!" 한번은 이렇게 덧붙이기도 했다. "그레이엄, 내가 당신을 사랑하는 것만큼 말이에요. 만일 당신이 죽으면, (그리고 그녀는 다시 책을 펴고 그 구절을 찾아 읽어내려갔다) 나는 '위로받지 아니하고 너를 애도하며 무덤까지 따라가리니'[5]."

이 말과 함께 그녀는 긴 머리카락이 너울대는 그의 머리를 끌어

---

2 창세기 37:23~24.
3 사무엘상 3장.
4 다니엘서 6:10~18.
5 창세기 37:35. "그의 모든 자녀가 위로하되 그가 그 위로를 받지 아니하여 이르되 내가 슬퍼하며 스올로 내려가 아들에게로 가리라 하고 그의 아버지가 그를 위하여 울었더라."

당겨 작은 팔로 안았다. 그 행동을 보고 이상하게 경솔하다는 생각을 했던 기억이 난다. 본성이 위험한데다 반밖에 길이 들지 않은 위험한 동물이 무분별하게 사랑받고 있는 것을 보는 느낌이었다. 그레이엄이 그녀를 해치거나 거칠게 저지할까봐 걱정이 된 건 아니었다. 그가 무심코 짜증을 내며 거부감을 보이면, 그녀에겐 그 거부감이 한대 얻어맞는 것보다 더 심한 충격이 될 거라는 생각이 들었다. 그러나 전반적으로 그레이엄은 이런 사랑의 표현을 순순히 받아들였다. 때로는 그녀의 열렬한 애정에 조금 놀라면서도 흐뭇해했고 호의적인 눈웃음을 짓기도 했다. 한번은 그가 말했다.

"마치 내 여동생처럼 나를 사랑하는구나, 폴리야."

"오! 나는 정말 당신을 좋아해요." 그녀가 말했다. "정말 당신이 좋아요."

* * *

하지만 나는 이렇게 성격 연구를 하는 재미를 오랫동안 누리지 못했다. 그녀가 브레턴가에 온 지 두달쯤 되었을 때, 홈 씨에게서 편지가 왔다. 이제 외가 친척들이 사는 유럽에 정착을 했으며, 영국에 대해서는 완전히 정이 떨어져서 아마 몇년간은 영국에 돌아올 것 같지 않고, 곧 자신의 어린 딸을 데려가겠다는 내용이었다.

"얘가 이 소식을 어떻게 받아들일까?" 편지를 읽고 브레턴 부인이 한 말이었다. 나 또한 그것이 궁금해서 곧 그 소식을 전하러 거실로 갔다.

그녀는 잘 꾸며진 조용한 거실에 혼자 있기를 좋아했는데, 아무것도 건드리지 않았기 때문에, 아니 건드리긴 해도 더럽히지 않았기 때문에 그곳에 있는 게 암묵적으로 허용되었다. 거실로 가보니 그녀는 축 늘어뜨려진 커튼에 반쯤은 가려진 채 작은 오달리스크처럼 긴 의자에 누워 있었다. 그녀는 행복해 보였고, 곁에는 바느질감들이 모조리 나와 있었다. 인형옷을 만들기 위해 내놓은 하얀 목제 반짇고리, 모슬린 한두조각, 리본 한두줄 등이 벌여져 있었다. 인형은 잠옷에 나이트캡까지 갖춰 쓰고 요람에 누워 있었다. 그녀는 인형에게 지각이 있으며 그것이 잘 수 있다는 걸 철저히 믿고 있는 듯이 인형을 재우려고 요람을 흔들면서 동시에 눈길은 무릎 위에 펼쳐진 그림책에 주고 있었다.

"스노우 양," 그녀가 속삭였다. "이건 멋진 책이야. 캔더스(그것은 때가 탄 얼굴이 에티오피아인 같다고 그레이엄이 인형에게 붙여준 이름이었다)가 이제 잠이 들었네요. 내가 이 책에 대해 이야기해줄게요. 하지만 얘가 깨지 않도록 조용조용 말해야 돼요. 이 책은 그레이엄이 준 건데, 영국에서 멀리멀리 떨어진 먼 나라들 이야기예요. 거기에 가려면 배로 수천 마일을 항해해야 한대요. 스노우 양, 거기에는 야만인들이 살고 있는데, 그 사람들은 우리와는 다른 옷을 입는대요. 또 아주 더운 곳이라 어떤 사람들은 시원하게 있으려고 옷을 거의 안 입기도 한대요. 이건 아주 황량한 곳, 모래로 덮인 사막이에요. 검은 옷을 입은 **착하디착한** 영국인 주위에 사람들이 엄청 모여 있는 게 보이죠. 이 사람은 선교사인데 야자수 아래서 이 사람들에게 설교하고 있는 거예요."(그녀는 그런 광경을 그린 채색 삽화를 보여주었다.) "그리고 이 그림은,"(그녀는 계속했다.) "아까 것보다 더욱 덜 이상한"(그녀는 종종 문법을 잊어버렸다.) "그림이에요. 여기 멋진 중국 만리장성이 있고 이건 발이 나보다도 더 작은 중국 여자와 타타르 야생마예요. 그리고 이게 가장 신기한 것인데, 푸른 들판이나 숲이나 정원이 전혀 없고 눈과 얼음으로만 덮인 땅이에요. 이 땅속에서 매머드 뼈가 발견되었대요. 지금은 매머드가 없어요. 스노우 양은 그게 뭔지 모르죠. 내가 얘기해줄게요. 그레이엄이 가르쳐줬거든요. 이 방만큼 키가 크고 현관만큼 긴 괴물 같은 동물이긴 한데, 그레이엄 생각으로는 사람을 잡아먹는 사나운 놈은 아니래요. 그래서 숲에서 만나더라도 길을 막지만 않으면 절대로 죽이지 않는대요. 덤불에서 날 짓밟고 가더라도 그건 내가 잡초밭에서 메뚜기를 밟듯이 모르고 밟고 가는 거래요."

이런 식으로 그녀는 계속 이런저런 이야기를 늘어놓았다.

"폴리," 내가 끼어들었다. "여행을 하고 싶진 않니?"

"지금 당장 하고 싶지는 않아요." 신중한 대답이었다. "그러나 이십년 후쯤 내가 어른이 되어서 브레턴 부인만큼 키가 커지면 그레이엄과 함께 여행을 할 거예요. 함께 스위스에 가서 몽블랑을 등산할 생각이거든요. 언젠가는 함께 남미로 가서 킴…… 킴…… 보라소[6]의 꼭대기까지 올라갈 생각이에요."

"하지만 지금 여행하는 건 어떠니, 만일 아빠와 함께라면?"

침묵한 지 얼마 후에야 이어진 대답 속에 그녀 특유의 예측할 수 없는 기분 변화가 드러났다.

"그런 바보 같은 말을 해봐야 무슨 소용이 있어요?" 그녀가 말했다. "왜 아빠 이야기를 꺼내는 거예요? 아빠가 무슨 상관이 있다고 그래요? 이제 막 행복해지기 시작해서 아빠 생각을 별로 안하고 지내는데. 이제 모두 다시 시작해야 하잖아요!"

그녀가 입술을 바르르 떨었다. 나는 황급히, 편지가 왔으며 해리

--------

6 에콰도르에 있는 침보라소산을 가리킨다.

엇과 함께 곧 아빠에게 돌아가야 한다는 전갈이 왔다고 했다. "폴리야, 이제 기쁘지?" 내가 덧붙였다.

그녀는 대답하지 않았다. 책을 떨어뜨리고는 더이상 인형을 흔들어주지 않았다. 그녀는 심각한 표정으로 나를 빤히 쳐다보았다.

"아빠에게 가게 돼서 좋지?"

"물론 그래요." 마침내 그녀는 늘 나한테 말할 때 그러듯이 톡 쏘는 말투로 대꾸했다. 그 말투는 브레턴 부인을 대할 때와 달랐고 그레이엄과 대화를 나눌 때와도 달랐다. 그녀가 무슨 생각을 하는지 알고 싶었지만 그녀는 한마디도 더 하지 않았다. 그녀는 황급히 브레턴 부인에게 달려가 그 소식이 정말인지 확인했다. 소식의 무게와 중요성 때문에 폴리는 하루 종일 심각했다. 저녁에 그레이엄이 들어오는 소리가 들렸을 때 그녀는 내 곁에 그대로 있었다. 그녀는 내 목에 걸린 로켓 줄을 매만지고 내 머리핀을 뺐다 꽂았다 하며 부산을 떨기 시작했는데 그때 그레이엄이 들어왔다.

"좀 있다가 그에게 말해줘요." 그녀가 속삭였다. "내가 떠난다고요."

차를 마시는 동안 나는 부탁받은 소식을 전했다. 마침 그레이엄은 당시 학교에서 주는 상을 타려는 데 몰두해 있었다. 두번이나 말하고야 비로소 귀를 기울였으며 그것도 잠시 생각해보는 정도였다.

"폴리가 떠난다고? 유감인데! 작은 생쥐, 가버리면 서운할 거야. 엄마, 꼭 다시 데려와야 해요."

그러고는 서둘러 차를 마시더니 작은 탁자에 책을 늘어놓고 식탁과 촛불을 독차지하고 곧 공부에 몰두했다.

"작은 생쥐"는 그의 곁으로 기어가 그의 발치 카펫 위에 엎드렸다. 그녀는 잠자리에 들 때까지 그런 자세로 그 자리에 꼼짝도 않고 조용히 있었다. 한번은 그레이엄이 그녀가 옆에 있다는 것을 완전히 모르고 발을 까딱이다가 발로 그녀를 밀었다. 그녀는 1, 2인치쯤 물러서더니 잠시 후 얼굴을 받치고 있던 작은 손 하나를 내밀어 까부는 그의 발을 부드럽게 쓰다듬었다. 유모가 부르자 그녀는 일어나 우리 모두에게 나지막하게 잘 자라고 하고는 순순히 자리를 떴다.

한시간 후, 나는 잠자리에 드는 게 두렵지는 않았지만 아이가 평화롭게 잠들어 있지 않으리라는 불길한 예감이 들었다. 내 직감은 들어맞았다. 방에 들어가보니 그녀는 잠 못 이룬 채 하얀 새처럼 추위에 떨며 침대 난간에 앉아 있었다. 그녀에게 어떻게 말을 걸어야 할지 몰랐다. 그녀를 여느 아이처럼 대할 수는 없었다. 그런데 그녀 쪽에서 말을 걸었다. 내가 문을 닫고 경대 위에 촛불을 올려놓자 나를 향해 이렇게 말했다.

"잘 수…… 잘 수가 없어요. 그리고 이런 식으로는…… 살 수가 없어요!"

나는 그녀에게 어디가 아프냐고 물어보았다.

"죽을 것처럼 비……탐……해요!" 그녀가 불쌍하게 더듬거렸다.

"브레턴 부인을 불러줄까?"

"바보 같은 짓이에요." 조바심을 치며 그녀가 대답했다. 정말이지 그때 브레턴 부인의 발소리가 들렸더라면 그녀는 생쥐처럼 조용히 이불 밑에 웅크렸을 것이다. 그녀는 내게 전혀 애정 비슷한 것도 표시한 적이 없었고, 내 앞에서는 거리낌 없이 괴벽을 드러내면서도 브레턴 부인 앞에서는 절대로 속마음을 내비치는 법이 없었다. 내 대모가 보기에 폴리는 고분고분하지만 약간 이상한 여자아이일 뿐이었다. 나는 그녀를 자세히 보았다. 뺨은 진홍빛으로 달아올라 있고 가늘게 뜬 눈에는 고통의 빛이 역력했으며 안절부절 못하고 어쩔 줄 몰라했다. 이런 상태로 아침까지 두어서는 안될 게 뻔했다. 상황이 어떤지 짐작이 갔다.

"그레이엄에게 다시 잘 자라는 인사를 하고 싶니?" 내가 물었다. "아직 자기 방으로 가진 않았을 거야."

폴리는 곧 안아달라고 작은 팔을 뻗었다. 나는 그녀를 숄로 감싼 후 다시 거실로 데려갔다. 그레이엄은 막 거실에서 나오는 참이었다.

"얘가 다시 인사를 한번 더 해야 잘 수 있겠대요." 내가 말했다. "당신을 떠나기 싫은가봐요."

"내가 버릇을 망쳐놓았군." 그는 기분 좋게 내게서 아이를 받아 달아오른 작은 얼굴과 불타는 듯한 입술에 입을 맞추며 말했다. "폴리야, 이젠 아빠보다 내가 더 좋은가보구나."

"나는 정말 당신을 좋아하는데 당신은 나한테 조금도 관심 없어요." 그녀가 속삭였다.

그는 그렇지 않다고 하고 다시 입을 맞춘 뒤 내게 아이를 돌려주었다. 나는 아이를 데리고 침실로 돌아왔다. 그러나, 아! 좀처럼 그 아이를 달랠 수가 없었다.

그녀가 내 말을 들을 만해졌다는 생각이 들었을 때 내가 말했다.

"폴리나, 그레이엄이 네가 좋아하는 만큼 너를 좋아하지 않는다고 슬퍼하지 마. 그건 당연한 거야."

그녀는 날 올려다보면서 눈으로 왜냐고 물었다.

"그는 남자고 너는 여자라서 그래. 그는 열여섯살이고 넌 여섯살밖에 안됐잖아. 그는 성격이 강하고 명랑하지만 너는 안 그렇고."

"하지만 난 그를 아주 사랑하니까 그도 조금은 꼭 날 사랑해야 해요."

"그도 널 사랑해. 널 좋아해. 널 제일 좋아하는걸."

"그레이엄이 나를 제일 좋아해요?"

"그럼. 내가 아는 어떤 어린애보다 더 좋아하는걸."

이런 확신에 그녀는 조금 진정되었다. 그녀는 고통 속에서도 미소를 지었다.

"그렇지만," 나는 계속했다. "조바심치지 말고 그에게 너무 많은 걸 기대하지 마. 그러지 않으면 널 귀찮아할 거고 그때는 모든 게 끝난단다."

"모든 게 끝난다!" 그녀는 부드럽게 되뇌었다. "그럼 착한 아이가 될게요. 착해지도록 할게요, 루시 스노우."

나는 그녀를 잠자리에 뉘었다.

"이번 한번은 날 용서해줄까요?" 내가 옷을 벗을 때 그녀가 물었다. 나는 그럴 거라고 했다. 아직은 그가 그녀를 멀리하지 않으니까 앞으로만 조심하면 된다고 안심시켰다.

"이제 앞으로는 없어요." 그녀가 말했다. "난 가니까요. 내가 영국을 떠난 후 언젠가…… 언젠가 다시 그를 볼 수 있을까요?"

나는 그럴 수 있다고 격려해주었다. 촛불이 꺼지고 약 반시간가량 고요가 흘렀다. 그녀가 잠들었다고 생각했는데, 흰옷을 입은 그 작은 아이가 다시 침대에서 일어나 작은 소리로 물었다. "그를 좋아해요, 루시 양?"

"좋아하냐고! 그래, 조금은."

"조금만요? 내가 좋아하는 것만큼 좋아해요?"

"그런 것 같진 않은데. 아니, 네가 좋아하는 식으로는 아니야."

"그를 아주 좋아해요?"

"조금 좋아한다고 했잖아. 그렇게 좋아해봐야 무슨 소용이 있니? 그도 결점투성인데."

"그래요?"

"남자아이들은 다 그래."

"여자아이들보다 더요?"

"아주 그럴걸. 현인들은 어떤 사람이건 완벽하다고 생각하는 건 어리석다고 했어. 그리고 좋아한다는 것에 대해서도, 모든 사람에게 친절해야 하고 어느 누구도 숭배해서는 안된다고 했어."

"루시는 현명한 사람이에요?"

"그렇게 되려고 하지. 이제 자자."

"잘 수가 없어요. 당신 집도 여기가 아니잖아요, 그래서 그레이엄을 떠난다고 생각하면 (요정 같은 가슴에 요정 같은 손을 얹으며 그녀가 말했다) 바로 여기가 아프지 않아요?"

"폴리," 내가 말했다. "곧 아빠와 다시 함께 살게 되는데, 그렇게 가슴 아파해서는 안되지. 아빠를 잊었니? 이젠 아빠의 작은 친구가 되고 싶지 않은 거니?"

대답 대신 깊은 침묵이 이어졌다.

"애야, 누워서 자야지." 내가 재촉했다.

"침대가 추워요." 그녀가 말했다. "도무지 따뜻해지지 않아요."

나는 그 어린것이 떠는 것을 보았다. "이리로 오렴." 그녀가 내 말을 듣기를 바라며 말했지만, 몹시 변덕스럽고 이상한 꼬마인데다 특히 나한테는 마구 별나게 굴어서 올 거라고는 거의 기대하지 않았다. 그러나 그녀는 곧 작은 유령처럼 카펫 위를 미끄러지듯 내게로 왔다. 나는 그녀를 이불 속으로 들어오게 했다. 그녀는 차가웠다. 나는 그녀를 안아서 몸을 따뜻하게 해주고 불안에 떠는 것을 달래주었다. 그녀는 내 품에 안겨서 잠잠해지더니 마침내 잠이 들었다.

"참 특이한 아이야." 잠깐 비친 달빛에 그녀의 자는 모습을 보고 반짝거리는 눈꺼풀과 젖은 뺨을 손수건으로 조심스레 부드럽게 닦아주면서 나는 생각했다. "이 아이가 어떻게 이 세상을 헤치고 싸워나갈까? 책이나 내 이성에 따르면 모든 인간이 겪게 마련인 충격과 거절, 굴욕과 외로움을 이 아이가 어떻게 견딘다지?"

그다음 날 그녀는 떠났다. 작별인사를 할 때 그녀는 나뭇잎처럼 떨면서도 자제력을 발휘했다.

# 4장
# 마치몬트 여사

폴리나가 떠난 지 몇주 후에 나는 브레턴을 출발하여 육개월간 떠나 있던 고향으로 향했다. 그 당시에는 다시는 브레턴을 방문하지 못할 거라고, 그 조용하고 고풍스러운 거리를 밟지 못할 것이라고 생각지 못했다. 독자들은 내가 혈육의 품으로 돌아가서 기뻤으리라고 추측할 것이다. 그렇다! 호의적인 추측이야 해가 될 게 없으니 굳이 부정하진 않겠다. 아니라고 하기는커녕, 독자들이 그 이후 팔년 동안의 내 모습을 평온한 날씨에 유리처럼 잔잔한 항구에 정박해 있는 한척의 범선으로 상상해도 말리지 않겠다. 그 배의 조타수는 작은 갑판 위에서 하늘을 보며 누워 있는데, 긴 기도를 드리는 모습이라고 상상해도 무방하다. 많은 여인과 소녀 들이 인생을 이런 식으로 보내게 되어 있는데 나라고 남들과 달라야 할 이유가 있겠는가?

그렇다면 끊임없이 따뜻한 햇볕이 내리쬐고 부드러운 바람이 살랑대는 가운데 나른하게 갑판 위의 푹신한 의자에 앉아 일광욕을 하며 행복해할 토실토실한 내 모습을 상상해보라. 하지만 그랬다면 어찌어찌해 나는 배에서 떨어졌거나, 아니면 결국엔 배가 난파됐을 것이 틀림없다. 추위와 위험과 투쟁의 시간, 그 긴 시간을 나는 너무나 잘 기억한다. 지금까지도 악몽을 꿀 때면 짠 바닷물이 갑자기 목구멍으로 밀려들고 얼음같이 차가운 물이 가슴을 압박하던 일이 기억난다. 폭풍우가 몰아친 기억도 난다. 한두시간이나 하루이틀도 아니고 며칠 밤낮 해도 별도 뜨지 않았다. 우리 손으로 직접 밧줄을 배 밖으로 던져버렸다. 거센 비바람이 우리를 덮쳤고, 구조되리라는 희망은 완전히 사라졌다. 결국 배는 난파됐고, 선원들은 모두 죽고 말았다.

내 기억으로 이 어려움에 대해서 아무에게도 호소한 적이 없다. 내가 누구에게 호소를 할 수 있었겠는가? 브레턴 부인을 본 지도 오래였다. 몇년 전 다른 사람들이 일으킨 문제 때문에 서로 소식이 끊기고 말았다. 게다가 세월이 흘러 그녀의 사정 역시 변하였다. 아들의 후견인으로서 맡은 전재산을 거의 투자해 동업을 했는데 다 날리고 원래 재산의 일부만 남게 되었다는 소문도 들렸다. 우연히 들은 소문에 의하면 그레이엄은 전문직을 갖게 되었다고 했다. 그 모자는 브레턴을 떠나 지금은 런던에 있다고 했다. 이렇듯 다른 사람에게 의존할 여지가 없었으므로 나는 자립해야 했다. 원래 독립적이거나 활동적인 성격은 아니었으나 다른 수많은 사람들과 마찬가지로 나 역시 환경에 의해 어쩔 수 없이 독립적이고 활동적인 사람이 되었다. 그래서 이웃의 독신녀인 마치몬트 여사가 나를 부르러 사람을 보냈을 때 나는 일거리를 줄지도 모른다는 생각에 순순히 응했다.

마치몬트 여사는 재산이 많은 여성으로 멋진 저택에 살고 있었다. 그러나 그녀는 치료가 불가능한 류머티즘에 걸려 손과 발을 못 쓴 지 이십 년이었다. 그녀는 늘 2층에 앉아 있었고, 침실 바로 옆방을 거실로 썼다. 종종 마치몬트 여사와 그녀의 특이한 점들(그녀는 아주 괴팍한 성격이었다)에 대한 소문을 들은 적은 있었지만 만난 것은 그때가 처음이었다. 그녀의 얼굴은 주름투성이였고 머리는 하얗게 셌으며, 고독으로 인해 표정이 침울했고, 긴 고통으로 인해 완고하고 신경질적으로 보였으며 까다로운 사람 같았다. 그녀를 수년 동안 시중들어온 하녀 겸 말벗이 결혼을 하게 됐는데, 마침 친척을 잃은 내 처지에 대해서 들은 그녀가 내가 그 일을 대신할 수 있으리라 생각해 부른 것이었다. 그녀는 차를 마신 후 나와 단둘이서 난롯가에 앉아 그 일을 해보겠느냐고 물었다.

"쉬운 일은 아닐 거야." 그녀는 솔직하게 말했다. "내게 꼼꼼하게 주의를 기울여야 하고 거의 갇혀 있다시피 지내야 할 테니까. 하지만 최근의 네 생활에 비하면 견딜 만할지도 모르지."

나는 곰곰이 생각했다. 물론 그만하면 견딜 만해 보이는 게 마땅하다고 속으로 생각했다. 그러나 운명이란 알 수 없는 것이어서 어쩌면 견딜 수 없을지도 몰랐다. 여기 이 방에 갇혀 살면서 남은 청춘을 다 바쳐 남의 고통을 지켜보고 때로는 신경질도 받아주어야 하다니! 아무리 좋게 말해도 이미 사라진 추억들도 그다지 행복한 건 아닌데! 한순간 가슴이 무너져내렸지만 곧 괜찮아졌다. 불운을 현실로 받아들이는 것도 힘들었지만, 나는 원래 상황을 이상화하기엔 너무 무미건조한 성격이라 불운을 과장할 수도 없는 사람이었다.

"제가 걱정하는 건 그 일을 해낼 체력이 될까 하는 거예요." 내가 말했다.

"나도 그게 좀 걱정이 되긴 하네." 그녀가 말했다. "지금 몹시 지쳐 보이니까."

그건 사실이었다. 거울에 비친 상복을 입은 내 모습은 눈이 쑥 들어간데다 곧 쓰러질 것 같았다. 그러나 병약한 외모는 중요한 게 아니었다. 메말라 보이는 것은 주로 겉모습이었다. 삶의 근원에서 나는 아직도 활력을 느끼고 있었다.

"그럼 앞으로 달리 무슨 계획이 있나, 무엇이 되었든?"

"아직 확실한 계획은 없지만 뭔가 할 일을 찾아봐야죠."

"그렇군. 자네가 옳을 수도 있겠지. 그러면 자네 식대로 한번 해보고 잘 안되면 내 식대로 해보도록 해. 내가 제의한 이 기회는 앞으로 세달간 유효하니까."

친절한 제의였다. 나는 고맙다고 하면서 그러겠다고 했다. 여사에게 인사를 하는데 그녀가 고통스러운 발작 증세를 보였다. 나는 그녀가 지시하는 대로 필요한 조치를 하며 보살펴주었고, 그녀가 고통에서 벗어났을 때는 벌써 우리 사이엔 일종의 친밀감이 생겨나 있었다. 나는 이런 고통을 견디는 태도를 보고 그녀가 강인하고 인내심이 강한 사람(장기간의 정신적인 고통 때문에 가끔 신경질을 내기는 하지만 육체적인 고통은 참아낼 수 있는)임을 알게 되었다. 그리고 그녀는 자신을 도와줄 때의 선의로 미루어 나의 동정심(별것은 아니었지만)에 호소할 수 있다는 것을 알게 되었다. 그다음 날 그녀는 나를 불렀고, 대엿새를 함께 지내자고 정했다. 그녀와 친밀해지자 결점과 괴벽이 점점 드러나기는 했지만 존경할 점도 많다는 것을 알게 되었다. 때때로 엄하고 까다로운 건 사실이었지만, 그녀의 시중을 들며 옆에 앉아 있으면 평온한 마음이 들었다. 나의 태도와 나라는 존재와 내 손길이 누군가에게 즐거움과 위안이 된다는 것은 하나의 축복이었다. 그녀는 가끔 나를 매우 신랄하게 꾸짖었지만 그때조차도 굴욕감을 주거나 상처를 입히지는 않았다. 그것은 냉혹한 여주인이 하녀에게 설교하는 것 같기보다는 다혈질인 어머니가 딸을 나무라는 것 같았다. 가끔 마구 호통을 치기도 했지만 결코 설교하는 법은 없었다. 더욱이 그녀의 분노에서는 늘 이성이 느껴졌다. 그녀는 사나울 때조차도 논리적이었다. 나는 얼마 안돼 그녀에게 애착을 느끼게 되어 말벗으로 함께 지내는 것을 다른 각도에서 생각하게 되었으며, 일주일이 지난 후에는 그녀 곁에 머물기로 결정했다.

그리하여 이웃한 더운 두 방이 나의 세계가 되었고, 늙은 불구의 여인이 나의 주인이자 나의 친구이자 나의 모든 것이 되었다. 그녀를 시중드는 일이 내 의무였고, 그녀의 아픔이 내 고통이었고, 그녀의 고통이 줄어드는 것이 내 희망이었다. 그녀의 분노가 내게는 벌이었고, 그녀의 관심이 상이었다. 나는 이 병실의 김 서린 창문 너머에 들판과 숲, 강, 바다, 그리고 시시각각 변화하는 하늘이 있다는 사실도 잊었다. 그리고 그러한 망각에 거의 만족하다시피 했다. 내 내면의 모든 것이 운명에 맞추어 협소해졌다. 나는 습관에 의해 온순해지고 얌전해지고 운명에 의해 단련되어 신선한 야외로 산책 나가는 것도 원하지 않게 되었으며, 병자에게 제공되는 소량의 식사만으로도 배가 불렀다. 게다가 나는 그녀의 독특한 성격을 연구할 수 있었다. 덧붙이자면, 그녀의 변함없는 미덕과 강한 열정을 우러러보고, 그녀의 진실한 감정을 신뢰했다. 그녀는 이 모든 것을 지니고 있었으며, 이런 것들 때문에 나는 그녀에게 애착을 느꼈다.

이런 이유로, 그녀의 인고의 삶이 이십년 더 늘어났다면 나 또한 이십년을 꿈틀대며 그녀와 함께했을 것이다. 그러나 신의 섭리는 그렇지 않았다. 나는 활동을 하도록 자극받아야만 하는 사람인 듯 했다. 쿡쿡 찔리고 몰아붙여지고 자극받아 억지로라도 힘을 발휘해야 했다. 단단한 진주라도 되는 양 소중히 간직했던 인간에 대한 작은 애정은 녹아내리는 싸락눈처럼 내 손가락 사이로 빠져나갔다. 쉽게 만족하고 있던 양심으로부터 내 작은 의무를 빼앗겨버리는 것만 같았다. 나는 운명과 타협해, 궁핍과 사소한 고통으로 가득한 생을 감내함으로써 가끔씩 찾아오는 큰 고통을 피하고 싶었다. 하지만 운명은 그렇게 쉽게 달래지지 않았으며, 신의 섭리도 움츠러드는 이런 게으름과 비굴한 나태를 인정하려 들지 않았다.

2월의 어느날 밤(지금도 그날이 선명하게 기억난다) 마치몬트 여사의 집 근처에서 어떤 목소리가 들렸다. 그 소리는 집안의 모든 사람들이 들었으나 그 의미를 해석한 사람은 아마 한 사람밖에 없었을 것이다. 조용한 겨울이 지나고 봄의 도착을 알리는 폭풍이 몰아치고 있었다. 나는 마치몬트 여사를 침대에 뉘고 난롯가에 앉아 바느질을 하고 있었다. 창가에서 바람이 울부짖고 있었다. 종일 거세게 바람이 불어댔지만 밤이 깊어감에 따라 소리가 달라졌다. 바람이 몰아칠 때마다 비탄에 차고 애처롭고 우울하게 전율하는 소리가 났다.

"아, 조용히! 제발 조용히!" 나는 바느질감을 떨어뜨리고 그 모질고도 미묘한 울음소리를 듣지 않으려고 귀를 막았으나 허사였다. 전에도 이런 소리를 들은 적이 있었는데, 어쩔 수 없이 관찰을 하다보니 그 의미에 대해 나름대로 이론을 갖게 되었다. 일생 동안 세번이나 이런 일을 겪다보니 폭풍 속의 이 이상한 음조, 이 불안하고 절망적인 외침이 불길한 징조라는 것을 알 수 있었다. 내가 알기로 고통에 차 헐떡이며 긴 울음소리를 내며 흐느끼는 동풍은 종종 전염병을 예고하는데, 추측하기론 그래서 밴시[1] 전설이 생긴 듯하다. 그리고 또 발견하기론, 먼 곳의 화산이 활동을 시작했다든지, 갑자기 강물이 둑 너머로 넘쳐흐른다든지, 이상하리만치 높은 파도가 낮은 해안으로 밀려들어온다는 소식은 동시에 전해졌다. 하지만 그런 사건들 사이에 어떤 연관이 있는지 알 만큼 깊이 생각해보지는 않았다. "지구는," 나는 혼자 중얼거렸다. "그런 시기에 갈가리 찢기고 엉망진창이 되나봐. 우리 중 연약한 사람들이 끓어오르는 화산에서 분출되는 지구의 병든 숨결에 시들어버려 병에 걸리는 거고."

나는 그 소리에 귀를 기울이며 떨었으나 마치몬트 여사는 자고 있었다.

자정 넘어 한시간 반이나 계속되던 폭풍이 잠잠해졌다. 다 꺼져가던 불이 다시 생생하게 타올랐다. 나는 공기가 살을 에는 듯 바뀌는 것을 느꼈다. 블라인드와 커튼을 올리고서 창밖을 내다보니 별들이 서릿발처럼 예리하게 반짝이고 있었다.

돌아서자 마치몬트 여사와 눈이 마주쳤다. 그녀는 잠에서 깨어나 베개에서 머리를 들고는 평소와 달리 진지한 눈빛으로 나를 바라보았다.

"오늘밤 날씨가 맑으냐?"

나는 그렇다고 말했다.

"그런 것 같구나." 그녀가 말했다. "아주 건강하고 몸 상태가 좋게 느껴져. 날 좀 일으켜다오. 오늘밤엔 다시 젊어진 것 같구나." 그

---

1 집에 죽을 사람이 있다는 것을 통곡으로 예고해준다는 요정.

녀가 계속 말했다. "젊고 명랑해지고 행복한 기분이야. 내 병에 차도가 있어 다시 건강해지면 어떨까? 그렇게 되면 기적이겠지!"

'요즘 세상에 기적이 어디 있어.' 나는 그녀가 별말을 다 한다며 속으로 그렇게 생각했다. 그녀는 계속해서 과거에 대해 이야기했는데, 과거의 사건과 장면과 인물 들을 기이할 정도로 생생하게 기억해냈다.

"오늘밤에는 추억에 잠기고 싶구나." 그녀가 말했다. "추억은 내게 가장 좋은 친구야. 지금도 막 추억이 깊은 기쁨을 주고 있어. 내 가슴속에 따뜻하고 아름답던 날들이 되살아나고 있구나. 공허한 생각이 아니라 한때는 현실이던 과거 말이다. 이미 썩어 문드러져서 무덤의 흙과 섞였다고 오랫동안 생각했는데. 이제 막 젊은 시절과 그때의 생각과 희망이 되살아나는구나. 내 일생을 바친 사랑, 유일한 사랑, 내 생애의 거의 유일한 애정이. 내가 특별히 착하거나 사랑스러운 여자는 아니었으니 그 사랑이 유일한 애정이었지. 그러나 나도 아주 강렬한 열정을 느낀 적이 있단다. 그리고 그런 감정을 쏟을 대상이 있었지. 보통 남녀들이 여러 대상에 분산시키는 사랑을 모두 합해 이 한 사람에게 쏟아부었단다. 사랑하고 사랑받는 동안 정말 즐거웠지! 얼마나 찬란한 세월이었는지 기억이 나, 얼마나 빛나는 추억인지 떠오르는구나! 봄은 얼마나 생생했고, 여름은 얼마나 따뜻하고 즐거웠으며, 가을날 저녁 달빛은 얼마나 부드러운 은빛 물결 같았고, 그해 겨울 꽁꽁 언 시내와 서리 내린 들판 아래에는 또 얼마나 강렬한 희망이 도사리고 있었는지! 그해 내내 내 가슴은 프랭크의 가슴과 하나였단다. 오, 나의 고귀한 프랭크, 나의 충실한 프랭크, 나의 선량한 프랭크! 나보다 훨씬 낫고, 모든 면에서 나보다 훨씬 수준이 높았지! 이제야 이 사실을 알게 되고 이야기할 수 있게 되었구나. 그를 잃고 내가 겪은 고통만 한 아픔을 겪은 여자도 없겠지만 그를 사랑하며 느꼈던 황홀감만 한 기쁨을 누린 여자도 없을 거라는 걸. 그건 보통 사랑보다 훨씬 더 고귀한 사랑이었단다. 그의 사랑이나 그에 대해 일말의 의심도 하지 않았어. 기쁨을 주는 것 못지않게 날 존중하고 보호해주고 고귀하게 만들어주는 사랑이었단다. 내 정신이 이상하게 맑은 바로 이 순간에 물어봐야지. 왜 이 사랑을 빼앗기게 되었더라? 도대체 내가 무슨 죄를 지었기에 열두달의 행복 끝에 삼십년의 벌을 받아야 하는 거지?"

"알 수가 없어." 잠시 후 그녀가 계속 말했다. "알 수가, 그 이유를 알 수가 없어. 그러나 전에는 결코 입 밖에 내지 않던 말을 지금이 순간에는 털어놓을 수 있구나. 불가해한 신이여, 당신의 뜻대로 하소서! 지금 이 순간, 죽으면 프랭크에게 되돌아갈 수 있다는 확신이 드는구나. 여태까지는 그걸 믿지 않았지."

"그럼 그분은 돌아가셨단 말인가요?" 나는 나지막한 목소리로 물었다.

"애야," 그녀가 말했다. "어느 행복한 크리스마스이브였지. 나는 옷을 차려입고 치장을 한 후 앉아서 곧 남편이 될 애인을 기다리고 있었다. 그날밤 날 방문할 예정이었거든. 그 순간이 눈에 선하구나. 말을 타고 하얀 눈길을 달려오는 그를 보기 위해 일부러 걷어놓은 창문의 커튼 사이로 황혼에 반사된 하얀 눈빛이 살며시 비치고 있었어. 부드러운 난롯불이 내 몸을 따뜻하게 데워주고, 비단 드레스를 환히 비추고, 이따금 내 젊은 모습을 유리창에 비추어주던 게 눈에 선하고 지금도 느껴진단다. 고요한 겨울밤의 보름달이 우리 집 마당의 검은 덤불과 은빛 잔디 위에 맑고 차갑게 빛나고 있었어. 약간 초조해져서 심장이 두방망이질했지만 가슴속에 한점의 의심도 품지 않고 그를 기다렸단다. 난로의 불꽃은 사그라졌지만 여전히 밝게 빛나고 있었어. 달은 높이 떠올랐지만 아직도 창가에서 보였고. 시계는 거의 열시를 가리키고 있었어. 이보다 늦은 적은 없었지만 이 정도 늦은 적은 한두번 있었지.

이번 한번은 약속을 어기는 건가? 아니야, 그럴 리가 없어. 늦은 걸 만회하기 위해 빨리 달려오고 있을 거야. '프랭크! 미친 듯이 달려오고 있군요.' 나는 다가오는 말발굽 소리에 귀를 기울이면서 기쁘고도 불안한 마음으로 생각했어. '이런 식으로 달리면 야단맞을 줄 알아요. 지금 당신은 내 목숨을 걸고 있는 거예요. 당신의 모든 것은 더 소중하고 귀중한 의미에서 내 것이니까요.' 그가 있었어. 그가 보였어, 그러나 눈물이 어려서인지, 뭐가 뭔지 잘 보이지 않았어. 말이 보였고 말발굽 소리가 들렸어. 적어도 어떤 물체가 보였어. 소란스러운 소리가 들렸어. 그게 말이었나? 아니, 잔디밭 위를 가로질러 무겁게 질질 끌려오는 저 검고 이상한 물체는 뭐지? 내 눈앞에, 달빛 아래 있는 저게 뭐야? 내 마음속에 떠오른 감정을 어떻게 표현할 수 있을까?

나는 달려나갈 수밖에 없었어. 그 덩치 큰 짐승——정말로 프랭크의 검은 말이었어——이 문 앞에서 힝힝대고 헐떡거리며 떨고 있었어. 어떤 사람이 고삐를 쥐고 있기에 나는 프랭크라고 생각했지. '무슨 일이에요?' 내가 물었지. 하인인 토머스가 재빨리 대답했어. '안으로 들어가세요, 아가씨.' 그러고는 부엌에서 본능적으로 뛰쳐나오는 다른 하인에게 '루스, 아가씨를 빨리 집 안으로 모셔'라고 소리쳤어. 하지만 나는 거기 눈 속에 누워 있는 것, 땅에 질질 끌려오던 것 옆에 무릎을 꿇었고, 그것을 일으켜 끌어안자 그 물체는 내 품에서 숨을 몰아쉬며 신음했어. 그는 죽지 않았고 완전히 혼수상태도 아니었어. 나는 그를 집 안으로 옮기라고 명령했어. 누구도 내게 이래라저래라 하거나 그에게서 날 떼어놓을 수 없었어. 나는 스스로 추스를 수 있었을 뿐 아니라 다른 사람들을 지휘할 정도로 침착했단다. 그런데도 그들은 엄청난 충격을 받은 사람을 대할 때 그러듯이 나를 어린아이 다루듯이 하기 시작했지. 그러나 난 의사에게 자리를 내줄 때를 제외하고는 프랭크 곁을 떠나지 않았어. 의사가 할 수 있는 일을 다 하자 나는 죽어가는 나의 프랭크를 직접 돌봤어. 그도 날 안고 내 이름을 부를 정도의 기운은 있었어. 그의 몸 위로 몸을 숙이고 나직이 기도하는 내 목소리도 들었지. 다정하게, 사랑을 가득 담아 위안을 주는 나를 느낄 수 있었고.

'마리아,' 그가 말했어. '난 천국에서 죽고 있어.' 마지막 숨을 거두면서도 그는 나를 사랑한다고 했어. 크리스마스 새벽이 동터왔을 때 나의 프랭크는 신의 품으로 갔지."

그녀는 계속 말했다. "삼십년 전에 일어난 일이야. 그후로 쭉 고통을 겪었지. 내가 불운을 최대로 선용했는지에 대해선 모르겠구나. 부드럽고 온순한 사람들은 그런 일을 겪으면 성인이 되고 강하고 사악한 사람은 악마가 되겠지만, 나는 그저 슬픔에 잠긴 이기적인 여자가 되었을 뿐이야."

"좋은 일도 많이 하셨잖아요." 내가 말했다. 사실 그녀는 아낌없이 자선을 베푸는 것으로 유명했다.

"고통을 줄일 수 있는 곳이라면 돈을 아끼지 않았다는 말이겠지. 그래서 어쨌다는 거냐? 돈을 주는 일은 전혀 고통스럽거나 힘든 일이 아니었어. 하지만 오늘부터는 프랭크와의 재회에 대비해 더 착한 마음을 가꾸도록 할 참이다. 아직도 신보다 프랭크를 더 생각하거든. 이처럼 단 한 사람만을 오랫동안 깊이 사랑하는 것이 신성모독이 된다면 나는 구원받기 힘들겠지. 루시, 너는 이런 일들을 어떻게 생각하니? 나의 목사가 되어 말해보렴."

나는 이 질문에 대답할 수가 없었다. 할 말이 없어서였다. 그녀는 내가 대답을 했다고 생각한 모양이었다.

"바로 맞혔다, 얘야. 신은 자비롭지만 우리가 늘 그분을 이해할 수 없다는 것도 인정해야 된단다. 우리의 운명이 무엇이든 그것을 받아들여야 하고, 다른 사람의 운명을 행복하게 해주도록 애써야 해. 그렇지 않니? 좋아, 우선 내일 널 행복하게 해주마. 널 위해 뭔가를, 내가 죽었을 때 네게 도움이 될 수 있는 뭔가를 해주마, 루시야. 이야기를 너무 많이 해 머리가 아프지만 행복하구나. 가서 자거라. 시계가 두시를 치는구나. 너무 늦게까지 깨어 있었다. 아니 오히려 내 이기심 때문에 너무 늦게까지 잠도 못 자게 널 붙잡아두었구나. 이제 가거라. 더이상 나를 위해 신경쓰지 마라. 아주 편안히 잠을 잘 수 있을 것 같구나."

그녀는 마치 잠자려는 것처럼 가만히 있었다. 나도 그녀 방 안의 내실에 있는 내 침대 속으로 들어갔다. 정적 속에 그 밤이 지나갔다. 마침내 조용히, 평화롭고 고통 없이 그녀의 죽음이 찾아왔던 모양이다. 아침에 그녀는 숨진 채 발견되었다. 거의 차가워져 있었으나 아주 차분하고 평화로운 모습이었다. 그 전날 밤의 정신적인 흥분과 기분의 변화는 발작의 전조였다. 그렇게 오랫동안 고통에 시달리던 존재의 끈이 끊어지는 데는 단 한번의 충격으로 충분했다.

# 5장
# 새로운 장을 넘기다

주인이 죽자 나는 다시 혼자가 되었고, 새로 살 곳을 찾아야 했다. 이때쯤 나는 약간, 아주 약간 신경과민 상태가 됐다. 그리고 건강해 보이기는커녕, 밤샘한 사람이나 과로한 하인이나 빚에 쫓기는 채무자처럼 여위고 초췌하고 눈이 퀭했다. 그러나 나는 빚을 지지도, 아주 가난하지도 않았다. 마치몬트 여사가 내게 유산을 남기려고 했다가 그럴 시간도 없이 그 전날 밤 죽었지만 그녀의 육촌뻘 되는 상속자가 내 임금을 제대로 지급했기 때문이다. 한참 후에 들은 바에 따르면 이마가 좁고 코가 뾰족해 탐욕스러워 보이던 그 사람은 실제로 지독한 노랑이였다고 한다. 그는 관대한 친척과는 정반대라, 오늘날까지 가난한 사람들의 추모를 받는 마치몬트 여사를 더욱 돋보이게 하는 존재였다. 나는 15파운드의 재산과 지치긴했지만 아주 망가지지는 않은 건강과 그와 유사한 상태의 정신을 지니고 있었고, 그만하면 아직은 다른 사람들에 비해 부러움을 살

만한 처지라고 할 수 있었다. 하지만 동시에 곤혹스러운 처지이기도 했다. 어느날 갑자기 일주일 안에 떠나야 하는데 딱히 갈 곳이 마련되어 있지 않은 고통스러운 상황이었다.

이런 곤경 속에 나는 마지막이자 유일한 수단으로 한때 내 유모였으며 지금은 마치몬트 여사의 집에서 그다지 멀지 않은 곳에 가정부로 있는 우리 집안의 늙은 하녀에게 의논을 하러 갔다. 함께 있는 몇시간 동안 그녀는 나를 위로했지만 별다른 충고는 해주지 못했다. 해질 무렵 여전히 어떡해야 할지 모르는 상태에서 그녀와 작별을 했다. 2마일이나 걸어가야 했다. 몹시 춥고 맑은 저녁이었다. 고독과 가난과 당혹감에도 불구하고 나는 아직 스물셋도 안된 젊은이 특유의 활기와 기운이 넘쳤고, 가볍지만 힘차게 가슴이 뛰고 있었다. 분명히 내 가슴은 힘차게 뛰었다. 그렇지 않았다면, 마을도 농가도 오두막 한채도 보이지 않는 들판을 가로지르는 그 외딴길에서 부들부들 떨었을 것이다. 달빛도 없는 데서 별빛에 의지해 어두운 길을 가야 했으므로 겁도 났을 것이다. 특히 그날밤에는 여느 때와 달리 북쪽 하늘에 신비한 북극광이 나타나 빛을 뿜으며 움직이고 있었으므로 더욱더 겁이 났을 것이다. 그러나 이 엄숙하고 낯선 빛에 나는 두려움이 아닌 어떤 영향을 느꼈다. 그 빛이 새로운 힘을 가져다주는 것 같았다. 나는 그쪽에서 낮게 불어오는, 살을 에는 바람의 활력을 빨아들였다. 대담한 생각이 떠올랐고 그런 생각을 하자 마음이 다잡아졌다.

"이 황야를 떠나자." 그런 말이 들렸다. "그리고 이제는 나아가자."

"어디로?" 그리고 떠오른 물음이었다.

멀리 볼 것도 없었다. 풍요로운 영국 중부의 평야에 있는 이 시골 교구에서 나는 육체의 눈으로는 아직 본 적이 없는 그곳을 손에 닿을 듯 가까운 곳처럼 떠올렸다. 런던이었다.

그다음 날 나는 가정부를 다시 한번 만나 내 계획을 전했다.

배럿 부인은 나만큼이나 세상에 대해 아는 게 없었지만 신중하고 현명한 여인이었다. 하지만 신중하고 현명한 사람이니만큼 나의 계획이 정신나간 생각이라고 비난하지는 않았다. 그리고 사실나는 전부터 투박한 회색 외투와 두건만큼이나 내게 유용한 침착한 태도를 지니고 있었다. 그런 태도 덕분에, 흥분하고 들뜬 분위기를 풍겼으면 몽상가나 광신자라고 낙인찍혔을 행동도 비난이 아니라 오히려 찬동까지 받아가며 할 수 있었던 것이다.

배럿 부인은 마멀레이드를 만들 오렌지를 벗기면서 천천히 몇가지 어려움들을 열거했는데, 그때 한 아이가 창문을 지나쳐 방으로 뛰어들어왔다. 예쁘장하게 생긴 그 아이는 웃으면서 춤을 추며내게 다가왔다. 우리는 처음 본 사이가 아니어서 나는 아이를 무릎에 앉혔다. 젊어서 결혼한 이 집 딸인 아이 어머니도 원래는 아는사이였다. 지금은 사회적인 지위가 달라졌지만 이 아이의 어머니와 나는 같은 학교를 다녔었다. 그때 나는 열살 난 학생이고 그녀는 열여섯살 난 숙녀였다. 그녀는 미인이지만 아둔한 편이라 나보다 하급반에 있었다.

남자아이의 검은 눈이 참 예쁘다고 감탄하고 있는데 어머니인젊은 리 부인이 들어왔다. 착하고 예쁘장하지만 멍청하던 소녀가얼마나 아름답고 상냥한 여인이 되었는지! 그후에 본, 그녀보다 더못한 소녀들과 마찬가지로 그녀 역시 아내가 되고 어머니가 되자그렇게 엄청나게 변한 것이었다. 그녀는 나를 못 알아봤다. 나 역시달라져 있었다. 하지만 유감스럽게도 더 좋은 쪽으로 변한 것 같지는 않았다. 나는 그녀의 기억을 되살려주려고 애쓰지 않았고 그래야 할 필요도 없었다. 그녀는 산책 가는 데 아들을 데려가려고 온 것이었다. 그녀 뒤에 유모가 갓난아기를 안고 따라왔다. 내가 이 일화를 이야기하는 건 유모에게 말을 할 때 리 부인이 프랑스어를 썼기 때문이다(그나저나 그녀의 프랑스어는 억양이 엉망인 구제불능이라 어쩔 수 없이 학창시절을 연상시켰다). 유모가 외국인이었던 것이다. 작은 남자아이 역시 프랑스어로 유창하게 대화했다. 모두 가버리자 배럿 부인은 젊은 아씨가 이년 전 유럽 여행에서 돌아오면서 외국인 유모를 데리고 왔다고 말해주었다. 그 유모는 아기와 함께 산책이나 가고 '찰스 도련님'과 프랑스어로 대화하기만 하는데 거의 가정교사나 다름없는 대우를 받는다고 했다. "그리고," 배럿 부인이 덧붙였다. "저 프랑스 여자 말에 의하면 외국인 가정에는 자기 같은 대우를 받는 영국 여자들도 많다더군요."

나는 야무진 주부가 선견지명을 갖고 언젠가 쓰기 위해 아무 쓸모 없어 보이는 천조각 등의 잡동사니를 모으듯 무심코 던져진 이 정보를 모아두었다. 내 오랜 친구를 떠나기 전에, 그녀는 런던에 있는 점잖고 오래된 여관의 주소를 주면서 예전에 나의 삼촌들이 자주 머물던 곳이라고 했다.

런던으로 떠나면서 나는 독자들의 예상만큼 모험심에 차 있거나 대단한 계획이 있진 않았다. 사실 50마일밖에 떨어져 있지 않은데, 런던까지 가고 거기 며칠 머물다가 더 머물러야 할 이유를 찾지 못하면 돌아올 돈이 충분히 있었다. 그 여행은 목숨을 건 모험이라기보다는 지친 몸을 쉬게 하기 위한 한번의 짧은 휴가였다. 어떤 일을 하든 별로 대단치 않은 일이라고 생각하는 편이 좋다. 그렇게 하면 몸과 마음이 안정을 찾을 수 있지만, 거창한 계획은 몸과 마음을 열에 들뜨게 하는 법이다.

그때만 해도 50마일을 여행하는 데 하루가 걸렸다(나는 흘러간 시절에 대해 말하고 있다. 내 머리칼은 얼마 전까지만 해도 시간의 서리를 견디어냈으나 지금은 마침내 백발이 되어 흰 눈이 겹겹이 쌓인 것처럼 흰 모자 아래 백발이 성성하다). 비 오는 2월의 밤 아홉시에 나는 런던에 도착했다.

시적인 첫인상을 정교하게 되살려봐야 독자가 달가워하지 않으리란 것을 알고 있다. 사실 나도 그런 것을 간직할 시간도 없었고 그럴 기분도 아니었기 때문에 오히려 잘된 일이다. 비가 오는 으스스한 저녁 늦게야 어두운 바빌론[1]에 도착한 것이다. 그곳의 광대함과 기이함은 나의 사고가 얼마나 명징한지, 내 침착성이 얼마나 확고한지 한껏 시험하려 들었다. 그것들은 총명하지 않은 내가 총명함 대신 부여받은 능력이었다.

마차에서 내리자 근처에서 기다리고 있는 사람들과 마부들의 말투가 외국어처럼 생소하게 들렸다. 그렇게 딱딱 끊어지는 영어는 난생처음이었다. 그러나 그럭저럭 의사소통을 하여 주소를 알고 있던 그 오래된 여관에 트렁크와 함께 무사히 도착할 수 있었다. 얼마나 힘들고 답답하고 곤혹스러운 여행이었던지! 난생처음 와본 런던에, 난생처음 묵어보는 여관이었다. 먼 길을 오느라 지쳤고, 어두워서 혼란스러웠고, 온몸이 꽁꽁 얼어 마비된 상태였고, 경험도 없고 물어볼 사람도 없는 상황에서 행동해야 했다.

나는 이 문제를 '상식'의 손에 맡겼다. 그러나 나의 다른 능력들과 마찬가지로 상식도 추위와 당혹스러움 때문에 어찌할 바를 몰라했다. 무정한 박차를 가해야 비로소 맡은 일을 간헐적으로 할 뿐

---

1 고대 바빌로니아 왕국의 수도. 비유적으로 가장 부패한 이교도의 도시를 가리킨다.

이었다. 이처럼 재촉을 받자 상식은 짐꾼에게 돈을 지불했는데, 위기상황이었음을 고려하면 크게 속았다고 상식을 비난할 일도 아니었다. 상식은 급사에게 방을 하나 부탁했고 겁을 내며 하녀를 불렀으며, 더욱이 젊은 하녀가 나타났을 때는 그녀의 아주 거만한 태도에 완전히 압도당하지 않고 견뎌냈다.

이 하녀야말로 약삭빠른 도시 멋쟁이의 전형이었다고 기억한다. 그녀의 허리 부분과 모자와 옷이 너무나 단정해서 어떻게 저런 옷을 만들었나 싶을 정도였다. 그녀는 점잔을 빼며 유창하게 말했는데 그 말투는 권위적으로 내 말투를 질책하는 냄새를 풍겼고, 그녀의 말쑥한 옷차림은 소박한 내 시골옷을 드러내놓고 얕잡아보는 듯했다.

'그래, 어쩔 수 없잖아.' 나는 생각했다. '새로운 곳에서 맞은 새로운 환경이니 잘해내야 해.'

나는 이 거만하고 젊은 하녀를 아주 차분하게 대했고, 검은 코트에 흰 넥타이를 맨 목사처럼 생긴 급사에게도 같은 태도를 취하자 곧 정중한 대접을 받기 시작했다. 처음에는 나를 하녀 정도로 생각한 게 분명했지만 잠시 후에 그들은 마음을 바꿔 은혜를 베푸는 듯한 태도와 공손한 태도 사이를 어정쩡하게 왔다갔다했다.

뭘 좀 먹고 난롯가에서 몸을 데운 후 내 방에 들어가서 문을 꼭 닫을 때까지는 잘 버텼다. 그러나 침대 옆에 앉아 베개에 엎드리자 끔찍한 압박감이 엄습했다. 내 처지가 유령처럼 날 덮쳐왔다. 나는 아무 데도 어울리지 않고 쓸쓸하고 희망이 없는 처지였다. 이 거대한 런던에서, 여기서 혼자 무얼 하고 있는가? 내일은 뭘 해야 하는가? 내 인생에 무슨 전망이 있는가? 이 세상에 친구라고 누가 있는가? 나는 어디에서 왔는가? 어디로 가야 하나? 무엇을 해야 하나?

눈물이 마구 흘러내려 베개와 팔과 머리카락을 적셨다. 복받치는 울음에 이어 가장 괴로운 생각들로 가득한 암울한 순간이 왔다. 그러나 내가 취한 행동을 후회하지 않았고 돌이키고 싶지도 않았다. 뒤로 물러서는 것보다는 앞으로 나아가는 것이 나았고, 아무리 좁고 험난해도 조만간 길이 열려 앞으로 나아갈 수 있다는 강력하고도 막연한 생각이 다른 감정들보다 훨씬 설득력 있게 다가왔다. 이렇게 설득되자 다른 감정들은 잠잠해졌고, 마침내 나는 기도를 올리고 잠자리에 들 만큼 평정을 되찾았다. 촛불을 끄고 막 눕자 나지막하나 깊고 강한 소리가 밤을 가로질러 퍼졌다. 처음에는 그게 무슨 소리인가 했다. 그 소리는 열두번을 울려퍼졌고, 열두번째 어마어마한 소리가 울리고 떨리는 소리가 잦아들면서야 나는 혼잣말을 했다. "내가 쎄인트 폴 성당 바로 아래 있구나."

# 6장
# 런던

그다음 날은 3월 1일이었다. 잠에서 깨어나 커튼을 젖히자 해가 안개를 뚫고 나오려 애쓰고 있었다. 내 머리 위, 지붕보다 더 높은 곳에 거의 구름과 같은 높이로 감청색의 장엄하고 둥근 물체가 솟은 것이 희미하게 보였다. 쎄인트 폴 성당의 돔이었다. 그것을 보자 내 마음이 일렁거렸다. 내 정신이 늘 묶여 있던 날개를 흔들어 반쯤 폈다. 갑자기 여태껏 진정으로 살아본 적이 없고 이제야 비로소 인생을 맛보려 한다는 느낌이 들었다. 그날 아침 내 영혼은 요나의 박넝쿨[1]처럼 빠르게 성장했다.

"오길 잘했어." 나는 재빨리 옷을 챙겨입으면서 말했다. "날 둘러싸고 있는 이 거대한 런던의 활기가 좋아. 겁쟁이가 아닌 다음에야 누가 촌구석에서 일생을 보내며 자신의 능력에 어둠이라는 좀

---

1 요나서 4:6. 하느님이 요나의 머리를 빨리 자라는 박넝쿨로 가렸다가 그다음 날 곧 시들게 했다.

이 슬도록 영영 내버려두겠어?"

옷을 입은 후 나는 아래층으로 내려갔다. 여행에 지치고 피곤한 상태가 아니라, 말끔하게 원기가 회복된 상태였다. 급사가 아침식사를 가져왔을 때는 침착하면서도 명랑하게 말을 걸 수 있었다. 우리는 십분쯤 대화를 나누었는데, 유익하게도 대화를 통해 서로를 알게 되었다.

그는 반백으로 나이가 들어 보였으며, 이 여관에서 한 이십년 은 근무한 듯했다. 그 사실을 확인하자 그가 십오년 전에 이곳을 자주 드나들던 우리 삼촌들, 찰스 삼촌과 월멋 삼촌을 기억하리라 는 확신이 들었다. 그들의 이름을 대니 그는 정확히 기억하고 있었 고, 존경심을 표했다. 그들이 친척이라고 알려주자 그에게 내 신분 이 분명해졌고 우리의 관계는 바로잡혔다. 그는 내가 찰스 삼촌을 닮았다고 했는데, 배럿 부인도 종종 같은 말을 했던 것으로 미루어 그 말은 사실인 듯했다. 이전의 의심에 찬 불편한 태도를 버리고 이제 그는 싹싹하고 공손한 태도로 나를 대했다. 나도 이제는 더이 상 멀쩡한 질문에 대해 정중한 대답을 얻어내려고 쩔쩔맬 필요가 없었다.

작은 방에서 내려다보이는 거리는 좁고 무척 조용했으며 더럽 지 않았다. 몇 안되는 행인들도 지방의 소읍에서 보는 사람들과 별 다를 바가 없었다. 여기에도 어마어마한 것은 없었다. 나는 혼자서 모험에 나설 자신감이 생겼다.

아침식사 후 밖으로 나갔다. 기뻐서 날아갈 듯했다. 런던을 혼 자서 걷는 것은 그 자체가 하나의 모험 같았다. 곧 고전적인 분위 기의 패터노스터 거리에 이르렀다. 존스라는 사람이 경영하는 책 방에 들어가 작은 책을 한권 샀다. 내게는 무리한 사치였지만 언젠가 이 책을 배럿 부인에게 주든지 보내든지 해야겠다고 생각했다. 책상 뒤에는 무미건조해 보이는 장사꾼 존스 씨가 서 있었다. 나는 그가 세상에서 가장 훌륭한 사람이고 내가 가장 행복한 사람인 것처럼 느껴졌다.

그날 아침 내가 한 경험은 놀랍도록 많았다. 쎄인트 폴 성당 앞에 이르자 나는 안으로 들어가 돔까지 올라갔다. 런던의 강과, 다리와 교회 들이 보였다. 고풍스러운 웨스트민스터 사원[2]과 초록빛 템플 가든[3] 위에 태양이 빛났고, 그 위로 이른 봄의 아름답고 푸른 하늘이 펼쳐져 있었고, 하늘과 땅 사이에는 옅은 안개가 끼어 있었다.

나는 돔에서 내려와 자유와 즐거움이 넘치는 평화로운 황홀경에 취해 발길 닿는 대로 헤맸다. 그러다가 어떻게 갔는지 모르겠지만, 시내 중심부로 들어섰다. 마침내 나는 런던을 보고 런던을 느꼈다. 스트랜드가로 들어서서 콘힐[4]로 올라갔다. 지나가는 사람들 속에 섞였고, 용기를 내어 교차로를 건넜다. 혼자 이런 행동을 하면서 나는 내내 비이성적일지도 모르지만 진정한 기쁨을 느꼈다. 나중에 웨스트엔드[5]와 공원과 멋진 광장 들도 보았지만 나는 도심을 훨씬 좋아한다. 도심이 훨씬 더 진짜 런던 같았다. 그곳에서 일어나는 거래, 붐비는 군중, 고함소리는 아주 볼만하다. 시내는 생계를 꾸려가는 곳인 반면 웨스트엔드는 쾌락만을 즐기는 곳이다. 웨스트엔드에서는 재미를 느끼는 정도지만, 시내에서는 깊이 흥분하게 된다.

---

2 영국의 국가적인 성소이자 묘지.
3 법학원 건물인 이너 템플과 미들 템플의 정원들을 가리킨다.
4 샬럿 브론테의 책을 출판하던 '스미스, 엘더' 출판사가 있던 곳.
5 런던의 서구. 부호의 저택이 많으며 큰 상점, 공원 등이 있다.

마침내 기운이 빠지고 배가 고파져서(내가 그런 건강한 배고픔을 느낀 것도 실로 몇년 만이었다), 두시쯤 되어 어둡고 오래된 조용한 여관으로 돌아왔다. 소박하게 요리한 구운 고기와 야채를 먹었는데 둘 다 맛이 훌륭했다. 마치몬트 여사의 요리사가 지금은 고인이 된 친절한 여주인과 내 몫으로 올려보내주던 앙증맞고 양이 적은 음식들에 비해 얼마나 맛있던지! 그 음식들에 대해 말하자면, 마치몬트 여사와 내게 반밖에 안되는 식욕을 불러일으켰다. 나는 기분 좋게 피곤해져서 의자를 세개 붙여놓고—그 방에는 소파가 없었다—한시간 동안 누워 있었다. 그리고 잠에서 깨어나 두시간 동안 생각에 잠겼다.

내 마음의 상태나 그에 뒤따르는 모든 환경은 새롭고 확고하고 대담하며 어쩌면 필사적이기까지 한 행동을 하기에 알맞았다. 내겐 잃을 것이 없었다. 말로 다할 수 없을 만큼 싫은 과거의 황량한 삶으로는 결코 되돌아가고 싶지 않았다. 지금 하려는 일에서 실패한들 나 말고 고통을 당할 사람이 누가 있는가? 내가 먼 곳에서—'집에서 먼 곳에서'라고 말하려 했으나 내게는 집이 없었다—잉글랜드에서 먼 곳에서 죽은들 누가 울어줄 것인가?

고통이야 따르겠지만 나는 고통에 익숙한 사람이었다. 죽음 자체에 대해서도 나는 곱게 자란 사람들이 갖는 두려움이 없었고, 차분히 죽음을 지켜본 적도 있었다. 그래서 어떤 일이 일어나든 감수하겠다는 각오를 하고 계획을 세웠다.

그날 저녁에 이젠 친구가 된 급사로부터 부마린[6]이라는 유럽의 항구로 출발하는 배에 대한 정보를 들었다. 더이상 낭비할 시간이

--------

6 Boue-Marine. 프랑스어로 '바다 진흙'이라는 의미. 가상의 지명이다.

없었다. 바로 그날밤 배를 타야 했다. 아침까지 기다린 후 배를 타러 가도 될지 몰랐지만 늦어서 배를 놓치는 위험을 무릅쓰고 싶지 않았다.

"지금 곧 배를 타는 게 나을 거예요." 급사가 충고해주었다. 나는 그의 의견에 동의했다. 계산서를 지불하고 친절에 대한 감사의 표시로 팁을 주었는데, 지금 생각해보면 너무 후한 액수였다. 급사의 눈에도 틀림없이 터무니없게 느껴졌을 것이, 실제로 그가 주머니에 돈을 넣으면서 돈 준 사람의 수완[7]을 어떻게 생각하는지 암시하는 희미한 미소를 지었던 것이다. 그가 마차를 불러주었다. 그리고 마부에게 나를 소개하면서, 부두로 데려가되 뱃사공들 사이에 내려놓아서는 안된다고 당부했다. 마부는 그러겠다고 약속했지만 약속을 지키지 않았다. 반대로 그는 뱃사공들이 우글거리는 한가운데 나를 내려주었다. 그는 나를 제물로, 수월한 수입원으로 바친 것이었다.

어떻게 해야 할지 난감했다. 날은 이미 어두워졌고, 마부는 요금을 받자마자 곧 마차를 몰고 가버렸고, 뱃사공들이 나와 내 짐을 차지하기 위해 서로 싸우기 시작했다. 지금도 그들의 욕설이 들리는 듯하다. 그들의 욕설은 어두웠던 그날밤이나 내가 느꼈던 고립감이나 낯선 풍경보다 더 심하게 내 철학을 흔들어놓았다. 한 사람이 내 트렁크에 손을 댔다. 나는 내버려두고 잠자코 있었다. 그러나 또 한 사람이 내 몸에 손을 댔을 때는 그 손을 떨쳐내며 그러지 말라고 큰 소리로 말하고 곧 나룻배에 올랐다. 짐짓 근엄하게 트렁크를 내 옆 "바로 거기에" 놓아달라고 하자 뱃사공은 곧 그대로 했다.

---

7 (프) savoir-faire.

내가 선택한 배의 주인은 이제 내 편이었다. 배는 물결을 헤치고 나아갔다.

강은 잉크를 풀어놓은 것처럼 새까맸다. 주위의 건물들에서 새어나오는 불빛이 강 위에 빛났고, 배들은 강 한복판에서 흔들거리고 있었다. 내가 탄 배가 몇척의 배들이 모인 곳을 향해 나아갔다. 나는 등불을 비춰 어두운 바탕에 흰 페인트로 커다랗게 쓴 배들의 이름을 읽었다. 오션호, 피닉스호, 칸소트호, 돌핀호 등이 차례로 스쳐갔다. 내가 탈 비비드Vivid호는 더 아래쪽에 정박해 있었다.

우리는 검은 강물 위를 미끄러져갔다. 지옥의 강 스틱스와 고독한 영혼들을 태우고 저승으로 노 저어 데려가는 카론이 생각났다. 얼굴에 찬바람이 몰아치고 머리 위 깊은 밤의 구름에서 빗방울이 떨어지는 그 기묘한 풍경 안에서, 듣기 괴로운 욕설로 내 귀를 고문해대는 상스러운 뱃사공 두명과 함께 가면서 나는 자신이 비참한지 아니면 두려운지 자문해보았다. 어느 쪽도 아니었다. 살아가면서 비교적 안전한 환경에서도 이보다 훨씬 더 비참하거나 두려운 적이 종종 있었다. "이건 무슨 일이지?" 나는 말했다. "우울하고 걱정이 되는 게 아니라 활기가 돌고 머리가 맑아지니 말이야!" 어쩐 일인지 알 수가 없었다.

마침내 비비드호가 검은 밤을 가로질러 눈부시게 하얀 모습으로 나타났다. "여기요!" 뱃사공이 외치고는 6실링을 요구했다.

"너무 비싸요." 내가 말했다. 그는 그 배에서 물러나면서 돈을 줄 때까지 내려주지 않겠다고 말했다. 나중에 알고 보니 승무원인 젊은이가 곧 싸움이 벌어지길 기다리며 배 위에서 히죽 웃고 있었다. 나는 그가 실망하도록 돈을 줘버렸다. 그날 오후 1실링짜리 동전을 주어도 될 일에 세번이나 6실링짜리 은화를 준 터였다. 나는 "이건 경험을 쌓기 위해 치르는 값"이라며 자위했다.

"속은 거예요." 내가 배에 올라타자마자 승무원이 신이 나서 말했다. 나는 "알고 있어요"라고 무심하게 대답하고 선실로 내려갔다.

여성 선실에는 화려한 차림에 이목구비가 뚜렷하고 튼튼해 보이는 여성 승무원이 있었다. 내 침실을 알려달라고 하자 그녀는 나를 가만히 보더니, 이런 시간에 배를 타는 사람이 어디 있냐며 툴툴댔다. 정중한 사람은 아닌 듯했다. 그렇게 아름다운 얼굴이 얼마나 무례하고 이기적으로 보이던지!

"배를 탔으니 여기 머물러 있어야 하잖아요." 나는 대답했다. "귀찮겠지만 내 침실을 알려줘요."

뚱하기는 했지만 그녀는 내 말대로 했다. 나는 모자를 벗고 소지품을 정돈한 뒤에 자리에 누웠다. 여러가지 어려움을 겪은 끝에 마침내 일종의 승리를 거둔 셈이었다. 집도 머물 곳도 도와줄 이도 없는 처지였지만 다시 잠깐 휴식을 취할 여유를 갖게 된 것이다. 비비드호가 항구에 도착할 때까지 내가 할 일은 없었다. 하지만 그 다음엔…… 아! 나는 앞을 내다볼 수가 없었다. 지치고 시달려 비몽사몽인 상태로 누워 있었다.

여승무원은 밤새도록 떠들어댔다. 상대가 나는 아니었고 자기와 꼭 닮은 아들, 아까의 그 젊은 승무원이었다. 그는 끊임없이 선실을 들락거렸다. 그들은 하룻밤 새에 다투고 화해하기를 스무번도 더 했다. 그녀는 고향에, 아버지에게 편지를 쓴다고 하며 큰 소리로 그 편지를 읽었다. 내가 짐짝이라도 되는 양 신경쓰지도 않았다. 어쩌면 잠들었다고 생각한지도 몰랐다. 편지 구절 중 일부는 집안의 비밀에 관한 것인 듯했다. 특히 여동생 "샬럿"에 대한 언급이 많았는데, 그 여동생은 경솔하게 사랑에 빠져 결혼을 하려는 것 같았다.

그 불쾌한 결혼에 대해 언니는 목청을 높여 반대하고 있었다. 착실한 아들은 어머니의 편지를 비웃었고, 그녀는 아들에게 고함을 질러대며 항변했다. 참으로 이상한 한쌍이었다. 그녀는 서른아홉이나 마흔쯤 되어 보였으나 스무살 처녀처럼 토실토실하니 한창 피어나 있었다. 거칠고 시끄럽고 허영심 많고 속물적인 그녀는 몸과 마음이 모두 단단하고 시들 줄 모르는 듯했다. 어린 시절부터 역전에서 살았고 젊었을 때는 술집에서 일하지 않았을까 하는 생각이 들었다.

아침이 다가오자 그녀의 수다는 새로운 주제로 옮아갔다. 그녀가 알고 있는 여객인 듯한 "왓슨가" 사람들이 승선할 예정이라는 이야기였는데, 그들은 팁을 넉넉히 준다는 이유로 그녀의 존경을 한몸에 받고 있는 듯했다. 그녀는 "이 집안 사람들이 영국해협을 건널 때마다 한몫 잡는 거나 마찬가지"라고 했다.

새벽이 되자 모두 잠에서 깨어났고 해뜰 무렵에는 승객들이 배에 올랐다. 여승무원은 왓슨가 사람들을 떠들썩하게 환영하며 인사를 하느라고 부산을 떨었다. 그들은 남자 둘, 여자 둘, 모두 네명이었다. 그들 외에는 승객이라고는 한명뿐이었다. 점잖지만 기운이 없어 보이는 신사가 데려온 아가씨였다. 이 두 집단은 눈에 띄게 대조적이었다. 왓슨가 사람들은 의심할 바 없는 부자이고 부에 대한 그런 확신이 태도에 나타났다. 여자들은 둘 다 젊었고, 육체적인 아름다움에 대해서만 말하자면 한명은 완벽한 미인이었다. 그 아가씨들은 호사스럽고 부티가 났지만 그들의 옷차림은 장소에 어울리지 않았다. 밝은색의 꽃이 달린 보닛과 벨벳 외투와 비단옷은 습기 찬 갑판보다는 공원이나 산책길에 어울릴 성싶었다. 남자들은 키가 작고 못생기고 뚱뚱하고 속물적이었다. 더 늙고 못생기고 기름기가 흐르며 어깨가 딱 벌어진 사람이 그 아름다운 아가씨의 남편, 즉 그녀가 앳된 것으로 미루어 아마 새신랑인 듯했다. 이 사실에 나는 몹시 놀랐고, 그런 결혼에 비참해하며 절망하는 것이 아니라 어지러울 정도로 까부는 그녀의 모습에 더욱더 놀랐다. '그녀의 웃음은,' 나는 생각했다. '미칠 듯한 절망에서 나온 게 분명해.' 이런 생각을 하며 조용히 배 난간에 기대어 서 있었는데, 그녀가 전혀 모르는 사이인데도 날 보고 웃으며 손에 간이의자를 들고 나를 향해 경쾌하게 걸어왔다. 미소를 짓자 완벽하게 고른 치아가 드러났는데, 그 미소가 하도 경박스러워서 나는 놀라고 당황했다. 그녀는 개의치 않고 나더러 의자에 앉으라고 권했다. 물론 나는 최대한 정중하게 거절했다. 그러자 그녀는 조심성 없이 가볍게 춤추듯 가버렸다. 분명히 착한 아가씨 같은데, 왜 잘 봐줘야 기름통 같은 저런 남자와 결혼을 했을까?

신사와 동행한 또 한명의 승객은 아주 예쁘고 귀여운 아가씨였다. 면으로 된 단순한 옷을 입고 장식 없는 밀짚모자를 썼으며 커다란 숄을 우아하게 걸친 모습이 전형적인 퀘이커교도의 모습이었지만 그녀에게 썩 잘 어울렸다. 신사는 그 아가씨가 어떤 사람들과 함께 가게 되는지 확인이라도 하려는 듯이 떠나기 전에 승객들을 하나하나 찬찬히 뜯어보았다. 그는 화려한 꽃장식을 단 여자들에게서 불만에 가득찬 눈길을 돌렸다. 그러고는 나를 본 후 딸인지 조카인지에게 얘기했고, 그녀 또한 내 쪽을 보고는 그 예쁘고 얇은 입술을 살짝 삐쭉였다. 이렇게 날 깔보는 이유는 나 자신 때문일 수도, 내가 입은 소박한 상복 때문일 수도 있었다. 아니면 둘 다일 확률이 더 높았다. 종이 울리고 그녀의 아버지(후에 아버지인 것을 알게 되었다)가 입을 맞춘 후 육지로 돌아갔다. 배가 출발했다.

이런 어린 여자 혼자서 여행할 수 있도록 믿어주는 곳은 영국뿐이라고 외국인들은 말한다. 그들은 영국인 부모나 후견인의 과감한 신뢰에 대해 무척 놀란다. "어린 아가씨들"에 대해, 혹자는 이런 용기를 남성적이라거나 "부적절하다"고 하고, 혹자는 적절한 "감독"을 태만히 하는 교육제도와 종교제도의 무기력한 희생자로 여긴다. 이 아가씨가 과연 감독하지 않고 내버려두어도 안전한 유형이었는지는 모르겠다. 아니 그 당시에는 몰랐다고 하는 편이 맞을 것이다. 그러나 곧 품위 있는 고독은 그녀에게 어울리지 않는 것으로 판명되었다. 그녀는 갑판을 한두번 왔다갔다하면서 비단옷과 벨벳옷을 입은 아가씨들과 그들의 비위를 맞추고 있는 곰 같은 사내들에게 여봐란듯이 약간 심술 섞인 경멸의 눈초리를 보내더니 마침내 내게 다가와 말을 걸었다.

"바다여행을 좋아해?" 그녀의 질문이었다.

바다여행을 해본 적이 없기 때문에 좋아할지는 두고 봐야 알겠다고 대답했다.

"어머, 멋져라!" 그녀가 소리쳤다. "처음이라니 부럽네. 뭐든 첫 경험은 즐겁잖아. 난 하도 여행을 해서 첫인상이 어땠는지 기억도 안 나. 바다고 뭐고 다 싫증이 났단[8] 말이야."

나는 미소를 짓지 않을 수 없었다.

"왜 비웃는 거야?" 그녀가 퉁명스러운 말투로 솔직하게 물었다. 이 말투가 아까의 말투보다는 더 마음에 들었다.

"어떤 일에 대해서건 싫증내기에는 아직 어려 보여서 그래."

"난 열일곱이야." (약간 기분이 상한 말투였다.)

........................................
8 (프) blasée.

"열여섯도 안돼 보이는데. 혼자 여행하는 게 좋니?"

"흥! 아무래도 상관없어. 열번이나 혼자 영국해협을 건넜는걸. 그렇지만 오래 혼자 있진 않아. 언제나 친구를 사귀거든."

"이번에는 그다지 친구를 많이 사귈 것 같지 않은데."(왓슨가 사람들을 곁눈질하면서 내가 말했다. 그들은 갑판 위에서 웃으며 떠들어대고 있었다.)

"저런 꼴불견들은 안 사귀어." 그녀가 말했다. "저런 치들은 3등 선실에나 타야 되는데. 넌 학교에 가는 거니?"

"아니."

"어디로 가는데?"

"나도 몰라, 적어도 부마린 항구까지 간 다음에는."

그녀는 날 쳐다보더니 무심히 계속 말했다.

"나는 학교로 가는 중이야. 내가 다닌 외국 학교만도 몇인지 몰라! 그런데도 난 일자무식이야. 아무것도, 정말 아무것도 몰라. 춤추고 노는 것 빼고는. 물론 프랑스어와 독일어로 말은 할 수 있지만 읽고 쓰는 건 잘 못해. 언젠가는 쉬운 독일어로 된 책 한쪽을 영어로 번역해보라고 했는데 그것도 못했어. 아빠는 슬퍼하시면서 내 등록금을 대주는 내 대부 바송삐에르 아저씨가 돈을 쓸데없이 버린 셈이래. 그리고 다른 과목인 역사, 지리, 수학 같은 것도 아직 기초단계야. 영어도 엉망진창이야. 철자법과 문법이 왜 이 모양이냐고들 야단이야. 게다가 종교도 완전히 잊어버렸어. 있지, 내기 신교도라고들 하지만 그런지 아닌지도 모르겠어. 구교와 신교의 차이도 잘 모르겠고. 하지만 아무래도 상관없어. 본에서는 루터파 신자였어. 사랑스러운 본! 매혹적인 본! 정말 멋진 남학생들이 많았어. 우리 학교의 괜찮은 여자애들에게는 모두 따라다니는 남학생

들이 있었어. 그 남학생들은 우리의 산책시간을 알아내고 그 산책
로를 지나가며 "아름다운 아가씨"[9] 하고 말을 걸었지. 본에서는 아
주 행복했는데!"

"지금은 어디에서 지내는데?" 내가 물었다.

"오! 거기[10]에서."

지금 지네브라 팬쇼(이 아가씨의 이름이었다)는 그곳의 진짜 이
름을 깜박 잊어서 이 "거기"라는 말을 대신 쓰고 있었다. 이것은 그
녀의 버릇이었다. 어느 나라 말로 이야기를 하고 있든지 어떤 단어
가 생각이 안 나면 대신 쓸 수 있는 편리한 말인 '거기'라는 단어는
그녀의 대화 곳곳에서 튀어나왔다. 프랑스 소녀들이 흔히 말하는
방식을 흉내낸 것이었다. 이번의 "거기"는 위대한 라바스꾸르 왕
국[11]의 수도인 빌레뜨[12] 대신 쓴 말이었다.

"빌레뜨가 좋니?" 내가 물었다.

"아주 좋아. 그곳 사람들이야 아주 멍청한 속물이지만 괜찮은 영
국 사람들이 있거든."

"학교에 다니니?"

"응."

"학교는 괜찮니?"

"오, 아니! 끔찍해. 그렇지만 일요일마다 외출하는 게 낙이야. 여
선생이니 교수니 학생[13] 따위에는 관심도 없어. 뒈질 놈의[14](영어로

---

**9** (독) Schönes Mädchen.
**10** (프) chose.
**11** Labassecour. 벨기에를 모델로 한 가상의 지명. 프랑스어로 '농가 마당'이라는 뜻.
**12** Villette. 벨기에 브뤼셀을 모델로 한 가상의 지명. 프랑스어로 '소도시'라는 뜻.
**13** (프) maîtresses, professeurs, élèves.
**14** (프) au diable.

는 상스러운 말인데 프랑스어로 하니 그럴싸했다) 수업. 이런 식으로 근사하게 지내고 있지…… 또 날 비웃는 거야?"

"아니. 무슨 생각 좀 하느라고."

"무슨 생각인데?"(대답을 기다리지도 않고) "이제 어디로 가는지 말해줘."

"운명의 여신이 이끄는 곳으로. 돈벌이가 될 일을 찾아야 하거든."

"돈벌이라고!"(대경실색하면서) "그러면 가난하단 말이야?"

"욥만큼이나 가난하지."[15]

(잠깐 가만있다가) "그것 참 불쾌한 일이네! 하지만 나도 가난이 뭔지 알아. 고향에서는 엄마, 아빠 그리고 모두가 가난하거든. 아빠는 팬쇼 대위인데 퇴역 장교셔. 하지만 가문이 좋아서 친척들은 굉장해. 그렇지만 그중에서 우리를 도와주는 사람은 프랑스에 사는 대부 바송삐에르 아저씨뿐이야. 우리 집 딸들을 교육시켜주시거든. 우리는 딸 여섯에 아들 셋이야. 딸들은 하나씩 돈 있는 나이 든 신사와 결혼을 할 거야. 엄마, 아빠가 주선해주시거든. 오거스타 언니는 아빠보다 더 나이 들어 보이는 신사와 결혼했어. 언니는 나와는 스타일이 다르고 피부가 검지만 참 예뻐. 남편인 데이비스 씨는 인도에서 황달에 걸려 지금도 피부가 노래. 그렇지만 부자여서 오거스타 언니는 이제 자리를 잡았고 마차도 있어. 우리 모두 언니가 아주 잘했다고 생각해. 네가 찾는 '돈벌이'보다는 낫잖아. 그런데 넌 똑똑한 편이니?"

"아니, 전혀 그렇지 않아."

"피아노도 치고 노래도 하고 외국어도 서너개 할 수 있어?"

---

15 성경에 나오는 욥은 가난과 시련을 견뎌낸 인물이다.

"아무것도 못해."

"그래도 꽤 똑똑해 보이는데."(잠깐 쉬면서 하품.) "혹시 뱃멀미해?"

"넌 어때?"

"아, 아주 심해! 바다를 보기만 해도 멀미가 나. 벌써 멀미가 나기 시작하네. 선실로 내려갈 테야. 그 밉살스러운 뚱보 여승무원을 부려먹어야지! 다행히도 내가 사람을 부려먹는 법 정도는 안답니다.[16]" 그녀는 아래로 내려갔다.

곧 그녀의 뒤를 이어 다른 승객들도 내려갔다. 나는 오후 내내 혼자서 갑판 위에 있었다. 그 고요하고 심지어는 행복했던 시간들을 회상할 때면, 그리고 그와 더불어 절망적이라고 할 만했던 처지도 기억해보면 이랬다는 생각이 든다.

돌벽이 있다고 감옥이 되는 건 아니고
철창이 있다고 새장이 되는 것은 아니라네.[17]

몸이 건강하고 능력을 발휘할 수 있는 한, 특히 자유의 날개를 빌릴 수 있고 희망의 별빛의 인도를 받는 한, 위험과 외로움과 불안한 미래는 우리를 짓누르는 악이기만 한 것은 아니라는 생각이 든다.

마게이트를 지난 지 한참 후에도 나는 멀미가 나지 않았다. 바닷바람을 들이마시니 몹시 즐거웠고, 흔들리는 영국해협의 파도와 파도 위를 나는 바닷새와 멀리 보이는 하얀 돛과 온 세상을 뒤덮고

---

16 (프) Heureusement je sais faire aller mon monde.
17 리처드 러블레이스의 시 「감옥에서 앨시아에게」(To Althea, from Prison)의 구절.

있는 구름 낀 고요한 하늘에서 신성한 기쁨이 느껴졌다. 몽상에 잠겨, 저 멀리 유럽 대륙이 드넓은 꿈나라처럼 보이는 듯했다. 햇살 아래 긴 해안이 황금 줄처럼 보였고, 집들이 옹기종기 모인 마을과 눈에 덮여 빛나는 탑과 울창한 숲과 울퉁불퉁한 언덕과 부드러운 초원과 구불구불 흐르는 시내가 수를 놓은 듯 눈앞에 환히 펼쳐졌다. 그 뒤로는 짙푸른 하늘이 장엄하게 펼쳐져 있었고, 신이 구부려 놓은 활, 희망의 무지개[18]가 황홀한 빛을 발하며 부드럽고 장엄하게 북쪽에서 남쪽까지 걸려 있었다.

독자여, 앞에 쓴 것은 모두 없던 걸로 하라. 아니면 그대로 두고 여기서 교훈을 끌어내길. 어느 책에서 베낀 시처럼,

백일몽은 악마가 만들어낸 망상이다.

심하게 뱃멀미가 나서 나는 비틀거리며 선실로 내려갔다.

우연하게도 팬쇼 양의 침대는 내 옆이었다. 유감스러운 일이었지만, 우리 둘 다 괴롭기는 마찬가지였음에도 내내 그녀의 넘치는 이기심이 날 괴롭혔다. 그녀의 안달과 초조는 비길 데가 없었다. 뱃멀미를 심하게 하는 바람에 여승무원의 몰염치하고 편파적인 간호를 받는 왓슨가 아가씨들도 그녀에 비하면 금욕주의자라고 할 정도였다. 팬쇼 양처럼 경박하고 조심성 없는 성격에다 예쁘고 연약한 몸매를 지닌 여자들에겐 인내심이 전혀 없다는 걸 그후에도 나는 여러차례 확인했다. 그런 사람들은 맹탕인 맥주가 천둥을 맞으면 시큼한 맛이 드는 것처럼 힘든 일이 생기면 심술을 부리는 것

........................................
18 창세기 9:8~17. 하느님이 노아에게 한 말을 암시하고 있다.

같다.[19] 그런 여자를 아내로 맞이하는 사람들은 아내에게 항상 화창한 날만 있는 삶을 안겨줄 수 있어야 한다. 나는 그녀의 성가신 어리광을 참다못해 마침내 통명스럽게 "조용히 좀 해줘"라고 말하고야 말았다. 면박은 효과가 있었고, 그렇다고 해서 그녀가 날 더 싫어하는 것 같지도 않았다.

어두운 밤이 다가오자 바다는 거칠어졌다. 뱃전에 큰 파도가 몰려와 부딪쳤다. 주변이 온통 암흑과 물인 것도, 시끄러운 소리와 파도와 바람을 헤치며 길 아닌 길을 헤치고 배가 바로 나아가는 것도 이상했다. 가구들이 넘어지기 시작해서 제자리에 묶어둬야 했다. 승객들의 고통은 극에 달했다. 팬쇼 양은 끙끙대며 죽겠다고 소리를 질렀다.

"아직 죽을 때는 아니에요, 아가씨." 여승무원이 말했다. "지금 항구에 도착했거든요." 약 십오분가량 지나자 고요가 밀려왔고 자정 무렵 드디어 여행이 끝났다.

유감이었다. 정말 유감이었다. 이제 휴식시간은 지나고 나의 시련, 가장 가혹한 시련이 다시 시작된 것이었다. 갑판으로 나가자 차가운 밤공기와 사나운 날씨가 왜 내가 그곳에 있냐며, 건방지다고 비난하는 것 같았다. 이국 항구마을의 아물거리며 빛나는 불빛들이 나를 위협하는 수많은 눈동자들처럼 느껴졌다. 왓슨가 사람들을 환영하기 위해 친구들이 배로 올라왔고, 팬쇼 양의 친구들 역시 그녀를 둘러싸더니 그녀를 데리고 어디론가 사라져버렸다. 나는…… 아니다, 나는 감히 그들과 처지를 비교할 수 없었다.

그러나 어디로 가야 하나? 어디론가 가기는 가야 했다. 운명은

---

19 영국 속담에 '천둥이 치면 우유가 상한다'는 말이 있다.

불친절했다. 여승무원에게 팁을 주자 그녀는 나 같은 사람에게 받아내리라고 대충 계산한 것보다 더 많이 받은 데 놀란 듯했다. 내가 말했다.

"오늘밤을 지낼 수 있는 조용하고 점잖은 여관이 있으면 소개해주세요."

그녀는 여관을 알려주었을 뿐 아니라 마부를 불러 날 데려다주라고 해주었다. 내 짐은 세관에 가 있었으므로 옮길 필요가 없었다.

나는 마부를 따라서 가끔 달빛이 비치는 허접한 포장도로를 마차로 달렸다. 그는 나를 여관으로 데려다주었고 나는 그에게 6펜스를 주었으나 안 받으려 했다. 돈이 적어서라고 짐작하고 대신 1실링을 주었다. 그러나 그는 알아들을 수 없는 외국어로 퉁명스럽게 뭐라고 말하면서 그 돈도 거절했다. 등불이 켜진 여관 현관에서 나온 급사가 문법에 맞지 않는 영어로, 그 돈은 외국 돈이라 여기서는 쓸모가 없다는 것을 상기시켜주었다. 그에게 1파운드 금화를 주면서 바꿔달라고 했다. 이 사소한 문제를 해결한 후 나는 방을 하나 달라고 했다. 아직도 멀미가 나는데다 기운이 빠져 온몸이 떨리는 바람에 저녁을 먹을 수 없었다. 지쳐 있던 나는 마침내 작은 여관방의 문이 닫히자 너무나 기뻤다. 내일도 불안의 구름은 여전히 짙게 끼어 있을 것이고, 더 다급하게 몸을 움직여야 하고 (궁핍의) 위험이 더 가까이 다가오고 (생존을 위한) 투쟁이 더 심해지겠지만, 당장은 다시 쉬게 된 것이 기뻤다.

# 7장
# 빌레뜨

다음 날 아침 잠에서 깨어나자 용기가 되살아나며 기분이 상쾌해졌다. 더이상 피곤한 몸 때문에 판단이 흐려지는 일이 없어서 정신이 민첩하고 명료해졌다.

막 옷을 입었는데 문 두드리는 소리가 났다. 하녀려니 하고 "들어와요"라고 했는데, 웬 거칠게 생긴 남자가 들어와 말했다.

"아가씨, 열쇠를 주시오."

"왜요?"

"달라니까요!" 그가 짜증을 내며 말했다. 그러고는 내 손에서 열쇠를 반은 낚아채다시피 하면서 덧붙였다. "됐소! 곧 트렁크가 올 거요."

다행히 별일은 아니었다. 남자는 세관에서 온 사람이었다. 나는 어디 가서 아침식사를 해야 할지 몰랐으나 망설이지 않고 아래로 내려갔다.

어젯밤에는 너무 피곤해서 몰랐는데, 이제 보니 이 여관은 커다란 호텔이었다. 한단 한단 멈추어가며 넓은 계단을 천천히 내려가면서(나는 전혀 서두르지 않았다) 내 머리 위의 높은 천장과 그림이 그려진 벽과 빛이 쏟아져들어오는 창과 발아래의 줄무늬 대리석 계단(카펫도 깔려 있지 않고 별로 깨끗하지도 않았지만 대리석이었다)을 바라본 후, 이 모든 것과 내게 방이라고 내준 좁고 수수하기 이를 데 없는 다락을 대조해보고는 사색적인 기분에 잠겼다.

급사나 객실 담당 하녀가 손님에게 적절한 방을 배정할 때 보이는 현명함은 그저 놀라울 뿐이었다. 여관 종업원들이나 배의 승무원들은 어떻게 내가 돈도 사회적 지위도 없는 사람인 걸 척 보고 아는 걸까? 그들은 분명히 잘 알고 있었던 것이다. 모두가 순식간에 나를 보잘것없는 인물로 감정해내는 게 확실했다. 이 사실이 신기하고도 의미심장하게 느껴졌다. 이런 사실의 의미를 모르는 척하고 싶지는 않았지만, 마음이 무거운 가운데 애써 기운을 내려고 했다.

마침내 나는 천장에서 빛이 쏟아져들어오는 커다란 홀에 내려왔다. 어찌어찌해서 호텔 식당까지 찾아갔다. 그곳에 들어서자 솔직히 조금 떨렸다. 불안하고, 외롭고, 비참한 기분까지 들었다. 정말이지 지금 제대로 하고 있는 것인지 잘못하고 있는 것인지만 알 수 있으면 좋을 것 같았다. 잘못 들어온 게 틀림없다는 확신이 들었으나 이미 어쩔 수 없었다. 숙명론자처럼 마음을 가라앉히고 활기차게 작은 테이블로 가 앉자, 곧 급사가 아침식사를 날라다주었다. 소화가 잘될 것 같지 않은 기분으로 식사를 했다. 식당 안의 다른 테이블에도 아침식사를 하는 사람은 많았다. 그중에 여자가 한 명이라도 있으면 기분이 좀 나았을 텐데 불행히도 여자는 한 사람도 보이지 않았다. 거기 있는 사람은 모조리 남자였다. 그러나 아무도 나를 이상하게 여기는 것 같지 않았다. 한두명이 힐끗거리기는 했으나 무례하게 뜯어보지는 않았다. 내 행동이 이상해 보였으면 "영국인이군!"[1] 하고 말하는 걸 듣고 알았을 것이다.

아침식사를 끝내자 다시 움직여야 했다. 하지만 어느 방향으로 간다지? "빌레뜨로 가라." 이것은 내면에서 우러난 소리였다. 팬쇼 양이 지나가는 말로 아무렇게나 무심코 내뱉은 말이 생각나서였을 것이다. 작별인사를 하면서 그녀는 이렇게 말했다.

"베끄 부인의 학교로 가면 좋을 텐데. 그 집 아이들을 돌보는 일자리를 구할 수 있을지도 몰라. 영어 선생을 구하거든. 적어도 한두달 전에는 구하고 있었어."

베끄 부인이 누구고 어디에 사는지는 몰랐다. 내가 물었지만 팬쇼 양은 내 말을 못 들었다. 그녀는 대답도 없이 친구들과 서둘러 사라졌다. 나는 베끄 부인이 빌레뜨에 사는 것으로 추정하고, 빌레뜨로 가기로 했다. 40마일이나 떨어진 곳이었다. 내가 지푸라기를 잡으려 한다는 것은 알고 있었다. 하지만 파도치는 넓은 바다에 던져진 이상 거미줄이라도 있다면 잡았을 것이다. 빌레뜨로 가는 교통편을 알아보고 마차에 자리를 하나 얻어 대충 이런 윤곽, 이런 희미한 계획만 가지고 출발했다. 이런 과정이 무모하다고 하기 전에, 독자여, 나의 출발점을 돌이켜보라. 내가 떠나온 황무지를 생각해보면, 내가 잃을 것 하나 없다는 데 주목하게 될 것이다. 나는 잃을 것은 없고 딸지도 모르는 내기를 하는 셈이었다.

결코 예술가 기질이 있는 것은 아니지만 내게 현재의 즐거움을

---

1 (프) Anglaise!

최대한 누리는 예술적 재능 같은 것이 있는 건 분명했다. 현재 하는 일이 마음에 들 때는 그랬다. 그날 내가 탄 마차는 천천히 움직였고 비가 오고 추웠으나 나는 여정을 즐겼다. 길은 나무 하나 없는 황량한 평지였다. 길 옆에는 동면하는 초록 뱀 같은, 끈적끈적해 보이는 수로가 나 있었고, 텃밭같이 갈아놓은 평평한 들판의 가장자리에는 가지를 바싹 친 버드나무들이 서 있었다. 하늘도 단조로운 회색이고 대기는 축축하니 가라앉아 있었다. 이런 암울한 분위기 속에서도 상상력이 새롭게 싹트고 가슴 가득 햇살이 쏟아졌다. 그러나 기쁨을 덮치려고 정글 속 호랑이처럼 잠복해 있는 불안을 끊임없이 은밀히 의식해 나는 이러한 느낌들을 계속 숨기고 제어했다. 그 맹수의 숨결이 항상 귀에 들려왔다. 그 사나운 가슴은 나와 아주 가까운 곳에서 헐떡이고 있었다. 맹수는 자신의 보금자리에서 꼼짝도 않고 있었지만 나는 그것을 느낄 수 있었다. 해만 지면 숨어 있던 곳에서 포효하며 튀어나오리라는 것도 알고 있었다.

원래는 밤이 오기 전에 빌레뜨에 도착하길 바랐다. 낯선 곳에 간데다 어둡기까지 한, 더욱 당황스러운 상황은 피하고 싶었다. 하지만 마차가 천천히 가고 오래 쉬는데다 짙은 안개가 끼고 축축하게 가랑비까지 내리는 바람에, 교외에 도착할 무렵에는 만져질 듯한 짙은 어둠이 도시 위에 내린 뒤였다.

마차가 검문소를 통과한다는 것을 알 수 있었다. 등불에 그 정도는 알아볼 수 있었다. 그러고 나서 마차는 진창길을 지나 이상하리만치 단단하고 험한 포장도로 위를 덜컹거리며 갔다. 어떤 건물 앞에 마차가 멈추자 승객들이 내렸다. 첫번째로 할 일은 트렁크를 찾는 것이었다. 별일은 아니지만 내겐 중요했다. 짐을 찾느라 극성을 부리거나 부산을 떨기보다는, 내 짐이 보일 때까지 다른 짐이 운반

되는 것을 조용히 지켜보며 기다리다가 재빨리 찾는 게 최선이었다. 그래서 한쪽에 비켜서 있으면서, 내 작은 트렁크가 안전하게 실리는 것을 보았던 짐칸에서 눈을 떼지 않았다. 지금은 내 트렁크 위에 가방과 상자 들이 수북이 쌓여 있었다. 하나하나 짐들을 꺼내 내려놓자 사람들이 찾아갔다. 분명히 이제 내 짐이 보일 차례가 되었는데 보이지 않았다. 한눈에 알아볼 수 있게 꼬리표를 초록색 끈으로 매어둔 터였다. 초록색 비슷한 것도 보이지 않았다. 짐을 다 치우고 깡통과 누런 종이뭉치까지도 모두 치운 뒤에 방수포 덮개까지도 들추어보았다. 우산이나 외투, 지팡이나 모자상자, 종이상자 하나도 남아 있지 않다는 것을 내 두 눈으로 똑똑히 보았다.

옷가지 몇개와 남은 15파운드를 끼워둔 작은 수첩을 넣어둔 트렁크가 어디로 갔단 말인가?

지금은 이렇게 묻고 있지만 그 당시에는 물을 수조차 없었다. 아무 말도 할 수 없었다. 프랑스어를 한마디도 할 수 없어서였다. 프랑스어, 오직 프랑스어뿐이었다. 내 주위의 사람들은 모두 알 수 없는 말로 지껄이고 있었다. 어떻게 해야 하나? 마부에게 다가가서 손으로 그의 팔을 잡은 후 처음에는 트렁크를, 다음에는 마차 지붕을 가리키면서 눈짓으로 물으려고 애썼다. 그는 내 말을 오해하고 내가 가리킨 트렁크를 들더니 마차 위에 올려놓으려고 했다.

"가만둬요. 가만둬요!" 제대로 된 영어가 들렸다. 그러고 나서 그 목소리는 "뭘 하는 거요? 그건 내 거요"[2]라고 프랑스어로 고쳐서 말했다.

그러나 내 귀엔 모국의 억양이 들렸고, 나는 그 사실이 무척 기

.......................................
2 (프) Qu'est ce que vous faites donc? Cette malle est à moi.

뺐다. 나는 돌아섰다.

"선생님," 나는 너무 괴로워서 그가 어떻게 생겼는지 보지도 않고 낯선 사람을 붙잡고 하소연했다. "제가 프랑스어를 못해서 그러는데요, 마부에게 제 트렁크가 어떻게 되었는지 물어봐주시겠어요?"

나는 그 순간 눈을 들어 그 사람의 얼굴을 빤히 바라보면서도 어떻게 생겼는지 알 수 없었지만, 그 사람이 반은 놀라고 반은 참견해야 할지 어쩔지 망설이는 표정을 짓는 것을 감지했다.

"마부에게 제발 물어봐주세요. 그럼 정말 감사하겠습니다." 내가 말했다.

미소를 짓고 있었는지는 모르겠으나 그가 점잖게, 즉 너무 냉담하거나 위협적이지 않은 목소리로 물었다.

"어떤 트렁크입니까?"

나는 초록색 끈을 묶어놓은 사실을 포함해 그 트렁크를 묘사했다. 내 대답을 듣자 그는 곧장 마부를 붙잡고 묻기 시작했다. 프랑스어로 마구 쏟아내는 것이, 마부에게 꼬치꼬치 캐묻는 것 같았다. 곧 그가 다시 나를 보고 말했다.

"저 사람이 말하길, 짐이 너무 많아서, 당신이 짐 올리는 걸 보게한 다음에 그 트렁크를 내려 다른 짐들과 함께 부마린에 놔두고 왔다고 털어놓았소. 그렇지만 내일 보내주겠다고 약속을 했으니 모레 오면 이 사무실에 안전하게 도착해 있을 거요."

"고맙습니다." 말은 그렇게 했지만 가슴이 철렁했다.

그동안 어떡하지? 영국 신사는 낙담하는 내 표정을 읽었는지 친절하게 물었다.

"이곳에 친구가 없소?"

"없어요. 어디로 가야 할지도 모르겠어요."

그가 잠시 침묵하더니 머리 위의 가로등 쪽으로 얼굴을 돌렸다. 잘생기고 품위 있는 젊은 신사였다. 잘은 모르지만 귀족일지도 몰랐고, 왕자라고 해도 믿을 만했다. 아주 호감이 가는 얼굴이었다. 고고하기는 하지만 거만하지 않고, 남자답긴 하지만 고압적이지 않았다. 그 사람을 붙들고 더이상 도움을 요청할 명분이 없다는 것을 절감하고 돌아서던 참이었다.

"돈을 모두 트렁크 안에 넣어두었소?" 그의 질문에 나는 멈춰 섰다. 내가 사실대로 대답할 수 있었던 게 정말 다행이었다.

"아니에요. 모레까지 조용한 여관에서 지낼 정도의 돈은 충분히 있어요."(나는 대략 20프랑을 가지고 있었다.) "그런데 빌레뜨는 처음이라 길과 여관을 잘 몰라요."

"원하시면 그런 여관 주소를 알려드리겠소." 그가 말했다. "여기서 그다지 멀지 않으니, 내 설명을 들으면 쉽게 찾을 수 있을 거요."

그는 수첩에서 종이를 한장 뜯더니 몇자 적어 건네주었다. 참 친절한 사람이란 생각이 절로 들었다. 그와 그의 충고와 그가 써준 주소를 의심하는 것은 성경을 의심하는 것이나 다름없었다. 그의 표정은 선량했고 빛나는 눈동자는 당당했다.

"이 가로수길을 따라가다가 공원을 가로지르는 게 지름길이오." 그가 계속 말했다. "하지만 여자 혼자 공원을 통과하기에는 너무 어둡고 늦었으니 거기까지는 바래다드리겠소."

그가 앞장섰고 가랑비가 내리는 어둠속에서 나는 그를 따라갔다. 가로수길에는 아무도 없었고 땅이 진창이었으며 나무에서 물이 뚝뚝 떨어지고 있었다. 공원은 한밤중처럼 깜깜했다. 나무가 우거진데다 안개까지 끼어서 안내해주는 신사의 모습이 잘 보이지 않았다. 발소리만 듣고 쫓아가야 했다. 하지만 조금도 두렵지 않았으며, 그 정직한 신사의 발소리만 따라가도 된다면 밤새도록 이 세상 끝까지 갈 수 있을 것 같았다.

"자," 공원을 다 지나왔을 때 그가 말했다. "이 넓은 길을 따라 쭉 가다보면 계단이 나올 거요. 계단에 가로등이 둘 켜져 있어서 어딘지 보일 거요. 그리고 그 계단을 내려가면 좁은 골목길이 나올 거요. 그 길을 따라 내려가면 끝에 여관이 있소. 거기서는 영어가 통하니까 그다음에는 별 어려움이 없을 거요. 안녕히 가시오."

"안녕히 가세요, 선생님." 내가 말했다. "정말 감사합니다." 그리고 우리는 헤어졌다.

친구 하나 없는 사람에게도 자비로운 그 얼굴, 젊은 여자에게뿐 아니라 약하고 가난한 사람들에게도 기사도를 베푸는 성품이 배어나던 그 목소리를 회상하면 오랜 시간이 지난 후에도 위안이 되었다. 그는 진정한 영국 신사였다.

나는 서둘러 웅장한 길과 광장을 지나 계속 갔다. 주위에는 으리으리한 집들이 있고 그 사이로 교회인지 궁전인지 모를, 위압감을 주는 건물이 두어채 우뚝 솟아 있었다. 막 어느 건물의 주랑 현관을 지났을 때 기둥 뒤에서 갑자기 콧수염을 기른 사내가 둘 나타났다. 그들은 씨가를 피우고 신사 신분을 과시하는 옷을 입고 있었지만 불쌍한 이들이었다! 영혼이 천박했으니 말이다. 그들은 내게 무례하게 말을 걸었고, 내가 걸음을 빨리하자 보조를 맞추며 내내 따라왔다. 마침내 우리는 순찰대를 만났고, 그러자 겁이 난 추적자들은 방향을 바꿔 더이상 쫓아오지 않았다. 그러나 얼마나 놀랐던지 정신이 하나도 없었고, 정신을 차렸을 때는 어딘지 전혀 알 수 없는 곳에 와 있었다. 영국 신사가 말해준 그 계단은 벌써 지나쳐버린 게 분명했다. 당황하고 숨이 차서 심장이 두방망이질했고, 어느 방향으로 가야 할지 알 수가 없었다. 날 놀리던 수염 난 얼간이들과 다시 만난다는 생각만으로도 끔찍했다. 그러나 어쨌든 왔던 길을 되돌아가서 그 계단을 찾아야 했다.

마침내 낡고 오래된 계단에 이르렀다. 아까 그 신사가 말한 계단이 틀림없다고 생각하고 내려갔다. 계단에 이어진 길은 좁은 골목길이기는 했지만 여관은 없었다. 나는 계속 헤매었다. 아주 조용하고 비교적 깨끗한 잘 닦인 길가에, 주위의 다른 집들에 비해 한층쯤 더 높은 제법 큰 건물의 문 위에 불이 환히 켜져 있었다. 마침내 이 건물이 여관인가보다 하고 서둘러 다가갔다. 무릎이 휘청거릴 정도로 기진맥진한 상태였다.

그곳은 여관이 아니었다. 정문에는 청동판이 걸려 있었는데 그 위에는 프랑스어로 '여자기숙학교'[3]라고 새겨져 있고 그 아래는 '베끄 부인'이라는 이름이 있었다.

나는 깜짝 놀랐다. 순간 오만가지 생각이 교차했다. 그러나 계획을 세우거나 심사숙고할 겨를이 없었다. 신의 목소리가 들려왔다. "여기에 멈추어라. 이곳이 네가 머무를 여관이다." 운명의 여신은 나를 꽉 움켜쥐고 내 의지를 압도한 채 갈 길을 인도했다. 나는 초인종을 눌렀다.

기다리는 동안 아무 생각도 하지 않으려고 했다. 불빛이 비치는 길 위의 포석들에서 눈을 떼지 않은 채 그것들의 수를 헤아리고 모양을 살피고 모서리에서 빛나는 물방울을 바라보았다. 다시 초인종을 누르자 마침내 문이 열렸다. 멋진 모자를 쓴 하녀가 내 앞에

--------------------------------

3 (프) Pensionnat de Demoiselles.

서 있었다.

"베끄 부인을 뵐 수 있을까요?" 내가 물었다.

만일 내가 프랑스어로 말했다면 그녀는 나를 들여보내지 않았을 것이다. 그러나 영어를 했기 때문에 나를 기숙학교와 관련된 일로 온 외국인 선생이라고 생각하고, 늦은 시간이었는데도 전혀 거리끼거나 망설이는 기색 없이 들여보내주었다.

다음 순간 나는 도자기로 된 난로는 있지만 불이 지펴져 있지 않아 춥고, 도금한 장식과 잘 닦아놓은 마루 때문에 사방이 번쩍이는 방에 앉아 있었다. 벽난로 위의 괘종시계⁴가 아홉시를 쳤다.

십오분이 흘렀다. 내 몸속의 맥박이란 맥박이 모조리 얼마나 두근거렸던지! 얼마나 몸이 뜨거워졌다 차가워졌다 했던지! 나는 금박을 두른 하얀 접이문 두짝에 두 눈을 고정하고 앉아 있었다. 문 한짝이 움직이나 지켜보았다. 모든 것이 조용했다. 생쥐 한마리 찍 소리 내지 않았다. 하얀 문은 닫힌 채 꿈쩍도 하지 않았다.

"영국인인가요?" 바로 옆에서 목소리가 들렸다. 분명히 혼자였는데 뜻밖에 목소리가 들려 나는 펄쩍 뛸 뻔했다.

내 옆에 서 있는 것은 유령도, 유령처럼 생긴 사람도 아니었다. 커다란 숄을 두르고 나이트가운과 깨끗한 나이트캡을 쓴 푸근한 인상의 작고 통통한 여인이었다.

내가 즉시 영국인이라고 대답하자 우리는 거두절미하고 아주 희한한 대화에 돌입했다. 베끄 부인(그 사람이 베끄 부인이었다. 그녀는 내 뒤에 있는 작은 문으로 들어왔고 소리가 나지 않는 슬리퍼를 신고 있어서 그녀가 들어오는 소리나 다가오는 소리를 듣지

---

4 (프) pendule.

못한 것이었다)은 "영국인인가요?"라는 말로 아는 영어는 다 써먹어서 그다음부터는 프랑스어로 유창하게 이야기했다. 나는 영어로 대답했다. 그녀는 내 말을 군데군데 알아들었으나 나는 그녀의 말을 전혀 이해할 수 없었으므로, 끔찍하게 시끄럽긴 했으나(나는 그때까지 베끄 부인만큼 화술이 뛰어난 사람을 보거나 상상해본 적도 없었다) 우리의 대화에는 거의 진전이 없었다. 그녀는 곧 도움을 청하기 위해 초인종을 울렸다. 그 도움은 '여선생'이란 형태로 나타났는데, 잠시 아일랜드계 수녀원에서 교육을 받은 적이 있다는 이유로 그곳에서는 영어 전문가로 평가받는 선생이었다. 그 여선생은 자그마하고 무뚝뚝한 사람으로 철두철미하게 라바스꾸르인이었다. 그녀가 얼마나 앨비언[5] 말을 망가뜨렸던지! 그러나 내가 아주 쉬운 영어로 말하자 그녀가 통역을 했다. 나는 지식을 넓히고 돈을 벌기 위해 어떻게 조국을 떠났는지 설명했다. 그리고 나쁜 일이나 비열한 일만 아니면 쓸모 있는 일은 어떤 것이라도 할 준비가 되어 있으며, 유모나 하녀 일이라도 좋고, 내 기운으로 할 수 있다면 집안일도 마다하지 않겠다고 말했다. 내 이야기를 들은 베끄 부인의 표정을 살펴보니 마음이 동하는 모양이었다.

"영국 여자들은 모두 모험심이 대단하군요." 그녀가 프랑스어로 말했다. "여기 이 여자분처럼 영국 여자들은 모두 대담한가봐요!"[6]

그녀는 내 이름과 나이를 물어보고는 가만히 앉아서 나를 바라보았다. 동정의 눈빛도 흥미진진해하는 눈빛도 아니었다. 이야기를 나누는 동안 그녀의 얼굴에는 전혀 공감의 빛이나 연민의 그림

5 Albion. 영국의 옛 이름.
6 (프) Il n'y a que les Anglaises pour ces sortes d'entreprises, sont-elles donc intrépides ces femmes là!

자가 스치지 않았다. 전혀 감정에 좌우될 인물이 아닌 것 같았다. 그녀는 내 이야기를 곰곰이 듣고 엄숙하고 신중하게 나를 관찰하면서 판단하고 있었다. 그때 종이 울렸다.

"저녁기도 시간이군요!"[7] 그녀가 일어서며 말했다. 그녀는 통역을 통해 오늘은 돌아갔다가 내일 왔으면 한다고 했으나 나는 그럴 수 없었다. 다시 어둠속에서 길을 헤매는 모험을 할 자신이 없었다. 침착하고 차분한 목소리로 그러나 큰 소리로, 나는 고용자와 고용인으로서가 아니라 인간 대 인간으로 말했다.

"당장 절 채용하셔도 득이 되지 손해가 되지는 않으실 거예요. 월급 값은 해낼 자신이 있어요. 그리고 저를 채용하시겠다면 오늘 밤 여기에 머물렀으면 해요. 빌레뜨에 아는 사람이 하나도 없는데다 말도 모르니 어디 가서 숙소를 찾겠어요?"

"그건 그렇겠네요." 그녀가 말했다. "그러면 적어도 추천서는 가지고 왔겠죠?"

"아뇨."

짐은 어디에 있냐고 물어서 언제 도착할지 알려주었다. 그녀는 생각에 잠겼다. 그 순간 복도를 지나 대문으로 급하게 나가는 남자의 발소리가 들렸다. (이 부분부터는 마치 내가 모든 말을 이해한 것처럼 이야기하겠다. 그 당시에는 전혀 알아듣지 못했지만 나중에 통역을 통해 뜻을 알게 되었다.)

"지금 나가는 사람이 누구지?" 발소리를 들은 베끄 부인이 물었다.

"뽈 선생님이신데요." 여선생이 대답했다. "1반 강독을 위해 오늘 저녁에 오셨어요."

---

7 (프) Voilà pour la prière du soir!

"지금 필요한 사람이로군요. 불러줘요."

여선생이 문 쪽으로 달려갔다. 뽈 선생이 불려 들어왔다. 작고 마르고 까무잡잡한 사람으로 안경을 쓰고 있었다.

"사촌 오라버니," 베끄 부인이 말했다. "의견을 말해줘요. 관상을 볼 줄 알잖아요. 저분 관상을 좀 봐주세요."

작은 남자는 안경 너머로 뚫어져라 날 바라보았다. 꽉 다문 입과 찡그린 눈썹은 꿰뚫어볼 테니 숨겨봐야 소용없다고 말하는 듯했다.

"다 봤어." 그가 말했다.

"어떤가요?"[8]

"음…… 많은 게 보이는데."[9] 신탁 같은 대답이었다.

"좋은 쪽이에요, 나쁜 쪽이에요?"

"물론, 양쪽 다." 관상가는 계속했다.

"그녀의 말을 믿어도 될까요?"

"중요한 협상을 하는 중이었나?"

"하녀나 가정교사로 써달라면서 꽤 설득력 있게 이야기를 하는데 추천서가 없어요."

"처음 본 사람인가?"

"보다시피 영국 여자예요."

"프랑스어는 할 줄 아나?"

"한마디도 못해요."

"알아듣기는 하나?"

"아뇨."

--------

8 (프) Et qu'en dites-vous?

9 (프) Mais—bien des choses.

"그러면 이 앞에서 사실대로 말해도 되겠군?"

"물론이에요."

그는 물끄러미 바라보았다. "저 여자를 쓸 필요는 있나?"

"그렇죠. 아시다시피 스비니 부인에게 질렸거든요."

그래도 그는 꼼꼼하게 뜯어보았다. 마침내 판단을 내리고도 그는 그전과 마찬가지로 모호한 말을 했다.

"저 여자를 고용해. 좋은 성품이 지배적일 때는 행동으로 보답할 거고, 만일 나쁜…… 아냐, 됐어! 사촌 누이야, 언제나 채용하길 잘했다고 생각할 거다.[10]" 그러고는 "잘 있거라"[11] 하고 인사한 후 그 정체를 알 수 없는 내 운명의 결재자는 사라졌다. 그리고 베끄 부인은 그날밤 바로 날 채용했고, 신의 가호 덕택에 나는 그 외롭고 황량하고 적대적인 거리로 나서는 일은 면했다.

---

10 (프) eh bien! ma cousine, ce sera toujours une bonne œuvre.

11 (프) bon soir.

# 8장
# 베끄 부인

    여선생의 안내를 받아 좁고 긴 복도를 지나, 나는 아주 깨끗하
긴 하지만 무척 낯선 이국의 부엌에 들어섰다. 부엌에는 취사도구
라곤 없었다. 벽난로도 오븐도 없는 것 같았다. 그 당시에는 부엌의
한쪽 구석을 다 차지하는 커다랗고 시커먼 화로가 취사도구 대용
품이 될 수 있다는 것을 몰랐다. 벌써 자존심이 발동한 것은 분명
히 아니었지만, 부엌에 남게 되리라고 어느정도 예상했다가 그러
지 않고 '까비네'로 불리는 작은 내실로 안내되자 안심이 되었다.
재킷과 짧은 페티코트 차림에 나막신을 신은 요리사가 저녁을 가
져왔다. 저녁 메뉴는, 무슨 고기인지는 모르겠으나 특이하게 새콤
한 맛이 나는 맛있는 소스를 친 고기요리와 설탕과 식초로 양념을
한 듯한 잘게 썬 감자와 버터 바른 빵 한조각과 구운 배였다. 나는
배가 고팠으므로 감사하는 마음으로 먹었다.
    '저녁기도'[1] 후에 부인이 몸소 나를 한번 더 보러 왔다. 그녀는

날 보고 자기를 따라 위층으로 올라오라고 했다. 일련의 이상한 작은 방들이 있는 기숙사(나중에 들은 바에 의하면 수녀들이 쓰던 방이었다. 건물들 중 일부는 오래된 것이었다)와, 색이 바랜 십자고상이 걸려 있고 양초 두자루가 희미하게 타고 있는 기다랗고 천장이 낮은 음울한 기도실을 지나서, 세개의 작은 침대에 세명의 아이들이 자고 있는 방으로 안내되었다. 난로의 열기로 방 안 공기는 답답했고, 은은한 게 아니라 지독한 냄새가 났다. 그 냄새는 그런 상황에서는 놀랍고 뜻밖인 냄새, 연기와 어떤 술 냄새—간단히 말해, 위스키 냄새—를 섞어놓은 냄새 비슷했다.

촛농이 다 흘러서 양초 찌끼만 타고 있는 탁자 옆에, 어울리지 않게 넓은 줄무늬의 현란한 비단옷에다 모직 앞치마를 걸친, 천박하게 생긴 여인이 의자에 앉아 곯아떨어져 있었다. 잠자는 미녀의 팔꿈치 옆에는 술병과 빈잔이 놓여 있어 전체적인 그림을 완결시켜주었다. 사태는 의심할 여지가 없었다.

베끄 부인은 아주 침착하게 이 놀라운 광경을 바라보았다. 웃지도 상을 찡그리지도 않았다. 분노나 역겨움이나 경악을 표하며 평정을 깨지도 않았고, 그 여자를 깨우지도 않았다. 단지 조용히 네번째 침대를 가리키며 내 침대임을 알려줄 뿐이었다. 그러고 나서는 촛불을 끄고 그 대신 야간등을 켜놓은 다음, 안쪽 문을 통해 내실로 들어갔다. 그녀의 방으로 통하는 문은 열려 있었는데, 가구를 잘 갖춰놓은 커다란 방이 틈새로 보였다.

그날밤 나는 감사의 기도를 올렸다. 아침부터 이상하게 이끌려와 뜻밖에 잠자리를 찾은 것이다. 철새와도 같은 무방비 상태에 얽

---

1 (프) Prière du Soir.

히고설킨 구름 같은 모호한 희망을 품고 런던을 떠난 지 겨우 마흔여덟시간이라는 게 믿기지 않았다.

나는 잠귀가 밝아서 한밤중에 갑자기 깨었다. 사방이 적막했는데, 하얀 형체가 방 안에 서 있었다. 잠옷을 입은 베끄 부인이었다. 그녀는 소리없이 움직이면서 세 침대에 누워 있는 세 아이에게 갔다가 내게 다가왔다. 나는 자는 척했고, 그녀는 오랫동안 나를 뜯어보았다. 아주 이상한 짧은 무언극이 이어졌다. 그녀는 침대 옆에 앉아서 십오분도 넘게 내 얼굴을 물끄러미 보았다. 그러고는 더 가까이 다가와 몸을 숙이고 내 머리카락을 보려고 모자를 살짝 들어올렸다. 침대보 위에 놓인 내 손도 살펴보았다. 이 일이 끝나자 내 옷이 놓인 침대 발치의 의자로 갔다. 그녀가 옷을 만지며 들추는 소리가 들려 나는 조심스럽게 눈을 떴다. 그녀의 조사 취미가 어디까지 갈지 궁금했기 때문이다. 그녀는 세밀한 것까지 조사했다. 물건을 하나씩 모조리 뒤졌다. 나는 그녀가 이렇게 옷을 뒤지는 이유가, 옷 주인의 지위와 재산과 단정한 사람인지 여부를 판단하기 위한 것이라고 추측했다. 목적은 나쁘지 않았지만 그런 수단은 정당한 것도 아니고 합리화될 수도 없었다. 내 옷에는 주머니가 하나 있었는데, 그녀는 그 주머니를 완전히 뒤집었다. 그리고 지갑 속의 돈을 세어보고 작은 수첩을 펼쳐 냉정하게 그 내용을 꼼꼼하게 읽어보고 나서는, 수첩 갈피에서 마치몬트 여사의 회색 머리를 땋은 조그만 머리타래를 꺼냈다. 가방과 책상과 반짇고리의 열쇠인 세 개의 열쇠를 묶은 뭉치에 대해 특별히 관심이 생겼는지, 실제로 그것들을 가지고 잠시 동안 자기 방으로 갔다. 나는 조용히 침대에서 일어나 눈으로 그녀를 좇았다. 독자들이여, 열쇠들은 옆방 화장대에서 밀랍에 본이 뜨인 후에야 돌아왔다. 이렇게 얌전히 질서정연하게 모든 일이 끝난 후에 내 재산은 제자리로 돌아왔고 내 옷들은 다시 조심스럽게 개켜졌다. 이렇게 조사해서 어떤 결론을 내렸을까? 호의적인 결론일까? 아니면 그 반대일까? 쓸데없는 질문이었다. 베끄 부인의 얼굴은 딱딱하게 굳어 있어서(거실에서는 인간적이던, 앞서 말했듯 모성애를 풍기던 그 얼굴은 그날밤 꼭 돌과도 같았다) 답이 무엇인지 전혀 드러나지 않았다.

임무를 다하자(그녀는 이런 일을 과연 임무로 여기리라는 생각이 들었다) 그녀는 그림자처럼 소리없이 일어나 자기 방을 향해 가다가 문에서 몸을 돌려, 여전히 크게 코를 골면서 자고 있는 술병의 주인공을 뚫어지게 쳐다보았다. 스비니 부인(저 사람이 스비니 부인이었다. 추측건대 영국식이나 아일랜드식으로 하면 스위니일 것이다)의 운명이 어찌될지는 베끄 부인의 눈길에서 드러났다. 그 눈길은 요지부동한 결의를 드러냈다. 스비니 부인의 잘못을 뒤늦게야 알아냈는지 몰라도, 결론은 확실했다. 이 모든 것이 매우 비非영국적이었다. 나는 정말로 외국 땅에 와 있다는 것이 실감났다.

그다음 날 나는 스위니 부인에 대해 더 잘 알게 되었다. 그녀는 현재의 고용주에게 자신이 몰락한 영국 숙녀이며, 가장 정확한 런던 발음으로 영어를 구사할 수 있는 미들섹스 지방 토박이라고 소개한 모양이었다. 베끄 부인은 때가 되면 틀림없이 진실을 알아내고 마는 자신의 수완을 믿고 이상하리만치 대담하게 즉석에서 사람을 고용했다(내 경우에도 아주 잘 증명되었듯이). 그녀는 스위니 부인을 자신의 세 아이의 가정교사 겸 유모로 채용했다. 독자에게 이 숙녀가 사실은 아일랜드 사람임을 누누이 설명할 필요는 없을 것이다. 그녀의 신분을 내가 딱 꼬집어 말할 수는 없지만, 자기 말로는 "어떤 후작의 자제들을 교육했었노라"고 했다. 내가 보기에는 어떤 아일랜드 가정에 식객이나 유모, 보모나 세탁부로 있었던 것 같은데, 교묘하게 런던 억양을 흉내내느라 코맹맹이 소리를 냈다. 어떻게 구했는지 모르겠지만 그녀는 좀 의심스러운 휘황찬란한 옷을 가지고 있었다. 그녀에게 전혀 어울리지 않는, 그 옷을 입고 있는 사람과는 전혀 다른 몸매를 위해 재단된 듯 빳빳한 비단으로 지은 비싼 옷이었다. 그녀는 진짜 레이스를 두른 모자와 **진짜 인도산 숄**도 가지고 있었다. 그것은 그녀가 지닌 것 중 가장 중요한 물건이었다. 그 물건의 위력은 집안 전체의 경외심을 불러일으켜, 그 숄이 없다면 그녀를 경멸했을 선생과 하녀 들까지 잠잠해지게 했다. 웅장하게 주름진 그 숄을 **걸치고** 있는 한 베끄 부인에게까지도 영향을 끼칠 수 있었다. 베끄 부인은 놀라 경탄하며 "진짜 캐시미어"[2]라고 했다. 이 캐시미어가 없었다면 그녀는 이 기숙학교에서 이틀도 배겨나지 못했을 텐데, 그 덕분에, 그리고 오로지 그 덕분에 한달이나 버틴 듯했다.

　내가 자신의 자리를 차지하러 온 것을 눈치채자 스위니 부인은 악에 받쳐 그럴 수는 없다고 외치며 베끄 부인에게 대든 후 그 큰 덩치로 나를 덮쳤다. 이처럼 본색을 드러내고 난리를 치는데도 베끄 부인이 아주 잘 참고 견뎌서, 나 역시 굴욕적이기는 했지만 침착하게 버틸 수밖에 없었다. 베끄 부인은 잠시 방을 나갔다가 십분 후에 경찰을 데리고 왔다. 스위니 부인은 끌려나갔고 그녀가 벌인 소동도 정리되었다. 그 북새통에도 베끄 부인은 인상 한번 찡그리지 않고 목소리 한번 높이지 않았다.

　이 작은 해고 소동은 아침식사 전에 모두 해결되었다. 나가라는

----

2 (프) un véritable Cachemire.

명령이 떨어졌고, 경찰관이 나섰고, 폭도는 쫓겨났다. '아이들 방'[3]
은 창문을 활짝 열어 청소하고 훈증소독했고, 그렇게 교양 있는 스
위니 부인의 모든 흔적, 그녀의 주요 해악을 미묘하고도 치명적으
로 암시하던 그 지독한 냄새와 술 냄새는 포세뜨가에서 완전히 사
라졌다. 이 모든 일은 베끄 부인이 오로라처럼 자신의 방에서 나온
순간부터 침착하게 첫 커피를 따르는 순간 사이에 이루어졌다.

나는 정오 무렵 호출되어 베끄 부인의 옷시중을 들었다(내 일은
가정교사와 하녀를 겸한 것 같았다). 정오까지 그녀는 가운과 숄과
소리가 나지 않는 슬리퍼 차림으로 온 집안을 돌아다녔다. 영국 학
교의 교장이라면 과연 이런 차림을 용인할 수 있었을까?

그녀의 적갈색 머리는 숱이 너무 많아 나는 어떻게 손질을 해야
할지 몰랐다. 마흔살이나 되었는데도 불구하고 흰머리 하나 없었
다. 내가 어쩔 줄 몰라하자 그녀가 말했다. "영국에서는 하녀로 일
한 적이 없나보죠?" 그녀는 다그치거나 경멸의 빛을 드러내지 않고
빗을 빼앗은 후 나를 한쪽에 세워두고 손수 머리를 빗었다. 다른 치
장을 할 때도 그녀는 조금도 짜증이나 신경질을 내지 않고 반은 지
시하고 반은 도와주었다. 주의―이것이 옷시중을 요구받은 처음
이자 마지막이었다. 그후로 그 일은 문지기인 로진에게 넘어갔다.

옷을 다 차려입은 베끄 부인은 땅딸막했지만, 균형 잡힌 몸매 특
유의 우아한 자태가 드러났다. 얼굴은 생기발랄한 홍조를 띠고 있
었지만 붉지는 않았고, 눈은 침착해 보이는 파란색이었으며, 짙은
색 실크 드레스는 프랑스 양재사가 재단한 것답게 몸에 꼭 맞았다.
그녀는 약간 부르주아 같아 보이기는 하지만 훌륭해 보였다. 사실

--------

3 (프) chambre d'enfants.

그녀는 부르주아이긴 했다. 전체적으로는 뭐라고 해야 할지 모를 조화로움이 스며 있었는데 얼굴은 그와 대조적이었다. 그렇게 생기발랄하고 평온한 안색과 어울릴 것이라고 생각되는 생김새와는 딴판이었다. 윤곽이 엄격했고, 이마는 오뚝하고 좁았다. 포용력과 약간의 자비심이 보이기는 했지만 전혀 너그러워 보이지 않았다. 차분하나 경계심에 찬 눈에는 가슴에서 솟아나는 열정이나 부드러움은 전혀 찾아볼 수 없었다. 굳게 다문 입은 약간 엄숙해 보이기도 했고, 입술은 얇았다. 부드러우면서도 단호한 그녀의 감수성과 재능을 보고 나는 베끄 부인이 마치 페티코트를 입은 미노스[4]처럼 느껴졌다.

나중에 나는 그녀가 페티코트를 입은 전혀 다른 인물이기도 함을 알았다. 그녀의 이름은 모데스뜨 마리아 베끄로, 처녀 시절의 성은 낀뜨였으나 이그나시아[5]가 더 어울릴 법한 사람이었다. 그녀는 자비심 있는 여인으로 선행을 많이 베풀었다. 그녀만큼 온화하게 지배하는 여인도 없었다. 듣기로는, 그 끔찍한 스위니 부인이 술에 취해 엉망진창으로 근무 태만일 때도 비난 한번 하지 않았다고 한다. 그러나 스위니 부인을 쫓아내는 게 편리해지자마자 당장 쫓아내버린 것이었다. 또 학교 내에서 선생들의 흠을 잡는 법은 없지만 선생들이 자주 바뀌고, 그들이 사라지면 감쪽같이 다른 사람이 나타나 그 자리를 메운다는 이야기도 들렸다.

그 학교는 기숙학교와 통학학교를 겸하고 있었다. 통학생, 즉 주간학생은 백명이 넘었고, 기숙학생은 약 스무명이었다. 베끄 부인

---

4 크레타섬의 전설상의 왕. 공정한 지배자이자 잔인한 독재자로 전해진다.
5 이그나티우스의 여성형 이름. 이그나티우스 데 로욜라는 1540년 예수회를 창설한 가톨릭 사제이다.

은 고도의 행정능력을 지닌 게 분명했다. 그녀는 네명의 여선생과 여덟명의 남선생과 여섯명의 하인과 세 아이와 더불어 이 모든 학생들을 관리하면서, 동시에 학생들의 부모와 친지 들까지 완벽하게 다루었다. 별로 힘도 들이지 않았다. 부산을 떨거나 피곤해하거나 열에 들뜨거나 지나치게 흥분하는 적도 없었다. 그녀는 늘 일을 하고 있었지만 바쁜 적이 거의 없었다. 베끄 부인에게는 이 큰 조직을 다루고 규제하는 독특한 방법이 있었고, 그것이 매우 멋진 방법인 것은 사실이었다. 독자는 그녀가 내 주머니를 뒤져 사적인 메모를 읽은 그 작은 사건에서 이미 그 예를 본 적이 있다. "감독"과 "감시", 이것이 그녀의 좌우명이었다.

그러나 베끄 부인은 정직이 무엇인지 알고 있었고, 또한 그것을 좋아했다. 즉 아둔한 정직이 결벽한 척하며 그녀의 의지나 이해관계에 끼어들지 않을 때는 그랬다. 그녀는 '영국'[6]을 존경했고, '영국 여자들'에 대해 말하자면, 가능하면 영국 여자에게만 아이들을 맡기고 싶어했다.

하루 종일 음모를 꾸미고 음모를 막아내고 감시를 하고 감시 보고를 듣는 일이 끝나는 저녁이면 종종 그녀는 이마에 피곤한 기색이 역력해서 내 방으로 들어왔다. 그러고는 앉아서 아이들이 영어로 기도하는 것을 들었다. 이 작은 가톨릭교도들이 내 무릎에 앉아서 주기도문을 외고 "온유한 예수님"으로 시작되는 찬송가를 부르는 게 허용되었다. 내가 아이들을 잠자리에 누이면 그녀는 내게 영국과 영국 여자들에 대해서, 영국인을 기꺼이 뛰어난 지성이라고 칭하는 이유에 대해서, 진실하고 믿을 만한 영국인의 성실성에 대

---

6 (프) Angleterre.

해서 이야기했다(나는 곧 그녀의 말을 이해하고 대답까지 할 수 있을 정도의 프랑스어를 익혔다). 그녀는 종종 훌륭한 판단력을 보였고 아주 건전한 의견을 개진했다. 못 미덥다고 여학생들을 구속하고 무지몽매한 상태로 둔다거나, 꼼짝달싹 못하도록 감시하는 게 정직하고 겸손한 여성으로 키우는 최선책이 아니라는 것은 그녀도 아는 것 같았다. 하지만 유럽 대륙의 아이들에게 다른 방법을 쓰면 파괴적인 결과를 초래할 것이라고 단언했다. 구속에 익숙한 아이들이라 아무리 보호를 한다 해도 느슨하게 풀어주면 오해하고 치명적으로 악용할 것이라고 했다. 자신도 이런 방법을 사용하는 것이 역겹지만 어쩔 수 없다고 했다. 나에게 종종 위엄 있고 우아하게 이야기한 후에 그녀는 '침묵의 신발'[7]을 신고 나가 온 집 안을 유령처럼 미끄러져 다니면서 열쇠구멍마다 들여다보고 문마다 뒤에서 엿들으며 모든 곳을 감시, 감독했다.

공정하게 평가하자면, 결국 베끄 부인의 방법은 나쁘지 않았다. 그녀는 학생들의 육체적 건강을 위해 온갖 배려를 했다. 숙제를 많이 내주는 법도 없었고, 수업은 적절히 배정되어 매우 쉽게 배울 수 있도록 되어 있었다. 마음대로 놀 수 있었으며, 학생들의 건강을 위한 체육시설도 갖추고 있었다. 훌륭한 음식이 풍부하게 제공되어 포세뜨가에서는 창백하거나 약골인 학생은 찾아볼 수 없었다. 그녀는 휴일을 주는 데 인색하지 않고 자고 먹고 입고 씻는 시간을 충분히 주었다. 이 모든 문제에 대한 그녀의 방식은 편안하고 자유롭고 건전하며 합리적이었다. 영국 학교의 많은 엄숙한 교장들이 그녀를 본받는다면 아주 유익한 효과를 볼 것이다. 그리고 엄격한

---

**7** (프) souliers de silence.

영국 부모들이 허락만 한다면 영국 교장들도 기꺼이 그렇게 할 것이다.

감시라는 방법으로 학교를 다스리는 만큼 베끄 부인은 당연하게도 감시원들을 거느리고 있었으며, 이런 도구들의 자질을 완벽하게 파악하고 있었다. 가장 더러운 일에 가장 더러운 도구를 거리낌없이 쓰고는, 그런 인간들을 즙을 다 짜고 난 오렌지 껍질을 버리듯이 내던졌다. 반면에 깨끗한 용도를 위해서는 세심하게 주의를 기울이며 가장 순수한 금속을 찾아냈다. 그리고 일단 녹이 슬지 않은 흠없는 도구를 발견하면 비단과 솜에 싸서 소중히 보관했다. 그러나 그녀의 믿을 만한 도구가 이해관계에 들어맞는 지점을 한 치라도 넘어서서 그녀에게 의지하려고 든다면, 남녀 불문하고 큰 화를 당할 것이었다. 이해관계야말로 베끄 부인의 성격의 핵심이자 동기의 주요 원천이었고, 삶의 알파이자 오메가였다. 그녀의 감정에 호소하는 사람들을 볼 때면 나는 동정 반 경멸 반의 미소를 지었다. 그런 식의 하소연은 통한 적도 없고 그런 수단으로 그녀의 결심을 흔들리게 한 사람은 아무도 없었다. 반대로, 그녀의 마음을 감동시키려고 하는 것은 적대감을 불러일으켜, 은밀히 적으로 찍히는 가장 확실한 방법이었다. 그런 일은 그녀에게 감동할 마음이라는 것이 없다는 사실을 증명했으며, 또 그녀가 어떤 면에서 무능하고 마비되어 있는가를 상기시켜주었다. 그녀만큼 자비와 자선을 명확히 구분하는 사람도 없었다. 그녀는 동정심은 없는 반면 합리적인 자선은 얼마든지 베풀었다. 한번도 본 적이 없는 사람들에게도 기꺼이 자선을 베풀었다. 그러나 그 자선은 어느 개인에게 베푼 것이라기보다는 가난한 계급에게 베푼 것이었다. '가난한 사람들을 위해서'[8]라면 아낌없이 지갑을 열었으나, 가난한 **특정인**을 위해서는 지갑을 열지 않았다. 사회 전체를 위한 자선행사에는 흔쾌히 참여했지만, 개인적인 슬픔에는 무감각했다. 한 개인의 마음속에 뭉쳐 있는 슬픔의 무게나 힘으로는 그녀를 꿰뚫을 수 없었다. 겟세마네 동산[9]의 고뇌도 갈보리[10]에서의 죽음도 그녀에게선 눈물 한방울 짜내지 못했을 것이다.

다시 말하지만 베끄 부인은 아주 대단하고 아주 유능한 여인이었다. 그녀의 힘을 펼치기에 그 학교는 너무 좁은 영역이었다. 국가를 통치하거나 격동기 국회의 국회의장이 되었어야 했다. 누구도 그녀의 기를 죽일 수 없었을 것이고, 누구도 그녀를 신경질나게 하거나 짜증나게 할 수 없었을 것이고, 누구도 그녀보다 더 기민할 수는 없었을 것이다. 그녀는 혼자서 수상과 검찰총장을 겸임할 수도 있었을 인물이었다. 현명하고 단호하고 신의 없는데다, 은밀하고 교활하며 냉담하고, 조심스럽고 속내를 알 수 없고, 날카롭고 비정하며 그와 더불어 완벽하게 품위 있으니 더 무엇을 바라겠는가?

지각 있는 독자는 내가 독자의 편의를 위해 여기 축약해놓은 정보가 한달 혹은 반년 만에 습득한 것이라고는 여기지 않을 것이다. 그렇다! 처음에 눈에 띈 것은 번창하는 큰 규모의 여학교의 성공적인 외양이었다. 그곳은 건강하고 발랄한 여학생들로 가득차 있었다. 모두가 옷을 잘 차려입었고, 그중에는 미인도 많았으며, 고통스럽게 노력하거나 쓸데없이 기운을 낭비하지 않으면서 놀라울 정도로 쉽게 지식을 습득했다. 학생들이 급속한 실력 향상을 보이는 과목은 하나도 없는지 모르겠지만, 그들은 늘 여유가 있으면서도 늘

---

8 (프) pour les pauvres.
9 예수가 수난 전날 밤새 기도를 올렸다고 하는 동산.
10 예수가 십자가에 못박힌 예루살렘 근처의 언덕.

공부를 하고 있었고 압박감을 느끼는 법이 없었다. 학생들에게 힘든 일을 면제해주기 위해, 진짜 머리를 쓰는 일과 좀더 엄격한 책무들은 모조리 선생들이 떠맡았다. 그러나 그 일들도 잘 정리가 되어 있었으므로, 선생들 역시 일이 힘들 때마다 재빨리 서로 교대하여 짐이 덜어졌다. 간단히 말해 이곳은 외국 학교였다. 이곳의 생활과 활동, 그 다양성은 같은 종류의 영국 학교와는 아주 완벽하게 멋진 대조를 이루었다.

집 뒤에는 커다란 정원이 있었는데, 여름이면 학생들은 거의 옥외의 장미덤불과 과실수 사이에서 살다시피 했다. 베끄 부인은 여름 오후에는 덩굴로 덮인 커다란 정자 아래 자리를 잡고 앉아서 차례로 한반씩 불러들인 후 자기 옆에 둘러앉아 책도 읽고 수도 놓게 했다. 그러는 동안 남자 선생들이 오가면서 수업이라기보다는 짤막하고 활기찬 강연을 했고, 학생들은 필기를 하기도 하고 내키지 않으면 안하기도 했다. 필기를 하지 않아도 친구의 공책을 베낄 수 있었다. 매달 규칙적으로 있는 외출하는 날[11] 외에도 가톨릭 축일 때문에 일년 내내 공휴일이 이어졌다. 때때로 화창한 여름날 아침이나 선선한 여름 저녁에 기숙학생들은 시골로 긴 산보를 나가 고프레와 백포도주나 신선한 우유와 잡곡빵, 혹은 버터 바른 삐스똘레[12]와 함께 커피를 마셨다. 이 모든 것이 아주 즐거워 보였고, 베끄 부인은 선량함 그 자체인 듯 느껴졌다. 선생들도 그다지 나쁘지 않고 괜찮은 셈이었다. 그리고 학생들은 약간 시끄럽고 거친 편이기는 했지만 아주 건강하고 명랑해 보였다.

거리감이라는 마법을 통해 볼 때는 이런 광경이 펼쳐졌지만, 이

----

11 (프) jours de sortie.
12 작고 둥근 롤빵.

거리감이 녹아 없어질 시간이 다가왔다. 그때까지 관찰 장소였던 육아실이라는 전망대에서 불려 내려온 나는 포세뜨가라는 작은 세계와 좀더 긴밀한 교류를 하게 되었다.

어느날 여느 때와 다름없이 2층에 앉아 아이들이 영어 공부하는 소리를 들으면서 부인의 비단옷을 수선하고 있었다. 그때 베끄 부인이 눈썹을 모으고 골똘히 깊은 생각에 잠겨 방으로 걸어들어왔다. 그녀는 가끔 이런 표정을 지었는데 그럴 때면 전혀 상냥해 보이지 않았다. 그녀는 내 맞은편 의자에 앉더니 잠시 아무 말도 하지 않았다. 장녀인 데지레가 바볼드 부인[13]이 쓴 짧은 산문을 낭독하고 있었다. 나는 아이가 확실히 이해했는지 확인하기 위해 즉석에서 영어를 프랑스어로 번역시키고 있었다. 부인은 듣고 있었다.

잠시 후 단도직입적으로, 거의 비난하는 조로 그녀가 말했다. "그럼, 영국에서는 가정교사였군요."

"아닌데요, 부인." 나는 웃으면서 말했다. "잘못 아셨어요."

"지금, 우리 애들을 가르치는 게 처음이란 말이에요?"

나는 그렇다고 했다. 그녀는 다시 조용해졌다. 바늘꽂이에서 바늘을 뽑다가 올려다보니 그녀가 나를 관찰하고 있었다. 계속 날 바라보면서 마음속으로 가늠하는 중이었다. 내가 목적에 알맞은지 평가하고, 그녀의 잣대로 내 가치가 대략 얼마나 될까 재고 있었다. 그전에도 내가 가진 모든 것을 조사했으니, 자신이 내 가치를 잘 알고 있다고 믿는 게 분명했다. 그러나 그날 이후 약 이주일 동안은 새로운 방법을 동원하여 나를 시험했다. 내가 문을 닫은 채 육아실에서 아이들과 있을 때 문 앞에서 엿듣거나, 아이들과 산책을

---

**13** Anna Barbauld(1743~1825). 영국의 아동문학가.

나갈 때면 거리를 두고 살금살금 따라와선 공원의 나무나 가로수로 충분히 가려지면 몰래 다가와 엿들었다. 이런 식의 엄격한 예비심사를 한 후에 그녀는 한단계 더 진척시켰다.

어느날 아침 그녀는 갑자기 내게 달려와서 서두르는 척하면서 좀 곤란한 일이 생겼다고 했다. 영어 선생인 윌슨 씨가 수업시간인데 오지 않았다는 것이다. 아픈 게 아닌가 싶은데, 학생들은 기다리고 수업할 사람은 없다는 것이었다. 그녀는 학생들에게서 영어 수업을 빼먹었다는 소리가 나오지 않도록 한번만 간단한 받아쓰기 연습을 시켜달라고 했다.

"교실에서요, 부인?" 내가 물었다.

"그래요. 2반 교실에서요."

"학생이 육십명인 반이죠." 나는 학생 수를 알고 있었으므로 이렇게 말했다. 나는 평소 습관대로 소심하게 달팽이가 달팽이집으로 들어가듯이 나태 속으로 움츠러들었다. 그리고 능력도 경험도 없다는 핑계를 댔다. 그대로 있었더라면 틀림없이 이 기회를 놓쳤을 것이다. 모험심이 없는데다 실제로 야심의 자극을 받지도 않았으므로, 이십년이라도 유아용 교본이나 가르치고 비단옷이나 고치고 아이들 옷이나 만들고 앉아 있을 수도 있었다. 그렇다고 이렇게 얼빠진 채 포기하는 것에 진정한 만족을 느끼는 것도 아니었다. 육아실 일은 취향에 맞지도 않고 그다지 재미있지도 않았다. 하지만 사사로운 시련을 면제받고 큰 걱정을 안해도 된다는 것이 크게 느껴졌다. 내가 기대할 수 있는 행복의 최대 근사치는 심한 고통을 피하는 것이었다. 더욱이 나는 이중의 삶, 즉 생각 속의 삶과 현실 속의 삶을 살고 있는 것 같았다. 전자가 기이한 마법 같은 상상의 기쁨으로 윤택하기만 하면 후자는 일용할 양식과 시간제 노동과 안식처와 같은 혜택을 주는 정도만 되면 충분했다.

"와요." 내가 어린이용 앞치마를 재단한 천 위로 더 분주하게 몸을 숙이자 부인이 말했다. "그 일은 나중에 해요."

"피핀에게 필요한 건데요, 부인."

"피핀이야 그게 필요하겠지요. 그런데, 난 당신이 필요해요."

베끄 부인은 정말로 나를 필요로 했고, 나를 데려가기로 결심한 것이었다. 오랫동안 영어 선생이 시간을 잘 지키지 않는데다 아무렇게나 가르치는 데 대해 못마땅하게 여겨온 터였다. 그리고 내게 결의와 실제 활동력이 부족하든 않든 그녀에게는 그런 능력과 결의가 있었으므로, 그녀는 내가 골무와 바늘을 내려놓게 했다. 나는 그녀의 손에 이끌려 아래층으로 내려갔다. 사택과 기숙학교 사이에 있는 큰 장방형 홀¹⁴에 도착하자 그녀는 걸음을 멈추더니 내 손을 놓고 마주 서서 나를 찬찬히 뜯어보았다. 얼굴이 빨개지고 온몸이 떨렸다. 아무에게도 말하고 싶지 않지만, 나는 울고 있었던 것 같다. 사실 내 앞의 어려움은 결코 상상의 것이 아닌 엄연한 현실이었다. 프랑스어로 수업을 해야 하는데, 수업의 매개가 될 언어를 완벽하게 구사하지 못하는 건 엄청난 장애였다. 사실 빌레뜨에 도착한 이래 프랑스어를 열심히 공부하긴 했다. 낮에는 실습을 하고, 밤에는 이 집에서 촛불을 켜놓을 수 있는 시간까지 문법을 공부했다. 그러나 정확하게 말을 할 수 있을지는 확신이 서지 않았다.

부인이 엄숙하게 프랑스어로 말했다. "자, 말해봐요. 정말 못하겠어요?"¹⁵

"못하겠어요"라고 하고 보잘것없는 육아실로 돌아가 일생을 거

---

14 (프) carré.

15 (프) Dites donc, vous sentez-vous réellement trop faible?

기서 썩을 수도 있었다. 그러나 부인을 쳐다보았을 때 그녀의 얼굴에서 결정을 내리기 전에 재고하게 만드는 무언가를 발견했다. 그 순간에 그녀는 여자라기보다는 남자 같았다. 그녀의 이목구비 곳곳에 특별한 종류의 힘이 강력하게 드러났다. 그 힘은 나의 힘과는 종류가 달랐다. 그것은 동정도 일체감도 순종도 아닌 감정을 일깨웠다. 나는 위로받은 것도 설득당한 것도 압도된 것도 아닌 상태로 서 있었다. 마치 정반대로 타고난 두개의 힘이 결전을 벌이는 것만 같았다. 갑자기 나의 자신 없음, 즉 야심 없는 태만함이 부끄러워졌다.

"앞으로 갈 거예요, 뒤돌아 갈 거예요?" 그녀는 손가락으로 처음에는 사택과 통하는 작은 문을 가리키고 다음에는 교실로 통하는 커다란 이중문을 가리키며 물었다.

"앞으로 가겠어요."[16] 내가 말했다.

"그런데," 내가 상기되자 오히려 그녀가 냉정해진 표정으로 말했다. 그런 적대감에 부딪히자 나는 도리어 힘이 나고 결심이 확고해졌다. "학생들을 대할 수 있겠어요? 너무 흥분한 건 아니에요?"

그녀는 약간 빈정대는 투였다. 과민한 흥분을 부인은 별로 좋아하지 않았다.

"이 돌처럼 차분해요." 나는 발끝으로 판석을 치며 말했다. "그리고 부인처럼요." 나는 그녀를 똑바로 바라보며 덧붙였다.

"좋아요![17] 당신이 만나게 될 아이들이 조용하고 예의 바른 영국 아이들이 아니라는 건 미리 말해두겠어요. 소란스럽고 거리낌 없는데다 거칠고 다소 반항적인 면까지 지닌 라바스꾸르 아이들이

---

16 (프) En avant.
17 (프) Bon!

에요."[18]

내가 말했다. "알고 있어요. 또 여기 온 후 프랑스어 공부를 열심히 하긴 했지만 아직도 더듬거리는데다 정확하지 않아서 학생들에게 존경을 받긴 힘들 거라는 것도 알고 있고요. 가장 멍청한 아이에게도 비웃음 당할 정도의 실수를 할 수도 있겠지만 그래도 수업은 해보겠어요."

"아이들은 소심한 선생을 우습게 보게 마련이죠." 그녀가 말했다.

"그것도 잘 알고 있어요, 부인. 아이들이 터너 양에게 어떻게 반항하고 그녀를 괴롭혔는지에 대해서는 익히 들었거든요." 베끄 부인이 채용했다가 가볍게 쫓아내버린 그 가련하고 외로운 영어 선생의 불쌍한 이야기는 이미 들은 바 있었다.

"그건 사실이에요."[19] 그녀가 냉정하게 말했다. "통솔력에 대해서라면 터너 양은 주방의 하녀만도 못했어요. 나약하고 우유부단한데다 아이들을 다루는 기술도 지성도 없고, 결단력이나 위엄도 없었지요. 터너 양은 이 아이들과 전혀 맞지 않았어요."

나는 아무 대꾸도 하지 않고 닫힌 교실 문을 향해 갔다.

"나나 다른 누구도 도와주지 않을 거예요." 부인이 말했다. "만일 당신이 도움을 요청한다면 이 일을 할 능력이 없다는 걸 그 자리에서 인정하는 셈이에요."

나는 문을 열어 정중하게 그녀가 먼저 지나가게 한 다음 그 뒤를 따라갔다. 교실은 세개였는데 모두 넓었다. 내가 들어갈 2반 교실은 가장 넓은 교실로, 다른 두 반에 비해 학생 수도 더 많고 소란

---

**18** (프) Ce sont des Labassecouriennes, rondes, franches, brusques, et tant soit peu rebelles.

**19** (프) C'est vrai.

스럽고 훨씬 더 다루기 힘든 아이들이 모인 반이었다. 훗날 사정에 더 익숙해졌을 때, 조용하고 세련되고 얌전한 1반과 억세고 반항적이고 자기주장이 강한 2반은 (그런 비교를 할 수 있다면) 영국의 상원, 하원과 비슷하단 생각이 들곤 했다.

학생들 중 대다수가 이미 어린아이가 아니고 다 자란 숙녀들임을 단박에 알 수 있었다. 몇몇은 귀족(라바스꾸르에서 귀족이라고 하는 집안)의 자제들이었다. 그리고 확신하건대, 내가 베끄 부인 집에서 어떤 위치에 있는지 모두 다 알고 있을 것이었다. 강단(마루보다 한계단쯤 높은 얕은 단)에 올라서서 보니 선생용 의자와 책상이 있었고, 내 앞에 쭉 늘어선 눈과 이마 들이 위협적으로 폭풍을 예고하고 있었다. 아주 거만하고, 대리석처럼 냉정하고 뻔뻔한 이마들이었다. 유럽 대륙의 소녀들은 같은 나이, 같은 계급의 섬나라 소녀들과는 영 딴판이다. 베끄 부인은 짤막하고 무미건조하게 나를 소개하고는 교실에서 나갔고, 영광스럽게도 나는 혼자 남겨졌다.

나는 그 첫 수업과, 그 수업에서 시작된 새로운 인생과 새로운 나란 인물에 대한 모든 암시를 잊을 수 없다. 그때 처음으로 소설가나 시인의 이상인 '소녀'[20]와 실제 '소녀' 사이에는 커다란 차이가 있다는 것을 절감했다.

앞줄에 앉은 세명의 귀족 자제들은 어린아이를 돌보는 하녀[21] 따위에게는 영어수업을 받을 수 없다는 결의에 차 있는 것 같았다. 그들은 전에도 싫어하는 선생을 쫓아내는 데 성공한 적이 있었다. 그들은 베끄 부인이 학생들 사이에 인기 없는 선생은 언제라도 내쫓

20 (프) jeune fille.
21 (프) bonne d'enfants.

고 시원찮은 선생은 자리보전하는 걸 도와주지 않으며, 싸울 힘이나 이길 재주가 없는 선생은 나가야 한다는 걸 알고 있었다. '스노우 선생님'을 보며 그들은 쉽게 이길 수 있는 상대라고 생각했다.

블랑슈 양과 비르지니 양과 앙젤리끄 양은 소곤거리고 소리 죽여 웃는 것으로 시비를 걸었다. 이 소리는 곧 웅얼거림과 킥킥 웃는 소리로 커졌고, 뒤에 앉은 아이들은 이에 더 큰 소리로 화답했다. 한 사람을 상대로 한 육십명의 이 같은 반란은 점점 심해져서 충분히 위압적으로 느껴졌다. 가뜩이나 프랑스어 실력도 짧은데 이렇게 잔인한 제약 속에서 능력을 발휘해야 하다니.

모국어로 말할 수만 있다면 학생들을 집중시킬 수 있을 것 같았다. 첫째, 내가 보잘것없는 인물로 보이는 것은 나 자신도 알고 있고 많은 점에서 사실이기도 하지만, 원래 흥분하거나 감정이 격해지면 남들이 알아들을 수 있게 큰 소리로 말할 수 있는 능력이 내게 있었다. 둘째, 전혀 유창하지 않고 평상시에는 망설이며 쭈뼛거리면서 말하는 편이지만, 지금처럼 반항적인 다수가 자극할 때는 야단맞을 만한 행동은 영어로라면 언제든지 따끔하게 꾸짖을 수 있었다. 그리고 선동자에 대해서는 경멸적인 비꼼이 담긴 비아냥을 좀 표시하고, 덜 무례한 약자들에게는 악의 없는 농담을 하면서 이 사나운 무리를 제압해 끝내 연습문제는 풀게 할 수 있을 것 같았다. 내가 당시 할 수 있는 일은 이것밖에 없었다. 즉 블랑슈, 가장 나이가 많고 가장 키가 크고 가장 아름답고 가장 못된 남작의 딸 마드무아젤 드 멜시에게 걸어가 그녀의 책상 앞에서 연습책을 낚아채고, 다시 교단에 올라가 멍청하기 짝이 없는 그녀의 작문을 일부러 소리내어 읽은 다음 모든 학생들이 보는 앞에서 반으로 찢어버리는 것이었다.

이렇게 하자 학생들은 내 말에 주목하면서 조용해졌다. 맨 뒤에 앉은 한 소녀만이 수그러들지 않고 계속 떠들며 반항했다. 나는 그녀를 주목했다. 얼굴은 창백하고 머리색은 까맣고 뚜렷한 이목구비에, 눈썹은 굵고 진했으며 검은 두 눈은 반항적이고 악의에 차 있었다. 그녀는 작은 문 옆에 앉아 있었는데, 나는 그 문이 책을 보관하는 작은 방으로 통한다는 것을 잘 알고 있었다. 그녀는 좀더 맘껏 소란을 떨기 위해 일어서는 중이었다. 나는 그녀의 키를 가늠하고 몸무게를 계산해보았다. 키도 크고 기운도 있어 보였다. 그러나 예기치 않게 공격해 빨리 싸움을 끝내면 그녀쯤은 휘두를 수 있으리라는 생각이 들었다.

책을 보관하는 방 쪽으로 가능한 한 냉정하게 아무 일도 없는 것처럼, 요컨대 무관심한 척하며[22] 걸어가 문을 슬쩍 밀어보니 쉽사리 열렸다. 나는 순식간에 그녀를 덮쳐버렸다. 그러고는 곧바로 그녀를 방 안에 집어넣은 후 문을 닫고 열쇠를 호주머니에 넣었다.

돌로레스란 이름의 이 까딸루냐[23] 출신 아이는 공교롭게도 급우들이 모두 두려워하고 싫어하는 인물이었다. 앞에서 서술한 즉결 처분을 모두들 좋아하는 걸 알 수 있었다. 거기 있던 학생들은 이렇게 된 것을 모두 은근히 기뻐했다. 잠깐 조용하더니 이윽고 책상에서 책상으로 웃음 아닌 미소가 번졌다. 그때 나는 엄숙하게 조용히 교단으로 돌아가 떠들지 말라고 점잖게 말한 다음, 마치 아무 일도 없었던 것처럼 받아쓰기를 시작했다. 학생들은 몇페이시씩이나 조용히 받아썼고, 이후의 수업도 열심히 그리고 질서정연하게 따라와주었다.

22 (프) ayant l'air de rien.
23 스페인 동북부 지방.

"좋았어요."[24] 내가 약간은 지치고 달아오른 상태에서 교실 밖으로 나왔을 때 베끄 부인이 말했다. "잘했어요."[25]

그녀는 내내 문틈으로 엿보고 엿들었던 것이다.

그날부터 나는 유모 겸 가정교사가 아니라 영어 선생이 되었다. 베끄 부인은 월급을 올려주었다. 그러나 윌슨 씨의 반밖에 안되는 월급을 주고 세배나 되는 일을 시켰다.

---

**24** (프) C'est bien.

**25** (프) Ça ira.

# 9장
# 이지도르


　이제 내 시간은 아주 유용하고 유익하게 채워졌다. 한편으로는 다른 사람들을 가르치고 다른 한편으로는 열심히 공부하느라 여유가 없었다. 즐거웠다. 잘되어가고 있다는 느낌, 정체되어 녹과 곰팡이가 스는 게 아니라, 끊임없이 능력을 사용하며 갈고 닦아서 날카롭게 벼린다는 느낌이 들었다. 결코 좁다고 할 수 없는 경험이 내 앞에 펼쳐졌다. 빌레뜨는 국제적인 도시였고, 이 학교에는 유럽의 거의 모든 나라에서 온 각계각층의 소녀들이 있었다. 라바스꾸르는 국가의 형태는 공화국이 아니였지만, 실제로는 공화국이나 다름없어서 전반적으로 평등이 실현되고 있었다. 베끄 부인의 학교 책상에는 백작의 딸과 부르주아의 딸이 나란히 앉았다. 겉모습만 보고는 누가 귀족이고 누가 평민인지 알 수 없었다. 단지 귀족들은 오만과 기만이 교묘하게 균형을 이룬 태도를 보이는 반면, 평민들은 훨씬 더 솔직하고 깍듯한 태도를 지니고 있는 경우가 많았다.

귀족들에게는 종종 냉정하면서도 성마른 프랑스인의 피가 흐르고 있었다. 유감스럽게도 이 싱싱한 체액은 유창하고 번드레하게 늘 어놓는 아부나 거짓말, 가볍고 발랄하면서도 아주 매정하고 가식적인 태도로 나타났다.

공정하게 평가하자면 정직한 라바스꾸르 토박이 역시 나름대로 위선적인 면을 지니고 있었다. 하지만 거의 아무도 속아넘어가지 않을 조잡한 위선이었다. 그들은 거짓말을 할 필요가 있으면 언제든지 양심의 가책 없이 손쉽고 느긋하게 거짓말을 해댔다. 베끄 부인의 집에는 부엌에서 일하는 하인부터 교장 자신에 이르기까지 거짓말하는 것을 부끄러워하는 사람이 없었다. 거짓말은 그들에게 아무것도 아니었다. 그들은 거짓말을 꾸며대는 것을 미덕까지는 아니지만 아주 가벼운 잘못 정도로 여겼다. "거짓말을 여러번 했습니다"[1]는 모든 소녀나 여자 들이 고해성사에서 늘 하는 말이었다. 사제도 전혀 놀라지 않고 쾌히 용서해주었다. 만일 미사에 가지 않거나 소설을 좀 읽었다면 문제가 달랐다. 그런 것은 마땅히 비난받고 참회해야 할 범죄였다.

나는 이러한 학교 분위기를 완전히 파악하지 못하고 결과에 대해서도 몰랐지만, 이 새로운 영역에서 아주 잘해나갔다. 처음에는 마음속의 화산이 발밑에서 흔들리고 내 눈에 불똥과 뜨거운 연기를 내뿜는 통에 어렵게 수업을 진행해야 했다. 폭발 직전의 위기를 아슬아슬하게 넘기자 폭발할 것 같던 마음도 가라앉는 듯했다. 나는 성공하기로 확고하게 결심했다. 내 일생에 최초로 주어진 기회를 제멋대로 날뛰는 여자아이들의 적개심과 버르장머

---

1 (프) J'ai menti plusieurs fois.

리 때문에 망칠지도 모른다고 생각하니 견딜 수가 없었다. 밤이면 몇시간씩 자지 않고 누워서, 이 반란자들을 제대로 휘어잡고 이 완고한 족속들을 완전히 다스릴 묘안에 대해 생각했다. 우선 베끄 부인에게 도움을 기대할 수 없다는 건 확실했다. 아무리 선생들에게 불공평함과 불편을 겪게 하더라도 그녀로서는 학생들에게 흠결 없는 인기를 유지하는 것이 중요했다. 학생들이 말을 안 듣는다고 그녀에게 도움을 청한다는 것은 쫓겨나길 자청하는 꼴이었다. 학생들과의 관계에서 베끄 부인은 유쾌하고 사랑스럽고 호감을 살 만한 역할은 독차지하고, 성가신 위기가 닥치면 선생들에게 알아서 하라고 했다. 위기 상황에서 적절하고 신속하게 대응해봐야 인기만 떨어질 뿐인 걸 부인은 잘 알고 있었다. 그러므로 믿을 사람은 나 자신뿐이었다.

첫째, 이 돼지 같은 무리를 완력으로 다스릴 수 없다는 건 명백했다. 이 아이들의 비위를 맞춰주며 참고 견뎌야 했다. 차분하지만 깍듯한 태도를 보여야 좋은 인상을 줄 수 있고 가끔씩 농담을 하는 것도 효과가 있었다. 힘든 과제를 주거나 계속 공부를 시키면 견디지 못하고 견딜 생각도 하지 않았다. 암기력이나 사고력이나 집중력을 지나치게 요구하면 노골적으로 거부반응을 보였다. 보통 실력을 갖춘 얌전한 영국 여학생이라면 조용히 받아들이고 이해하고 완전히 익히려고 노력할 과제도 라바스꾸르 여학생은 내놓고 웃으며 "하느님 맙소사, 어려워요! 하기 싫어요. 이건 너무 지겨워요."[2]라며 던지듯이 되돌려줬다.

뭘 아는 선생이라면 망설이거나 야단치거나 훈계하지 않고 즉

---

2 (프) Dieu que c'est difficile! Je n'en veux pas. Cela m'ennuie trop.

시 거두어들인 후, 어려운 부분을 모두 각별히 신경써서 그들의 수준에 맞게 쉽게 고쳐 돌려주면서 가차 없이 비꼴 것이다. 그리고 그들은 따끔하게 야단을 맞았다고 느끼고 아마 좀 의기소침해질 것이다. 그러나 이런 공격이 냉소가 아닌 진심에서 우러난 것임을 보여주고, 달려가는 사람이라도 읽을 수 있을[3] 큰 글씨로 그들의 무능과 무식과 게으름을 명백하게 보여주기만 하면 악의를 품지 않을 것이다. 그들은 수업을 세줄만 더해도 법석을 떨었지만 자존심을 건드린다고 반항하는 법은 없었다. 그들은 그 알량한 자존심마저도 짓밟히는 데 훈련이 되어 있어서 이왕이면 강한 구둣발을 오히려 더 좋아했다.

차츰 내가 이들의 언어를 더 유창하게 구사하게 되고 그들이 쓰는 까다로운 관용어도 응용할 수 있게 되자 좀더 총명하고 나이 든 아이들은 자기들 나름대로 나를 좋아하게 됐다. 어떤 학생이라도 영혼 속에 바람직한 경쟁심을 일으키거나 정직한 수치심을 느끼게 하면 그날부터 내 편이 되었다. 숱 많고 윤기 흐르는 머리카락에 감춰진 (대개는 큰) 귀를 한번이라도 달아오르게 하면 모든 일은 비교적 순조롭게 진행되었다. 아침이면 내 책상에는 꽃다발이 하나씩 놓이기 시작했다. 이 외국인들의 작은 관심에 답하기 위해, 나는 쉬는 시간이면 가끔 선택된 소수와 함께 산책을 하기도 했다. 대화 중에 무심코 한두번 그들의 규칙에 대한 왜곡된 개념을 고쳐 주려 한 적이 있었다. 특히 거짓말은 사악하고 비열하다는 내 생각을 밝혔다. 한번은 예배에 가끔 빠지는 것과 거짓말하는 것 중 거짓말이 더 나쁘다고 생각한다는 말도 무심코 했다. 이 불쌍한 아이

---

3 하박국서 2:2. "너는 이 묵시를 기록하여 판에 명백히 새기되 달려가면서도 읽을 수 있게 하라."

들은 신교도 선생이 말하는 것은 무엇이든지 가톨릭교도에게 보고 하도록 교육을 받았다. 교훈적인 결과가 잇따랐다. 무언가가, 즉 보이지 않고 이름 붙일 수 없는 불확실한 무언가가 나와 내가 아끼는 제자들 사이에 끼어든 것이었다. 그들은 계속 꽃다발을 가져다주기는 했지만 대화가 불가능해졌다. 내가 오솔길을 걷거나 정자에 앉아 있을 때 내 오른쪽에 학생이 다가오면 마치 마술을 부린 것처럼 왼쪽에서 선생이 나타났다. 또한, 놀랍게도 베끄 부인은 방랑하는 서풍처럼 예기치 않은 순간에 슬리퍼를 신고 재빨리 어느새 내 뒤에 조용히 와 있곤 했다.

한번은 가톨릭교도인 지인들이 나의 영적 생활에 대해 어떻게 생각하는지 다소 순진한 형태로 전달받은 적도 있었다. 내가 약간의 도움을 준 적이 있는 기숙학생이 어느날 내 곁에 앉더니 이렇게 외쳤다.

"선생님, 선생님께서 신교도시라서 정말 유감이에요!"

"이자벨, 그게 무슨 말이니?"

"돌아가시면 곧바로 지옥에 떨어져 활활 타버리실 거니까요."[4]

"그런 말을 믿니?"[5]

"분명히 그럴 거예요. 모든 사람이 다 아는걸요. 게다가 신부님 께서 그렇게 말씀하셨는걸요."[6]

이자벨은 특이하고 우둔한 아이였다. 그녀는 소또보체sotto voce로 속삭이며 덧붙였다.

"하늘나라에서 확실히 구원을 받을 수 있게, 신교도는 지상에서

---

4 (프) Parceque, quand vous serez morte—vous brûlerez tout de suite dans l'Enfer.

5 (프) Croyez-vous?

6 (프) Certainement que j'y crois: tout le monde le sait; et d'ailleurs le prêtre me l'a dit.

산 채로 화장하는 게 낫대요."7

나는 정말로 할 말이 없었기 때문에 웃고 말았다.

＊ ＊ ＊

독자께선 지네브라 팬쇼를 잊었는지? 그렇다면 이 아가씨를 베끄 부인 학교의 촉망받는 학생으로 다시 소개해야겠다. 그녀는 정말 유망했다. 내가 갑자기 포세뜨가에 머물게 된 지 이삼일 후 거기 도착한 그녀는 나를 보고도 전혀 놀라는 기색이 없었다. 그녀에게는 귀족의 피가 흐르는 게 분명한 것이, 어떤 공작부인이라도 그녀만큼 전혀 꾸미지 않고도 완벽하고 철두철미하게 무심할 수는 없을 것이기 때문이다. 그녀는 경탄할 때도 잠시 약간 놀라는 정도였다. 그녀의 다른 감정들도 대부분 아주 약하게 표출됐다. 좋고 싫고도, 애증도 거미줄 정도로 가늘고 가벼웠다. 그러나 지속적이고 강력한 게 단 하나 있었으니, 그것은 바로 이기심이었다.

그녀는 자존심이라곤 없었다. 그래서 내가 어린아이를 돌보는 하녀임에도 불구하고 당장 나를 친구로 삼고 비밀을 털어놓았다. 그녀는 학교 안의 다툼과 살림살이에 대한 불평을 끝도 없이 지루하게 늘어놓았다. 음식은 입에 맞지 않고, 주위에 있는 사람들은 선생이고 학생이고 외국인이라 다 경멸한다고 했다. 금요일에 나오는 소금에 절인 생선과 너무 삶긴 달걀과 수프와 빵과 커피에 대한 비난까지는 얼마 동안 참고 견뎠다. 그러나 그런 불평이 계속 되풀이되자 결국 지쳐버려서 화를 내며 그녀의 잘못을 지적하고야 말

------

7 (프) Pour assurer votre salut là-haut, on ferait bien de vous brûler toute vive ici-bas.

왔다. 그러고 나니 처음부터 진작 그럴 걸 그랬다는 생각이 들었다. 그녀에게 유익한 꾸중을 하면 대개 효과가 있었다.

일을 해달라는 그녀의 요구는 훨씬 더 오랫동안 들어주어야 했다. 겉옷만 보면, 그녀는 우아하고 멋진 옷을 가지고 있었다. 그러나 다른 옷들은 그렇게 세심하게 준비한 게 아니어서 자주 수선해야 했다. 그녀는 바느질을 싫어해서 양말 등속을 한뭉치씩 가져와 손질해달라고 했다. 몇주간 부탁을 들어주다보니 그 지긋지긋한 일을 으레 해주는 걸로 여길 것 같았다. 마침내 나는 자기 옷은 스스로 수선하라고 잘라 말했다. 이 말을 듣자 그녀는 울면서 이젠 내가 친구도 아니라며 비난했다. 그러나 나는 신경질을 부리게 내버려두고 내 결심대로 했다.

그녀는 이런 약점들과 더불어 언급조차 할 필요가 없는 다른 결점들이 있었고, 고상하지도 않고 품위도 없었지만, 정말 아름다웠다! 화창한 일요일 아침 연한 라일락색 비단옷을 잘 차려입고 하얀 어깨 위로 긴 금발의 곱슬머리를 찰랑거리며 기분 좋게 걸어내려오는 그녀의 모습은 얼마나 매력적이었는지. 일요일이면 그녀는 시내에 사는 친구들과 시간을 보냈다. 그녀는 곧 내게 이 친구들 중 한 사람이 그녀와 친구 이상의 관계가 되고 싶어한다는 것을 알려주었다. 얼마 지나지 않아 그녀의 눈빛이나 암시로 그가 그녀를 열렬히 흠모하고 있음이 내게 드러났고, 그녀의 표정이나 태도로 미루어 그 정도를 알 수 있었다. 아마 그는 그녀를 진정으로 사랑하는 것 같았다. 이 연인을 그녀는 "이지도르"라고 불렀으나 진짜 이름이 아니고 그녀가 붙인 이름이었다. 진짜 이름이 "그다지 멋지지" 않아서 가명을 붙였다고 귀띔해주었다. 한번은 "이지도르"가 얼마나 열렬히 자신을 사랑하는지 자랑하기에 그녀도 그를 그렇게 사랑하느냐고 물었다.

"그저 그래."[8] 그녀가 말했다. "잘생긴데다 나를 미칠 듯이 사랑해서 기분이 좋은 것뿐이야. 그거면 됐지, 뭐.[9]"

그녀의 변덕스러운 성격에도 불구하고 예상보다 관계가 더 오래 지속되는 것을 보고, 어느날 나는 이 신사를 그녀의 부모, 특히 그녀의 아저씨—그녀는 이 아저씨의 부양을 받는 것 같았다—가 인정할 것 같으냐고 심각하게 물었다. 그러자 그녀는 그러기가 쉽지 않을 거라며, "이지도르"가 부자가 아닌 것 같아서라고 했다.

"네가 그의 애정을 부추기기도 하니?" 내가 물었다.

"굉장히,[10] 때로는 그렇지." 그녀가 말했다.

"결혼 승낙을 받아낼 자신도 없으면서?"

"정말 촌스럽네! 난 결혼하고 싶은 생각 없어. 아직 어리잖아."

"네 말만큼 널 사랑하는데, 결국 수포로 돌아가면 그가 마음의 상처를 받지 않겠니?"

"물론 그 사람이야 가슴이 찢어지겠지. 그러지 않는다면 내가 충격을 받고 실망할걸."

"그 이지도르라는 사람 바보 아니니?" 내가 말했다.

"나와의 관계에선 그래. 하지만 다른 일에서는 현명하지, 다들 하는 말은 그래.[11] 숄몽들레 부인은 그가 굉장히 영리하다고, 그래서 출세할 거라고 해. 내가 아는 건 그가 내 앞에서는 한숨만 쉰다는 것과 그를 내 마음대로 갖고 놀 수 있다는 것밖에 없지만."

---

**8** (프) Comme cela.
**9** (프) Ça suffit.
**10** (프) Furieusement.
**11** (프) à ce qu'on dit.

사랑의 열병을 앓는 이 이지도르 씨에 대해 더 정확하게 알고 싶고 그의 위치가 너무 불안해 보여서, 나는 그녀에게 그를 묘사해보라고 했다. 그러나 그녀는 하지 못했다. 그녀에게는 그의 모습을 그려낼 단어도 그 단어들을 연결해 묘사할 문장력도 없었다. 그를 제대로 살펴본 것 같지도 않았다. 그의 표정이나 안색의 변화는 그녀에게 전혀 영향을 끼치지 못했고, 기억에 남아 있지도 않았다. "미남인데, 멋진 사내라기보다는 잘생긴 신사"[12]라는 것이 그녀가 묘사한 것의 전부였다. 단 한가지 사실이 없었다면 그녀의 말을 참고 듣지 못하거나 그녀의 이야기에 흥미를 잃었을 것이다. 내 생각으로는, 그녀의 암시나 자세한 이야기는 무의식적으로 이지도르 씨가 자신을 존경하며 사랑한다는 것을 증명하고 있었다. 나는 그녀에게 그가 과분한 사람인 게 분명하다고 밝혔으며, 그 못지않게 분명한 말투로 그녀가 허영심에 찬 바람둥이 같다고도 했다. 그녀는 웃으면서 눈가에 내려온 머리카락을 쓸어올리고는 마치 내게 칭찬이라도 들은 것처럼 춤추는 듯한 걸음걸이로 가버렸다.

지네브라에게 학교 공부는 명목상으로 하는 것뿐이었다. 그러나 그녀가 열심히 하는 것이 세가지 있었다. 음악과 노래와 춤이었다. 수가 놓인 손수건을 살 여유가 없어서 고급 아마 손수건에 수놓는 일에도 열심이었다. 역사, 지리, 문법, 산수 등과 같은 과목은 손도 안 대고 다른 사람에게 맡겼다. 그녀는 친지를 방문하는 데 많은 시간을 썼다. 그녀가 공부를 잘하느냐 못하느냐에 따라 학교에 더 다녀야 하는 것이 아니라 일정 기간만 다니면 된다는 것을 아는 베끄 부인은 특별히 그녀에게 외출의 자유를 허용해주었다. 명랑

---

**12** (프) beau, mais plutôt bel homme, que joli garçon.

하고 세련된 숙녀인 그녀의 샤쁘롱[13]인 숄몽들레 부인은 집에 손님이 올 때마다 그녀를 초대했고, 친구 집에서 저녁 파티가 있을 때는 그녀를 데려가기도 했다. 지네브라는 이런 일을 아주 좋아했으나 불편해하는 점이 하나 있었다. 옷을 잘 차려입어야 하는데 여러 벌을 살 돈이 없었던 것이다. 그녀는 어떻게 이 어려움을 헤쳐나갈 것인가에만 신경을 썼다. 다른 때는 나태한 그녀의 정신이 이 일에서만은 얼마나 활발하게 움직이던지, 빛나고 싶은 욕망과 욕구로 그녀가 얼마나 용감무쌍하게 행동하는지를 보고 있노라면 정말 흥미진진했다.

그녀는 숄몽들레 부인에게 대담하게 구걸했다. 쭈뼛거리며 부끄러워하지 않고 대담하게 이런 식으로 말했다.

"친애하는 숄몽들레 부인, 다음 주에 부인 댁에 입고 갈 옷이 하나도 없어요. 제게 최상품의 흰 모슬린 드레스와 하늘색 허리띠[14]를 꼭 주셔야겠어요. 그렇게 해주세요. 정말 천사 같으신 분이니까요! 그래주실 거죠?"

"친애하는 숄몽들레 부인"은 처음에는 그대로 해주었으나 말을 들어줄수록 요구사항이 점점 늘어가는 것을 깨닫고 팬쇼 양의 모든 친구와 마찬가지로 곧 그녀의 침범에 저항해야만 했다. 얼마가 지나자 숄몽들레 부인이 선물을 줬다는 소리는 더이상 들리지 않았다. 그러나 지네브라는 여전히 계속 친지들을 방문했고, 꼭 필요하다고 하는 옷들은 계속 공급되었다. 그리고 작고 비싼 장신구들, 즉 장갑, 꽃다발, 목걸이 등등도 마찬가지였다. 평소의 습관이나 성격—그녀는 비밀을 지키는 성격이 아니었다—과는 달리 그녀는

---

**13** (프) chaperon. 사교계에 나가는 젊은 여성의 후견인.
**14** (프) ceinture bleu céleste.

이런 물건들을 한동안 눈에 띄지 않는 곳에 꼼꼼히 감추어두었다. 그러나 어느날 저녁 특별히 우아하게 차려입을 필요가 있는 큰 파티에 가게 되었을 때는 휘황찬란한 모습을 과시하기 위해 내 방으로 오고야 말았다.

그녀는 아름다워 보였다. 매우 젊고 참신했으며, 유럽 대륙 여자들에게서는 찾아보기 힘들지만 영국인에게는 흔한 우아한 피부와 미끈한 몸매를 갖추고 있었다. 그녀의 옷은 비싼 새 옷으로 완벽한 것이었다. 마감을 깔끔하게 한 비싼 옷이란 걸 한눈에 알 수 있었으며, 전체적으로 고상하고 완벽하다는 느낌을 주었다.

나는 머리끝에서 발끝까지 그녀를 훑어보았다. 그녀는 내가 모든 각도에서 볼 수 있도록 가볍게 빙그르르 돌았다. 자신의 매력을 의식하는지 아주 기분이 좋아 보였다. 그녀의 작고 파란 눈은 기쁨으로 빛나고 있었다. 그녀는 흔히 여학생들이 하는 식으로 기쁨을 표시하느라 내게 입을 맞추려 들었다. 그러나 나는 "가만! 가만있어봐. 무슨 행차시머 이렇게 멋지게 차려입은 이유가 뭔지나 알아야지"라고 한 후 그녀를 좀더 떨어뜨려놓은 다음 더 냉정하게 살펴보았다.

"이 정도면 괜찮아?" 그녀의 질문이었다.

"괜찮으냐고?" 내가 되물었다. "괜찮은 것에는 여러 종류가 있지. 그런데 나로 말할 것 같으면, 널 이해할 수가 없구나."

"그건 그렇고 내 모습은 어때?"

"옷은 잘 차려입었네."

그 정도 칭찬으로는 충분하지 않다고 생각한 그녀는 자신이 착용한 여러가지 장신구에 대해 호들갑을 떨었다. "이 장신구[15] 좀봐." 그녀가 말했다. "이 브로치와 귀걸이와 팔찌 좀 보라고. 이 학교에 이렇게 한벌을 모두 갖춘 사람은 아무도 없을걸. 베끄 부인도 이런 건 없을 거야."

"다 보고 있어."(잠시 멈추었다가)"이 보석들 바송삐에르 씨가 준 거니?"

"아저씨는 아무것도 몰라."

"그럼 숄몽들레 부인 선물이니?"

"아니야. 그 부인이 얼마나 치사하고 인색한데. 이제는 아무것도 안 주는걸."

나는 더이상 묻고 싶지 않아서 갑자기 돌아섰다.

"자, 늙은 심술쟁이, 늙은 디오게네스[16],"(내가 마음에 안 맞을 때면 부르는 호칭이었다.) "이젠 뭐 때문에 그래?"

"저리 가. 너나 네 장신구를 보는 일은 하나도 재미없으니까."

잠시 그녀는 불의의 습격을 당했다는 표정을 지었다.

"지혜의 어머니, 이젠 뭐 땜에 그러세요? 이 보석도 장갑도 꽃다 발도 빚지고 산 건 아니야. 물론 옷값은 아직 안 냈지만, 계산서가 오면 바송삐에르 아저씨가 지불할 거야. 아저씨는 품목 하나하나 는 보지 않고 합계만 보시는데다 부자니까 한두푼에 연연하실 필 요가 없거든."

"가줄래? 문도 좀 닫아줘…… 지네브라, 그런 무도복을 입은 모 습이 아주 멋지다고들 하겠지만 내 눈에는 처음 보았을 때 수수한 밀짚모자를 쓰고 깅엄 원피스를 입고 있던 모습이 제일 예뻐."

"다른 사람들도 너같이 청교도 취향은 아니야." 그녀가 화가 나

---

15 (프) parure.
16 고대 그리스의 냉소적인 철학자. 사치를 비웃고 자신은 흙으로 만든 항아리 안 에서 살았다고 한다.

서 대답했다. "그리고 더구나 너는 내게 설교할 권리가 없어."

"물론! 내겐 그럴 권리가 없지만, 너도 잘 차려입고 재잘대며 내 방에 들어올 권리가 없어. 공작 깃털을 빌려 입은 어치 꼴을 하고 말이야.[17] 팬쇼 양, 난 그 깃털이 전혀 존경스럽지 않아. 네가 '장신구'라고 하는 공작의 눈은 더더욱. 돈이 넉넉해서 네 돈으로 샀다면 모르지만 지금 같은 상황에서는 전혀 안 예뻐."

"팬쇼 양을 보러 오신 분이 있습니다!"[18] 문지기 여인이 소리치자 그녀는 총총 사라졌다.

이삼일 후에 그녀가 제 발로 와 자백하는 바람에 장신구에 대한 수수께끼는 풀렸다.

"내가 아버지나 바송삐에르 아저씨에게 큰 빚을 지운 게 아닌가 하고 뚱해할 필요 없어." 그녀가 말하기 시작했다. "최근에 산 옷 몇벌만 빼고는 이미 다 지불된 거야. 나머지는 다 해결됐어."

'그 부분이 수수께끼야.' 나는 생각했다. '숄몽들레 부인이 준 것도 아니고, 너는 돈이라고는 몇실링밖에 없는데다 돈을 몹시 아끼잖아.'

"들어봐!"[19] 그녀가 가까이 다가와서 아주 은밀하게, 애교를 떨며 계속했다. 그녀는 내가 잔소리나 하고 조롱하는데도 내게 이야기하고 내 말을 듣는 것을 좋아해서 내가 "뚱해하면" 몹시 불편해했다. "친애하는 불평꾼이여, 들어보시라![20] 어떻게 된 일인지 다 이야기해줄 테니까. 그러면 모든 일이 다 문제없고 또 현명하게 처

17 이솝 우화에 나오는 이야기.
18 (프) On est là pour Mademoiselle Fanshawe!
19 (프) Ecoutez!
20 (프) Ecoutez, chère grogneuse!

리된 걸 알게 될 거야. 첫째, 나는 꼭 외출을 해야 해. 아빠도 내가 세상에 대해 좀 알았으면 한다고 했거든. 그래서 특별히 숄몽들레 부인께, 내가 상냥하기는 하지만 평범한 여학생 냄새가 풍긴다고 말씀하셨어. 아빠는 특히 영국 사교계에 정식 데뷔하기 전에 이곳 사교계에 진출해 여학생 냄새를 없애버리기를 바라시거든. 자, 그런데 외출을 하려면 옷을 꼭 차려입어야 해. 숄몽들레 부인은 인색 해져서 내게 아무것도 안 주려고 해. 내가 필요한 것을 모두 아저씨 께 사달라는 것도 너무한 것 같고. 그건 너도 아니라곤 못하겠지. 그건 너의 설교와도 일치하니까. 자, 그런데 내가 숄몽들레 부인을 붙들고 나의 괴로운 상황과 장신구 한두가지 걸치기가 얼마나 힘든지 하소연하는 걸 '누군가'가 (분명히, 아주 우연히) 들은 거야. 선물을 주는 데 인색하지 않은 그 누군가는 작은 선물을 바칠 수 있다는 걸 알고 아주 기뻐했어. 처음 이 말을 꺼낼 때 그가 얼마나 애송이[21]처럼 보였는지 네가 봤어야 하는데. 얼마나 우물쭈물하고 얼굴을 붉히면서, 거절당할까봐 덜덜 떨었는지."

"팬쇼 양, 그만하면 됐어. 내가 이해한 바에 따르면 이지도르 씨가 그 은인인 것 같네. 바로 그 사람에게서 그 비싼 장신구를 받고 꽃다발과 장갑도 그렇게 얻어냈단 말이지?"

"정말 기분 나쁘게 말하네." 그녀가 말했다. "어떻게 대답해야 할지 모르겠잖아. 그러니까, 가끔 이지도르가 내게 작은 선물을 바침으로써 자신의 충성을 표현할 수 있는 기쁨과 영광을 허락했다는 뜻이야."

"그게 그 말이잖아…… 자, 지네브라, 솔직히 말하자면 나는 이

----

21 (프) blanc-bec.

런 문제에 대해 잘 몰라. 그렇지만 네가 아주 큰 잘못, 심각한 잘못을 저지르고 있는 건 분명하다고 봐. 그런데 이제 이지도르 씨와 결혼할 수 있다는 확신이 드나보구나. 부모님과 아저씨께서 동의하셨고, 너도 그를 무척 사랑하는 거니?"

"전혀 그런 게 아니야!" (그녀는 특별히 매정하거나 심술궂은 말을 할 때는 늘 프랑스어로 말했다.) "난 그의 여왕이지만 그는 나의 왕이 아니야."[22]

"가만, 그건 말도 안되는 소리이고 농락이야. 넌 특별히 훌륭한 장점이 있는 것은 아니지만, 전혀 관심도 없는 남자의 주머니를 털고 착한 성품을 이용해 이득을 보는 그런 애는 아니잖아! 넌 네 생각이나 말보다 훨씬 더 이지도르 씨를 사랑하고 있을 거야."

"그렇지 않아. 어젯밤에 어떤 젊은 장교와 춤을 췄는데 그 장교가 훨씬 더 좋아. 모두들 이지도르를 미남이라고 하고 다른 여자들은 그를 사모하는데, 왜 이렇게 냉담한 마음이 드는지 가끔은 내가 생각해도 모르겠어. 그러나 어쨌든 그는 지겨워. 자, 왜 그런지 생각해보면……"

그러고는 생각하려고 애쓰는 것 같았다. 나는 그래보라고 그녀를 격려했다. "그래!" 내가 말했다. "마음을 분명하게 정리해봐. 내가 보기에는 뒤죽박죽에다 쓰레기통처럼 혼란스러운 것 같아."

"대충 이런 것 같아." 잠시 후 그녀가 소리쳤다. "그는 너무나 낭만적이고 헌신적이야. 그리고 내게 너무 많은 것을 기대해서 불편해. 그는 내게 진실성과 순수한 미덕을 부여해놓고는 내가 완벽하다고 생각해. 난 그렇지도 않고, 그러고 싶은 생각도 없는데 말이

--------------------------------

22 (프) Mais pas du tout! Je suis sa reine, mais il n'est pas mon roi.

야. 그 사람 앞에서는 그런 칭찬에 맞추기 위해 애쓸 수밖에 없어. 착한 척하고, 교양 있는 말을 해야 해. 너무 피곤해. 그는 정말 내가 교양 있다고 생각하거든. 지긋지긋해. 차라리 잔소리꾼, 사랑스러운 트집쟁이인 너와 있는 게 훨씬 더 편해. 넌 나를 최악으로 평가하고, 내가 교태나 부리는 무식한 바람둥이인데다 변덕스럽고 어리석고 이기적인 인간이라는 사실과, 그밖에 우리가 함께 인정한 사랑스러운 면들에 대해서도 알고 있잖아."

"그래, 다 좋아." 나는 그녀가 이렇게 변덕을 부려 솔직하게 얘기했다는 사실에 내 위엄 있고 냉정한 태도가 흔들리지 않게 무진 애를 쓰며 말했다. "하지만 그렇다고 해서 선물을 받은 죄가 없어지는 건 아니야. 지네브라, 착하고 정직한 아가씨, 그걸 싸서 돌려보내."

"그럴 순 없어." 그녀가 완강하게 거절했다.

"그럼 넌 이지도르 씨를 기만하는 거야. 그의 선물을 받아들이는 건 언젠가 너도 그에게 관심으로 보답하겠다는 것을 알리는 거라고……"

"하지만 난 그런 식으로 보답할 생각 없어." 그녀가 말을 막았다. "그는 지금 보답받고 있어. 내가 그가 준 보석으로 치장한 걸 보고 기뻐하는 것만으로도 충분한 보답이 돼. 그는 부르주아일 뿐인데 뭐."

그녀가 무감각한 오만을 드러내며 내뱉은 이 말에, 일시적으로 마음이 약해져 부드러워진 내 표정과 말투가 다시 굳어졌다. 그녀는 계속 재잘댔다.

"현재 내 관심사는 약속이나 맹세를 해서 이런저런 남자에게 매이는 게 아니라 젊음을 즐기는 거야. 이지도르를 처음 만났을 때,

첫눈에 즐기는 데 도움이 될 것 같았어. 그 역시 내가 예쁘기만 하면 만족하리라고 생각했지. 우리가 두마리 나비처럼 만나고 헤어지고 날갯짓을 하며 행복해하면 되는 줄 알았다고. 하, 그런데 이것 봐! 그는 때로 판사처럼 엄숙한데다 진지하고 열정적인 남자더라고. 쳇! 난 그런 사색가나 진지하고 열정적인 남자는 밥맛이야.[23] 나한테는 알프레드 드 아말 대령이 훨씬 더 잘 맞아. 잘생긴 멋쟁이에다 근사한 바람둥이면 돼! 즐거움과 쾌락 만세! 위대한 열정과 엄격한 정조 따위 물러가라![24]"

그녀는 장광설을 늘어놓고 대답을 기다렸으나 나는 아무 말도 하지 않았다.

"멋쟁이 대령이 난 좋아." 그녀가 계속 말했다. "그의 라이벌을 좋아하게 되는 일은 결코 없을 거야. 난 부르주아의 부인 따위 되고 싶지 않아!"[25]

나는 이제 제발 그녀가 내 방에 와 있는 영광을 그만 누리게 해 달라는 표시를 했다. 그녀는 웃으면서 나갔다.

.................................................
23 (프) Bah! Les penseurs, les hommes profonds et passionés, ne sont pas à mon goût.
24 (프) Va pour les beaux fats et les jolis fripons! Vive les joies et les plaisirs! A bas les grandes passions et les sévères vertus!
25 (프) J'aime mon beau colonel. Je n'aimerai jamais son rival. Je ne serai jamais femme de bourgeois, moi!

# 10장
# 존 선생

베끄 부인은 아주 일관성 있는 사람이었다. 모든 사람을 참아냈지만 누구에게도 다정하지는 않았다. 자식이라고 해도 한결같은 그녀의 금욕적인 평정을 깨뜨릴 수는 없었다. 가족을 걱정하고 그들의 이익과 건강에는 늘 신경을 쓰지만, 아이를 무릎에 앉히거나 발그레한 입술에 입맞춤을 하거나 다정하게 포옹하고 온화하게 쓰다듬으며 사랑 가득한 말을 쏟아붓고 싶은 마음은 전혀 없는 것 같았다.

그녀가 가끔 정원에 앉아 멀리 오솔길에서 아이들이 하녀 트리네뜨와 함께 걸어오는 모습을 걱정스럽게 바라보는 것을 볼 때가 있었다. 그녀가 종종 "아이들의 장래"[1]라고 말하는 것을 걱정한다는 것은 알고 있었다. 그러나 작고 연약하지만 애교 있는 막내가

.................................................
1 (프) leur avenir.

그녀를 알아보고 하녀에게서 빠져나와 웃으며 아장아장 걸어와 웃고 헐떡거리면서 엄마의 무릎을 붙잡으려 하면, 베끄 부인은 아이가 갑자기 덮칠 때 생기는 불편한 충격을 피하려고 조용히 한 팔을 내밀곤 했다. 그러고는 냉정하게 앉아서 "조심해라, 아가야!"[2]라고 말하고 잠깐 아이가 곁에 서 있는 건 참고 허락했지만, 아이에게 미소를 짓거나 입맞춤을 하거나 사랑의 말 한마디 던지는 법 없이 일어나 아이를 트리네뜨에게 데려가 되돌려주곤 했다.

장녀를 대하는 것 역시 그에 못지않게 다른 방식으로 독특했다. 그 아이는 말썽꾸러기였다. "데지레는 정말 못된 계집애야! 어찌나 성질머리가 고약한지!"[3] 학교에서나 부엌에서나 사람들이 늘 하는 말이었다. 그 아이는 여러 재주 중에서도 남을 화나게 하는 재주가 기가 막히게 뛰어나서 가끔 하녀와 하인 들을 노발대발하게 만들곤 했다. 데지레는 그들의 거처인 다락에 몰래 숨어들어가 멋대로 서랍과 상자를 열고 가장 좋은 모자를 찢고 가장 좋은 숄을 더럽혔다. 아니면 식당[4]에 들어갈 기회를 노리고 있다가 숨어들어가서 도자기나 유리그릇을 깨곤 했다. 아니면 창고 선반을 뒤져 과일잼을 훔치거나 달콤한 포도주를 마시거나 병과 항아리를 깨놓고는 요리사나 부엌 하녀가 의심을 받게 일을 꾸며놓았다. 이 모든 것을 직접 보거나 보고받으면 베끄 부인은 비길 데 없이 태연자약하게 한마디를 던질 뿐이었다.

"데지레는 특별히 신경을 써서 감독해야겠군."[5] 따라서 그녀는

<hr />

2 (프) Prends garde, mon enfant!
3 (프) Quelle peste que cette Désirée! Quel poison que cet enfant là!
4 (프) salle à manger.
5 (프) Désirée a besoin d'une surveillance toute particulière.

이 전도유망한 감람나무 가지[6]를 곁에 두는 시간이 많았다. 그러나 한번도 뭘 잘못했는지 설명해주거나, 그런 습관이 나쁘고 그런 일을 하면 어떤 결과가 생길지 얘기해주는 법이 없었다. 감독만이 그녀의 유일한 치료책이었는데, 물론 그 방법은 실패했다. 하인들을 괴롭히는 일은 어느정도 줄어들었으나 그 대신 데지레는 엄마의 물건을 훔치고 그녀를 성가시게 했다. 엄마의 작업대나 화장대에 있는 물건은 손에 넣을 수만 있으면 무엇이든 훔쳐서 감추었다. 베끄 부인은 이 모든 것을 보고도 못 본 척했다. 그녀는 자식에게 이런 잘못을 정면으로 추궁할 만큼 꼿꼿한 사람이 못됐다. 없어진 물건을 꼭 찾아야 할 필요가 있을 때는 데지레가 장난으로 가져갔다고 생각한다고 말하며 돌려달라고 했지만, 그런 말에 넘어갈 데지레가 아니었다. 그 아이는 이미 도둑질한 것을 숨기기 위해 거짓말하는 법을 배운 터라, 그런 브로치나 반지나 가위에는 손댄 적이 없다고 잡아뗐다. 베끄 부인은 계속 가식적인 방법을 쓰면서 믿는 척했다. 그러고는 끊임없이 아이를 감시하고 미행해 물건을 숨겨놓은 정원 담의 구멍 또는 다락이나 헛간의 갈라진 틈까지 추적했다. 이렇게 해서 찾아내면 그녀는 데지레를 하녀와 함께 산책을 보낸 뒤 아이가 없는 틈을 타 도둑의 물건을 도로 훔쳐냈다. 데지레는 정말이지 그 어머니의 그 딸이었다. 물건이 없어진 것을 알고서도 전혀 굴욕적인 내색이나 행동을 내비치지 않았으니 말이다.

차녀인 피핀은 죽은 아버지를 닮았다고들 했다. 물론 어머니를 닮아 뺨은 불그레하고 눈은 파랬으며 체격은 튼튼했지만, 품성은 어머니와 달랐다. 이 아이는 정직하고 명랑했다. 열정적이고 다정

---

6 자식을 가리킨다. 시편 128:3. "네 식탁에 둘러앉은 자식들은 어린 감람나무 같으리로다."

하고 활발했으며, 쉽게 위험이나 어려움에 빠지는 유형이기도 했다. 어느날 피핀은 돌계단의 꼭대기에서 아래로 굴러떨어져보기로 마음먹었다. 베끄 부인은 아이가 떨어지는 소리를 듣고(그녀는 무슨 소리든 다 들었다) 식당에서 나와 아이를 안아올리더니 조용히 말했다.

"팔이 부러졌군."[7]

처음에 우리는 그 말이 사실이 아니길 바랐지만 틀림없는 사실이었다. 통통한 한 팔이 힘없이 늘어져 있었다.

"아가씨가(나를 가리키는 말이었다) 이 아이를 받아요." 베끄 부인이 말했다. "그리고 누가 빨리 마차를 불러와요."[8]

그리고 그녀는 마차를 타고 존경스러우리만큼 냉정하고 침착한 태도로 재빨리 외과의사를 부르러 갔다.

주치의인 외과의사는 집에 없었던 것 같다. 그러나 그것은 문제가 되지 않았다. 그녀는 그를 대신할 자격이 있겠다 싶은 의사를 수소문해 데리고 왔다. 그동안 나는 아이의 팔에서 옷소매를 잘라내고 옷을 벗긴 다음 침대에 눕혔다.

우리(우리란 하녀와 요리사와 문지기와 나 자신을 뜻하며, 이제는 모두들 따뜻하게 덥힌 작은 방에 모여 있었다) 중 누구도 새 의사가 들어올 때 유심히 보지 않았던 것 같다. 적어도 나는 피핀을 달래느라고 정신이 없었다. 아이의 울음소리(피핀은 목청이 좋았다)는 끔찍했다. 낯선 사람이 가까이 오자 아이는 배로 더 크게 울었다. 의사가 들어올리자 "가만히 두자!"라고 엉터리 영어로 외치기까지 했다(피핀도 다른 아이들과 마찬가지로 영어를 했다). "아

_____

7 (프) Cet enfant a un os de cassé.
8 (프) et qu'on aille tout de suite chercher un fiacre.

저씨한테는 안할 거야. 뻴뢸 선생님한테 할 거야!"

"난 뻴뢸 선생님의 친한 친구란다." 의사가 완벽한 영어로 대답
했다. "선생님이 9마일이나 떨어진 곳에 가서서 내가 대신 온 거야.
자, 좀 진정이 되면 치료를 시작해야지. 이 가엾은 작은 팔을 제대
로 맞추고 붕대를 감자꾸나."

이어서 의사는 설탕물9을 한잔 달라고 해서 두세숟가락 떠먹이고
(피핀은 먹는 걸 대놓고 좋아해서 맛있는 것을 주기만 하면 환심을
살 수 있었다) 수술이 끝나면 또 주겠노라고 약속하고는 재빨리 수
술을 시작했다. 수술을 하는 데는 약간 도움이 필요해서 튼튼하고
팔 힘이 센 요리사에게 도와달라고 부탁했으나 그녀와 문지기와 하
녀는 순식간에 도망쳐버렸다. 나도 그 부러진 작은 팔을 만지고 싶
지 않았지만 별수 없다는 생각이 들어 그를 돕기 위해 먼저 손을 내
밀었다. 하지만 나보다 더 먼저 손을 내민 사람이 있었다. 베끄 부인
이었다. 내 손은 떨리는 반면 그녀의 손은 차분했다.

"부인이 낫겠어요."10 의사가 내게서 몸을 돌려 그녀 쪽을 바라보
며 말했다.

그는 현명한 선택을 했다. 나는 짐짓 태연한 양 억지로 용감한 척
한 것이었는데, 그녀는 꾸미거나 억지로 강한 척하는 게 아니었다.

"부인, 고맙습니다. 좋습니다. 아주 좋습니다!" 수술이 끝나자 의
사가 말했다. "정말 아주 차분하시군요. 정신없이 허둥대는 것보다
훨씬 더 좋은 성품이지요."11 그는 그녀가 침착한 것에 기분이 좋았

--------

9 (프) eau sucrée.

10 (프) Ça vaudra mieux.

11 (프) Merci Madame: très bien, fort bien! Voilà un sang-froid bien opportun, et qui
vaut mille élans de sensibilité déplacée.

고, 그녀는 칭찬을 들어 기분이 좋았다. 그의 전반적인 외모, 즉 목소리와 얼굴과 태도에 부인이 호감을 느낀 것 같았다. 정말이지 독자 여러분도 그를 봤다면, 저녁이고 차츰 어두워지고 있어 불빛까지 밝힌다면, 베끄 부인도 한 사람의 여자인 이상 이 의사에게 호감을 느끼는 게 당연하리라는 것을 이해하리라. 이 의사(그는 젊었다)에게는 평범한 구석이라고는 없었다. 작은 방에 있는 땅딸막한 여자들 속에서 그는 눈에 띄게 훤칠해 보였다. 옆얼굴은 윤곽이 뚜렷하고 섬세하며 표정이 풍부했다. 눈은 너무 발랄하게 너무 빨리 그리고 너무 자주 이 사람 저 사람을 보는 것 같기도 했다. 그러나 아주 유쾌한 눈빛이었고, 입매도 마찬가지였다. 턱은 둥글고, 가운데가 움푹 패었으며, 그리스인같이 완벽했다. 그의 미소는 언뜻 보아서는 어떤 형용사로도 묘사하기가 힘들었다. 기분 좋은 미소였지만 상대방의 약점과 단점을 모조리 상기시키고 드러내 보이게 하는 그런 미소였다. 그러나 피핀은 이 모호한 미소를 좋아했고 그를 다정하다고 생각했다. 그가 몹시 아프게 했음에도 불구하고 아이는 작별인사를 하기 위해 다정하게 손을 내밀기까지 했다. 그는 작은 손을 친절하게 쓰다듬은 다음 베끄 부인과 함께 아래층으로 내려갔다. 그녀는 몹시 기분이 좋아져 떠들어댔고, 그는 뭐랄까, 무의식적으로 무뢰한 같은 장난기를 보이면서도 친절하고 상냥한 태도로 그녀의 이야기에 귀를 기울였다.

나는 그가 프랑스어를 잘하기는 하시만 영어에 디 능숙하다는 걸 눈치챘다. 뿐만 아니라 그는 영국인의 안색, 눈, 체형을 갖추고 있었다. 나는 그 이상의 것도 알아차리게 되었다. 방을 나설 때 그가 얼굴을 잠시 내 쪽으로 돌렸는데(나에게가 아니라 베끄 부인에게 이야기하느라고 그랬지만 그렇게 서 있자 거의 정면으로 얼굴을 볼 수 있었다) 그의 목소리를 처음 들었을 때부터 생각이 날 듯 말 듯 했던 기억이 확실히 떠올랐다. 그는 내가 사무소에서 말을 걸었던 바로 그 신사였다. 내 트렁크를 찾는 일을 도와주고 비 오는 어두운 공원을 가로질러 안내해준 사람이었다. 그가 긴 복도를 지나 거리로 나가는 소리를 듣고 나는 바로 그날밤 그 신사의 발소리인 것을 알았다. 빗방울이 떨어지는 나무 아래서 뒤따라갔던 그 힘차고 고른 발걸음이었다.

* * *

이 젊은 외과의사가 당연히 포세뜨가에 처음이자 마지막으로 온 것이려니 하고 생각했다. 그다음 날 훌륭한 뻴뤌 선생이 돌아올 예정이었으므로 임시로 온 의사가 다시 올 이유가 없었다. 그러나 운명의 여신은 그 반대의 명령을 내렸다.

뻴뤌 선생은 부깽무아지라는 오래된 대학도시에 사는 부유하고 늙은 심기증 환자에게 불려가 있었다. 그가 기분전환 겸 여행을 해보라는 처방을 내려주자 그 겁쟁이 환자는 여러주 걸리는 여행에 동행해달라며 그를 붙들었다. 그런 이유로 새 의사가 계속 포세뜨가에 왕진을 오게 되었다.

그가 올 때면 나도 종종 그를 볼 수 있었다. 베끄 부인이 어린 환자를 트리네뜨에게 맡기고 싶어하지 않아, 나더러 아이 방에 오래 있어달라고 부탁했기 때문이었다. 내가 보기에 그 의사는 아주 유능했다. 그의 치료를 받자 피핀은 곧 회복되었다. 그러나 아이가 회복되었는데도 왕진은 중단되지 않았다. 운명과 베끄 부인이 공모하여 그가 포세뜨가의 현관과 내실의 계단과 2층 침실에 유유히

드나들도록 허락해주는 것처럼 보였다.

피핀이 그의 손에서 풀려나자마자 데지레가 아프다고 나섰다. 이 악마 같은 아이는 흉내의 천재인데다 병상에서 받는 사랑과 관심에 매료되어 병이 자기 취향에 딱 들어맞는다는 결론에 이르자 몸져누웠다. 이 아이는 연기를 잘했으며 그 어머니의 연기는 그보다 한수 위였다. 어떻게 된 일인지 뻔히 알면서도 베끄 부인은 놀랄 정도로 뻔뻔스럽게 그 말을 믿고 걱정하는 시늉을 해냈다.

내게 놀라운 일은 존 선생—젊은 의사는 피핀더러 자기를 그렇게 부르라고 가르쳤고, 우리 모두 그녀를 따라 이렇게 불러서 그것이 습관이 되어버렸으며, 포세뜨가에서는 그 이름만 알고 있었다—이 암암리에 베끄 부인의 술수를 받아들이고 동조했다는 점이었다. 사실 그는 잠시 우스꽝스럽다는 듯 의아한 표정으로 딸과 어머니를 번갈아보다가, 잠시 생각에 잠겨 자문하더니 마침내 기꺼이 이 소극에서 자신에게 할당된 역할을 맡기로 결심했다. 데지레는 아귀처럼 먹어대면서 밤낮으로 침대에서 경중대고 시트와 담요로 텐트를 치고 베개를 쌓아놓고 터키인처럼 길게 눕거나, 심심하면 하녀에게 신발을 던지거나 동생들에게 인상을 쓰는 것으로 기분전환을 했다. 한마디로, 말도 안되게 건강하고 장난기가 넘쳐흘렀다. 오직 엄마와 의사 선생이 하루 한번 찾아올 때만 활기가 수그러들었다. 베끄 부인 쪽에선 어쨌든 딸이 말썽을 부리지 않고 자리에 누워 있는 걸 다행스러워한다는 건 알고 있었지만, 존 선생이 이 일에 지치지 않는 것은 이상했다.

그는 매일 이 일을 핑계로 정각에 왕진을 왔고 베끄 부인은 언제나 똑같이 열렬하게, 언제나 똑같이 훌륭한 연기로 아이를 걱정하는 척하면서 반갑게 그를 맞이했다. 그는 환자에게 무해한 처방을 내리고는 기민하게 눈을 빛내며 아이의 어머니를 바라보았다. 화를 내지 않을 정도의 양식은 갖춘 베끄 부인은 놀리는 그 표정을 순순히 받아넘겼다. 젊은 의사는 비굴해 보이기는 했지만 환자 보호자의 환심을 사기 위해 그런 척하는 게 아닌 건 분명해서 경멸할 수는 없었다. 그는 기숙학교에 왕진 오는 것을 좋아했고 이상하게 포세뜨가 주변을 어슬렁거리기는 했지만 주위에 신경쓰지 않고 거의 개의치 않는 태도였다. 게다가 종종 사색에 빠져들거나 딴생각에 빠져 있기도 했다.

그의 수수께끼 같은 행동을 관찰하거나 그런 행동의 근원과 목적을 따지는 것이 내 일은 아니었지만 내가 있는 자리가 그렇다보니 어쩔 수 없었다. 그는 나와 한방에 있을 때면 나 같은 외모의 사람이 흔히 받을 것으로 예상되는 정도의 관심만 보일 뿐 날 대수롭지 않게 여겼다. 그 말인즉, 나는 눈에 띄지 않는 가구나 목공이 만든 평범한 의자나 화려한 무늬가 없는 카펫 정도의 존재였다는 의미다. 가끔씩 그는 베끄 부인을 기다리면서 혼자 있다고 생각하는 사람처럼 생각에 잠기고, 웃고, 뭔가를 보고, 귀를 기울이곤 했다. 그가 그러는 동안 나는 마음대로 그의 행동과 표정에 대해 곰곰이 생각해보거나, 수도 한가운데 숨어 있다시피 한, 수녀원 같은 이곳에 무엇 때문에 그가 유별나게 관심과 애착을 보이는지 궁금해했다. 뭐라 말할 수 없는 마법에 사로잡힌 듯한, 이상하고 의심스러운 점투성이였다. 그는 내 머리에 눈이 있다는 것을 모르는 것 같았고, 내 눈 뒤에 두뇌가 있다는 사실은 더욱더 의식하지 못하는 것 같았다.

그는 영원히 이 사실을 알지 못했을 수도 있었다. 그러나 어느 날 햇빛을 받으며 앉아 있는 그의 머리카락과 콧수염과 피부색, 즉 전체적으로 강렬하게 빛나고 어쩐지 위험한 기운을 뿜는 그 색조를 관찰하다가—내 기억으로 그의 빛나는 머리를 느부갓네살왕이 세웠다는 '황금 신상'과 비교하고 있었다[12]—갑자기 새로운 생각이 떠올라서 깜짝 놀랐다. 압도적인 강한 힘에 이끌려 나는 그를 계속 바라보았다. 내가 어떤 표정으로 그를 바라보았는지는 지금도 알 수 없다. 너무 큰 놀라움과 확신에 나는 그만 넋이 나가버렸다. 창가의 쑥 들어간 곳 옆면에 걸린 맑고 작은 타원형 거울을 통해 그도 나를 보고 있다는 것을 알고서야 다시 제정신으로 돌아왔다. 베끄 부인은 종종 그 거울을 통해 아래 정원을 거니는 사람들을 은밀히 감시했다. 존 선생은 명랑하고 쾌활한 성격이기는 했지만, 뭔가를 캐내려고 똑바로 바라보는 데 아무렇지도 않을 만큼 둔감한 사람은 아니었다. 그렇게 나를 놀라게 해놓고 나서 그는 내게로 몸을 돌려, 정중하지만 비난조로 약간 화가 났다는 것을 표시하며 냉담하게 말했다.

"절 계속 보고 계시는군요. 저는 그렇다고 제게 관심을 보이신다고 생각할 정도로 잘난 척하는 사람은 아닙니다. 그렇다면, 제게 뭔가 잘못된 게 있음이 분명한데, 뭔가요?"

독자가 짐작한 대로 나는 당황했지만 어쩔 줄 몰라할 정도로 당황하지는 않았다. 조심성 없게 그를 사모하다 들켰거나, 부당한 호기심 때문에 비난을 받게 된 것이 아니란 것을 스스로 알아서였다. 왜 그랬는지 그 자리에서 해명할 수도 있었으나 그만두었다. 나는 아무 말도 하지 않았다. 평소에도 그에게 말을 하지 않은 터였다. 그래서 마음대로 생각하고 비난하고 싶은 대로 하라고 내버려두고

---

**12** 다니엘서 3:1. "느부갓네살왕이 금으로 신상을 만들었으니 높이는 육십 규빗이요 너비는 육 규빗이라 그것을 바벨론 지방의 두라 평지에 세웠더라."

는 떨어뜨린 바느질감을 주워 다시 바느질을 시작했고, 그가 있는 동안 내내 머리를 숙이고 그 일에만 열중했다. 오해를 받는데도 화가 안 나고 오히려 안심이 되는 수도 있다. 제대로 이해받지 못할 바에야 철저하게 무시당하는 것이 오히려 마음 편하다. 정직한 사람이 우연히 가택침입자로 오인된다면 당황하기보다는 오히려 우습다고 생각하지 않을까?

# 11장
# 문지기의 방

무척 더운 여름이었다. 베끄 부인의 막내인 조르제뜨가 열병에 걸렸다. 그러자 데지레는 갑자기 병이 나았고, 전염되지 않게 하려고 피핀과 함께 시골에 있는 할머니[1] 댁으로 보내졌다. 이제는 정말 의사가 필요한 시점이었다. 베끄 부인은 삘뤼 선생이 돌아온 지 일주일이나 되었는데도 그 사실을 무시하기로 하고 그의 경쟁자인 영국인 의사를 계속 불렀다. 기숙학생[2] 중 한두명이 두통을 호소했는데, 여러 증상으로 보아 조르제뜨와 같은 병에 걸린 것 같았다. '이제 드디어,' 나는 생각했다. '다시 삘뤼 선생을 불러야겠구나. 신중한 교장선생께서 저렇게 젊은 의사더러 여학생들을 진찰하라고 하진 않겠지.'

교장선생은 무척 신중했지만 대담한 면도 있었다. 실제로 존 선

---

1 (프) Bonne-Maman.
2 (프) pensionnaires.

생을 학교로 안내해 콧대 높은 미인 블랑슈 드 멜시와 그녀의 친구인 허영심 많고 시시덕거리기 좋아하는 앙젤리끄를 치료하게 한 것이다. 존 선생은 이런 신뢰의 표시에 감사해하는 듯했다. 신중한 행동으로써 이런 조치를 정당화할 수 있다면, 존 선생의 행동으로 상황은 얼마든지 정당화될 수 있었을 것이다. 그러나 수녀원과 고해성사가 있는 이 나라에서 '여자기숙학교'에 그렇게 젊은 남자가 뻔뻔스럽게 드나드는 것은 쉽게 허용되지 않았다. 온 학교가 쑤군대고 부엌에서 속삭이며 시내에 소문이 퍼졌고, 부모들의 비난 편지와 방문이 쇄도했다. 베끄 부인이 심약한 사람이었다면 분명히 물러섰을 것이다. 십수군데의 경쟁 학교들에서는 이 잘못— 만일 이것이 잘못된 조치였다면—을 이용해 그녀를 파멸시킬 태세였다. 그러나 베끄 부인은 심약하지 않았다. 나는 그녀가 어느정도는 음흉한 구석이 있었음에도, 그녀의 유능한 태도와 숙련된 솜씨, 강인한 성격, 확고한 결의에 대해서는 진심으로 박수를 보내고 마음속으로 "브라보!"를 외쳤다.

그녀는 깜짝 놀라 달려온 학부형들을 기분 좋게 그리고 아주 우아하게 맞이했다. 이렇게 말해도 될지 모르지만, 정말로 그런 것인지, 아니면 그런 척하는 것인지 그녀에겐 "선량한 부인네처럼 솔직하고 순진한"[3] 면이 있었고, 그런 점에서는 그녀를 당할 사람이 없었다. 몹시 진지하고도 심각하게 따지면 통하지 않을 경우에도 그녀는 여러번 그런 태도를 취해 곧 완벽한 성공을 거두었다.

"불쌍한 존 선생!"[4] 그녀는 통통하고 자그마한 하얀 손을 비비며 웃으면서 명랑하게 말하곤 했다. "정말 사랑스러운 젊은이랍니다!

3 (프) rondeur et franchise de bonne femme.
4 (프) Ce pauvre Docteur Jean!

세상에서 가장 착한 사람인데!"[5] 그러고는 어떻게 자기 아이들의 치료를 그에게 맡기게 됐는지, 아이들이 그를 너무 좋아해서 다른 의사를 부르려고만 해도 고래고래 소리를 지를 정도라고 설명했다. 그래서 자기 아이를 맡길 만하다면 다른 집 아이도 맡겨도 좋다는 생각이 자연스레 들었고, 나머지[6]는 임시방편일 뿐이라고 했다. 블랑슈와 앙젤리끄는 편두통을 앓아서 존 선생이 처방을 해준 것뿐이라는 것이었다. 그게 전부랍니다![7]

부모들은 입을 다물었다. 블랑슈와 앙젤리끄가 입을 모아 그 의사를 칭찬하자 남은 어려움도 모두 해결되었다. 다른 학생들도 모두 이구동성으로 자신들도 아플 때 존 선생의 치료를 받아야지 다른 사람은 안된다고 외치면서 두 여학생의 말에 맞장구쳤다. 베끄 부인은 웃었고 학부형들도 웃었다. 확실히 라바스꾸르인들의 자식 사랑은 유별났다. 적어도 자식들의 응석을 받아주는 데는 지나쳤다. 대부분의 가정에서는 아이들의 뜻이 곧 법이었다. 부인은 이번 경우에 모성애에서 비롯된 행동을 한 거라는 신망을 얻었다. 그녀는 기세 좋게 성공을 거두었으며, 사람들은 그전보다 교장을 더욱 좋아하게 되었다.

오늘날까지도 그녀가 왜 그렇게 존 선생을 위해 위험을 감수했는지 완전히 이해가 안된다. 물론 소문이 어땠는지는 잘 알고 있었다. 집안 사람들 모두, 그러니까 학생, 선생, 하인 들까지 곧 그녀가 그 의사와 결혼할 것이라고 했다. 그들은 그렇게 결론을 내렸나. 그들 눈에 나이 차이는 아무런 장애가 되지 않았다. 반드시 그렇게

---

5 (프) ce cher jeune homme! le meilleur créature du monde!
6 (프) au reste.
7 (프) voilà tout!

될 일이었다.

겉으로만 보면 그런 추측도 일리가 있다는 것을 인정해야겠다. 부인은 계속 그를 붙잡아두고 진료를 맡기고 싶어했다. 이전의 총아인 뻴릴 선생은 완전히 잊힌 것처럼 보였다. 그녀는 으레 존 선생을 직접 맞이했으며, 그때 그녀의 태도는 언제나 명랑하고 쾌활하고 온화했다. 더욱이 그즈음 들어 그녀는 의상에도 부쩍 신경을 썼다. 아침에 입던 가벼운 옷차림이나 나이트캡과 숄은 없어졌다. 존 선생이 일찍 오는 날이면, 항상 단정하게 머리를 땋고 비단옷을 말끔히 차려입고 슬리퍼 대신 레이스가 달린 장화[8]를 신고 그를 맞이했다. 말하자면 모델처럼 완벽하고 꽃처럼 신선하게 몸단장을 다 끝낸 후였다. 그러나 아주 잘생긴 젊은 남자에게 자신이 못생긴 건 아니라는 것을 보여주려는 의도 이상은 아니었다는 생각이 든다. 그리고 그녀는 못생긴 편이 아니었다. 외모가 빼어나거나 몸매가 우아한 것은 아니었지만, 호감을 주는 인상이었다. 젊거나 젊음 특유의 명랑한 우아함은 없어도 기분을 좋게 하는 사람이었다. 그녀를 보고 있으면 지겹지 않았다. 그녀는 단조롭거나 무미건조하거나 흐리멍덩하거나 시시한 사람이 아니었다. 그녀의 세지 않은 머리카락과 온화한 푸른 눈과 싱싱한 과일빛을 띤 뺨, 이 모든 것이 적당히 그러나 지속적으로 호감을 주었다.

그녀가 정말 존 선생을 남편으로 맞아들여 좋은 가구로 꾸며진 자신의 집으로 데리고 와 상당한 액수로 알려진 저금을 그에게 넘겨주고 안락한 여생을 선사해줄 상상을 잠시라도 한 적이 있을까? 존 선생은 그녀가 그런 생각을 품고 있다고 의심한 적이 있을

--------------------------------

8 (프) brodequins.

까? 그녀와 함께 있다가 나오는 그의 입가에 반쯤 장난스러운 미소
가 어려 있는 모습을 본 적이 있다. 그의 눈은 남성 특유의 허영심
에 차서 들떠 있었다. 그는 잘생기고 성격도 좋긴 했지만 완벽하지
는 않았다. 그럴 뜻도 없으면서 장난으로 부추긴 것이라면 그는 아
주 나쁜 사람임에 분명했다. 그런데 과연 그에게 그럴 뜻이 없었을
까? 사람들은 그가 재산이 없고 의사로 일해 돈을 벌어야 한다고
했다. 베끄 부인이 비록 열네살 정도 연상이기는 하지만 그녀는 늙
지도 시들지도 쇠약해지지도 않을 사람이었다. 그들은 분명히 사
이가 좋았다. 그가 사랑에 빠진 것은 아닐지 모르지만 이 세상에 정
말로 사랑을 경험하는 사람이 몇이나 되며, 적어도 사랑해서 결혼
하는 사람은 몇이나 되는가? 우리는 결말을 기다렸다.

그가 무엇을 기다리며 무엇을 주시하는지는 나도 몰랐다. 그러나
그의 특이한 태도, 즉 무언가를 기대하는, 조심스러우면서도 몰입
한 듯 열정적인 표정은 사라지지 않고 오히려 더 뚜렷해졌다. 그는
결코 내 시계視界에 들어오지 않았고 점점 더 먼 곳으로 멀어지는
것 같았다.

어느날 아침 꼬마 조르제뜨가 열이 심해져 더 까다롭게 굴었다.
소리를 질러대는데 아무리 달래도 소용이 없었다. 처방된 약 중에
서 특히 그 아이에게 맞지 않는 약이 있는 것 같아 계속 먹여야 할
지 의심스러웠다. 나는 의사와 상의하려고 초조하게 기다렸다.

초인종이 울리고 그가 들어왔다. 문지기에게 말하는 소리를 들
으니 분명히 그였다. 그는 보통 한번에 세계단씩 올라와 우리를 놀
래주듯이 바로 아이들 방으로 들이닥치곤 했다. 오분 그리고 십분
이 흘렀으나 모습도 보이지 않고 목소리도 들리지 않았다. 뭘 하고
있는 걸까? 아래층 복도에서 기다리고 있는지도 몰랐다. 꼬마 조르

제뜨는 애절하게 내 애칭을 부르면서 징징 울고 있었다. "미니, 미니, 나를 아파!"라고 하는 소리가 가슴이 아플 정도였다. 나는 그가 왜 안 올라오나 확인하러 내려갔다. 복도에는 아무도 없었다. 어디로 사라졌을까? 베끄 부인과 함께 식당에 있나? 그러나 이제 막 베끄 부인이 자기 방에서 옷 입는 것을 보고 나왔으므로 그럴 리는 없었다. 나는 귀를 기울여보았다. 가까이 붙어 있는 방 세개, 식당과 큰 응접실과 작은 응접실에서는 학생 세명이 한창 열심히 피아노 연습 중이었다. 복도와 그 세 방 사이에는 응접실로 통하는, 원래는 내실로 쓰려 했던 문지기 여인의 방밖에 없었다. 저쪽 예배당에 있는 네번째 피아노 곁에서는 열두어명 정도 되는 학급 전체가 성악수업을 받는 중이었다. 바로 그때 학생들은 '바르까롤'[9](그들이 그렇게 불렀던 것 같다)를 합창하고 있었다. 가사 중에 있던 "신선한 미풍"이니 "브니즈"니[10] 하는 단어들이 아직도 기억난다. 그런 상황에서 무엇을 들을 수 있었느냐고? 요령만 있으면 여러가지 소리를 들을 수 있었다.

그렇다. 아까 말한 문지기의 작은 방 문 옆에 서 있는데 안에서 들뜬 고음의 웃음소리가 들렸다. 문은 반쯤 열려 있었다. 뭔가를 애원하는 부드러운 저음의 남자 목소리가 들렸는데, "제발!" 하고 애원하는 소리만 알아들을 수 있었다. 그리고 잠시 후에 존 선생이 나왔다. 그의 눈은 무척 빛났으나 기쁨이나 승리에 찬 눈빛은 아니었다. 영국인답게 잘생긴 그의 뺨은 벌겋게 달아올라 있었고, 이마에는 곤혹스럽고 고통스러우며 불안하면서도 다정한 기색이 어려 있었다.

---

**9** 곤돌라의 뱃노래.
**10** (프) 각각 fraîche brise, Venise. '브니즈'는 베네찌아의 프랑스어 이름.

열린 문이 칸막이 역할을 했다. 하지만 내가 바로 그의 앞을 가로막고 있었더라도 그는 나를 못 보고 지나쳤을 게 틀림없다. 그의 영혼은 수치심과 분노에 사로잡혀 있었다. 아니, 오히려 그 당시 내가 받은 인상을 그대로 옮기자면 그것은 슬픔이랄지 부당함 같은 것이었다. 자존심이 상했다기보다는 마음의 상처를, 그것도 아주 심각한 상처를 입은 것 같았다. 그러나 누가 고통을 주고 있단 말인가? 그 집에 있는 누가 마음대로 그를 휘두른단 말인가? 베끄 부인은 자기 방에 있었다. 그가 나온 방은 문지기 혼자서만 쓰는 방이었다. 문지기인 로진 마뚜는 예쁘장한, 천하고 바람기 많은[11] 프랑스 여자로, 절제를 모르는데다 경박하고 변덕스럽고 허영심 많고 돈만 알았다. 그가 이제 막 시련을 겪은 것처럼 보이는 게 그녀 때문일 리는 없을 텐데?

하지만 내가 이런 생각을 하고 있는 사이에, 날카롭지만 맑은 목소리로 그녀가 부르는 경박한 프랑스 노랫소리가 아직도 열려 있는 문틈으로 새어나왔다. 나는 슬쩍 들여다보고는 내 눈을 의심했다. 그녀는 멋진 '분홍색 면직'[12] 옷을 입고 탁자에 앉아서 작은 황금빛 모자를 손질하고 있었다. 그녀 말고 그 방에 있는 것은 환한 7월의 햇빛뿐이었고, 생물이라고는 둥근 어항의 금붕어와 꽃병의 꽃 몇송이밖에 없었다.

뭔가 문제가 있었다. 하지만 나는 약에 대해 묻기 위해 위층으로 가야 했다.

존 선생은 조르제뜨의 침대 옆에 있는 의자에 앉아 있고 베끄 부인은 그 앞에 서 있었다. 꼬마 환자는 진찰을 받고 진정이 되어 침

---

11 (프) grisette.
12 (프) jaconas rose.

대에서 쉬고 있었다. 내가 들어갔을 때 베끄 부인은 의사 자신의
건강에 대해 이야기하고 있었다. 그녀는 그의 안색이 안 좋아 보인
다며, 과로 때문인 것 같으니 휴식을 취하고 기분전환을 좀 해보라
고 권했다. 그는 온순하게 경청했지만 무관심하게 웃으면서, 그녀
가 "너무 좋은"[13] 사람이라고, 그러나 자신은 아주 건강하다고 말했
다. 그러자 베끄 부인은 나에게 동의를 구했다. 존 선생의 눈길은
천천히 그녀의 동작을 뒤따랐는데 나같이 미미한 사람에게 조언을
구하는 것이 놀랍다는, 의아한 눈빛이었다.

"루시 양은 어떻게 생각해요?" 베끄 부인이 물었다. "선생님이
너무 창백하고 여위셨죠?"

존 선생이 있을 때 나는 한마디 이상 하는 경우가 드물었다. 그와
함께 있으면 나는 그의 생각대로 영원히 중성적이고 수동적인 사
물이 될 것만 같았다. 하지만 이번엔 기분 내키는 대로 길게 대답하
기로 했다. 나는 일부러 상당히 의미심장하게 들리도록 말했다.

"지금은 아프신 것처럼 보이네요. 하지만 일시적인 이유 때문인
것 같은데요. 속상하고 괴로운 일이 있어서 그러신가보죠." 반응을
보기 위해 얼굴을 살피지는 않았기 때문에 존 선생이 어떻게 받아
들였는지는 알 수 없다. 조르제뜨가 나에게 서툰 영어로 설탕물을
마셔도 되느냐고 물어서 나는 영어로 대답했다. 처음으로 그는 내
가 자신의 모국어를 한다는 사실을 알아챘던 것 같다. 여태껏 그는
나를 외국인으로 알고 "마드무아젤"이라고 부르며 아이를 치료하
는 데 필요한 사항들을 프랑스어로 지시했었다. 그는 무슨 말인가
를 하려다 말고 잠시 생각에 잠기더니 가만있는 게 낫겠다고 판단

---

**13** (프) trop bonne.

했는지 침묵했다.

베끄 부인은 다시 그에게 충고를 하기 시작했다. 그는 웃으며 고개를 저은 후 일어나 그녀에게 작별인사를 했다. 정중한 인사였지만, 여전히 그는 원치 않는 관심을 너무 받아 지겹고 넌더리가 난 모양이었다.

그가 가버리자, 베끄 부인은 그가 막 떠난 의자에 털썩 앉더니 턱을 괴었다. 생기 있고 사랑스러운 표정은 모조리 사라져버리고 없었다. 그녀는 무표정하고 엄격하며 거의 굴욕감에 찬 듯이 침울해 보였다. 그녀는 한숨을 쉬었다. 단 한번이었지만 깊은 한숨이었다. 아침수업을 알리는 종소리가 크게 울렸다. 그녀는 일어났다. 거울이 달린 화장대 앞을 지나며 그녀는 거울에 비친 자신의 모습을 보았다. 땋은 밤색 머리 사이로 흰 머리카락 하나가 보였다. 그녀는 부르르 떨면서 흰머리를 뽑아냈다. 한여름의 밝은 햇살 아래 그녀의 얼굴은 여전히 홍조를 띠고 있음에도 불구하고 젊음의 질감은 사라진 듯 보였다. 그렇다면, 젊음의 자태는 어디로 갔는가? 아, 부인! 현명한 당신도 약점이 있으시군요. 이전에는 베끄 부인을 동정한 적이 없지만 그녀가 어두운 표정으로 거울에서 돌아서자 그녀에 대해 마음이 누그러졌다. 그녀에게 재난이 닥친 것이었다. '실망'이라는 마녀가 소름끼치게 "반갑소!"하고 인사했지만 그녀의 영혼은 호의를 거절했다.

그렇다면, 로진은! 이 점에 대해서 나는 이루 말할 수 없이 혼란스러웠다. 그날 나는 그녀의 매력을 살피고 그 매력이 발휘하는 힘을 알아내기 위해 일부러 다섯번이나 그녀의 방 앞을 지나갔다. 그녀는 젊고 예뻤으며, 좋은 옷을 입고 있었다. 냉철하게 생각해보아도 존 선생 같은 젊은 남자를 번민하게 만들기에는 충분한, 아주 훌륭한 점들이었다. 그러나 나는 그 의사가 나의 오빠이거나 아니면 적어도 그에게 친절하게 충고해줄 어머니나 누이가 있다면 얼마나 좋을까 하는 소망을 반쯤 품었다. 반쯤 품었다고 했는데, 곧 그것이 얼마나 어리석은 소망인가를 깨닫고는 완전한 소망이 되기 전에 나는 그것을 부수어 내던져버렸다. "차라리 누군가가," 나는 자문했다. "베끄 부인에게 젊은 의사에 대해 충고하는 게 낫지. 하지만 무슨 소용이 있겠어?"

베끄 부인은 스스로에게 충고한 듯했다. 그녀는 나약하게 행동하거나 어떤 식으로든 우스꽝스러운 꼴이 되지 않았다. 그녀에게는 사실 극복해야 할 정도로 강한 감정도, 비참하게 고통에 빠질 애정도 없었다. 그녀에게는 중요한 사명이, 시간을 채워주고 기분을 전환시켜주고 관심을 분산시켜줄 진정한 일이 있었던 것이다. 특히 그녀가 평범한 여자나 남자가 가지지 못한, 진정으로 훌륭한 감각을 지닌 것 또한 사실이었다. 그런 여러 장점들이 결합되어 그녀는 현명하게 행동했다. 다시 한번, 베끄 부인 브라보! 당신은 편애라는 아바돈[14]에 맞서서 아주 잘 싸웠고, 그리고 이겼군요!

---

14 지옥의 심연을 주관한다고 알려진 추락천사.

# 12장
# 작은 상자

포세뜨가의 집 뒤에는 정원이 있었다. 도시 한가운데 있는 것치고는 제법 큰 정원이고, 지금 돌이켜보아도 쾌적한 곳이었다. 그러나 시간이 흐르면 어떤 장면은 멀리 떨어져서 보면 그렇듯이 부드러워진다. 게다가 온통 돌과 단조로운 벽과 뜨거운 보도로 둘러싸인 곳에서는 덤불 하나도 얼마나 소중하고, 담장 안에 나무가 심긴 곳도 얼마나 사랑스러운지!

일설에 의하면, 베끄 부인의 학교는 옛날에 수녀원이었다고 한다. 도시가 그곳까지 확장되기 전—얼마나 오래전인지는 알 수 없지만 몇세기 전인 듯하다—농경지와 넓은 사토수길이 있고 수녀원을 둘러쌀 만큼 나무가 울창하고 외진 곳이었던 시절, 그곳에 오싹하고 무서운 사건이 일어나 유령에 관한 전설이 생겼다고 한다. 검은 옷에 흰 베일을 쓴 수녀에 관한 막연한 이야기로, 이 유령은 때때로 그 근처 어딘가에서 일년에 몇번씩 밤중에 나타나곤 한다는 것이었다. 이 유령 이야기는 오래전에 생겨난 것임에 틀림없었다. 이제는 주위에 집들이 들어차 있으니 말이다. 하지만 수녀원의 유물인 오래된 커다란 과실수들이 그곳에 남아 있어 여전히 신성한 기운이 느껴졌다. 므두셀라[1]처럼 오래된 배나무는 가지 몇개만 빼고 다 죽어버렸으나 봄이면 아직도 어김없이 향기롭고 눈처럼 하얀 꽃을 피우고 가을이면 꿀처럼 달콤한 열매를 맺었다. 그 나무의 반쯤 드러난 뿌리 사이의 이끼를 걷어내면 결이 고르고 단단한 검은 석판이 나타났다. 확인된 바도 없고 공인된 바도 없었지만, 전설에 따르면 풀이 자라고 꽃이 피어 있는 이 석판 밑에는 한 소녀의 뼈가 묻혀 있다고 했다. 소녀가 서원을 어기고 죄를 짓자 암흑의 중세에 어느 수사 비밀회의에서 그녀를 생매장했다는 것이다. 불쌍한 소녀의 육체는 먼지가 된 지 오래였지만 사람들이 두려워하는 것은 바로 그녀의 유령이었다. 밤바람에 정원 덤불을 통과하는 달빛이나 그림자를 볼 때면 겁쟁이들은 그 유령의 검은 옷과 흰 베일이 흔들리는 거라고 속아넘어갔다.

그러나 이런 쓸데없는 낭만적인 이야기와 관계없이 그 오래된 정원에는 그 나름대로 매력이 있었다. 나는 여름이면 아침 일찍 일어나 그곳에 가 혼자 즐기곤 했다. 여름날 저녁이면 홀로 서성이거나, 떠오르는 달과 밀회를 하거나, 저녁 미풍의 키스를 맛보며 신선한 이슬이 내려앉는 것을 상상으로 느꼈다. 잔디는 푸르고 자갈길은 새하얬다. 과수원의 늙은 거목의 뿌리 주위에는 주황색 한련화가 아름답게 무리지어 피어 있었다. 아카시아 나무의 그늘이 드리워진 곳에는 커다란 정자가 있었고, 담쟁이넝쿨 사이에는 더 작고

---

1 구약성서의 등장인물로, 노아의 할아버지. 성서에 나오는 최고령인 969세까지 살았다고 한다.

더 호젓한 정자가 숨어 있었다. 그 담쟁이넝쿨은 높은 회색 담을 따라 달리다가 재스민과 담쟁이가 만나는 멋진 장소에 이르면 그 주변에 덩굴손이 뭉쳐서 아름다운 매듭 모양으로 주렁주렁 매달렸다. 물론 사람들이 나다니는 밝은 대낮, 즉 바로 옆 남학교의 남학생들과 경쟁이라도 벌이듯 기숙생과 통학생 들이 여기저기 흩어져 대담하게 뛰어다니며 운동하느라 온 학교가 와자지껄해지는 그런 때면 정원은 번잡하고 평범한 장소였다. 그러나 "안녕"[2] 하고 인사하는 해질 무렵, 통학생들은 집으로 돌아가고 기숙생들은 공부를 하느라 조용해진 시각에 고요한 오솔길을 따라 한가로이 산책하며 세례자 성 요한 성당의 은은하고 다정하고 숭고한 종소리를 들으면 기분이 상쾌해졌다.

어느날 저녁, 이렇게 산책을 하던 중이었다. 햇빛에게는 거절하다가 이슬의 설득에 못 이겨 꽃들이 내뿜는 향기와 점점 깊어가는 고요, 차분한 서늘함에 사로잡혀 나는 평상시보다 더 늦게 황혼 녘의 마지막까지 서성거리게 되었다. 예배실 창문에서 새어나오는 불빛을 통해 가톨릭교도인 집안 사람들이 저녁기도를 하러 모인 것이 보였다. 나는 신교도였으므로 가끔 그 의식에 불참했다.

"조금만 더," 고독과 여름 달이 속삭였다. "우리와 함께 있어요. 정말 사방이 고요하잖아요. 십오분쯤 더 있어도 찾는 사람이 없을 거예요. 낮의 열기와 소동 때문에 피곤하잖아요. 이 소중한 시간을 즐기세요."

정원에서 보이는 건물들의 뒷벽에는 창문이 하나도 없었고, 특히 정원의 한면은 전체가 길게 일렬을 이룬 근처 대학 기숙사 뒷면

2 (프) salut.

과 면해 있었다. 하녀들이 잠자는 높은 다락의 통풍구를 제외하면 이 뒷면은 창이라곤 없이 그저 돌벽이었다. 예외가 또 하나 있기는 했다. 더 낮은 층에 있는 창문이었는데, 어떤 남자 선생의 방인지 서재인지의 창문이라고 했다. 그러나 이렇게 안전한데도 불구하고 정원 쪽의 높은 담 옆의 오솔길은 학생들에게 출입금지 구역이었다. 사실 이 길은 "금지된 오솔길"[3]이라고 불렸고, 어떤 여학생이라도 여기에 들어오면 베끄 부인이 운영하는 이 학교의 너그러운 규칙의 한도 내에서 심한 벌을 받게 되어 있었다. 물론 선생들은 그곳에 가도 벌을 받지 않았다. 그러나 길이 좁은데다 방치된 덤불이 양쪽으로 빽빽하게 자라나 나뭇가지와 잎 들이 얽혀 지붕을 이루고 있어서 햇볕이 거의 들지 않아 낮에도 인적이 드물었고, 땅거미가 진 다음에는 조심스럽게 피하는 곳이었다.

처음부터 나는 흔히들 피하는 이 오솔길을 드나들고 싶은 유혹을 뿌리칠 수 없었다. 길이 외지고 음침한 것이 내게는 매력적이었다. 이상한 사람으로 보일까봐 오랫동안 이 길을 멀리했지만 사람들이 차츰 나와 내 습관에 대해, 그리고 내 고질적인 성격 중 특이하게 그늘진 구석—관심을 끌 만큼 두드러지거나 불쾌감을 줄 만큼 눈에 띄는 건 아니었으나, 타고난 나의 일부이며 나 자신과 분리될 수 없는 것—에 익숙해짐에 따라 나는 서서히 이 좁은 오솔길을 자주 드나들게 되었다. 나는 정원사처럼 빽빽하게 우거진 덤불 사이로 자라난 옅은 색의 꽃들을 가꾸고, 한쪽 끝에 있는 통나무 의자 위에 수북이 쌓여 있는 지난가을의 잔재들도 치웠다. 요리사[4]인 고똥에게서 양동이와 솔을 빌려 통나무 의자를 깨끗이 닦았

---

3 (프) l'allée défendue.
4 (프) cuisinière.

다. 베끄 부인은 내가 일하는 것을 보고 진심인지는 모르겠지만 마음에 든다는 듯이 미소를 지었다. 하지만 진심인 것 같았다.

"이런!" 그녀가 소리쳤다. "어떻게 이 길이 이렇게 말끔해졌지요? 이 길을 좋아하나요, 루시 양?"[5]

"네." 내가 대답했다. "조용하고 그늘이 져 있어서요."

"맞는 말이에요."[6] 그녀는 호의[7]를 보이며 큰 소리로 맞장구쳤다. 그녀는 내게 학생들을 감독할 의무가 없으니 꼭 학생들과 함께 산책할 필요는 없다며, 이곳을 마음껏 독차지해도 좋다고 친절을 베풀었다. 다만 자기 아이들과 함께 와서 영어로 대화를 나누면 좋겠다고 했다.

문제의 밤에 나는 버섯과 이끼를 걷어낸 그 비밀 의자에 앉아 멀리서 들려오는 도시의 소음에 귀를 기울이고 있었다. 사실 멀리서 들려오는 것도 아니었다. 이 학교는 도심부에 있어서 공원에서 오분밖에 안 떨어진데다 궁전에서도 채 십분 거리도 안되는 곳이었다. 아주 가까이에는 불빛이 환한 대로가 있었고, 그 대로는 그 순간에도 활기에 가득차 있었다. 마차들이 무도회로, 오페라극장으로 가느라고 그곳을 통과하고 있었다. 우리 수녀원 같은 학교에서 만종이 울리고 그 소리에 맞춰 등이 하나씩 꺼지고 침실마다 커튼이 내려지는 바로 그 시간에, 근처에 있는 환락의 도시에서는 축제를 즐기러 오라는 종소리가 울려퍼졌다. 하지만 나는 이런 대조에 대해 생각하지 않았다. 성격상 원래 환락을 좋아하지도 않았고, 무

......................................................
5 (프) Voyez-vous! Comme elle est propre cette demoiselle Lucie? Vous aimez donc cette allée, meess?

6 (프) C'est juste.

7 (프) bonté.

도회나 오페라를 본 적도 없었다. 무도회나 오페라를 묘사하는 걸 들은 적도 있고 보고 싶다는 마음이 들기도 했지만, 즐길 수만 있다면 쾌락을 즐기려는 사람들과는 달랐다. 그런 사람들은 갈 수만 있다면 저 멀리 밝은 곳에서 빛나는 게 스스로 어울린다고 느끼지만, 나는 꼭 가겠다는 열망도 쾌락을 맛보겠다는 욕심도 없었다. 단지 새로운 것을 접해보고 싶다는 차분한 소망만을 가지고 있을 뿐이었다.

하늘에 달이 떠 있었다. 보름달이 아니고 초승달이었다. 머리 위의 나뭇가지 사이로 달이 보였다. 그곳에서는 다른 모든 것들이 낯설었지만 달과 그 옆에 보이는 별만은 친숙했다. 어린 시절부터 알던 것들이었다. 오래전 잉글랜드의 옛 들판에서 언덕 꼭대기에 있는 가시나무 위 하늘에 등을 기댄 황금빛 곡선을 보았다면, 지금은 이 유럽 대륙의 어느 수도에 있는 장중한 첨탑에 기대어 있는 달을 보고 있었다.

오, 어린 시절이여! 내게도 감정이 있었다. 비록 수동적으로 살고 말수도 적고 냉정해 보였지만 지난날을 생각하면 나도 감정이라는 것을 느낄 수 있었다. 현재로서는 금욕적인 편이 나았다. 미래, 나의 미래와 같은 것은 없다고 생각하는 편이 나았다. 그리고 이런 강직증과 마비된 무아의 상태에서 나는 내 본성 중 민감한 부분을 누르기 위해 애썼다.

그 당시 날 흥분시키는 것이 무엇이든, 예를 들면 날씨 같은 우연한 사건들에 대해서도 거의 두려움에 가까운 감정을 느꼈던 게 기억난다. 그런 사건들은 늘 내가 잠재우고 있던 존재를 일깨우고 만족시킬 수 없는 갈망의 외침을 자극했다. 어느날 밤 천둥이 쳤다. 폭풍우가 불어와 잠자리에 누워 있던 우리를 흔들어 깨웠다. 가톨릭 신자들은 두려움에 사로잡혀 일어나서 성인들에게 기도했다. 난 폭풍우에 완전히 매료되고 말았다. 거친 폭풍에 잠자리에서 일어날 수밖에 없었다. 일어나 옷을 입고 침대 옆의 창밖으로 기어나가 창턱에 걸터앉아 더 낮은 옆 건물의 지붕에 발을 기댔다. 광폭하게 비가 몰아치는, 칠흑같이 깜깜한 밤이었다. 기숙사 안에서는 여학생들이 대경실색하여 등불 주위에 모여 큰 소리로 기도하고 있었다. 나는 들어갈 수가 없었다. 깜깜하고 천둥소리가 노호하며 언어로는 결코 인간에게 전달되지 않는 송시가 울려퍼지는 광폭한 시간이 주는 기쁨을 뿌리칠 수가 없었다. 눈부시게 번쩍하는 하얀 번개에 갈라지고 찢어진 구름 사이로 펼쳐진 장관 역시 너무나 장엄했다.

그로부터 스물네시간 동안, 나는 현재의 내 존재에서 나를 벗어나게 해주고 앞을 향해 이끌어줄 무언가를 절실하게 갈구했다. 이런 갈망과 또 이것과 유사한 것들은 모조리 단단히 억눌러둘 필요가 있었다. 나는 야엘이 시스라에게 한 대로 갈망의 이마에 못을 박았다.[8] 그러나 갈망은 시스라처럼 죽지 않았다. 그것은 잠시 잠잠해졌다가 가끔씩 반항적으로 몸을 뒤틀며 못을 뽑아내려 했다. 그러면 관자놀이에서 피가 흐르고 골은 한가운데까지 흔들렸다.

그날밤 나는 그렇게 반항적이거나 불행하지 않았다. 나의 시스라는 천막 안에서 잠든 채 고요히 누워 있었다. 자는 중에도 상처가 아프면 '이상'이라는 천사가 옆에 무릎을 꿇고 앉아 관자놀이에

---

8 사사기 4:17~22. 이스라엘을 억압하던 지휘관 시스라가 이스라엘에 패해 달아나다 평소 우애관계로 보아 안전하다고 생각한 헤벨의 천막에 들어와 보호를 청한다. 그러나 헤벨의 아내인 야엘은 잠든 시스라의 이마에 천막 말뚝을 박아 죽여버린다.

향유를 떨어뜨려 고통을 달래주었고, 감은 눈 앞에 마법의 거울을 들어 거울 속의 감미롭고 성스러운 광경이 반복적으로 꿈속에 등장하게 해주었다. 천사의 달빛 날개와 옷에서 비치는 빛이 못 박힌 채 잠들어 있는 사람과 천막 입구와 천막 밖의 풍경 위로 드리워졌다. 멀리 떨어져 앉은 단호한 여인 야엘은 포로에 대해 다소 마음이 누그러져 있었지만 그보다는 남편 헤벨이 집으로 돌아오길 충실한 마음으로 고대하고 있었다. 이런 이야기로 말하고자 하는 것은, 내가 밤의 차분한 평화와 상쾌한 감미로움으로 인해 희망에 가득차게 되었다는 것이다. 어떤 정해진 목표에 대한 희망이 아니라 막연한 격려와 위안으로 고무된 느낌이었다.

전에 없이 이렇게 감미롭고 고요한 기분은 좋은 일이 일어날 징조여야 마땅하지 않겠는가? 아, 그러나 좋은 일은 일어나지 않았다! 곧 무례한 '현실'이 거칠게 밀려왔다. 너무나 자주 그러하듯 사악하게 굽실거리고 불쾌한 느낌을 풍기면서.

오솔길과 나무들과 높은 담을 굽어보는 석조건물의 적막함을 뚫고 어떤 소리가 들려왔다. 창문(이곳의 창문은 모두 경첩이 달린 여닫이창문들이었다)이 삐걱거리는 소리였다. 위를 올려다보고 몇층에서 누가 문을 열었는지 볼 틈도 없이, 마치 날아다니는 무기에 맞은 것처럼 내 머리 위의 나무가 흔들리더니 어떤 물체가 내 발밑에 떨어졌다.

성 요한 성당의 시계가 아홉시를 쳤다. 해가 졌으나 아직 어둡지는 않았다. 초승달 때문이기도 했으나, 그보다는 다 저물어가는 석양빛에 하늘의 한 부분이 아직도 환한데다 드넓은 하늘이 수정처럼 맑았다. 여름날의 황혼이 다 끝나지 않은 상태였다. 내가 서 있는 어두운 오솔길에서도 나뭇가지가 드리워지지 않은 곳으로 가면 작은 글씨로 된 인쇄물까지 읽을 수 있을 정도였다. 그래서 그 날 아다니는 무기가 하얀 상아와 채색된 상아로 된 작은 상자란 걸 쉽게 알 수 있었다. 내 손안에서 느슨한 뚜껑이 열렸다. 안에는 제비꽃이 들어 있었고, 제비꽃 아래 곱게 접은 연분홍 종이가 있었다. "회색 옷을 입은 이를 위하여"[9]라고 쓴 쪽지였다. 실제로 그때 나는 녹회색 옷을 입고 있었다.

이런. 이게 연애편지[10]인가? 들은 적은 있었지만 여태껏 보거나 만져보는 영광을 누린 적은 없었다. 이 순간 내가 엄지와 검지 사이에 쥐고 있는 것이 그런 물건일까?

그럴 리가 없었다. 단 한순간도 그런 것을 꿈꾼 적이 없었다. 나는 연인이나 숭배자는 생각조차 해본 적이 없었다. 모든 선생들은 연인을 꿈꾸었다. 한 선생(그녀는 원래 쉽게 믿는 성격이었다)은 정해진 남편감이 있다고 믿었다. 열네살이 넘은 학생들은 모두 신랑감이 될지도 모르는 누군가가 있었다. 두세명은 벌써 부모가 정해줘서 어린 시절부터 약혼한 혼처가 있었다. 그러나 나는 그런 미래의 전망이 펼쳐주는 감정이나 희망의 영역에 끼어들 수 있다는 생각도 못했거니와 감히 끼어들 엄두도 못 냈다. 다른 선생들은(나중에 들은 설명에 의하면), 시내에 나가거나 큰길을 산책하거나 미사에만 참석해도 열정적인 눈길로 쳐다보는 "이성"을 틀림없이 만나 자신의 매력을 확인하게 되리라고 믿어 의심치 않았다. 이 점에서 내 경험은 그들과 달랐다. 나는 교회도 가고 산책노 했시반 아무도 내게 관심을 기울이지 않는다는 것을 잘 알고 있다. 포세뜨가에 있는 여선생이고 여학생이고 모두 젊은 의사의 푸른 눈이 한두

9 (프) Pour la robe grise.
10 (프) billet-doux.

번은 자신을 우러러보았다고 단언했다. 그러나 겸손한 것처럼 들릴지 몰라도 나는 예외였다. 나와 관련된 한 그의 푸른 눈은 결백했고, 하늘빛을 닮은 그의 눈은 하늘만큼이나 고요했다. 그러므로 나는 그들의 이야기를 듣고 종종 그들의 명랑함과 확신과 자기만족이 의심스러웠지만, 그들이 그다지도 확신에 차서 걷고 있는 길을 애써 올려다보거나 곁눈질하지 않았다. 그렇다면 이건 연애편지가 아닌 게 분명했다. 절대로 아니라는 확신을 가지고 나는 조용히 그 편지를 뜯어보았다. 편지에는 이렇게 쓰여 있었다.

꿈속의 천사여! 약속을 지켜주어 정말 고맙소. 약속을 지켜주리라고는 감히 희망조차 품지 못했소. 사실 그대가 반쯤 농담으로 해본 말이라고 믿었소. 그리고 시간이 너무 여의치 않은데다 오솔길은 너무 외딴곳이고, 그대 말대로 종종 그 괴물 같은 영어 선생, '그대가 말한 것처럼 정말이지 정숙한 척하는 그 영국 여자, 늙은 척탄병 하사처럼 퉁명스럽고 무뚝뚝하며 수녀처럼 까다로운 괴물'[11]이 출몰할 수도 있어 위험천만이라고 생각해 망설이는 것 같았소. (독자는 사랑스러운 나에 대해 이렇게 묘사한 원래 말투를 그대로 옮긴 나의 겸손을 용서하시길.) 당신은 알 거요. (이 대단한 토로는 계속 이어졌다.) 꼬마 귀스따브가 병 때문에 선생 방—창문에서 당신네 감옥 마당이 내다보이는 그 특혜 받은 방으로 옮겨졌소. 세상에서 가장 좋은 삼촌인 나는 그를 방문할 수 있도록 허가를 얻어냈소. 내가 얼마나 떨면서 그 창가로 다가가 당신의 에덴동산을, 당신에게는 사막이지만 내게는 에덴동

---

11 (프) une véritable bégueule Britannique à ce que vous dites—espèce de monstre, brusque et rude comme un vieux caporal de grenadiers, et revêche comme une religieuse.

산인 곳을 바라보았는지! 아무도 없거나 아까 말한 괴물이 있으면 어떡하나 얼마나 두려움에 떨었는지! 시샘하는 나뭇가지 사이로 당신의 우아한 밀짚모자와 물결치는 회색 옷을 본 순간 내 심장이 얼마나 기쁨에 떨었는지! 군중 속에 있어도 그 옷은 곧 알아보았을 거요. 그러나 나의 천사여, 왜 위를 보지 않았소? 당신의 빛나는 아름다운 눈길을 내게 한번도 주지 않다니 너무 잔인하오! 단 한번만 눈길을 보내주었으면 다시 기운이 났을 텐데! 의사가 귀스따브를 진찰하는 동안 나는 이 편지를 미친 듯이 서둘러 썼고, 기회를 봐서 가장 어여쁜 꽃다발—나의 페리[12], 나의 매혹적인 천사보다는 어여쁘지 않지만—과 함께 작은 상자에 넣겠소. 영원한 당신의 연인. 누군지 잘 알리라고 믿소!

"나도 누군지 알았으면 좋겠군." 이것이 나의 평이었다. 그러나 이 편지를 쓴 사람보다도 이 멋진 편지를 받을 사람이 누군지가 더 궁금했다. 약혼한 학생 중 한 사람의 약혼자가 보낸 것인지도 몰랐다. 그런 경우라면 해를 입을 것도 해가 될 것도 없었다. 사소한 규칙 위반에 불과했다. 학생들 중 몇명, 아니 대다수가 이웃 대학에 다니는 사촌이나 오빠가 있었다. "회색 옷, 밀짚모자"[13]라. 이게 실마리인 건 분명했으나 너무 혼란스러운 실마리였다. 밀짚모자는 정원에서 햇빛을 가리기 위해 흔히들 썼다. 나 말고도 그런 모자를 가진 사람이 스무명 정도는 되었다. 회색 옷이라는 것도 더 명확하게 특정인을 가리켜주진 못했다. 베끄 부인도 요즘 회색 옷을 즐겨 입었고, 다른 선생 한 사람과 기숙학생 중 세명이 나와 같은 옷감

---

12 페르시아 신화에 나오는 아름다운 정령.
13 (프) la robe grise, le chapeau de paille.

에 같은 색조의 회색 옷을 샀다. 우연히도 그 당시에는 회색 평상복이 유행이었다.

그럭저럭 생각하다보니 안으로 들어가야 할 때가 되었다. 기숙사 안에서 움직이는 불빛은 기도가 끝났으니 학생들더러 잠자리에 들라는 신호였다. 삼십분이 지나면 문은 모조리 잠기고, 불은 모두 꺼질 것이다. 그러나 후끈후끈한 건물 안으로 여름밤의 찬 공기가 들어올 수 있도록 아직 현관문은 열려 있었다. 바로 옆에 있는 문지기 여자의 방에서 새어나오는 등불 빛이 긴 복도를 비추고 있었다. 복도의 한쪽에는 거실로 통하는 두짝 문이, 다른 쪽에는 가로수 길로 이어지는 대문이 있었다.

갑자기 초인종이 급하게 그러나 작은 소리로 울렸다. 조심스럽게 짤랑거리는, 일종의 경고 같은 금속성의 속삭임이었다. 로진이 문을 열러 자기 방에서 쏜살같이 달려나갔다. 그녀가 맞아들인 사람은 이분 정도 그녀와 교섭을 했다. 실랑이가 벌어져 지체가 되는 것 같았다. 로진은 등불을 들고 정원으로 난 문으로 다가갔다. 그녀는 계단에서 등불을 쳐들고 건성으로 주위를 둘러보았다.

"무슨 얘기예요!" 그녀가 교태를 부리며 웃으면서 말했다. "아무도 없었는데요."[14]

"들여보내주시오." 익히 아는 목소리가 애원했다. "오분이면 되오." 그리고 키 크고 체격 좋은(포세뜨가 사람들 모두 그렇게 생각했다) 낯익은 남자의 모습이 나타나더니 화단을 지나 산책로로 걸어내려왔다. 남자가 그 시간에 그 장소를 침범하는 일은 신성모독이었다. 그러나 그는 자신이 특권을 부여받았다는 것을 알고 있었

---

14 (프) Quel conte! Personne n'y a été.

고, 또 아마도 밤의 보호를 믿는 것 같았다. 그는 이리저리 둘러보면서 오솔길을 걸어내려왔다. 그러고는 덤불 사이로 사라졌다가 뭔가를 찾느라 꽃을 짓밟고 나뭇가지를 부러뜨렸다. 그는 마침내 '금지된 오솔길'까지 들어왔다. 거기서 나는 무슨 유령처럼 그와 부딪쳤다.

"존 선생님! 이걸 찾았어요."

그는 내가 손에 들고 있는 것을 재빨리 보았으므로 누가 찾았는지 묻지 않았다.

"사람들에게 그녀라고 말하지 마시오." 마치 내가 정말 괴물이나 되는 것처럼 바라보며 그가 말했다.

"제가 아무리 고자질하고 싶어도 모르는 걸 일러바칠 수는 없잖아요." 내가 대답했다. "편지를 읽어보시면 거의 아무것도 드러나는 게 없다는 걸 아시게 될 거예요."

'아마 이 편지를 읽은 모양이로군.' 나는 속으로 생각했다. 그러나 그러면서도 그가 그 편지를 썼다고는 믿을 수 없었다. 그의 문체가 그럴 리 없는데다 그가 날 그렇게 부를 리는 없다고 생각할 만큼 어리석었던 것이다. 그의 표정도 내 생각을 옹호해주었다. 편지를 읽어감에 따라 그의 얼굴이 점점 더 벌겋게 달아올랐다.

"이건 정말 너무하군. 잔인하고 모욕적이야." 그의 입에서 떨어진 말이었다. 그의 표정이 그렇게 변하는 것을 보자 정말 잔인하다는 생각이 들었다. 존 선생이 비난받아 마땅하든 않든 간에, 누군가는 비난받아야 할 사람이 있다고 여겨졌다.

"어떻게 할 거요?" 그가 내게 물었다. "베끄 부인에게 말해서 한바탕 소동을 일으킬 거요?"

베끄 부인에게는 말해야 한다고 생각했으므로 나는 그렇다고

했다. 덧붙여서 법석도 소동도 일어나지 않을 것이라고 믿는다고
도 했다. 베끄 부인은 아주 신중한 사람이어서 학교와 관계된 일로
소동을 일으킬 위인이 아니었다.

그는 아래를 내려다보며 생각에 잠겨 서 있었다. 그는 내가 보고
해야 하는 게 분명한 일을 비밀에 부쳐달라고 사정하기에는 너무
자존심이 강하고 너무 고상한 사람이었다. 나는 옳은 행동을 하고
싶긴 했지만 그를 슬프게 하거나 상처를 입히고 싶진 않았다. 바로
그때 열린 문을 통해 로진이 내다보았다. 나무 사이로 그녀가 보였
지만 그녀에게는 우리가 보이지 않았다. 그녀의 옷 또한 내 옷처럼
회색이었다. 그전에 벌어진 일과 현재의 상황을 종합해볼 때 통탄
을 금치 못할 일이지만 내가 관여할 필요는 없는 일이라는 생각이
들었다. 그래서 나는 말했다.

"베끄 부인의 학생들 중에 이 일에 관련된 사람이 없다는 것만
확실히 해주시면 전 전혀 끼어들고 싶지 않아요. 이 상자와 꽃다발
과 편지 모두 가져가세요. 이 모든 일을 기꺼이 잊어주지요."

"저길 봐요!" 내가 준 상자를 손에 넣는 동시에 나뭇가지 사이를
가리키면서 그가 갑자기 속삭였다.

그가 가리킨 곳을 바라보았다. 숄과 가운을 걸친 베끄 부인이 슬
리퍼를 신은 채로 조용히 계단을 내려와 고양이처럼 살며시 정원
께로 다가오고 있었다. 잠시 후면 존 선생과 맞닥뜨릴 터였다. 그러
나 그녀가 고양이 같다면 그는 표범 같았다. 마음만 먹으면 그의 발
자국은 더할 나위 없이 가벼워졌다. 그는 가만히 지켜보다가 그녀
가 모퉁이를 돌자 소리없이 두 발자국 만에 정원을 빠져나갔다. 그
녀가 다시 나타났을 때 그는 사라진 뒤였다. 로진이 재빨리 그와
사냥꾼 사이를 문으로 막아 그를 구해주었다. 나 또한 몰래 사라질

수도 있었지만 당당하게 베끄 부인을 만나고 싶었다.

내가 해거름 녘에 정원에서 시간을 보내는 것은 자주 있는 일이고 다들 잘 알고 있는 습관이기는 했지만 여태껏 그렇게 늦도록 서성인 적은 없었다. 베끄 부인은 내가 없는 것을 보고 찾으러 왔으며 불시에 이탈자를 덮치려던 게 분명했다. 나는 야단을 맞으리라고 예상했으나 그런 일은 일어나지 않았다. 베끄 부인은 아주 상냥했다. 그녀는 비난 한마디 하지 않고 놀라는 기색도 없었다. 아무도 따라갈 수 없는 그녀만의 완벽한 재치로 "저녁 바람"[15]을 쐬러 나온 것뿐이라고만 말했다.

"정말 아름다운 밤이네!" 그녀가 별들을 바라보며 말했다. 달은 이제 성 요한 성당 뒤로 사라진 후였다. "정말 날씨가 좋네요! 공기도 신선하고요!"[16]

그리고 그녀가 나를 들여보내지 않고 붙잡는 바람에 우리는 함께 오솔길을 몇바퀴 돌며 산책했다. 마침내 우리 둘 다 다시 집으로 들어갈 때, 그녀는 현관 계단을 오르기 위해 부축을 받으면서 내 어깨에 다정하게 기댔다. 헤어질 때는 자신의 뺨에 입을 맞추게 하며 "안녕, 내 좋은 친구. 잘 자요!"[17]라고 다정하게 인사까지 했다.

침대에 누워 이런저런 생각을 하다 베끄 부인에 생각이 미치자 웃음이 나왔다. 그녀를 아는 사람이 볼 때, 그녀가 부드럽고 다정한 태도를 취하는 것은 수상쩍은 생각을 하며 머리를 굴리고 있다는 확실한 증거였다. 틈새로건 높은 곳에서건, 나뭇가지 사이로건 열린 창문으로건, 가까이서건 멀리서건, 잘못 보았건 제대로 보았건

---

15 (프) la brise du soir.
16 (프) Quelle belle nuit! Qu'il fait bon! que l'air est frais!
17 (프) Bon soir, ma bonne amie; dormez bien!

간에 그날밤에 벌어진 일을 본 것이 틀림없었다. 그녀의 감시 기술
은 아주 뛰어나기 때문에, 정원에 상자가 떨어지거나 그것을 찾으
러 침입자가 오솔길에 들어오는 일이 그녀가 모르는 사이에 일어
날 순 없었다. 흔들리는 나뭇가지를 통해서건 지나가는 그림자나
낯선 발자국이나 조용한 소곤거림을 통해서건 간에(존 선생은 내
게 아주 나지막하게 몇마디 했을 뿐이지만, 웅얼대는 남자 목소리
가 수녀원 전체에 울려퍼진 듯했다), 그녀는 학교 안에서 이상한
일이 일어나고 있다는 것을 눈치채고야 말았던 것이다. 무슨 일이
었는지는 못 봤을 수도 있고, 당시로서는 알 길이 없었을 것이다.
하지만 구미를 돋우는 얽히고설킨 작은 음모가 고혹적인 자태로
그녀 앞에 놓여 있었다. 그리고 그녀가 확보한 "루시 양"은 그 음모
한가운데에서 거미줄로 겹겹이 싸인 어리석은 파리와도 같은 존재
가 아니었을까?

# 13장
# 때아닌 재채기

앞 장에서 말한 작은 소동이 일어난 지 스물네시간도 안되어 다시 빙그레 웃을 일, 아니 베끄 부인을 생각하며 소리내어 웃을 또 다른 일이 벌어졌다.

빌레뜨의 기후는 영국만큼 습하지는 않았지만 영국 못지않게 변덕스러웠다. 해가 질 때까지는 온화했다가 밤이 되면 폭풍이 몰아치는가 하면, 그다음 날이면 어둡게 구름만 끼고 비가 오지 않는 가운데 건조한 폭풍이 몰아쳐 큰길에서 날아온 모래와 먼지로 온통 뿌옇게 되었다. 날씨가 좋았다 해도 내가 어제 저녁과 같은 장소에서 공부를 하거나 휴식을 취하며 보내고 싶었을지 모르겠다. 나의 오솔길과 정원의 모든 길과 덤불에 새롭지만 유쾌하지 못한 관심이 더해졌다. 이제 그곳의 고립은 위태로워졌고 고요는 불안해졌다. 창문에서 굽어보이던 구석자리는 연애편지가 떨어져 세속적인 곳이 되어버렸고, 그곳의 꽃들은 눈을 뜨고 나무옹이들은 은

밀하게 귀를 기울이기 시작했다. 사실 존 선생이 편지를 찾느라고 급한 발걸음으로 마구 디디는 바람에 화초들이 짓밟혀서, 나는 그것들을 다시 일으키고 물을 주어 되살리고 싶었다. 화단에는 존 선생의 발자국이 남아 있었다. 바람이 몹시 불었지만 아침 일찍 짬을 내 다른 사람들의 눈에 띄기 전에 지워버렸다. 학생들이 저녁수업에 들어가고 다른 선생들이 바느질을 하는 동안 나는 차분히 책상에 앉아 독일어 공부를 하고 있었다.

'저녁수업'[1]은 항상 휴게실에서 이루어졌다. 그곳은 세 교실보다 훨씬 더 작은, 스무명 정도밖에 안되는 기숙학생만 들어올 수 있는 방이었다. 탁자가 둘에 천장에는 두개의 등불이 걸려 있었다. 해질녘이면 등불에 불이 들어왔고, 그것은 학교 책을 옆으로 치우고 모두 엄숙하게 조용히 해야 한다는 신호였다. 그러면 '경건한 낭독'[2]이 시작되었다. 나는 소위 건전하다는 이 저녁수업이 주로 '지성'을 억누르고 '이성'에 굴욕감을 주고, 그럼으로써 '상식'에게 약을 주기 위한 것임을 곧 알게 되었다. '상식'은 느긋하게 그 약을 소화시켜 최대한 잘 성장해야 했다.

낭독되는 책(결코 바뀌는 법이 없었고, 끝나면 처음부터 다시 시작했다)은 빌레뜨의 언덕들만큼이나 오래되어 다 낡아 해지고 시청[3]처럼 우중충했다.

그 책을 손에 넣어 신성한 누런 책장들을 넘겨 제목을 확인한 후 그 황당무계한 이야기들을 직접 읽을 기회를 얻기 위해 2프랑 정도쯤은 쓸 수도 있었을 것이다. 하지만 그 이야기라는 것이 나 같

---

1 (프) Étude du soir.
2 (프) la lecture pieuse.
3 (프) Hôtel de Ville.

은 보잘것없는 이교도의 귀에도 얼토당토않은 것으로 들릴 뿐이었다. 이 책에는 성인들의 이야기가 실려 있었다. 하느님 맙소사! (경건하게 하는 말이다.) 뭐 이런 이야기들이 다 있지! 우선 성인들이 이런 위업을 자랑하거나 이런 기적들을 조작해냈다면 허풍이나 떠는 건달들인 게 분명했다. 하지만 이 전설들은 듣는 이가 내심 비웃을, 수사들이 등장하는 허풍담에 지나지 않았다. 신부들에 관한 이야기도 있었는데, 그들은 수사보다도 훨씬 심했다. 로마제국에서 박해받은 이야기를 할 수 없이 들을 때는 두 귀가 다 화끈거렸다. 증거자[4]들은 직책을 사악하게 남용해 상류 가문의 숙녀들을 짓밟아 깊은 나락에 떨어뜨리거나 공작부인과 공주 들을 이 세상에서 가장 고통받는 노예로 만들었다고 무시무시한 자랑을 늘어놓았다. 콘라트와 헝가리의 엘리자베트의 이야기[5]와 유사한, 아주 끔찍하고 사악하고, 역겹고 독단적이고, 지독히 불경스러운 이야기들이 몇번이고 계속되었다. 억압과 박탈과 고통으로 가득한 악몽 같은 이야기들이었다.

나는 며칠 밤 동안 가능한 한 최선을 다해 그리고 조용히 이 '경건한 낭독'을 들어보려고 했다. 단 한번, 나도 모르게 내 앞 탁자의 벌레 먹은 판자를 가위 끝으로 깊숙이 찌르다가 가위 끝을 부러뜨린 일이 있었을 뿐이다. 그러나 낭독을 듣다보니 마침내 너무 열이 나고 가슴과 관자놀이와 손목의 맥박이 너무 빨리 뛰는데다, 너무 흥분해 졸음이 다 달아나는 바람에 더이상 앉아 있을 수가 없었다. 그후로는 학생들이 그 오래된 나쁜 책을 펼치면 곧장 그 자리에서

---

4 순교하지 않고 신앙을 지킨 성인을 일컫는다.
5 헝가리의 국왕 안드라시 2세의 딸로서, 남편 루트비히 4세에 대한 사랑과 그녀의 종교적 스승인 수도승 콘라트가 가르치는 경건한 삶 사이에서 갈등했다.

빠져나오는 식으로 분별 있게 행동했다. 보스웰 하사의 요구를 거부한 마우스 헤드리그[6]의 소명의식조차 가톨릭의 이 경건한 낭독을 거부한다는 의견을 표명하고 싶은 내 마음보다는 강하지 않았을 것이다. 그러나 어쨌든 나는 가까스로 충동을 자제했다. 로진이 등불을 밝히러 오면 그 방에서 급히 그러나 아주 조용히 빠져나갔다. 나는 죽음 같은 침묵이 시작되기 전, 기숙학생들이 책을 치우느라 약간 웅성거리는 바로 그 순간을 포착해 사라졌다.

그러고는 어둠속으로 들어갔다. 촛불을 들고 다니는 것이 허용되지 않았기 때문에 휴게실에서 나온 선생이 쉴 수 있는 곳이라고는 불이 켜져 있지 않은 홀이나 교실이나 침실밖에 없었다. 겨울에는 길쭉한 교실에 가서 몸을 덥히기 위해 빠른 속도로 걸어다녔다. 달빛이라도 비치면 운이 좋은 셈이었고, 별만 떴을 때는 흐릿한 대로, 별도 달도 없을 때는 또 완전히 깜깜한 대로 만족스러웠다. 여름에는 그다지 어둡지 않아서, 2층에 있는 긴 기숙사의 내 방으로 가서 창문(그 방에는 커다란 문만 한 창문이 다섯개나 되어 거기로 빛이 들어왔다)을 열고 창밖으로 몸을 내밀어 정원 너머 시내를 바라보고 공원이나 궁전 광장에서 들려오는 악단의 연주를 들었다. 그 시간 동안은 나만의 상념에 빠져 나만의 조용한 그림자 나라에서 나만의 삶을 살았다.

그날 저녁에도 여느 때처럼 교황과 그의 업적 이야기가 시작되기 전에 도망쳐 2층으로 가는 계단을 올라가 기숙사 방으로 가서 조용히 문을 열었다. 그 문은 늘 잘 닫혀 있었고, 이 집에 있는 여느 문들과 마찬가지로 기름칠이 잘되어 있는 경첩을 따라 소리없이

---

6 월터 스콧의 『묘지기 노인』(Old Mortality)에 등장하는 인물. 장로교 신자인 보스웰 하사가 수녀원을 떠나라고 하자 거절한다.

열렸다. 대개 비어 있는 그 큰 방에 사람이 있으면 보이기도 전에 느껴졌다. 움직이는 소리나 숨소리나 부스럭대는 소리가 나서가 아니었다. 완전히 '비어 있지' 않고 '고독'이 감돌지 않아서였다. '천사의 침대'[7]라는 시적인 이름이 붙은 하얀 침대들은 한눈에 보이도록 놓여 있었다. 아무도 자고 있지 않아 모두 비어 있었다. 조심스럽게 서랍 여는 소리가 내 귀에 들렸다. 한쪽으로 살짝 비켜서자 늘어진 커튼이 시야를 가리지 않아 눈앞이 훤히 보였다. 이제 내 침대와 화장대와 그 위에 있는 자물쇠 달린 반짇고리와 잠가둔 서랍장이 보였다.

이런. 단정한 숄을 걸치고 티끌 하나 없이 깨끗한 나이트캡을 쓴 자그마하고 통통하고 어머니 같은 풍채의 누군가가 화장대 앞에서 뭔가를 열심히 하고 있었다. 보이기로는 친절하게도 '소지품'[8]을 '정리해주는' 것처럼 보였다. 반짇고리의 뚜껑과 맨 윗서랍이 열렸다. 그 아래 서랍들도 공평하게 차례차례 열려 있었다. 그 속의 모든 물건들은 꺼내져 펼쳐졌고, 작은 상자마다 모조리 뚜껑이 열리고 종이 한장 한장까지 공개되었다. 그 솜씨는 가히 아름답다고 할 만큼 능란했고, 조사를 할 때 보이는 조심성은 가히 모범적이라 할 만했다. 베끄 부인은 정말이지 별처럼 "서두르지도 쉬지도 않고"[9] 일했다. 이런 그녀의 모습을 바라보며 은밀히 기쁨을 느꼈음을 부인하지는 않겠다. 내가 남자였다면 베끄 부인은 내 눈에 어린 호감을 보았을 것이다. 그녀는 하는 일마다 아주 솜씨 좋게, 말끔하게

---

7 (프) lits d'ange. 침대 기둥이 없는 침대를 가리킨다.

8 (프) meuble.

9 토머스 칼라일이 1832년 『프레이저스 매거진』(*Fraser's Magazine*)에 게재한 「괴테의 초상」(*Goethe's Portrait*)의 마지막 구절을 작가가 인용한 것으로 보인다.

그리고 철저하게 해냈다. 어떤 사람들의 동작은 서투르고 부정확해 짜증이 나지만 그녀의 동작은 깔끔해서 만족스러웠다. 한마디로 나는 매료된 채 서 있었다. 그러나 이 마법에서 벗어나야 했다. 그러니까, 뒤로 물러나야 했다. 물건을 뒤지던 그녀가 뒤돌아 나를 발견하면 한바탕 소동이 일어날 수밖에 없었다. 그런 일이 일어났다면 그녀와 나는 이 갑작스러운 충돌로 즉시 서로에 대해 완벽하게 알게 되었을 것이다. 상투적인 예의는 사라지고 가면이 벗겨졌을 것이다. 나는 그녀의 눈을, 그녀는 내 눈을 들여다보아야 했을 것이다. 이는 우리가 다시는 함께 일할 수 없고, 이 세상에서 영원히 헤어져야 한다는 것을 뜻했다.

그런 재앙을 일으켜봐야 무슨 소용이겠는가? 나는 화가 나지도 않았을뿐더러 그녀를 떠날 생각은 조금도 없었다. 그녀만큼 가벼운 멍에를 씌우고 끌기 쉬운 마차를 끌게 하는 고용주도 없었다. 그녀의 원칙을 어떻게 생각하건 간에 근본적으로 나는 그녀를 좋아했다. 그녀의 체제가 내게 해를 끼친 것도 없었다. 그녀는 만족할 때까지 그 체제로 날 요리하겠지만, 나올 건 아무것도 없을 것이다. 거지가 지갑이 없어 도둑을 두려워하지 않는 것과 마찬가지로, 연인도 없고 사랑도 기대하지 않는 나의 가난한 마음은 염탐당해도 두려울 게 없었다. 그래서 나는 뒤돌아서 도망쳤다. 마침 그 순간 난간을 타고 달려내려가던 거미처럼 재빨리 소리없이 계단을 따라 아래층으로 내려갔다.

교실에 도착해 얼마나 웃었던가. 정원에서 그녀가 존 선생을 본 게 확실하다는 것을 이제 알게 되었으며, 그녀가 무슨 생각을 하는지도 알게 되었다. 의심 많은 사람이 자신의 상상으로 꾸며낸 이야기에 오도되어 벌이는 소동은 정말이지 우스웠다. 그러나 웃음이 사라지자 일종의 분노가 밀려왔고, 그것은 쓸쓸함으로 이어졌다. 돌에 맞아 므리바의 물이 분출하는 것과도 같았다.[10] 그날 저녁 약 한시간가량 나를 사로잡았던 내면의 동요만큼 이상하고도 모순된 감정은 처음이었다. 내 마음속에는 쓰라림과 웃음, 불같은 분노와 슬픔이 공존했다. 나는 뜨거운 눈물을 흘리며 울었다. 베끄 부인이 나를 불신해서가 아니라 다른 이유에서였다. 그녀의 불신에 대해서는 조금도 개의치 않았다. 복잡하고 불안한 생각이 밀려와 마음의 평화가 깨졌다. 하지만 결국 그런 동요는 가라앉았고 다음 날 나는 다시 루시 스노우로 되돌아왔다.

다시 서랍장을 보았을 때는 모든 것이 안전하게 잠겨 있었다. 아무리 꼼꼼하게 살펴보아도 모두 제자리에 있었고 흐트러진 티 하나 나지 않았다. 몇벌 안되는 옷도 내가 개어놓은 그대로 개켜져 있었다. 언젠가 낯선 사람(우리는 서로 얘기를 나눈 적이 없었으므로 모르는 사이였다)이 작은 제비꽃 한다발을 말없이 건네주었고 그 향기 때문에 그것을 말려 가장 좋은 옷 사이에 간직해놓았는데, 그것조차 전혀 흐트러지지 않은 채 거기에 있었다. 검은 비단 스카프와 레이스 속옷과 옷깃 들에도 구김 하나가 있지 않았다. 그녀가 만약 물건 하나에라도 구김살을 남겨놓았다면 그녀를 용서하기가 더 어려웠으리라는 건 인정한다. 하지만 모든 물건이 똑바로 정돈되어 있는 것을 보자 혼잣말이 흘러나왔다. "지나간 일은 지나간 일로 하자. 내가 해를 입은 것도 없는데 의의를 품을 이유는 없잖아?"

---

**10** 출애굽기 17장의 내용. 이집트 탈출 일년 뒤에 므리바에 물이 없어 이스라엘 백성들이 불평하자 모세가 바위를 쳐 물이 나오게 한다.

## ＊ ＊ ＊

수수께끼가 하나 남아 있긴 했다. 나는 내 화장대 서랍에서 유용한 정보의 실마리를 찾아내려고 한 베끄 부인 못지않게 열심히 머릿속으로 그 수수께끼의 답을 찾았다. 존 선생이 정원에 작은 상자를 던진 게 아니라면 어떻게 그것이 떨어진 사실을 알았으며, 어떻게 그것을 찾으러 재빨리 그 장소에 올 수 있었는가? 이 문제를 풀고 싶은 욕망이 너무나 강해서 대담하게 직접 물어볼까 하는 생각까지 들었다.

'기회가 있을 때 존 선생에게 그런 우연의 일치가 왜 일어났는지를 직접 설명해달라고 하면 되잖아?'

그리고 존 선생이 눈앞에 없을 때는 내게 정말 그렇게 물을 용기가 있다고 믿었다.

이제 작은 조르제뜨는 회복기에 들어섰고 따라서 의사의 왕진은 뜸해졌다. 사실은 아이가 완전히 회복할 때까지 가끔 와주어야 한다고 부인이 우기지 않았다면 그나마도 오지 않았을 것이다.

어느날 저녁 내가 조르제뜨의 서툰 혀짜래기 기도를 들어주고 아이를 자리에 막 눕혔는데 베끄 부인이 아이 방으로 들어왔다. 딸의 손을 잡고서 그녀가 말했다.

"얘가 아직도 열이 있네." 그러고는 곧이어 평상시의 차분한 눈길이 아닌, 재빠른 눈길로 나를 보면서 말했다. "최근에 존 선생께서 얘를 본 적이 있나요? 없죠?"[11]

물론 그녀는 이 집안의 어느 누구보다도 그 사실을 잘 알고 있

-----

11 (프) Cette enfant a toujour un peu de fièvre. Le Docteur John l'a-t-il vue dernièrement? Non, n'est-ce pas?

었다. "저," 그녀가 계속 말했다. "나갔다 올게요. 마차를 타고 장을 좀 보고 올게요.[12] 그리고 존 선생의 집에 들러 아이를 봐달라고 부탁할게요. 오늘 저녁 왕진을 와달라고. 아이가 뺨이 달아오른데다 맥박도 빠르네요. 당신이 그를 맞이해주세요. 나 대신. 나는 집에 없을 거니까."

조르제뜨는 아주 건강하고 단지 7월의 더위 때문에 미열이 날 뿐이었다. 약을 처방해달라고 의사를 부르는 것은 종부성사를 해달라고 사제를 부르는 것만큼이나 무용한 일이었다. 또한 베끄 부인이 저녁에 '장'을 보러 가는 것도 드문 일이었다. 더욱이 존 선생이 왕진을 오는데 그녀가 집을 비우는 건 처음이었다. 이 모든 계획이 어떤 음모가 있음을 가리켰고, 나는 그 사실을 알았지만 조금도 걱정하지 않았다. '하! 하! 부인,' '마음 편한 거지'는 웃을 뿐이었다. '영리하게 꾀를 부리셨지만 잘못 짚으셨어요.'

그녀는 비싼 숄에 연녹색 모자[13]를 쓰고 아주 멋지게 차려입고 떠났다. 안색이 창백한 사람이 썼다면 어울리지 않았을 색깔이었지만 그녀에게는 썩 잘 어울렸다. 그녀의 의도가 무엇인지, 정말로 존 선생을 보낼지 궁금했다. 그리고 그가 정말 올지, 선약이 있지는 않은지 등의 생각으로 머리가 어지러웠다.

베끄 부인은 의사가 올 때까지 조르제뜨를 재우면 안된다고 명령했다. 그래서 나는 아이에게 이야기를 들려주고 어린아이 말투로 함께 수다를 떨어주느라 바빴다. 조르제뜨는 날 좋아했다. 예민하고 사랑스러운 아이였다. 그 아이를 무릎에 앉히거나 안아주는 일이 내게는 큰 기쁨이었다. 그 아이는 오늘밤 아기 침대에서 같이

---

12 (프) pour faire quelques courses en fiacre.
13 (프) chapeau vert tendre.

자자며 작은 팔을 뻗어 내 목을 끌어안기까지 했다. 아이가 날 끌어안고 내 뺨에 제 뺨을 대기 위해 바싹 달려들자 가슴이 아려서 눈물이 날 뻔했다. 이 집에는 어떤 감정도 풍부하지 않았다. 순수한 아이에게서 솟아난 이 순수하고도 작은 감정은 너무나도 달콤했다. 그 감정이 내 마음속 깊은 곳에 스며들어 마음을 어루만져주자 눈물이 솟았다.

그렇게 삼십분 내지 한시간이 흘렀다. 조르제뜨가 부드러운 입술로 졸리다고 혀짤배기소리를 웅얼거렸다. '의사 선생님이나 엄마가 십분 안에 돌아오시지 않으면 내가 야단을 맞더라도 넌 꼭 자렴.' 나는 생각했다.

가만! 초인종 소리가 나더니 계단도 깜짝 놀랄 만큼 빠른 발소리가 들렸다. 로진은 존 선생을 방으로 안내하고는, 그가 뭐라고 하는지 들어보려고 편안한 태도로 방 안에 남아 있었다. 그녀가 특별히 자유분방한 게 아니고 빌레뜨 가정부들의 태도가 흔히들 이랬다. 베끄 부인이 있었다면 로진은 자신의 영역인 복도나 방으로 물러났겠지만 나나 학생이나 다른 선생들은 전혀 개의치 않았다. 단정하고 산뜻하게 차려입은 그녀는 화사한 여직공용 앞치마의 주머니에 양손을 넣고서 존 선생을 똑바로 쳐다보았다. 마치 그가 살아 있는 신사가 아닌 그림이라도 되는 양 부끄러워하는 기색이 없었다.

"쟤는 아무렇지도 않은 거죠?"[14] 그녀가 턱짓으로 조르제뜨를 가리키며 말했다.

"그다지 나쁜 건 아니오."[15] 의사는 무해한 처방을 연필로 급하게

---

14 (프) Le marmot n'a rien n'est ce pas?
15 (프) Pas beaucoup.

끼적거리며 대답했다.

"그렇군요!"[16] 그가 연필을 챙기는 동안 로진이 바싹 다가서면서 계속 물었다. "그런데 그 상자는 찾으셨어요? 그날밤에 돌풍[17]처럼 사라지시는 바람에 물을 틈도 없었어요."

"그렇소. 찾았소."

"그럼 누가 던진 거예요?" 로진이 계속 물었다. 내가 그토록 묻고 싶은데도 용기와 재주가 없어 꺼내지 못한 말을 그녀는 아무렇지도 않게 물어보고 있었다. 어떤 사람에게는 도달할 수 없을 것처럼 보이는 먼 곳에 어떤 사람은 순식간에 도달하는구나!

"그건 알려줄 수 없소." 존 선생은 짧게 대답했으나 거만하게 들리는 말투는 아니었다. 그는 로진이나 하녀들의 특성을 잘 아는 것 같았다.

"그렇지만,"[18] 그녀는 전혀 겸연쩍어하지 않고 계속 말했다. "누군가 상자를 던진 걸 아니까 찾으러 오신 거잖아요? 어떻게 아셨어요?"

"근처 대학에서 어린 환자를 치료하고 있었는데 그 방 창문에서 상자가 떨어지는 걸 보고 찾으러 온 거요."

얼마나 간단한 설명인가! 아닌 게 아니라 편지에도 "귀스따브"를 진찰하는 의사 이야기가 있었다.

"아하 그래요!" 로진이 계속했다. "그뿐이에요? 예를 들면 비밀이나 연애사건 같은 것도요?"[19]

---

16 (프) Eh bien!

17 (프) coup de vent.

18 (프) Mais enfin.

19 (프) Ah ça! Il n'y a donc rien là-dessous: pas de mystère, pas d'amourette, par exemple?

"지금 내 손에 아무것도 없는 것처럼 아무것도 없소."[20] 의사가 자신의 손바닥을 보여주며 말했다.

"아쉽네요! 전 이 생각 저 생각 다 들었거든요."[21]

"그랬소! 공연한 짓을 했구려."[22] 그가 아무렇지도 않게 대꾸했다.

그녀가 입을 삐죽 내밀었다. 의사는 샐쭉한 그녀의 모습을 보고 웃음을 터뜨렸다. 웃을 때 그는 특유의 선량하고 다정한 표정이 되었다. 그가 주머니에 손을 넣는 게 보였다.

"지난달에 내게 문을 열어준 게 몇번이었소?" 그가 물었다.

"그건 선생님께서 세셨어야죠." 로진이 얼른 대답했다.

"내가 그 일만 하는 사람처럼 말하는군!" 그가 대답했다. 금화 한닢을 주자 로진은 냉큼 받아 챙겼다. 그러고는 하인들이 통학생들을 데리러 오느라 오분마다 울려대는 초인종 소리에 답하러 춤추는 듯한 걸음으로 가버렸다.

독자가 로진에 대해 너무 가혹하게 생각하진 말았으면 좋겠다. 전체적으로 사람이 나쁜 건 아니었는데, 단지 자신이 얻을 수 있는 것은 뭐든지 움켜쥐는 것이 수치라거나 세상에서 가장 훌륭한 신사를 붙잡고 까치처럼 재잘대는 것이 실례라는 걸 전혀 몰라서 그런 행동을 하는 것이었다.

위의 장면을 통해 나는 작은 상아상자에 관한 것 외에 다른 사실도 알아냈다. 즉 분홍색 혹은 회색 면직물 옷과 호주머니가 달리고 가장자리에 주름장식이 있는 앞치마를 입은 사람이 존 선생의 마음을 아프게 한 장본인이 아니라는 사실이었다. 로진의 옷은 조르

--------

20 (프) Pas plus que sur ma main.

21 (프) Quel dommage! et moi―à qui tout cela commençait à donner des idées.

22 (프) Vraiment! vous en êtes pour vos frais.

제뜨의 작은 푸른색 튜닉만큼이나 전혀 혐의가 없었다. 그건 잘된 일이었다. 그렇다면 누구지? 왜, 누구 때문에 이 모든 일이 생겼으며, 어떻게 해야 완전히 설명이 되지? 몇가지 의문은 풀렸지만 여전히 알 수 없는 일이 너무 많았다!

'하지만,' 나는 속으로 말했다. '이건 네 일도 아니잖아.' 그러고는 무의식적으로 의문을 품고 뜯어보던 얼굴에서 눈을 돌려 정원이 내려다보이는 창을 바라보았다. 그동안 존 선생은 침대 옆에서 천천히 장갑을 끼면서, 잠이 와 눈이 감기고 장밋빛 입술이 벌어지는 어린 환자를 바라보았다. 나는 여느 때처럼 그가 들릴락 말락 한 목소리로 "안녕히 계십시오" 하며 고개를 까딱하고 떠나길 기다렸다. 정원을 둘러싼 키 큰 건물들을 보고 있는데, 그가 모자를 쓰는 바로 그 순간, 이미 기념할 만한 일이 벌어졌던 격자창이 조심스럽게 열리는 게 보였다. 그 틈으로 손과 하얀 손수건이 나오더니, 손수건을 펄럭였다. 우리 건물의 보이지 않는 어디에선가 그 신호에 응답했는지는 모르지만 곧 그 창문에서 하얗고 가벼운 어떤 물체가 떨어졌다. 물론 두번째 편지였다.

"저기!" 나는 무심코 소리를 질렀다.

"어디요?" 존 선생이 바로 창가로 오면서 큰 소리로 물었다. "왜 그래요?"

"다시 던지고 사라졌어요." 내 대답이었다. "손수건이 펄럭이더니 뭔가가 떨어졌어요." 나는 이제 낡힌 채 마지 아무 일도 없었다는 듯이 시침을 떼고 있는 격자창을 가리켰다.

"빨리 가서 주워오시오." 그가 민첩하게 지시를 내렸다. "당신이라면 아무도 유심히 보지 않을 거요. 내가 가면 모두들 내다볼 거요."

나는 곧바로 나갔다. 찾기 시작한 지 얼마 안돼 덤불의 나지막한 가지에 걸려 있는 접힌 종이를 발견했다. 그 편지를 쥐고 바로 존 선생에게 가져다주었다. 이번에는 로진에게도 들키지 않은 듯했다.

그는 편지를 읽어보지도 않고 곧바로 갈가리 찢었다.

"여기에 조금도 그녀의 잘못은 없다는 걸 명심하시오." 그가 날 보며 말했다.

"누구의 잘못이란 말씀이세요?" 내가 물었다. "누구 말씀이세요?"

"그러면 몰랐단 말이오?"

"전혀 모르는데요."

"전혀 짐작도 가지 않소?"

"전혀요."

"내가 당신에 대해 더 잘 안다면 용감하게 비밀을 털어놓겠소. 그리고 아주 순수하고 훌륭하지만 다소 경험이 부족한 사람을 돌보아줄 후견인 역할을 맡기고 싶을 거요."

"후견인이요?" 내가 물었다.

"그렇소." 그가 생각에 잠겨 멍하니 대답했다. "그녀 주위에는 너무 함정이 많소!" 그러고는 그제야 처음으로 내 얼굴을 걱정스러운 태도로 뜯어보았다. 내 얼굴에 어떤 상냥한 표정이 떠올라 있는지, 음모를 꾸미는 어둠의 힘으로부터 자신의 천사를 돌보고 받아줄 임무를 맡겨도 된다고 보장하는지 살펴보는 것이었다. 나는 특별히 천사를 보호해줘야겠다는 사명감이 든 것은 아니지만, 사무소에서 도움 받은 기억이 나서 그에게 은혜를 갚아야 할 것만 같았다. 그를 도울 수 있다면 돕겠지만 어떻게 도울지는 내가 결정할 문제가 아니었다. 나는 살짝 망설이다가 "당신이 관심을 가지고 있는 분이 누구든 제가 돌봐드릴 수 있는 일이 생기면 기꺼이 도와드리겠어요"라는 뜻을 넌지시 전했다.

"단지 구경꾼으로서의 관심일 뿐이오." 경탄할 만하다는 생각이 들 만큼 겸손하게 그가 말했다. "맞은편 건물에서 두번이나 신성한 이곳을 침범한 그 시원찮은 인물은 우연히 알게 된 사람이오. 그가 속물스러운 시도를 하고 있는 대상도 사교계에서 만난 사람이고. 그녀가 섬세하면서도 빼어나고 타고난 세련미를 갖춘 만큼 그 시원찮은 녀석 따위에겐 관심도 주지 않을 것 같았소. 그런데 사실은 그렇지 않소. 순수하고 의심할 줄 모르는 그녀를 내 힘이 닿는 한 악에서 보호하고 싶소. 하지만 내가 나서서 할 수 있는 일은 아무것도 없소. 나는 그녀의 곁에도 갈 수 없으니 말이오." 그가 잠시 말을 멈추었다.

"그렇다면 기꺼이 선생님을 돕겠어요." 내가 말했다. "어떻게 해야 하는지만 말해주세요." 그리고 속으로는 과연 이 금강석, 이 귀중한 진주, 이 완벽한 보석이 누구일까 궁금해하며 여기 살고 있는 사람들을 머릿속에 떠올려보았다. '베끄 부인이 틀림없어.' 나는 결론을 내렸다. '우리 중 빼어나 보일 수 있는 기술이 있는 사람은 그녀밖에 없으니까. 그런데 의심할 줄 모르고 경험이 부족하다는 둥 했잖아. 그 점에 대해서는 존 선생이 염려할 필요가 없을 텐데. 하지만 자기 마음이니까 내버려두지 뭐. 그가 기분 좋도록 천사라고 해주자.'

"제가 돌보아야 할 사람이 누군지만 알려주세요." 나는 베끄 부인이건 여학생 중 하나건 내가 후견인이 된다는 생각에 속으로 킥킥대면서, 그러나 겉으로는 자못 심각하게 계속 말했다.

그런데 존 선생은 예민한 사람이어서 그보다 섬세하지 못한 사람이면 결코 눈치채지 못할 사실, 즉 내가 약간은 재미있어한다는 사실을 본능적으로 곧 직감했다. 그는 얼굴이 벌게지더니 어정쩡하게 웃으면서 돌아서서 모자를 썼다. 그만 가려는 것이었다. 나는 마음이 아팠다.

"제가 할게요. 제가 도와드릴게요." 나는 열의를 담아 말했다. "원하시는 일을 해드릴게요. 당신의 천사를 지켜보고 보살펴드릴게요. 누군지 말만 하세요."

"하지만 당신도 분명히 알고 있을 거요." 그는 진지하지만 아주 낮은 소리로 말했다. "너무도 완벽하고 너무도 착하고 이루 말할 수 없이 아름다운 여인이니 말이오! 한집에 그녀와 비슷한 사람이 또 있을 순 없소. 물론 내가 말하는 사람은······"

그 순간 베끄 부인의 방문(아이 방과 통하는 문)의 빗장이 갑자기 달그락거렸다. 빗장을 쥐고 있던 손에서 경련이 난 듯했다. 곧이어 재채기를 억지로 참고 있다가 "에취" 하는 소리가 들렸다. 가장 뛰어난 사람도 이런 하찮은 실수를 저지르는 수가 있는 것이다. 베끄 부인—탁월한 여인이여!—은 임무를 수행 중이었다. 그녀는 조용히 집으로 돌아와 발끝으로 살금살금 계단을 올라와서 자기 방에 들어온 것이었다. 그녀가 재채기만 하지 않았더라면 그녀나 나나 모든 것을 다 들었을 것이다. 그러나 재수 없는 재채기 소리에 존 선생은 입을 다물었다. 그가 혼비백산해 서 있는 동안 그녀는 민첩하고 침착하게 방으로 들어왔다. 아주 기분이 좋으면서도 차분한 표정이었다. 그녀의 습관을 모르는 사람이었다면 그녀가 이제 막 들어온 걸로 생각했을 것이고, 적어도 십분 이상 귀를 열쇠구멍에 딱 붙이고 있었다고는 상상도 못했을 것이다. 그녀는 "감기에 걸렸어요"[23]라며 다시 재채기하는 시늉을 했다. 그리고 "마차를 타고 장을 본" 이야기를 수다스럽게 늘어놓았다. 마침 기도시간

을 알리는 종소리가 울렸고, 나는 그녀를 의사와 함께 남겨두고 방
에서 나왔다.

---

23 (프) enrhumée.

# 14장
# 축제

　조르제뜨가 낫자마자 베끄 부인은 아이를 시골로 보냈다. 나는 그 아이를 예뻐했으므로 무척 섭섭했고 이전보다 자신이 더 불쌍해진 느낌이 들었다. 그러나 불평할 일은 아니었다. 나는 활기찬 사람들이 가득한 집에 살고 있었으며, 친구를 사귈 수도 있지만 스스로 고독을 택한 것이었다. 선생들은 모두 차례로 내게 특별한 친밀감을 표시했고 나도 그들 하나하나를 고려해보았다. 한 선생은 정직하지만 생각이 편협하고 감정이 조야한 이기주의자였다. 두번째 선생은 빠리 여자로 겉으로는 세련되었지만 속은 썩어빠졌고, 신념도 원칙도 감정도 없었다. 이 인물은 예절이라는 겉껍질을 뚫고 들어가보면 속에는 허물밖에 없었다. 그녀는 선물에 열광했다. 뚜렷한 개성도 없고 보잘것없는 세번째 선생도 선물에 열광한다는 점에서는 그녀와 똑같았다. 이 마지막 선생은 한가지 더 뚜렷한 특징을 지니고 있었다. 탐욕이었다. 그녀는 돈 자체에 대한 사랑이 제일 중요했다. 금붙이를 보기만 해도 그녀의 눈에는 괴상한 푸른빛이 감돌곤 했다. 한번은 날 굉장히 좋아한다는 표시로 2층으로 데려가더니 비밀 문을 열고는 자신이 모은 돈, 즉 조야하게 수북이 쌓인 5프랑짜리 동전 더미를 보여주었는데, 다 합치면 15기니쯤 되어 보였다. 그녀는 새가 알을 사랑하듯이 그 동전 더미를 사랑했다. 그것은 그녀의 저축이었다. 그녀는 나를 찾아와서 신이 나서 끈질기게 돈 자랑을 늘어놓았는데, 아직 스물다섯살밖에 안된 사람의 행동치고는 이상해 보였다.

반면에 빠리 여자는 헤프고 방탕했다(행동이 어떤지는 모르겠지만 성품은 그랬다). 그 방탕한 성격은 딱 한번 아주 조심스럽게 밖을 살피며 뱀 같은 그 대가리를 내게 드러냈다. 흘끗 본 바로는 아주 괴상한 종류의 파충류 같았는데, 내 호기심은 그 새로움에 자극되었다. 만약 그것이 대담하게 밖으로 나왔다면, 나는 아마 침착하게 그 자리에 서서 갈라진 혀에서부터 비늘로 덮인 꼬리까지 그 긴 물체를 냉정하게 뜯어보았을 것이다. 그러나 놈은 저급한 소설의 책장 사이에서만 바스락댔다. 그리고 성급하고 경솔하게 표출된 분노와 맞닥뜨리자 쉿 소리를 내면서 움츠러들고는 사라졌다. 그날부터 그녀는 날 미워했다.

그 빠리 여자는 늘 빚을 지고 있었다. 월급 때가 다가오면 옷만 사는 것이 아니라 향수와 화장품과 과자와 향료 등속까지 샀다. 얼마나 속속들이 냉담하고 무감각한 쾌락주의자인지! 그녀의 모습이 지금도 눈에 선하다. 얼굴과 몸매는 여윈 편이고, 안색은 누르스름하고 이목구비는 평범했고, 치아는 가지런했고, 실같이 얇은 입술에, 비죽 튀어나온 주걱턱에, 크긴 하나 냉랭한 눈을 갖고 있었다. 탐욕스러우면서 배은망덕해 보이는 눈빛이었다. 일하기는 죽어라 싫어하고 자신이 쾌락이라고 부르는 것을 사랑했다. 그녀가 말하는 쾌락은 무미건조하고 열정도 없는 멍청한 시간낭비였다.

베끄 부인은 이 여자의 성격을 완벽하게 파악하고 있었다. 한번은 내게 그녀에 대해 이야기한 적이 있는데, 차별과 무관심과 반감이 묘하게 섞인 어조였다. 왜 그런 사람을 계속 학교에 두느냐고 묻자 "그렇게 하는 것이 이익이 되기 때문"이라는 솔직한 대답이 돌아왔다. 그러고는 나도 이미 알아차린 사실을, 즉 쌩삐에르 양에겐 버릇없는 학생들이 규율을 지키게 하는 아주 독특한 능력이 있다는 사실을 지적했다. 그녀는 주변 사람들을 돌같이 굳어버리게 하는 능력이 있었다. 바람 한점 없는 차가운 공기가 시끄러운 개울을 잠잠하게 하듯이, 그녀는 화를 내거나 소리를 지르거나 폭력을 휘두르지 않고도 버릇없는 학생들을 통제했다. 지식의 전달이라는 면에서는 거의 쓸모없는 존재였지만 엄격한 감시와 규율 유지를 위해서는 매우 소중한 존재였던 것이다. "그녀가 원칙도, 어쩌면 도덕관념도 없다는 건 나도 잘 알고 있어요."[1] 베끄 부인은 솔직하게 인정했지만 냉정하게 이런 말도 덧붙였다. "하지만 교실에서의 태도는 늘 예의 바르면서도 위엄이 있죠. 바로 그게 필요한 거예요. 학생도 부모도 더이상은 기대하지 않고 나도 그 이상은 바라지 않아요."[2]

* * *

---

[1] (프) Je sais bien qu'elle n'a pas de principes, ni, peut-être, de mœurs.

[2] (프) son maintien en classe est toujours convenable et rempli même d'une certaine dignité: c'est tout ce qu'il faut. Ni les élèves, ni les parents ne regardent plus loin; ni, par conséquent, moi non plus.

이 학교는 신나고 이상하고 시끄러운 작은 세계였다. 모든 일에 구교의 섬세한 정수가 배어 있었지만 그 사슬은 꽃으로 애써 가려졌다. 다른 신을 허용하지 않는 열성적인 정신적 구속을 상쇄하기 위해 (말하자면) 감각적인 탐닉이 널리 허용되었다. 모든 이들의 정신은 노예와도 같은 상태였지만, 이런 사실들을 깊이 생각하지 못하도록 육체적인 여가활동에 대한 구실을 찾아내어 최대한 이용하게 했다. 다른 곳과 마찬가지로 그 '성당'에서도 자녀들을 튼튼한 육체와 연약한 영혼을 가진 아이로, 통통하고, 혈색 좋고, 건장하고, 명랑하고, 무지하고, 생각하지 않고 의문을 제기하지 않는 아이로 길러내려고 애썼다. "먹고, 마시고, 살아라!" 성당은 말했다. "너희는 육체를 돌보고 영혼은 내게 맡겨라. 내가 영혼을 치료하고 인도하겠노라. 끝까지 영혼을 보살펴주겠노라." 진정한 가톨릭 교인이라면 자신이 이득을 본다고 생각하는 거래였다. 악마도 예수에게 같은 조건을 제시했다. "이 모든 권위와 그 영광을 내가 네게 주리라. 이것은 내게 넘겨준 것이므로 내가 원하는 자에게 주노라. 그러므로 네가 만일 내게 절하면 다 네 것이 되리라!"[3]

이맘때쯤, 즉 여름이 절정에 이르면 베끄 부인의 집은 학교로서는 더 바랄 나위 없이 즐거운 장소가 되었다. 커다란 접이식 문과 쌍여닫이창은 하루 종일 활짝 열려 있었고, 차분한 햇빛은 대기와 하나가 되었으며 구름은 건조한 유럽 대륙에서 완전히 물러나 저 멀리 바다 너머로 항해하다가 잉글랜드와 같은 섬나라, 그리운 안개의 나라 주변으로 가 쉬었다. 우리는 실내보다 정원에서

3 누가복음 4:6~7.

지내는 시간이 더 많았다. '커다란 정자'[4]에서 야외수업을 하고 식사도 거기서 했다. 더구나 축제 준비에 들떠 자유는 거의 방종에 가까워졌다. 긴 가을방학은 두달밖에 안 남아 있었으나 그 전에 대단한 날, 바로 베끄 부인의 생일잔치라는 중요한 행사가 기다리고 있었다.

이 축제는 쌩삐에르 선생이 주도했다. 베끄 부인 본인은 생일 축하를 위해 무슨 일이 벌어지고 있는지 모르는 척하는 것으로 되어 있었다. 특히 매년 멋진 선물을 사기 위해 전교적으로 기부금을 징수한다는 사실은 전혀 모르는 척, 조금도 눈치채지 못한 척했다. 재치 있고 예의 바른 독자는 이 선물 건에 관해 당사자인 베끄 부인의 방에서 벌어지는 짤막한 비밀회담 정도는 정중하게 그냥 넘겨주리라.

"올해는 어떤 선물을 원하세요?" 빠리 출신 부관이 물었다.

"아, 신경쓰지 말아요! 내버려둬요. 아이들이 돈을 내면 안돼요." 부인은 온화하고 겸손한 표정을 지었다.

이 대목에서 쌩삐에르는 턱을 내밀었다. 그녀는 베끄 부인을 속속들이 알고 있었으며 이런 '자비로움'[5]의 태도를 '진심이 아닌 겉표정'[6]이라고 불렀다. 그녀는 부인의 그런 태도에 대해서 경의를 표하는 시늉도 하지 않았다.

"빨리요!"[7] 그녀가 냉정하게 말했다. "뭘 원하시는지 말씀해보세요. 보석이나 도자기가 나을까요, 아니면 장신구나 은제품이 나을

........................................

4 (프) grand berceau.
5 (프) bonté.
6 (프) des grimaces.
7 (프) Vite!

까요?"

"그렇다면 좋아요! 은으로 된 스푼과 포크 두세벌쯤이면 좋겠어요."[8]

그러면 그 결과는 300프랑어치의 은식기를 포함한 훌륭한 식기 일습이 되었다.

생일날의 일정은 식기 증정, 정원에서의 간단한 식사, 연극 공연(선생과 학생 들이 배우로 출연한다), 만찬과 춤으로 구성되어 있었다. 이 모든 게 호화로웠던 기억이 생생하다. 젤리 쌩삐에르는 이 모든 일들을 정확하게 파악하고 능숙하게 꾸려나갔다.

가장 중요한 행사는 연극이어서 한달 정도의 연습이 필요했다. 배우 선정 역시 면밀한 조사 끝에 신중하게 결정됐다. 그러고 나면 발성과 연기에 대한 수업과 피곤한 연습이 끝없이 이어졌다. 짐작되다시피 이 모든 일을 하는 데 쌩삐에르 선생만으로는 부족했다. 그녀와는 다른 소질과 운영방식이 필요했다. 그것을 채워줄 사람이 바로 문학선생인 뽈 에마뉘엘이었다. 나는 뽈 선생의 연극수업에 들어간 적은 없었으나 까레(기숙사와 학교 건물 사이의 장방형 홀)를 지나가는 그의 모습을 종종 보곤 했다. 또한 날씨가 포근한 날 저녁이면 그가 문을 열어놓고 강의하는 소리가 들리기도 했다. 그에 관한 일화와 아울러 그의 이름은 어디서건 쉽게 들을 수 있었다. 특히 전에 말한 친구 지네브라 팬쇼 양이 연극의 주인공으로 뽑혔는데, 그녀는 여가시간의 대부분을 나와 함께 보내면서 그가 한 말과 행동에 대해 수다를 떨어댔다. 그녀는 그를 끔찍하게 못생겼다고 평가했다. 그리고 그의 목소리나 발소리만 들어도 무서워

---

8 (프) Eh bien! Deux ou trois cuillers et autant de fourchettes en argent.

서 히스테리를 일으킬 정도라고 했다. 확실히 그는 키가 작고 까무 잡잡하고 신랄하고 엄격했다. 짧게 깎은 검은 머리와 핏기 없고 넓은 이마와 여윈 뺨과 벌렁거리는 커다란 콧구멍과 꿰뚫어보는 듯한 눈매와 서두르는 태도 등은 내 눈에도 가혹한 유령처럼 보였다. 그는 쉽게 신경질을 내는 성격이라 우둔한 학생들을 꾸짖을 때는 고함을 질러댔다. 때로는 이 아마추어 배우들의 잘못된 작품 이해와 메마른 감정과 빈약한 전달력에 벌컥 화를 내기도 했다. "잘 들어봐!"[9] 그는 고함을 지르곤 했다. 그러면 그의 목소리가 나팔 소리처럼 건물 전체에 울려퍼졌다. 이어서 그 목소리를 흉내내는 지네브라나 마틸드나 블랑슈의 작은 피리 소리 같은 음성이 들리곤 했다. 이런 얌전한 흉내를 듣고 나면 나 역시 경멸에 찬 신음소리나 화가 나 거칠게 씩씩대는 소리가 나는 것이 이해가 갔다.

"너희가 무슨 인형이야?" 그의 고함소리가 들렸다. "감정이라곤 없어, 너희는? 아무것도 느낄 줄 몰라? 피는 얼음이고, 살은 눈으로 만들어져 있는 거야? 미친 듯이 몰입해보란 말이야! 생명과 영혼을 가지란 말이야!"[10]

아무리 야단을 쳐봐야 헛수고였다! 마침내 그는 헛수고라는 사실을 깨닫자 갑자기 모든 것을 포기했다. 여태껏 가르친 장엄한 비극을 포기하고 다음 날 짤막한 소품을 가지고 등장한 것이다. 이 작품은 학생들이 좀더 잘 따라주었다. 그는 곧 작품 전체를 그들의 구미에 맞게 각색했다.

........................................

**9** (프) Ecoutez!

**10** (프) Vous n'êtes donc que des poupées? Vous n'avez pas de passions—vous autres? Vous ne sentez donc rien? Votre chair est de neige, votre sang de glace? Moi, je veux que tout cela s'allume, qu'il ait une vie, une âme!

쌩삐에르 양은 언제나 에마뉘엘 선생의 수업을 참관했다. 들리기로는 그녀의 세련된 태도와 다정한 겉치레와 재치와 우아함으로 그 신사의 호감을 사고 있다고들 했다. 실로 그녀는 누구든 마음만 먹으면 한동안 즐겁게 해주는 재주가 있었다. 그러나 그런 즐거움은 지속되지 않는 것이라, 한시간만 지나면 이슬처럼 말라버리고 거미줄처럼 사라져버렸다.

베끄 부인의 생일 전날도 본 행사 못지않게 축제 분위기였다. 그날은 하루 종일 교실 세개를 치우고 청소하고 정리하고 장식하는 날이었다. 실내에서는 더없이 즐거운 소동이 벌어져, 2층이고 아래층이고 조용히 쉴 만한 외진 구석은 하나도 없어졌다. 그래서 나는 정원으로 피신했다. 하루 종일 따뜻한 햇볕을 쬐고 나무 사이에서 쉬면서 나 자신의 생각을 벗 삼아 홀로 거닐거나 앉아 있었다. 그날 내가 한 말이 단 두마디였다는 것이 기억난다. 고독하다기보다는 조용히 있게 된 게 기쁠 따름이었다. 구경꾼인 나로서는 교실 사이를 한두번 지나쳐가면서 어떤 변화가 일어나고 있는지, 배우 휴게실과 탈의실이 어떻게 만들어지는지, 배경을 갖춘 작은 무대가 어떻게 세워지는지, 쌩삐에르 양과 함께 뽈 에마뉘엘 선생이 이 모든 것을 어떻게 지휘하는지, 지네브라 팬쇼를 포함한 열성파 학생들이 그의 지시 아래 얼마나 즐겁게 연습하는지 관찰하는 것만으로 충분했다.

그 대단한 날이 왔다. 해뜰 무렵부터 구름 한섬 없이 너웠으며, 해질 무렵까지 구름 한점 없이 이글거렸다. 모든 문과 창문을 활짝 열어놓아 기분 좋은 여름날의 자유가 느껴졌다. 정말이지 그날의 규율은 완벽한 자유인 듯했다. 선생과 학생 들은 가운 차림에 머리에 종이를 말고 아침식사를 하러 내려왔다. 저녁에 할 화장을 '기쁜 마음으로'[11] 기대하면서, 오전에는 단정치 못함에 탐닉하는 듯했다. 마치 잔치를 앞두고 단식하는 시의원들 같았다. 아홉시경에 중요한 역할을 맡은 '미용사'가 도착했다. 불경스럽게도 그는 기도실에 자리를 잡고 '성수반聖水盤'[12]과 촛불과 십자고상이 있는 바로 그곳에서 엄숙하게 자신의 신비로운 기술을 발휘했다. 여학생들은 차례로 불려와 그의 손을 거쳤다. 그의 손길이 스치자 학생들의 머리는 조개껍데기처럼 매끈해졌고, 순백의 흰 가르마가 타졌고, 래커칠을 한 것처럼 윤기가 흐르는 화관 모양의 그리스식 땋은 머리가 되었다. 다른 사람들처럼 내 차례도 왔다. 나중에 거울에 내 모습을 비춰보았을 때는 두 눈을 믿을 수가 없을 정도였다. 호사스러운 화관 모양으로 땋은 갈색 머리에 놀라서 전부 내 머리인지 확인하기 위해 몇번이나 머리를 당겨보았는지 모른다. 그러고 나서 나는 그 미용사가 가장 보잘것없는 재료까지도 최대한으로 이용할 줄 아는 일류 예술가임을 인정하게 되었다.

기도실 문이 닫히자, 기숙사는 목욕과 화장과 아주 공들인 옷차림을 하느라 난장판이 되었다. 나로서는 어떻게 여자들이 그렇게 하찮은 일에 그렇게 많은 시간을 보낼 수 있는지 수수께끼였으며, 지금도 그렇다. 많은 시간을 들여 복잡하고 세심하게 차려입었지만 결과는 단순했다. 실내를 메운 선생과 학생 들은 모두 깨끗한 하얀 드레스에 푸른 띠(성모 마리아의 색)를 두르고 흰색 혹은 밀짚색 가죽장갑을 끼고 있었다. 세시간을 몽땅 바쳐 차려입은 모습이 그랬다. 단순하긴 했지만 옷 모양이나 맵시가 완벽하고 상큼했음은 인정해야 했다. 머리 모양도 모두 섬세하고 멋지면서도 소박

---

11 (프) avec délices.
12 (프) bénitier.

해 보였다. 좀더 미끈하고 부드러운 미인에게는 그런 모양이 너무 딱딱해 보일지도 모르지만 통통하고 단정한 라바스꾸르 미인들의 분위기와는 썩 잘 어울렸다. 전체적으로는 칭찬할 만했다.

투명하고 눈같이 하얀 옷을 입은 이 사람들을 보다보니 나 자신이 빛의 들판에 있는 한점 그림자처럼 느껴졌던 기억이 난다. 그런 투명한 옷을 입을 용기는 없었지만 나도 뭔가 얇은 옷을 입어야 하긴 했다. 날씨도 그렇거니와 실내온도도 너무 높아서 두꺼운 옷을 입을 순 없었으므로, 열두어개의 상점을 뒤진 끝에 보랏빛이 도는 회색 크레이프지 같은 옷감을 찾아냈다. 간단히 말해 꽃 핀 황야에 깔린 칙칙한 안개색이었다. 내 재단사[13]는 친절하게도 최선을 다해 옷을 지어주었다. 그녀의 현명한 말마따나 옷감이 "너무 칙칙하고 얌전해서"[14] 옷 모양에 더욱 신경을 써야 했다. 그녀가 그런 생각을 한 게 다행이었다. 내겐 칙칙함을 덜어줄 꽃이나 보석이 없는데다 원래 혈색도 좋은 편이 아니었으니 말이다.

매일의 고달픈 일상에서는 이런 결함들을 망각하게 되지만, 아름다움을 빛내야 할 이런 근사한 날에는 그런 달갑지 않은 결점을 인정할 수밖에 없다.

그러나 나는 이런 칙칙한 색의 옷이 편했다. 더 밝거나 눈에 띄는 옷을 입었으면 그렇게 편하지 않았을 것이다. 베끄 부인 또한 팔찌와 금과 보석이 반짝이는 밝은색 브로치 한점을 착용하긴 했지만 거의 내 옷과 비슷한 은은한 색의 옷을 입어 내 체면을 세워주었다. 층계에서 우연히 마주쳤을 때 그녀는 마음에 든다는 듯이 미소를 지으며 고개를 끄덕였다. 내가 보기 좋다는 게 아니라(그런

---

13 (프) tailleuse.
14 (프) si triste—si peu voyant.

것은 그녀가 관심을 둘 만한 점이 아니었다), '적절하고 점잖게'[15] 입었다는 뜻이었다. '적절함과 점잖음'이야말로 베끄 부인이 숭배하는 고요한 두 여신이었다. 그녀는 멈추어 서서 향수를 뿌린 수놓인 손수건을 든 장갑 낀 손을 내 어깨에 얹은 뒤 내 귀에 대고 몰래 다른 선생들(방금 전 앞에서 칭찬을 해주던)을 비웃기까지 했다. "성인 여자가 열다섯살 소녀처럼 차려입은 것보다 어리석은 일은 없어요." 쎙삐에르에 대해서는 "순진한 처녀인 척하는 늙은 요부 냄새가 난다"[16]고 했다.

나는 다른 사람들보다 적어도 두시간은 먼저 옷을 입은 후에 즐거운 마음으로 조용하고 깨끗하며 시원한 빈 교실로 갔다. 정원으로는 갈 수가 없었다. 정원에서는 하인들이 긴 식탁을 배치하고 의자를 가져다놓고 식탁보를 까는 등 한창 식사 준비 중이었다. 교실 벽은 새로 칠해져 있었고 마루는 막 닦아 채 마르지 않은 상태였다. 꽃병에 꽂힌 새로 딴 꽃들이 한쪽 구석을 장식하고 있었고 커다란 창에는 새 커튼이 쳐져 아름다웠다.

다른 교실들보다 작고 깔끔한 1반 교실로 가서, 내가 가진 열쇠로 반들반들 윤이 나는 책장을 열고 제목으로 봐서 재미있을 것 같은 책을 한권 꺼내 읽으려고 앉았다. 이 '교실'의 유리문은 커다란 정자와 통해 있었다. 아카시아 가지가 유리창을 쓰다듬으며 뻗어나가다가 반대편 상인방에서 장미넝쿨과 만나고 있었다. 장미넝쿨에서는 벌들이 바쁘게 윙윙대며 행복한 소리를 내고 있었다. 나는 책을 읽기 시작했다. 조용하게 윙윙거리는 소리와 무성한 그늘과 아무도 없는 따스한 내 도피처가 너무나 고요해서 책에 뭐라고 쓰

15 (프) convenablement, décemment.
16 (프) elle a l'air d'une vieille coquette qui fait l'ingénue.

여 있는지 점점 이해가 가지 않고 눈앞이 가물가물해지면서 몽상의 길을 따라 꿈나라의 깊은 골짜기로 빠져들려는 순간이었다. 바로 그때, 여태껏 울린 것 중 가장 소름끼치게 날카로운 현관의 초인종 소리 때문에 나는 의식의 세계로 얼른 돌아왔다.

그런데 일꾼과 하인과 미용사와 재단사가 여러번 심부름을 하러 드나들었으므로 초인종은 오전 내내 울렸었다. 더욱이 약 백여명의 통학생들이 마차를 타고 도착할 예정이니 오후 내내 울려도 이상할 게 없었다. 저녁에는 부모와 친구 들이 연극을 보러 몰려올 테니 조용하리라고는 기대할 수 없었다. 이런 상황에서 초인종 소리—날카로운 초인종 소리라 해도—는 당연한 것이었다. 그러나 바로 이 특이한 초인종 소리는 내 꿈을 쫓아버렸고, 깜짝 놀라는 바람에 무릎에 있던 책이 떨어졌다.

내가 책을 주우려고 몸을 숙인 바로 그때, 현관을 곧장 통과해 복도를 지나고 홀을 건너 1반 교실과 2반 교실과 강당을 지나는 힘차고 빠르고 거침없는 발소리가 다가왔다. 뭔가에 몰두해 있는 규칙적이고 잰 발소리였다. 나의 은신처인 1반 교실의 문은 닫혀 있었지만 그 사실은 그 발소리에 전혀 장애가 되지 않았다. 벌컥 문이 열리더니 외투와 '그리스식 모자'[17]가 허공을 메웠다. 막연히 주위를 둘러보던 두 눈이 나를 발견하더니 걸신들린 듯이 달려들었다.

"그래!" 목소리가 들렸다. "누군지 알겠어. 영국 여자잖아. 이거 잘됐네! 영국 여자니까 얌전은 빼겠지만 시키는 대로 하겠지. 그 이유는 내가 알지!"[18]

---

**17** (프) bonnet grec. 19세기에 유행하던 짧은 챙이 달린 모자.
**18** (프) C'est cela! Je la connais: c'est l'Anglaise. Tant pis. Toute Anglaise, et par

그러고는 좀 딱딱하지만 공손하게(무례하게 중얼거리던 소리를 내가 전혀 알아듣지 못했다고 생각하는 것 같았다) 여태껏 내가 들어본 중 가장 서툰 영어로 말했다. "미스…… 해야 하오, 연극. 내가 그걸 하게 하고 있소."

"뽈 에마뉘엘 선생님, 뭘 도와드릴까요?" 내가 물었다. 그 사람은 뽈 에마뉘엘 선생이었는데, 무척 흥분해 있었다.

"연극 해야 하오. 빼거나 인상을 쓰거나 얌전한 척하지 마시오. 당신이 온 날 밤에 골상을 보고 재주가 있다는 걸 눈치챘소. 연극 당신은 할 수 있소. 연극 해야만 하오."

"하지만 어떻게요, 뽈 선생님? 무슨 말씀이세요?"

"시간이 없소." 그는 이제 프랑스어로 계속했다. "망설이거나 변명하거나 우아 떠는 건 다 집어치우고 배역을 맡아야 하오."

"연극에서요?"

"연극에서 말이오. 말한 대로요."

나는 공포에 사로잡혀 헐떡거렸다. 이 작은 남자가 무슨 말을 하고 있는 건가?

"들어보시오!" 그가 말했다. "어떻게 된 건지 말할 테니 '예' '아니요'만 말하시오. 앞으로 당신에 대한 평가는 그 대답에 달려 있소."

신경질을 억누르지 못한 그는 뺨이 달아오르고 눈빛이 날카로워져 있었다. 그는 무분별하고 감상적이고 쭈뼛거리는데다, 뚱하고 거만하며 무엇보다도 계속 난폭하고 무자비해지기 쉬운 완고한 성격이었다. 그에겐 조용히 주목하는 것이 가장 좋은 약이었다. 그

---

conséquent, toute bégueule qu'elle soit—elle fera mon affaire, ou je saurai pourquoi.

래서 나는 잠자코 들었다.

"일이 엉망진창이 되었소." 그가 말하기 시작했다. "루이즈 방드
르껠꼬브가 병이 났소. 적어도 멍청한 그애 엄마의 주장에 따르면
그렇다는군. 내가 보기에는 하려고만 들면 할 수도 있는데 성의가
없는 거요. 당신도 알다시피, 아니 모르겠지만, 뭐 어쨌든 마찬가지
요, 그애가 어떤 역할을 맡았는데 그 역할이 없으면 공연이 불가능
해지오. 대사를 암기할 시간도 얼마 남지 않았는데 이 학교의 여학
생들은 이런저런 핑계를 대면서 아무도 그 역을 맡으려 들지 않소.
물론 재미있거나 사랑스러운 역할은 아니오. 사악한 자존심[19], 여자
들에게 흔한 바로 그 지나친 자존심 때문에 그걸 맡으려 들지들 않
는 거요. 영국 여자들은 가장 훌륭한 여자거나 가장 형편없는 여자
거나 둘 중 하나요. 맹세코 나는 평상시에는 영국 여자를 끔찍하게
싫어하지만,[20]" (비겁하게 그는 이 말을 이 사이로 우물댔다.) "날
구해달라고 영국 여자에게 사정하고 있는 거요. 당신 대답은 뭐요.
예요, 아니요요?"

거절의 이유가 수없이 떠올랐다. 외국인인데다 시간은 얼마 안
남았고 사람들 앞에서 하는 공연…… 의지가 뒤로 빼고 능력은 휘
청댔으며 자존심(그 "사악한 성질")은 덜덜 떨었다. "안돼, 안돼,
안돼!"[21] 모두가 입을 모아 외쳤다. 그러나 뽈 선생을 바라보다가,
분노에 차 곤혹스럽게 살피는 그의 눈길에서 협박 아래 숨겨진 애
원 같은 것을 발견하고 내 입술은 "그럴세요"[22]라고 헤비었다. 그이

---

19 (프) amour-propre.
20 (프) Dieu sait que je les déteste comme la peste, ordinairement.
21 (프) Non, non, non!
22 (프) oui.

굳은 표정이 흡족한 떨림으로 잠시 이완되었다. 그러나 그는 재빨리 원래의 표정으로 돌아가 계속했다.

"어서 작품을 읽어보시오!²³ 여기 책이 있고, 이게 당신이 맡을 역할이오. 읽어보시오." 그리고 나는 읽었다. 그는 칭찬은커녕 몇 구절에서 인상을 쓰고 발을 굴렀다. 그는 가르쳐주고 나는 부지런히 모방했다. 그것은 불쾌한 역할, 남자 역인데다 골 빈 멋쟁이 역이었다. 감정이나 영혼을 쏟아부을 수 없는 역이었다. 나는 그 역이 싫었다. 이 연극은 그야말로 시시한 희극으로, 두 명의 경쟁자가 예쁜 요부를 차지하기 위해 애쓰는 것이 주요 줄거리였다. 한 사람은 '우르스'²⁴란 이름의 선량하고 용감하나 촌스러운 남자, 말하자면 가공하지 않은 다이아몬드이고 다른 한 남자는 바람둥이에다 수다쟁이에다 사기꾼이었다. 내가 맡은 것이 바로 그 바람둥이에다 수다쟁이에다 사기꾼 역이었다.

나는 최선을 다했지만, 물론 연기는 형편없었다. 뿔 선생은 크게 화를 냈다. 나는 혼신의 힘을 다해 최선에 최선을 다하고자 했다. 그가 나의 이런 의도를 좋게 평가한다는 생각이 들었고, 그도 약간은 만족감을 표시했다. "그 정도면 됐어!"²⁵ 그가 소리쳤다. 정원에서 사람들의 목소리가 들려오기 시작하고 나무 사이로 펄럭이는 흰옷들이 보이자 그가 덧붙였다. "저쪽으로 가 있어야겠소. 대사를 외우려면 혼자 있어야 하오. 날 따라오시오."

생각할 시간이나 힘도 없이 나는 단숨에 회오리바람 같은 것에 휘말려 위층으로, 계단 네 개, 아니 실제로는 여섯 개를 올라갔다(이

---

23 (프) Vite à l'ouvrage!
24 (프) Ours. 곰.
25 (프) Ça ira!

성질 급한 작은 남자는 어디서나 본능적으로 길을 잘 찾는 것 같았다). 그는 나를 외딴 높은 다락방으로 데려가 그 안에 처넣고 문에 꽂혀 있던 열쇠로 잠그더니 그 열쇠를 가지고 사라져버렸다.

그 다락은 쾌적한 곳이 아니었다. 그가 그곳이 얼마나 불쾌한 곳인지 몰랐으리라 믿는다. 알았다면 그렇게 아무렇게나 날 가두어놓지 않았을 것이다. 그 방은 그런 여름 날씨에는 아프리카 같고 겨울에는 그린란드처럼 추운 곳이었다. 상자와 나무토막이 방 안에 가득했고 휑한 벽에는 낡은 옷들이, 먼지 낀 천장에는 거미줄이 걸려 있었다. 그곳은 쥐와 검은풍뎅이와 바퀴벌레의 서식처로 유명했다. 정원의 수녀 유령이 나타난 적이 있다는 소문도 있었다. 한쪽 구석은 어두웠고, 그 맞은편은 못에 하나씩 매달려 있어 꼭 교수대에 매달린 사형수처럼 보이는 음침한 겨울 코트들을 가리기위한 낡은 적갈색 커튼 때문에 더욱 비밀스럽게 보였다. 듣기로는 수녀 유령들이 그 외투들 사이에서, 그 커튼 뒤에서 나왔다고들 했다. 나는 그런 이야기를 믿지도 않았고 유령이 나올까봐 두렵지도 않았다. 하지만 더러운 구석에서 꼬리가 긴 커다란 검은 쥐가 기어나오고 마루에는 검은풍뎅이들이 진을 치고 있는 게 보였다. 쥐나 풍뎅이 때문에 얼마나 불안했는지 말하지 않는 편이 낫겠다. 그곳의 먼지와 마루와 숨막히는 열기도 마찬가지였다. 가까스로 천창을 열고 뭔가로 받쳐놓아 신선한 공기가 들어오게 했기에 망정이지, 그렇게 하지 않았으면 숨막히는 열기로 나는 곧 질식했을 것이다. 열린 천창 아래에 커다란 빈 궤를 밀어서 갖다놓고 그 위에 작은 상자를 올려놓은 다음 상자와 궤의 먼지를 털어내고 내 옷(독자여, 그것이 내가 가진 제일 좋은 옷이며 따라서 마땅히 세심한 주의를 기울여야 하는 물건임을 기억해주시길)을 무척 신경써서 추스른 다음 이 즉석 왕좌에 올라앉아 할 일을 시작했다. 대사를 외우면서도 신경을 곤두세우며 검은풍뎅이와 바퀴벌레가 기어오는지 살피는 걸 잊지 않았다. 내게는 검은풍뎅이와 바퀴벌레가 쥐보다 더 끔찍하고 무서웠다.

처음에는 정말 불가능한 일을 맡았다는 생각이 들었다. 그래서 최선을 다해보고 안되면 할 수 없다고 마음을 먹었다. 그러나 곧 그렇게 짧은 작품에서 한 사람의 역은 단 몇시간만 여유를 주면 완전히 외울 수 있는 것임을 알게 되었다. 처음에는 속삭이면서, 그 다음에는 큰 소리로 외우고 또 외웠다. 사람들이 들을 염려가 전혀 없이, 벌레들 앞에서 연기를 했다. 짜증과 경멸에 차 그 인물의 공허함과 경박함과 거짓에 몰두해 가능한 한 얼빠진 사람으로 연기해냄으로써 그 '거들먹거리는 사람'[26]에게 복수했다.

연습을 하다보니 오후가 지나갔다. 해가 저물고 저녁이 다가오고 있었다. 아침식사 후에 아무것도 먹은 게 없어 몹시 배가 고팠다. 그 순간 아래 정원에서 틀림없이 마음껏들 먹고 있을 식사 생각이 났다(현관에 작은 크림파이가 한 바구니 있는 것을 보았는데 이 세상에서 제일 맛있어 보였다). 빠떼, 즉 그 네모난 케이크는 내 입맛에 꼭 맞을 것 같았다. 그 맛있는 파이가 점점 더 먹고 싶어졌고, 이 휴일을 감옥에서 금식을 하며 보내다니 좀 너무하단 생각이 들기 시작했다. 다락은 문과 현관에서 멀리 떨어져 있는 곳인데도 계속 딸랑대는 초인종 소리가 희미하게 들려왔고, 부산스러운 거리의 마차 바퀴 소리도 끊임없이 들려왔다. 집과 정원에 사람들이 모여들고 아래서는 모두가 즐겁고 유쾌한 것 같았다. 다

---

**26** (프) fat.

락방 안도 점점 으슥해지기 시작했다. 이제는 풍뎅이들이 잘 보이지 않았다. 그 벌레들이 떼를 지어 슬며시 다가와 내가 못 본 사이에 왕좌로 기어오르고 내가 미처 의식하기도 전에 치마 속에 들어오면 어떡하나 싶어 떨렸다. 나는 불안하고 초조해져서 순전히 시간을 죽이기 위해 내 역할을 다시 연습하기 시작했다. 막 연습을 끝내려고 하는데 자물쇠에서 그렇게 기다리던 딸가닥 하는 열쇠 소리가 났다. 반가운 소리였다. 뽈 선생(으슥한 가운데서도 뽈 선생임을 알 수 있었다. 벨벳같이 까만 짧은 머리와 핏기 없는 상앗빛 이마를 알아볼 정도의 빛은 아직 있었다)이 방 안을 들여다보고 있었다.

"브라바!" 그는 문을 연 채 문지방에 그대로 서 있었다. "모두 잘 들었소. 아주 좋았소. 앙꼬르!"[27]

나는 잠시 머뭇거렸다.

"다시!" 그가 엄격하게 말했다. "인상 쓰지 말고! 부끄러운 마음도 집어치우고!"[28]

나는 다시 연기를 했으나 혼자 할 때의 반만큼도 못했다.

"어쨌든 대사를 알긴 아는군."[29] 그는 완전히 만족스러워하진 않으면서 말했다. "이런 상황에서 가혹하거나 깐깐하게 굴 수는 없지." 그러고는 덧붙였다. "준비할 시간이 아직 이십분은 더 남았소. 잘 있으시오!"[30] 그는 가려고 했다.

"선생님." 나는 용기를 내 큰 소리로 말했다.

---

27 (프) Brava! J'ai tout entendu. C'est assez bien. Encore!
28 (프) Et point de grimaces! A bas la timidité!
29 (프) Enfin, elle le sait.
30 (프) au revoir!

"자, 무슨 일이요, 선생?"[31]

"배가 너무 고파요."[32]

"뭐라고, 배가 고프다고! 식사는 어쨌소?"[33]

"식사에 대해선 아는 바 없어요. 여기 갇혀서 구경도 못했는걸요."

"아! 그렇군."[34] 그가 큰 소리로 말했다.

잠시 후 나는 왕좌에서 내려와 다락방을 나왔다. 나를 다락방으로 데려온 힘은 반대 방향으로 반복되어 순식간에 나를 다시 아래층으로, 또 아래층으로, 바로 부엌으로 데려갔다. 그대로 지하실로 내려가는 줄로만 알았다. 그는 요리사에게 다급하게 음식을 내놓으라는 명령을 내리고 내게도 그 못지않게 급히 먹으라는 명령을 내렸다. 내가 싫어하는 포도주와 단 음식을 먹으라고 하면 어쩌나 했는데 커피와 케이크만 먹어도 되어서 다행이었다. 내가 크림파이를 좋아하는 것을 어떻게 알았는지 그는 나가더니 어디선가 하나 구해다주었다. 제일 맛있는 크림파이는 입가심으로 맨 마지막에 먹으려고 남겨놓고 다른 것들을 마음껏 먹고 마셨다. 뽈 선생은 내가 먹는 것을 지켜보면서 하나를 채 삼키기도 전에 다른 것을 권했다.

그가 막 버터를 발라 롤빵을 하나 더 주는데 더이상 못 먹겠다는 표시로 손을 저으며 제발 그만 먹겠다고 사정하자, 그가 소리쳤다. "좋소.[35] 날 다락방에서 여자를 굶기는 폭군이나 푸른 수염[36]으로 매

---

31 (프) Eh bien. Qu'est ce que c'est, mademoiselle?
32 (프) J'ai bien faim.
33 (프) Comment, vous avez faim! Et la collation?
34 (프) Ah! C'est vrai.
35 (프) A la bonne heure.
36 샤를 뻬로의 『푸른 수염』(*La Barbe-bleu*)의 주인공으로 여섯명의 아내를 차례로

도하겠군. 하지만 난 절대로 그런 사람이 아니오. 자, 루시 양, 이제 등장할 용기와 힘이 솟소?"

나는 그런 것 같다고 대답했다. 사실은 정신이 하나도 없고 말로 표현할 수 없는 이상한 기분이었지만, 단번에 그를 물리칠 만한 강력한 힘이 없으면 아예 저항하지 않는 편이 나았다.

"그러면 이리 오시오." 그가 손을 내밀며 말했다.

나는 손을 내밀었다. 그가 빠른 걸음으로 출발하는 바람에 보조를 맞추기 위해 나는 옆에서 뛰다시피 해야 했다. 그는 장방형 홀에서 잠시 멈추었다. 홀은 커다란 등들로 밝혀져 있었다. 커다란 교실 문은 열려 있고 정원으로 통하는 커다란 문도 마찬가지였다. 오렌지나무 화분과 키 큰 꽃들이 담긴 꽃병이 양쪽에 늘어서서 문들을 장식하고 있었다. 야회복을 입은 신사숙녀들이 꽃들 사이에 서 있거나 거닐었다. 기다랗게 이어진 교실들 안에는 온통 장미색 옷과 하늘색 옷과 반투명한 흰옷을 입은 사람들이 북적대며 웅성대고 있었는데, 그 모습이 마치 일렁이고 물결치며 흘러가는 것 같았다. 머리 위에서는 샹들리에가 환하게 비쳤다. 저 멀리 무대 위에는 장엄한 초록색 커튼이 드리워지고 조명등이 일렬로 늘어서 있었다.

"아름답지 않소?"[37] 그가 내 곁에서 물었다

그렇다고 대답해야 했지만 나는 가슴이 너무 뛰어 말이 나오지 않았다. 뽈 선생은 이 사실을 눈치채고는, 인상을 쓰고 내 양쌀을 붙잡고 아프도록 흔들어댔다.

"최선을 다하겠지만 어서 지나갔으면 좋겠어요." 내가 말했다.

---

살해한 사내.

**37** (프) N'est-ce pas que c'est beau?

그리고 물었다. "이 사람들 사이를 뚫고 지나가야 하나요?"

"아니오. 더 좋은 방법이 있소. 정원을 통해 가면 되오. 이리로 오시오."

순식간에 우리는 문밖으로 나갔다. 시원하고 차분한 밤공기를 쐬자 약간 기운이 났다. 달도 뜨지 않았지만, 환한 창문에서 새어나오는 불빛이 마당을 환히 비추고 골목길까지 희미하게 비추었다. 하늘에는 구름 한점 없고 반짝이는 별빛으로 장관이었다. 유럽의 밤은 얼마나 부드러운지! 얼마나 온화하고 향기롭고 아늑한지! 바다 안개도 오싹한 습기도 없었다. 대낮처럼 안개도 없고 아침처럼 신선했다.

우리는 마당과 정원을 가로질러 1반 교실의 유리문에 도착했다. 그날밤 다른 문과 마찬가지로 그 문도 열려 있었다. 그 문을 지나 1반 교실과 강당 사이에 있는 작은 방으로 안내되었다. 아주 환한 방에 들어서자 나는 어리둥절했고 왁자지껄하는 소리에 귀가 멍해졌다. 너무 덥고 갑갑한데다 사람이 많아 숨이 막힐 지경이었다.

"질서! 조용히!"[38] 뽈 선생이 소리쳤다. "왜 이렇게 엉망이지?" 그가 묻자 잠잠해졌다. 그는 열두어 단어와 그 정도의 몸짓으로 방에 있는 사람 중 반은 밖으로 내보내고 나머지 반은 일렬로 줄을 세웠다. 남은 사람들은 모두 무대의상을 입고 있었다. 그들은 배우고 이곳은 배우 휴게실이었다. 뽈 선생이 나를 소개했다. 모두 나를 뚫어져라 바라보았고 몇몇은 킥킥댔다. 영국 여자가 희극을 연기하는 게 그들에겐 뜻밖이었다. 역할에 맞게 아름답게 차려입어 매혹

........................................
**38** (프) De l'ordre! Du Silence!

적으로 보이는 지네브라 팬쇼는 눈이 구슬같이 동그래져 내 쪽을 바라보았다. 두려움이나 수줍음에 떨기는커녕 수많은 사람 앞에서 빛날 것이라는 기대에 차 기분이 절정에 이르러 있는데, 내가 들어오는 바람에 기뻐하다 말고 놀라 꼼짝 않고 서 있는 것이었다. 그녀는 탄성을 내지르려고 하는데 뿔 선생이 그녀와 나머지 사람 모두를 진정시켰다.

그는 모여 있는 사람들을 둘러보며 지적을 하고는 내게로 돌아섰다.

"당신도 배역에 맞게 옷을 갈아입으시오."

"남자처럼 차리라는 말씀이시죠!" 젤리 쌩삐에르가 앞으로 뛰어나오며 외쳤다. "제가 입혀주겠어요."

남자처럼 입는 것은 달갑지도 않고 내게 어울릴 것 같지도 않았다. 남자의 이름과 배역을 맡는 것에는 동의했지만, 남자 옷은…… '안될 말이야!'[39] 아니, 무슨 일이 있어도 내 옷을 그대로 입어야 했다. 뿔 선생께서야 고함을 지르고 화를 내시겠지만 제 옷을 그대로 입겠습니다. 나는 그렇게 말했다. 비록 조그만 소리로 떨면서 말했지만 내 말투는 단호했다.

그는 내가 생각한 것처럼 즉시 화를 내거나 고함을 지르지 않고 아무 말 없이 서 있었다. 그러나 다시 젤리가 끼어들었다.

"근사한 멋쟁이 아저씨[40]가 될 거예요. 여기 의상이 모두, 완벽하게 다 있어요. 좀 크겠지만 내가 잘 챙겨줄게요. 자, 이리 와요, 친애하는 아름다운 영국 아가씨![41]"

---

**39** (프) halte là!

**40** (프) petit-maître.

**41** (프) belle Anglaise!

그녀는 나를 조롱하는 것이었다. 나는 "아름답지" 않았으니까. 그녀가 내 손을 잡고 끌어당겼다. 뽈 선생은 담담하게, 중립적인 태도로 서 있었다.

"이렇게 버티면 안돼요." 내가 버티고 있자 쌩삐에르가 계속했다. "그러면 모든 걸 망치게 된다고요. 작품의 재미와 동료들의 즐거움에 재를 끼얹는 게 돼요. 당신의 자존심을 위해 모든 게 희생될 거예요. 그건 너무하잖아요. 선생님께서도 허락하시지 않을 거예요!"

그녀는 뽈 선생의 눈치를 살폈다. 나도 마찬가지로 그를 바라보았다. 그는 그녀를 한번 쳐다보더니 그다음에 나를 한번 보았다. "가만!" 그가 천천히 말하면서 쌩삐에르를 붙잡았다. 그녀는 여전히 날 끌고 가려고 애쓰고 있었다. 모두가 그의 결정을 기다렸다. 그는 화를 내지도 신경질을 내지도 않았다. 나는 안심이 되었다.

"이 옷이 싫소?" 그가 남자 옷을 가리키면서 물었다.

"괜찮은 것도 있지만 이 옷 전부는 안돼요."

"그러면 어떻게 해야겠소? 어떻게 하면 여자 차림으로 무대에 나가 남자 역할을 할 수 있겠소? 이 연극이 아마추어 작품, 그러니까 기숙학교 희극[42]인 건 사실이오. 약간의 변화는 인정할 수 있지만 남자라는 것을 나타내주는 뭔가는 입어야 하오."

"그러면 그렇게 하겠어요, 선생님. 하지만 제 식으로 입을게요. 아무도 간섭하지 마세요. 저 옷을 강요하지 마시라고요. 제가 알아서 입을게요."

뽈 선생은 아무 말 없이 쌩삐에르에게서 옷을 받아 내게 주고는

---

42 (프) vaudeville de pensionnat.

탈의실로 가도록 했다. 일단 혼자가 되자 나는 차분해져서 열심히 옷을 입기 시작했다. 내가 입고 있던 여자 옷을 그대로 입고 그 위에다 작은 조끼를 입고 깃을 단 다음 나비넥타이와 품이 좁은 코트를 입었다. 모두 한 학생의 오빠 것이었다. 땋은 머리는 풀어서 뒤로 붙이고 앞머리는 한쪽으로 가르마를 타서 넘긴 후 모자와 장갑을 들고 나왔다. 뽈 선생이 기다리고 있었고 다른 사람들도 마찬가지였다. 그가 나를 바라보았다. "그 정도면 기숙학교에서는 통하겠소." 그가 말했다. 그러고는 친절하게 덧붙였다. "용기를 내시오, 친구여! 조금만 더 침착하고 조금만 더 대담하게 하시오, 뤼시앵 선생, 그러면 모든 게 잘될 거요."[43]

쌩삐에르는 특유의 뱀 같은 차가운 태도로 다시 조롱했다.

나는 흥분해 있었으므로 신경질이 났다. 그래서 참지 못하고 그녀에게 돌아서서 그녀가 여자가 아니고 내가 남자라면 결투 신청을 하고 싶은 심정이라고 했다.

"연극이 끝나고, 연극이 끝나고." 뽈 선생이 말했다. "그때는 내가 권총을 한자루씩 줄 테니 격식을 갖춰 결투를 합시다. 기껏해야 프랑스와 영국 사이의 해묵은 싸움이 되겠지."

그러나 이제 곧 공연 시작 시간이었다. 뽈 선생은 우리를 앞에 세워놓고 돌진하려는 군인들에게 연설하는 장군처럼 간단하게 설교를 했다. 그가 무슨 말을 했는지는 기억이 나지 않는다. 각자에게 자신이 별로 중요하지 않다고 생각하라고 당부한 것만 생각난다. 맹세코 나는 이 충고가 우리 중 몇몇에게는 필요 없는 이야기라고 생각했다. 종소리가 울렸다. 나와 다른 두 배우는 무대로 나갔다.

---

**43** (프) Courage, mon ami! Un peu de sang froid — un peu d'aplomb, M. Lucien, et tout ira bien.

다시 종이 울렸다. 내가 첫 대사를 해야 하는 순간이었다.

"관객을 보지도 말고 생각하지도 마시오." 뽈 선생이 내 귀에다 속삭였다. "여긴 다락방이고 쥐들 앞에서 연기한다고 생각하시오."

그가 사라지고 커튼이 천장으로 올라갔다. 환한 불빛과 긴 방과 즐거운 관중이 우리를 덮치듯이 나타났다. 나는 검은풍뎅이와 낡은 상자와 벌레 먹은 책상 등을 생각했다. 대사는 엉망이었지만 하기는 했다. 첫 대사가 어려웠다. 첫 대사를 하고 보니 내가 두려워한 것은 관객이라기보다 나 자신의 목소리였다. 관객들은 내가 모르는 외국인들로, 내게 의미도 없는 이들이었다. 나는 그들은 신경도 안 썼다. 한번 말문이 트이고 목소리가 제대로 음을 잡아 자연스러워지자 내가 맡은 역할과 뽈 선생만을 생각했다. 그는 보고 듣고 있다가 무대 뒤에서 대사를 불러주고 있었다.

점차 제대로 된 힘이 솟는 것을, 내면의 샘이 솟아 넘치는 것을 느꼈다. 동료 배우들을 살펴볼 정도의 여유도 생겼다. 몇명은 연기를 잘했는데, 특히 지네브라 팬쇼는 두 연인 사이를 오가며 교태 부리는 역을 멋지게 해냈다. 사실 그녀에게 꼭 맞는 역할이긴 했다. 나는 그녀가 나, 즉 멋쟁이를 대하는 태도에 두드러진 호감과 눈에 띄는 편애를 한두차례 표시하는 걸 보았다. 그녀는 나를 더 좋아한다는 것을 힘주어 표현했고, 그녀의 대사에 귀를 기울이고 박수를 치는 관객들에게도 예의 의미심장한 눈길을 보냈다. 그녀를 잘 아는 나는 곧 그녀가 누군가를 향해 연기하고 있다는 것을 분명히 알 수 있었다. 나는 그녀의 눈길과 미소와 몸짓을 따라갔으며, 곧 그녀가 적어도 멋지고 훌륭한 과녁을 골랐다는 걸 알아냈다. 그 화살이 가는 길을 그대로 따라가자, 다른 관객들보다 키가 크고 따라서 화살을 맞을 것이 확실한 사람이 조용히 그러나 열중한 모습으로 서 있었다. 그것은 익히 아는 사람, 바로 존 선생이었다.

이 광경이 암시하는 바가 있었다. 존 선생의 눈길에는 뭘 말하는 지 알 수 없지만 사연이 담겨 있었고, 그것이 내게 생기를 불어넣어 주었다. 나는 거기서 이야기를 끄집어냈고 내 역에다 내 생각을 불어넣었다. 나는 그 생각대로 지네브라에게 구애하는 장면을 연기했다. 나는 진실한 연인인 '우르스'에게서 존 선생의 모습을 보았다. 내가 전처럼 그를 동정했냐고? 아니, 마음을 단단히 먹고 그와 경쟁을 벌여 이겼다. 내가 멋쟁이에 지나지 않는다는 것은 알고 있었지만, 그가 버림받는 곳에서 나는 즐기고 있었다. 이제 나는 마치 이기고 정복하겠다는 소망과 의지뿐인 사람처럼 연기했다. 지네브라도 내게 동조했다. 우리 둘은 그 역을 머리끝부터 발끝까지 채색해서 반쯤은 바꾸어놓았다. 막간에 뽈 선생은 우리가 뭐에 홀렸는지 모르겠다고 하면서 반쯤은 훈계조로 말했다. "그게 원래 대본에 있는 것보다 나은 것 같기도 하지만," 그가 말했다. "하지만 그래선 안 돼."[44] 나도 내가 뭐에 홀렸는지 알 수 없었다. 그러나 어쨌든 우르스, 즉 존 선생을 꼭 이기고 싶었다. 지네브라는 상냥했다. 어떻게 그런 그녀에게 기사도를 발휘하지 않을 수 있었겠는가? 나는 원래 대본에 맞춰 연기하면서도 겁 없이 배역의 분위기를 바꿨다. 내키지 않거나 흥미 없이는 그 역을 해낼 수가 없었다. 그 역을 연기해야 했으므로 나는 꼭 필요한 양념을 쳤고, 그래서 맛이 좋아지자 더 맛있게 연기를 해냈다.

그날밤 내가 느끼고 해낸 일은 전혀 예상치 못한 일이었다. 황홀경에 빠져 제7의 하늘[45]로 승천하리라고 예상하지 못하는 것과 마

---

**44** (프) C'est peut-être plus beau que votre modèle, mais ce n'est pas juste.
**45** 중세 기독교의 신비주의자들이 이른 하느님과 최상위 천사들이 사는 곳.

찬가지였다. 나는 다른 사람의 비위를 맞추기 위해 꺼림칙하고 불안하고 냉담한 마음으로 하는 수 없이 그 역을 받아들였으나, 곧 몸이 달아올라 흥미와 용기를 가지고 연기를 했다. 그러나 다음 날 그 일을 다시 생각해보자 그 아마추어 연기를 잘한 것이라고는 생각할 수 없었다. 그리고 뽈 선생의 부탁을 들어주고 내 힘을 한번 시험해본 것은 기뻤지만, 다시는 그런 일에 말려들지 않겠다고 결심을 굳혔다. 이번 일로 연극적 표현에 대한 강렬한 흥미가 내 본성의 일부인 것을 알게 되었다. 새로 발견된 이 재능을 소중히 여기고 발휘한다면 나에게 환희의 세계가 주어질 수도 있었다. 그러나 그것은 삶의 방관자에게는 어울리지 않는 환희였다. 용기와 소망은 한쪽으로 치워놓아야 했다. 그래서 나는 그것들을 결의의 자물쇠로 잠가두었다. 그후론 '시간'도 '유혹'도 그 자물쇠를 열지 못했다.

연극이 잘 끝나자 성마르고 독단적인 뽈 선생은 딴사람이 되었다. 연출자로서 책임을 져야 할 시간이 지나가자 그는 즉시 독단적인 위엄을 걷어냈다. 순식간에 그는 생기 있고 친절하고 사교적이 되어 모두에게 악수를 하며 일일이 고맙다고 인사를 하고는, 곧 있을 무도회에서 우리 모두가 자기의 파트너가 되어야 한다고 말했다. 내게도 약속을 받아내려고 했지만 나는 춤을 추지 않는다고 대답했다. "한번은 나와 춰야 하오." 그의 대답이었다. 내가 슬쩍 빠져나와 피하지 않았다면 그는 내게 두번째 연기를 강요했을 것이다. 그러나 나는 하룻저녁 분량의 연기는 충분히 한 터였다. 이제는 나 자신과 일상으로 돌아와야 할 때였다. 내 칙칙한 색 옷은 외투 밑에 받쳐입고 무대에 서기에는 괜찮았지만, 왈츠나 까드리유에는 어울리지 않았다. 나는 남의 주목을 받지 않고 남을 볼 수 있는 조용한 구석으로 물러났다. 그곳에서는 무도회의 휘황찬란함과 쾌락이 구경거리처럼 내 앞에 펼쳐졌다.

또다시 지네브라 팬쇼는 여주인공이 되었다. 그녀는 무도회에 참석한 사람 중 가장 아름답고 가장 명랑한 미인이었으며, 무도회의 파트너로 맨 먼저 뽑혔다. 그녀는 아주 사랑스러워 보였고 아주 우아하게 춤을 추었으며 아주 즐겁게 웃었다. 그러한 장면에서 그녀는 대성공을 거두는 사람이었다. 그녀는 쾌락의 총아였다. 힘든 일이나 고생 앞에서는 무기력하고 우울해하며 기운 없이 불평을 해댔으나, 환락 가운데서는 나비같이 날개를 펴고 금빛 가루와 선명한 점박이 무늬를 환히 빛내며 보석처럼 반짝이고 꽃처럼 활짝 피어났다. 평범한 식사와 음료에 대해서는 보는 것마다 입을 삐쭉거리면서도 크림과 아이스크림을 보면 벌새가 벌꿀에 달려들듯이 먹어댔다. 달콤한 술은 그녀의 성체성사이고 달콤한 케이크는 그녀의 일용할 양식이었다. 지네브라는 무도회에서는 삶을 마음껏 꽃피웠고, 다른 곳에서는 기운 없이 처졌다.

독자여, 그녀가 파트너인 뽈 선생만을 위해 활짝 피어 빛을 낸다거나, 홀을 채우고 벽에 늘어선 친구들이나 그들의 부모나 조부모들에게 보이려고 가장 우아한 모습을 뽐낸다고 생각해서는 안된다. 그렇게 따분하고 제약이 많은 환경에서 그렇게 무미건조하고 김빠지는 동기를 가지고 있었다면 지네브라는 까드리유 한번도 다 추기 전에 생기나 즐거움을 다 잃고 피곤해하고 초조해했을 것이다. 그러나 그녀는 무거운 축제 분위기 전체를 들뜨게 해줄 원동력을 찾아내고, 축제에 맛을 더해주는 양념을 맛보았다. 자신의 가장 멋진 매력을 과시할 만한 이유가 있다는 것을 감지해낸 것이었다.

사실 무도회장에 미혼이거나 아버지가 아닌 사람은 뽈 선생 외에는 아무도 없었다. 뽈 선생은 학생들과 춤을 추도록 허용된 유일한 남성이었다. 이 예외적인 일이 허용된 것은 부분적으로는 오래된 관례이기 때문이기도 했고(그는 베끄 부인의 친척이었으며 깊은 신뢰를 받았다), 또 부분적으로는 그가 제멋대로 행동하는 사람이기 때문이며, 또 부분적으로는 그가 열정적이고 편파적이며 고집쟁이이기는 하지만 명예를 중시하는 사람이어서, 가장 아름답고 가장 순수한 여학생을 한 연대 맡겨놓더라도 아무런 해도 입히지 않으리라 믿을 수 있는 사람이기 때문이었다. 이 말은 괄호 안에 넣어야 할지도 모르지만, 많은 여학생들이 전혀 순수하지 않고 그 정반대였다. 하지만 그들은 감히 뽈 선생 앞에서는 조야한 본모습을 내보이지 못했다. 그들이 그의 약점을 일부러 건드리지 못하는 것이나, 그가 고함을 지르며 설교할 때 내놓고 웃지 못하는 것이나, 그가 화가 나서 사람 얼굴을 한 호랑이와도 같아지면 감히 소곤거리지 못하는 것과 같은 이치였다. 따라서 뽈 선생은 자기가 원하는 사람이면 누구나와 춤을 출 수 있었다. 그의 춤을 방해하는 자에게 화가 있을진저!

　그밖의 다른 남자들은 구경꾼 자격으로만 참여한 이들이었다. 그나마 애원을 하고 영향력을 행사하여 조건부로 입장한 것이었다. 특별히 베끄 부인의 자비롭고 착한 마음에 호소해서 가까스로 가능했고, 베끄 부인은 (겉으로는) 마지못해 허락한 것이었다. 그녀는 저녁 내내 이 구경꾼들을 홀의 가장 황량하고 춥고 어두운 가장자리에 세워두고는 몸소 감시했다. 처량하게 옹기종기 모여 있는 '젊은이들'[46]은 모두 좋은 가문 출신으로, 성장을 하고 어머니와

---

46 (프) jeunes gens.

함께 왔으며 누이가 이 학교를 다니는 이들이었다. 그날 저녁 내내 부인은 이 젊은이들 곁에서 어머니처럼 주의를 기울이면서 용처럼 엄중하게 임무를 수행했다. 그들 앞에는 일종의 차단선이 드리워져 있었는데, 그들은 제발 그 선을 넘어가게 해달라고, 그리고 한번만 저 "금발 미녀"나 저 "어여쁜 갈색 머리"나 "흑옥처럼 까만 머리칼을 한 저 아름다운 소녀"와[47] 춤을 추게 해달라고 그녀에게 귀찮게 졸라댔다.

"입들 다물어요!" 부인은 가차 없이 단호하게 대답했다. "내 시체를 밟고 가지 않는 한 지나갈 수 없으니 정원에 나타나는 수녀 유령하고나 추시죠."[48] (전설을 언급한 것이다.) 그러고는 초조해하며 우울하게 늘어서 있는 그들 곁을 쥐색 비단 외투를 입은 작은 보나빠르뜨처럼 위엄 있게 왔다갔다했다.

베끄 부인은 세상물정을 좀 알고 있었으며 인간의 본성에 대해서는 아주 훤히 알고 있었다. 빌레뜨의 다른 여교장들은 감히 젊은이들을 학교 안으로 들여보내지 않을 터였다. 그러나 부인은 지금과 같은 경우에 남자들을 들여보내는 대담한 조치를 취함으로써 원하는 효과를 얻을 수 있다는 점을 간파했다.

우선 이 젊은이들은 부모들의 중재하에 들어온 것이니만치 부모들도 공범자였다. 둘째, 이처럼 매혹적이고 위험한 방울뱀들을 들여보냄으로써 부인의 최대 강점인 일등급의 감시 기술을 발휘할 수 있었다. 셋째, 그들의 존재는 여흥에 가장 자극적인 요소였다.

---

**47** (프) 각각 belle blonde, jolie brune, cette jeune fille magnifique aux cheveux noirs comme le jais.

**48** (프) Taisez-vous! Vous ne passerez pas à moins que ce ne soit sur mon cadavre, et vous ne danserez qu'avec la nonnette du jardin.

여학생들은 젊은이들의 존재를 의식했으며, 멀리서 빛나는 황금 사과[49]를 보면 활기가 돌고 생기를 띠었다. 그런 활기는 다른 어떤 환경에서도 생기지 않는 것이었다. 아이들의 즐거움은 부모들에게까지 전파되었고, 생명력과 환희가 빠른 속도로 무도회장을 메웠다. '젊은이들' 자신들도 제약을 받긴 했지만 즐거워했다. 베끄 부인이 결코 그들이 지루하도록 내버려두지 않아서였다. 이런 식으로 그녀의 축제는 해마다 이 나라의 다른 어느 여성 교장이 여는 축제보다 성황을 이루었다.

나는 존 선생이 처음으로 교실 전체를 돌아다닐 수 있도록 허용된 것을 알아차렸다. 그의 책임감 있고 어른스러운 모습 때문에 젊었지만 그럴 수 있었고 잘생겼지만 반쯤 용서받았다. 그러나 춤이 시작되자마자 부인이 그에게 달려갔다.

"이리 와요, 늑대씨. 이리 오세요." 그녀가 웃으며 말했다. "양가죽을 쓰고 있긴 하지만 그래도 양의 우리에서 물러나야죠. 이리 와요. 이 홀에 늑대 스무마리를 가두어둔 훌륭한 동물원이 있답니다. 당신도 거기로 가세요."

"하지만 우선 학생 중 한명을 골라 한번만 춤을 추게 허락해주시죠."

"어떻게 감히 그런 뻔뻔한 부탁을 하세요? 말도 안돼요. 불경스러워요. 나가요, 나가라고요, 어서요.[50]"

그녀는 그를 몰아서 재빨리 경계선 안에 가두었다.

지네브라는 춤추는 데 싫증이 나서인지 구석자리에 있는 나를 찾아냈다. 그녀는 내 옆 벤치에 털썩 주저앉더니, 팔로 내 목을 끌

---

**49** 그리스신화에 등장하는 세 요정과 용이 지키는 사과를 암시한다.
**50** (프) Sortez, sortez, et au plus vite.

어안았다(내겐 썩 내키지 않는 애정의 표시였다).

"루시 스노우! 루시 스노우!" 그녀는 약간 흐느끼며 반쯤은 히스 테리를 부리는 소리로 외쳤다.

"대체 무슨 일이야?" 내가 무덤덤한 목소리로 물었다.

"나 어때? 오늘밤에 나 어때?" 그녀가 물었다.

"보통 때와 같아." 내가 말했다. "터무니없이 허영심에 찬 것처럼 보여."

"독설가 같으니! 내게 다정한 말 한마디 해주는 법이 없다니까. 하지만 너나 다른 사람들이 샘이 나서 뭐라고 비방해도 내가 아름답다는 걸 알아. 난 그걸 느끼고 볼 수 있어. 탈의실에 커다란 거울이 있어서 머리끝에서 발끝까지 볼 수 있으니까. 지금 나와 함께 가서 둘이 그 앞에 서볼래?"

"그러지 뭐, 팬쇼 양. 네가 한껏 기분이 좋아질 테니."

탈의실은 가까이에 있었다. 우리는 안으로 들어갔다. 그녀는 내 팔짱을 끼고 거울 쪽으로 끌고 갔다. 나는 저항하거나 비난하지 않고 아무 말 없이 서서 그녀의 의기양양함과 자아도취가 마음껏 연회를 열게 내버려두었다. 자아도취가 얼마나 먹어댈 수 있는지, 배가 터지도록 먹으면 물리기는 하는지, 다른 사람에 대한 배려의 속삭임이 그녀의 마음에 스며들어 허영 가득한 기쁨에 제동을 걸 수 있을지 궁금했다.

그런 일은 없었다. 지네브라는 나를 빙 돌린 후 자신도 돌았다. 그녀는 우리 둘을 사방에서 바라보았다. 그녀는 미소를 짓고 곱슬 머리를 흔들었다 허리띠를 매만졌다 드레스를 펼쳤다 하다가 마침내 내 팔을 놓아준 뒤 경의를 표시하는 척 무릎을 살짝 굽혀 인사 하면서 말했다.

"왕국을 준다 해도 네가 되지는 않겠어."

너무 철없는 말이라 화도 나지 않았다. 나는 단지 이렇게만 대꾸했다.

"그러든지."

"'내'가 될 수 있다면 너는 뭘 주겠니?" 그녀가 물었다.

"6펜스짜리 은화 한닢도 안 줄 거야, 이상하게 들리겠지만," 나는 대답했다. "넌 불쌍한 인간일 따름이야."

"마음속으로는 그렇게 생각하지 않으면서."

"맞아, 내 마음속엔 네가 차지할 구석이 없으니까. 네 생각은 가끔 머리를 스쳐가는 정도일 뿐이야."

"좋아, 하지만," 그녀가 타이르듯이 말했다. "우리 위치의 차이를 한번 들어봐. 내가 얼마나 행복하고 네가 얼마나 불행한지 보라고."

"계속해. 듣고 있어."

"우선, 나는 좋은 가문의 신사의 딸이고, 아버지가 부자는 아니지만 친척 아저씨에게 유산 상속을 받을 가능성이 있어. 그리고 막 열여덟로 가장 멋진 나이지. 유럽에서 교육을 받은데다 철자법을 잘 모르긴 하지만 여러가지 교양을 쌓았어. 또 나는 미인이잖아. 그 사실은 너도 부인할 수 없을 거야. 나는 원하는 만큼 숭배자를 가질 수 있고 오늘밤에도 두 신사의 가슴을 아프게 했지. 내가 이렇게 기분이 좋아진 것도 그 두 남자 중 한 남자가 죽어가는 표정을 지었기 때문이야. 그들이 붉으락푸르락 서로에게 인상을 쓰며 성난 눈길을 보내다가 날 보면 나른한 눈빛이 되는 게 기분 좋아. 그게 나야. 행복한 '나'란 말이야. 자, 이제 불쌍한 너는 어떤가 보자고! 빌레뜨에 처음 왔을 때 아이 돌보는 일을 한 것을 보면 너는 하

좋은 집안 출신일 거야. 넌 친척도 없고, 스물셋이니 젊다고도 할 수 없고, 매력도 없고 미인도 아니야. 숭배자에 대해 말하자면, 넌 그게 뭔지도 모르잖아. 거기에 대해서는 할 말도 없지. 다른 선생들이 연애담을 늘어놓을 때 넌 가만히 앉아 있잖니. 틀림없이 넌 사랑을 한 적도 없고 앞으로도 사랑할 일이 없을 거야. 넌 사랑이라는 감정을 몰라. 네가 실연의 슬픔을 겪을지는 몰라도 너 때문에 실연의 슬픔에 잠길 남자는 없을 테니 모를수록 좋을 거야. 다 맞는 얘기지?"

"그 말 중 많은 부분이 성서처럼 사실이야. 게다가 예리하기까지 하네. 그렇게 솔직하게 말하다니 지네브라, 네게도 좋은 구석이 있긴 하구나. 그 뱀 같은 젤리 쎙삐에르는 너처럼 말할 수 없을 거야. 팬쇼 양이 제시한 바대로 나는 불행하기는 하지만, 그래도 너, 네 영혼과 육체를 사기 위해서라면 한푼도 내놓을 생각이 없어."

"내가 똑똑하지 않기 때문이겠지. 네가 생각할 수 있는 건 그것밖에 없을 테니까. 그러나 너 말고는 이 세상 누구도 똑똑한 것 따위는 개의치 않아."

"아니, 난 네가 나름대로 똑똑하다고 생각해. 실은 아주 영리하지. 그런데 너, 누군가를 실연의 슬픔에 잠기게 만들었다고, 내가 결코 가질 수 없는 그 훌륭한 즐거움을 누렸다고 했지? 오늘밤 허영심에 차 누구를 슬픔에 잠기게 했는지 말해줘."

그녀는 내 귀에 입을 가져다댔다. "이지도르와 알프레드 드 아말 둘 다 여기에 있어." 그녀가 속삭였다.

"오! 그래? 보고 싶은데."

"귀엽기도 하지! 마침내 호기심이 생겼군. 날 따라와. 내가 알려줄게."

그녀는 자랑스럽게 앞장섰다. "그런데 교실에선 잘 안 보여." 그녀가 돌아서며 말했다. "베끄 부인이 너무 멀리 떨어뜨려놓았잖아. 정원을 가로질러 복도 쪽으로 들어가자. 그러면 그들 뒤로 바싹 다가갈 수 있어. 들키면 야단을 맞겠지만, 그러라지 뭐."

단 한번이라면 나도 개의치 않았다. 우리는 정원을 가로질러 조용한 비밀 입구를 통해 복도로 들어갔고, 복도의 어둠속을 벗어나지 않으면서도 '젊은이들'이 잘 보이는 곳에 이르렀다.

그녀가 가리키지 않았어도 그녀를 사로잡은 아말이 누군지 분명히 알아낼 수 있었을 것이다. 그는 코가 오뚝하고 이목구비가 뚜렷한 아담한 신사였다. 키가 중간 이하는 아니지만 전체적으로 오밀조밀하니 손발도 작은 것이 아담한 신사라고 할 만했다. 그는 예쁘장하고 매끈하니 인형처럼 말끔했다. 그렇게 차려입고 그렇게 멋진 곱슬머리에 구두를 신고 장갑을 끼고 나비넥타이를 한 모습은 정말로 매력적이었다. 나는 "정말 사랑스럽게 생겼네!"라고 외치면서 지네브라의 취향을 열렬히 칭찬했다. 그리고 그녀가 찢어놓은 그 소중한 마음의 조각들을 아말이 어쨌을 것 같으냐고 물었다. 향수병에 넣어 장미유 속에 보관했을까? 나는 또 대령의 손이 팬쇼 양의 손보다 별로 크지 않아 유사시에는 그녀의 장갑을 낄 수 있어 좋겠다는 점을 아주 즐겁게 인정해주었다. 사랑스러운 곱슬머리도 아주 마음에 든다고 말해주었다. 그리스인같이 좁은 그의 이마와 고전적인 분위기를 풍기는 아름다운 두상에 대해서는 그렇게 완벽한 모습을 어떻게 묘사해야 할지 모르겠다고 고백했다.

"만일 그가 네 연인이라면 어떻겠니?" 지네브라가 엄청난 환희에 차 물었다.

"오 하느님, 얼마나 좋을까!" 내가 말했다. "하지만 잔인하게 굴지 마, 팬쇼 양. 내 머릿속에 그런 생각을 주입하는 것은 불쌍하게 추방된 카인에게 멀리 떨어져 있는 천국을 어렴풋하게 보여주는 거나 마찬가지니까."

"그가 좋다는 얘기지?"

"사탕과 잼과 과자와 꽃만큼 좋다는 얘기야."

이 모두가 그녀가 열광적으로 좋아하는 것들이었으므로 지네브라는 내 취향을 찬미했다. 그녀는 나도 그런 것을 좋아할 것이라고 쉽게 믿었다.

"이제 이지도르를 찾아보자." 나는 계속했다. 솔직히, 라이벌보다는 이지도르가 더 보고 싶었다. 하지만 지네브라는 그 라이벌에 몰두해 있었다.

"알프레드가 오늘밤 여기 올 수 있었던 것은," 그녀가 말했다. "아주머니인 도를로도 남작부인이 힘을 써준 덕분이야. 이제 그를 보았으니, 내가 오늘 저녁 왜 그렇게 기분이 좋아져 연기를 잘하고 신나게 춤을 추고 지금은 여왕처럼 행복한지 알겠지? 하느님! 하느님! 처음에는 그를, 다음에는 다른 남자를 바라보는 게 얼마나 재밌는지 몰라. 그럼 둘 다 화내거든."

"그런데 나머지 한 사람은 어디에 있어? 이지도르가 어디 있는지 가르쳐줘."

"싫어."

"왜 싫어?"

"창피해서."

"왜?"

"왜냐하면, 왜냐하면," (귓속말로) "그는 오렌지색인지 붉은색인지 구레나룻을 길렀거든. 자, 됐지!"

"이제야 알겠군." 내가 덧붙였다. "상관 말고, 그래도 보여줘. 기절하진 않을게."

그녀는 주위를 둘러보았다. 바로 그때 그녀와 나의 뒤에서 영국인의 목소리가 들렸다.

"당신들은 바깥바람이 들어오는 곳에 서 있군요. 두분 다 복도에 있지 마시오."

"바람이 들어오진 않는데요, 존 선생님." 내가 돌아서면서 대꾸했다.

"이 아가씨는 감기에 잘 걸리오." 그가 무척 다정한 눈길로 지네브라를 바라보며 말했다. "약해서 보살펴주어야 하죠. 가서 숄을 가져다주시오."

"제가 알아서 할게요." 팬쇼 양이 거만하게 말했다. "숄은 필요 없어요."

"얇은 옷을 입고 춤을 추어서 열이 난 거요."

"늘 잔소리나 하고," 그녀가 대꾸했다. "늘 얼러대고 설교나 늘어놓는다니까."

무슨 대답이라도 할 법한데, 존 선생은 아무 말이 없었다. 마음이 상한 것이 눈빛에 역력했다. 그는 고통스러워하며 우울하고 슬픈 기색이 되어 약간 옆으로 비켜났으나 침착했다. 나는 바로 근처에 숄이 많이 있는 것을 알고 있었으므로 달려가 하나를 가져왔다.

"제가 억지로 걸쳐주면 걸칠 거예요." 내가 그녀의 모슬린 드레스 위에 숄을 걸쳐주고 세심하게 목과 팔을 덮어주며 말했다. "저 사람이 이지도르?" 약간 거칠게 속삭이는 목소리로 내가 물었다.

그녀는 입술을 내밀고 웃으며 끄덕였다.

"저 사람이 이지도르?" 그녀를 잡고 흔들면서 다시 물었다. 마음

같아서는 열두번이라도 흔들고 싶었다.

"바로 저 사람이야."[51] 그녀가 말했다. "백작 대령과 비교하면 너무 보잘것없잖아! 그리고 오, 맙소사![52] 그 구레나룻이라니!"

이제 존 선생은 가고 없었다.

"백작 대령이라고!" 내가 따라했다. "인형, 꼭두각시, 마네킹에다 보잘것없는 시시한 위인이야! 존 선생의 하인이나 시종밖에 안 되는 사람이라고! 환상 속의 인물처럼 잘생긴, 저렇게 훌륭하고 관대한 신사가 연정을 품고 고귀한 손을 내밀며 인생의 폭풍우와 시련을 뚫고 네 하찮은 육체와 미천한 정신을 보호해줄 것을 약속하는데, 어떻게 넌 망설이면서 그를 비웃고 괴롭히고 그에게 고통을 줄 수 있어! 네게 그럴 힘이 있다니. 누가 네게 그런 힘을 줬는데? 어디에 그런 힘이 있는 거야? 네 아름다움, 발그레하고 하얀 피부와 금발머리에? 그 아름다움으로 그의 영혼을 네 발밑에 묶어두고, 그의 목에 멍에를 씌운 거야?[53] 그걸로 그의 사랑과 친절과 생각과 희망과 관심, 고귀하고 진실한 사랑을 얻었단 말이니? 그런데, 그 사랑을 거부하겠다고? 경멸한다고? 넌 그런 척하는 것뿐이야. 진심이 아니겠지. 넌 그를 사랑해. 그를 갈망해. 그러나 더 확실하게 네 소유로 만들기 위해서 그의 마음을 가지고 노는 거 아니니?"

"참나! 잘도 읊어대네! 무슨 말인지 절반도 못 알아듣겠군."

나는 이 말을 하기 전에 그녀를 정원으로 데려간 터였다. 그리고 이제는 그녀를 의자에 앉혀놓고 결국 누구를 받아들일지, 그 남자

---

**51** (프) C'est lui-même.
**52** (프) ciel!
**53** 예레미야서 27:11~12. "……왕과 백성은 바벨론 왕의 멍에를 목에 메고 그와 백성을 섬기소서 그리하면 사시리라."

인지 원숭이인지 말할 때까지 꼼짝 말라고 했다.

"네가 남자라고 부른 그 사람은," 그녀는 말했다. "갈색 머리의 부르주아로 존 같은 이름이 어울리지! 그걸로 충분해, 난 그런 사랑은 원하지 않아.[54] 아말 대령은 탄탄한 인맥에, 완벽한 예의범절에, 멋진 외모에, 관심을 끄는 하얀 얼굴에, 이딸리아 사람 같은 머리와 눈을 하고 있어. 그리고 같이 있으면 정말이지 흥겨워. 나랑 정말 잘 맞는다니까. 나머지 한 사람처럼 양식 있거나 심각하지 않고, 대등하게 대화를 나눌 만한 사람이야. 신중함이니 고결함이니 열정이니 재능이니 하는 것들로 날 괴롭히거나 지겹게 하지 않아. 난 그런 데는 취미 없어. 자 이제 그만. 날 너무 세게 붙잡고 있잖아."

내가 잡았던 손을 놓자 그녀는 쏜살같이 뛰어 달아났다. 나는 그녀를 뒤쫓아가려고 애쓰지 않았다.

왠지 다시 한번 존 선생이 보고 싶어서 다시 복도 쪽으로 가다 정원 계단에서 그를 만났다. 그는 창문에서 불빛이 새어나와 환한 곳에 서 있었다. 균형 잡힌 몸매로 보아 그가 틀림없었다. 외모가 그만한 사람은 또 없었으니까. 그는 손에 모자를 들고 있었다. 모자를 쓰지 않은 머리와 얼굴과 멋진 이마가 아주 잘생기고 남자다웠다. 그의 용모는 섬세하거나 여자처럼 선이 가늘지 않았고, 냉담하거나 경박하거나 유약해 보이지도 않았다. 잘생기긴 했지만, 무심코 균형이 잡힌 가운데 은연중에 풍겨나오는 힘과 의미가 상실될 정도로 지나치게 섬세하지는 않았다. 그 속에서는 때때로 여러 감정이 표현되었고, 눈 속에는 더 풍부한 감정이 고요히 자리잡고 있었다. 적어도 이것이 내가 생각한 그의 모습이다. 나에게는 그가 이

---

**54** (프) cela suffit: je n'en veux pas.

렇게 보였다. 그를 바라볼 때면 이루 말할 수 없이 경탄하게 되었고, 그가 무시당해서는 안된다는 생각이 들었다.

정원에서 그에게 접근해 말을 걸려고 한 것은 아니었다. 우리는 그럴 만큼 친한 사이가 아니었다. 단지 나 자신을 숨긴 채 군중 속에 있는 그의 모습을 보려고 한 것이었다. 이처럼 단둘이 마주치자 나는 뒤로 물러섰다. 그러나 그는 나를, 아니 그보다는 나와 함께 있던 지네브라를 찾고 있었다. 그런 이유로 그는 계단에서 내려와 오솔길까지 나를 따라왔다.

"팬쇼 양을 아시오? 그녀를 아는지 종종 묻고 싶었소." 그가 말했다.

"네, 알아요."

"친한가요?"

"제가 원하는 만큼은 친하죠."

"방금 그녀를 어떻게 했소?"

"제가 그애를 지키는 사람인가요?"[55]라고 묻고 싶었으나 이렇게만 대답했다. "그애를 실컷 흔들었고 더 흔들어주고 싶었는데 그애가 도망가버렸어요."

"내 부탁을 들어주겠소?" 그가 물었다. "오늘밤만 그녀를 지켜봐주면서 무모한 짓을 하지 않도록 돌보아주겠소? 예를 들면 춤춘 후에 바로 밤공기 속으로 뛰쳐나온다든지 하지 않도록 말이오."

"당신이 원하시면 약간 돌봐줄 순 있지만, 너무 세밋대로인 아이라 말을 잘 듣지 않을 거예요."

---

55 창세기 4장에 나오는 카인과 아벨의 이야기에서, 카인이 아벨을 죽인 후 야훼가 "네 아우 아벨이 어디 있느냐"고 묻자 카인이 "내가 내 아우를 지키는 자이니까" 라고 되묻는 장면을 연상시킨다.

"그녀는 너무 어리고 너무도 순진하오." 그가 말했다.

"제겐 수수께끼와도 같은 아이죠." 내가 대꾸했다.

"그래요?" 그가 몹시 흥미를 보이며 물었다. "어떻게요?"

"설명하긴 어려워요. 적어도 당신께 말씀드리기는 어렵죠."

"왜 내겐 어렵다는 거요?"

"당신이 친절하게 대하는데 그애가 왜 썩 내켜하지 않는지 이해가 가지 않아요."

"하지만 그녀는 내가 얼마나 위해주는지 전혀 몰라요. 내가 그녀에게 알려주지 못하는 것이 바로 그 점이오. 그녀가 내 이야기를 한 적이 있소?"

"'이지도르'란 이름으로 당신 이야기를 종종 했어요. 하지만 내가 당신과 '이지도르'가 동일인물인 걸 안 지는 십분도 채 안됐다는 말을 덧붙여야겠군요. 존 선생님, 이 집에 사는 사람들 중 당신의 관심의 대상이 지네브라 팬쇼란 걸, 당신을 포세뜨가로 끌어들이는 자석이 바로 그녀란 걸, 이 정원으로 뛰어들어 경쟁자가 떨어뜨린 보석함을 찾으러 온 것도 그녀 때문이란 걸 안 지도 그 정도밖에 안됐고요."

"전부 다 알고 있단 말이오?"

"그게 다예요."

"사교계에서 그녀를 만난 지 일년이 더 되었소. 나는 그녀의 친구인 숄몽들레 부인과 아는 사이오. 그래서 일요일마다 그녀를 만날 수 있소. 그런데 당신 말에 의하면 나를 '이지도르'란 이름으로 이야기했다는데, 비밀 이야기를 누설하라는 건 아니고, 어떤 어조와 감정으로 이야기했는지 말해주겠소? 그녀가 나를 어떻게 생각하는지 확실히 몰라 괴롭다오. 좀 알고 싶소."

"아, 그때그때 달라요. 그녀는 바람처럼 이리저리 방향을 바꾸거든요."

"그래도, 대체로 어떤 생각인지는 알 수 있잖소?"

'알 수 있지요.' 나는 생각했다. '그러나 당신에게 알려주지 않는 게 도리인 것 같군요. 더구나 그녀가 당신을 사랑하지 않는다고 전하면 믿지 않을 거잖아요.'

"침묵을 지키는군요." 그가 계속 말했다. "아마 좋은 소식을 전해줄 수 없어서인 것 같구려. 괜찮소. 그녀가 내게 냉담하고 날 싫어한다면 그건 내가 그녀를 사랑할 자격이 없어서요."

"자신을 의심하세요? 당신이 아말 대령보다 못하다고 생각하세요?"

"나는 아말보다 훨씬 더 팬쇼 양을 사랑하오. 그리고 그보다 훨씬 더 그녀를 잘 보살피고 보호할 수 있소. 아말에 대해서 그녀가 환상을 가지고 있는 것 같아 걱정이오. 나는 그의 성격과 과거사를 알고 있소. 그가 궁지에 빠져 있는 것도 잘 알고 있고. 그는 당신의 아름다운 어린 친구를 차지할 자격이 없소."

"저의 '아름다운 어린 친구'가 그 사실을 알아야겠군요. 진정으로 자신을 차지할 자격이 있는 사람이 누구인지도 절실히 깨달아야겠고요." 내가 말했다. "아름다운 외모와 지력으로도 그걸 깨닫지 못한다면, 마땅히 경험에서 매서운 교훈을 얻어야지요."

"좀 심한 거 아니오?"

"저는 그 친구에게 아주 심하게 굴어요. 당신이 지금 보시는 것보다 훨씬 더 심하죠. 제가 '아름다운 어린 친구'에게 퍼붓는 비난을 들어보시면, 제가 그녀의 예민한 성격을 상냥하고 사려 깊게 배려하지 않는 데에 몹시 충격을 받으실 거예요."

"그녀는 너무나 사랑스러워서 누구라도 그녀를 사랑할 수밖에 없을 거요. 당신, 아니 그녀보다 나이 많은 여자라면 누구나 그렇게 단순하고 천진한 소녀 요정에게 모성애나 자매애를 느낄 게 틀림없소. 우아한 천사이잖소! 그녀가 당신의 귀에 순수하고 어린아이 같은 비밀 이야기를 소곤대면 저절로 그녀에게 마음이 기울지 않소? 당신은 정말 엄청난 특권을 누리는 거요!" 그는 그러고는 한숨을 쉬었다.

"그애가 이런 비밀 이야기를 털어놓으면 이따금 나는 약간 무뚝뚝하게 말을 잘라버리죠." 내가 말했다. "그런데 존 선생님, 잠시 화제를 바꿔도 될까요? 아말은 정말 신이 내린 사람 같지 않나요! 그의 얼굴에 있는 코는 얼마나 완벽한지! 퍼티나 진흙으로 모형을 떠도 그보다 더 반듯하고 단정한 얼굴을 만들어낼 수는 없을 거예요. 고전적인 입술과 턱은 또 어떻고요. 그의 태도도 정말 기품 있어요!"

"아말은 겁쟁이에다 애송이요."

"존 선생님, 당신이나 그보다 세련되지 못한 사람들은 필시 아말에 대해 애정에 찬 경외감을 느끼는 거로군요. 마르스를 비롯한 거친 신들이 젊고 우아한 아폴로에 대해 느꼈을 그런 유의 감정 말이죠."

"원칙도 없고 노름이나 하는 되바라진 풋내기한테 말이오!" 존 선생이 퉁명스럽게 말했다. "마음만 내키면 언제라도 한손으로 허리띠를 붙잡고 들어올려 시궁창에 처넣을 수 있는 놈이오."

"그 상냥한 천사를요!" 내가 말했다. "너무 잔인하세요! 좀 심하신 거 아닌가요, 존 선생님?"

그리고 나는 입을 다물었다. 그날밤 두번째로 나답지 않은 행동을 하고 있었다. 나 자신의 자연스러운 습관이라고 여기던 것에서 벗어나, 충동적으로 떠오르는 대로 내뱉고 있었던 것이다. 나는 이상하게도 깜짝 놀라 말을 멈추고 생각에 잠겼다. 그날 아침에 깨어날 때는 그날밤이 오기 전에 내가 희극에서 경박한 연인 역을 맡으리라고 예상했던가? 그리고 그로부터 한시간 후에 존 선생과 그의 불행한 구애에 대해 솔직하게 의논하고 그의 환상을 놀릴 것이라고 예상했던가? 풍선을 타고 하늘로 올라가거나 혼곳으로 여행을 떠나기를 기대하지 않는 것과 마찬가지로, 내가 그런 엄청난 일을 할 거라고는 짐작조차 못했었다.

오솔길을 걸어내려갔던 존 선생과 나는 이제 돌아오고 있었다. 창문에 반사된 빛이 다시 그의 얼굴을 비추었다. 그는 미소를 띠고 있었지만 눈에는 우수가 어려 있었다. 그의 마음이 편안해지기를 내가 얼마나 바랐던지! 그가 그런 일로 가슴앓이를 하는 걸 보고 얼마나 슬펐던지! 그가, 그렇게 훌륭한 그가 짝사랑을 해야 하다니! 그 당시에 나는 몰랐다. 사람에 따라서는 실패에 대해 곱씹을 때 가장 훌륭한 면모가 드러나며, 어떤 약초는 "온전할 때는 아무 냄새도 안 나지만 찧으면 향기가 난다는 것"을.

"슬퍼하거나 근심하지 마세요." 내가 불쑥 말했다. "지네브라가 당신의 사랑을 받을 가치가 조금이라도 있다면 헌신적인 사랑을 느낄 것이고 느껴야만 해요. 존 선생님, 용기를 내고 희망을 가지세요. 당신 말고 누가 희망을 가질 자격이 있겠어요?"

이 말에 대한 대답으로 그가 지은 표정은 마땅히 그러리라 내가 예상한 표정, 즉 놀라는 표정이었다. 약간은 수긍할 수 없는 표정 같기도 했다. 우리는 헤어졌다. 그리고 나는 몹시 추워서 덜덜 떨면서 집에 들어섰다. 시계와 종이 자정을 알리고 있었다. 사람들은 서

둘러 떠나고 있었다. 축제는 끝났고 불빛도 희미해지고 있었다. 한 시간이 더 지나자 기숙사와 학교 모두 어둡고 고요해졌다. 나도 잠자리에 들었으나 잠이 오지 않았다. 그렇게 흥분된 하루를 보내고 나서 잠들기란 쉽지 않았다.

# 15장
# 긴 방학

베끄 부인의 생일 축제 전에 삼주에 걸쳐 느긋한 시간을 보내고 축제 당일 열두시간 동안 짧고 강렬한 희열과 여흥을 즐기고, 그리고 다음 날 완전한 나태 속에 하루가 지나자 반작용의 시기가 왔다. 전념해서 꼼꼼하게 열심히 공부해야 하는 두달이 다가온 것이다. 이 두달은 '학년'[1]의 마지막이기도 하며 실제로 일년 중 유일하게 실제로 공부를 하는 시기였다. 여선생이고 교수고 학생이고 모두 할 일은 이 두달로 몰아두었다. 학생들은 시상식 전에 있는 시험 준비의 부담을 이때까지 미루었다. 상을 받을 후보들은 정말 열심히 공부해야 했고, 선생들은 모두 분발해 처진 학생들은 다그치고 우수한 학생들은 부지런히 도와줘가며 가르쳤다. 사람들 앞에 좀더 그럴싸하고 눈에 띄는 성과를 내놓아야 했기에, 이 목적을 위

---

1 (프) année scolaire,

해서는 어떤 수단이든 정당화되었다.

나는 다른 선생들이 어떻게 일하는지는 눈여겨보지 않았다. 나는 내 일에 신경을 써야 했고 내 일은 쉬운 일이 아니었다. 아흔명이나 되는 아이들에게 그들이 가장 어렵고 복잡한 과목으로 여기는 영어를 제대로 가르쳐야 하고, 그들이 거의 발음할 수 없는 영국 특유의 혀 짧은 치찰음을 발음할 수 있도록 훈련시켜야 했다.

시험 보는 날이 왔다. 무시무시한 날이! 긴장하며 열심히 준비한 학생들은 조용하고 재빠르게 옷을 입었다. 이번에는 하늘거리고 펄럭이는 옷이 아니었다. 얇은 천으로 된 흰옷을 입거나 하늘색 리본을 달지도 않았다. 엄숙하고 올이 촘촘하고 몸에 꼭 맞는 옷이었다. 이날은 내게 특별히 심판의 날처럼 다가왔다. 모든 여선생 중 내게만 이 무거운 짐과 시험이라는 과제가 떨어진 것이다. 다른 선생들은 과목을 가르쳐도 시험은 치지 않아도 되었다. 문학 교수인 뻴 선생이 시험이라는 임무를 책임져서였다. 이 학교의 독재자인 그는 여러개의 고삐를 한손에 쥐고 성마른 태도로 어떤 동료의 어떤 도움도 받으려 들지 않았다. 베끄 부인조차 그녀가 좋아하고 무척 잘 가르치기도 하는 과목인 지리시험을 주도하고 싶어했으나 독재자인 친척에게 굴복하고 그의 지시를 따라야 했다. 남선생이고 여선생이고 모든 선생을 제쳐놓고 그는 혼자서 감독관 교단에 섰다. 그러다가 이 규칙에 하나의 예외를 받아들여야 하자 기분이 상했다. 영어를 하지 못하기 때문에 그 과목만은 영어 선생의 손에 넘겨주어야 했던 것이다. 그는 유치하게 질투심을 내보이며 내게 권한을 넘겨주었다.

유능하나 성급한 욕심쟁이인 이 작은 남자에겐 자신을 제외한 모든 사람의 '자존심'을 부단히 박멸하고자 하는 괴상한 버릇이 있었다. 그 자신은 남들 앞에 대표로 나서기를 그렇게 좋아하면서도 다른 사람이 그러면 치를 떨었다. 그는 가능하면 자제했으나 그러지 못할 때는 병에 갇혔던 폭풍우처럼 폭발했다.

시험 전날 저녁 나는 다른 선생이나 기숙생 들과 마찬가지로 정원을 산책하고 있었다. '금지된 오솔길'에서 뽈 선생이 내게 다가왔다. 그는 입에 씨가를 물고 있었다. 특별할 것 없지만 왠지 독특해 보이는 검정 외투를 걸쳐 입은 모습은 위협적으로 보였고 그리스식 모자의 늘어진 술 장식이 준엄하게 왼쪽 이마에 그림자를 드리웠고, 검은 수염은 성난 고양이의 수염처럼 위로 말려 있었고, 푸른 눈에는 우수의 빛이 어려 있었다.

"그러니까," 그가 갑자기 내 앞을 가로막더니 날 붙잡고 말했다. "그러니까, 내일 내 옆에 있는 왕좌에 오르시겠다 이거지? 그래서 이렇게 미리 권좌의 환희를 맛보고 계시고. 내 보기에 당신은 빛나고 싶은 욕망을 품고 있어, 작은 야심가 같으니!"[2]

그는 완전히 오해하고 있었다. 나는 그처럼 내일 참관자들이 나를 얼마나 칭찬하고 좋게 평가할지 생각하지도 않을뿐더러 그럴 수도 없었다. 그중에 그의 지기나 친구만큼 나의 친구가 많더라도 어떨지는 알 수 없는 일이었다. 나는 지금 사실대로 말하고 있다. 학교에서의 성공이라야 내게 시큰둥한 것일 따름이었다. 그런 것이 어떻게 그에게는 난롯가의 온기와 빛으로 보이는지 그전부터 궁금했고, 그 당시에도 궁금했다. 그는 아마도 그런 성공에 너무나 많은 신경을 썼고, 나는 그런 것에 너무나 무관심했던 것이리라.

---

2 (프) Ainsi, vous allez trôner comme une reine demain—trôner à mes côtés? Sans doute vous savourez d'avance les délices de l'autorité. Je crois voir en vous je ne sais quoi de rayonnante, petite ambitieuse!

그러나 그 못지않게 내가 좋아하는 것도 있었다. 예를 들면 뽈 선생이 질투하는 모습을 보는 건 재미있었다. 질투는 그의 본성에 불을 밝히고 그의 영혼을 깨웠다. 질투심은 그의 칙칙한 얼굴과 남보랏빛 눈에 온갖 이상한 종류의 빛과 그림자를 띄웠다(그는 검은 머리와 푸른 눈이 "자신의 매력 중 하나"[3]라고 했다). 그의 분노에는 어떤 풍미가 있었다. 꾸밈없고 진지하고 다소 비이성적이지만 결코 위선적이지는 않았다. 그러므로 나는 내가 자아도취에 빠져 있다는 그의 비난에 반박하지 않았고, 영어시험은 언제 치르는지, 첫 시간인지 마지막 시간인지만 물어보았다.

"고민 중이오." 그가 말했다. "사람들이 많이 오기 전에, 참관자가 많지 않아 당신의 출세욕이 만족되지 않도록 제일 먼저 시험을 치게 할지, 아니면 모두 녹초가 되어 아무도 당신을 거들떠보지 않을 마지막 시간에 치게 할지."

"너무하세요, 선생님!"[4] 내가 실망한 척하며 말했다.

"당신에게는 '너무해야' 하오. 당신은 억눌러줘야 하는 사람이니까. 난 당신을 알아! 당신을 안단 말이오! 이 집에 있는 다른 사람들은 당신이 지나가는 모습을 보고 검은 그림자가 지나갔다고 생각할 거요. 하지만 난 당신 얼굴을 한번 뜯어보고 모든 것을 다 알아버렸소."

"그래서 만족스러우세요?"

내 질문에 대답을 하지 않은 채 그는 계속 말했다. "그 희극에서 성공적으로 연기했을 때 만족스럽지 않았소? 나는 당신을 지켜보다가 당신 얼굴에서 승리를 향한 열정을 읽어냈소. 그 눈길엔 불꽃

---

3 (프) une de ses beautés.
4 (프) Que vous êtes dur, monsieur!

이 활활 타오르고 있었소! 단순한 빛이 아니라 불꽃이었소. 난 그걸 경고로 받아들였소.[5]"

"그때 제가 느낀 감정은, 선생님, 아주 막연한 것이었어요. 실례지만 선생님은 제가 느낀 감정을 질적으로나 양적으로나 너무 과장해서 말씀하신다고 해야 할 것 같아요. 저는 희극 따위는 신경도안 썼어요. 선생님께서 맡기신 배역이 싫었어요. 무대 아래의 관객과 조금도 공감하지 않았고요. 물론 좋은 사람들이겠지만 제가 그들을 아나요? 그들이 제게 뭐라도 되나요? 내일 다시 그들 앞에 선다고 제가 신경쓸 이유라도 있나요? 시험도 제겐 숙제, 잘 끝나기를 바라는 과제일 뿐이에요."

"내게 그 책무를 넘겨주어도 되겠소?"

"망치지 않을 자신이 있으시면 흔쾌히 넘겨드리겠어요."

"하지만 난 망칠 거요. 영어라고는 구문 세계와 단어 몇개밖에모르니까. 예를 들면 해, 달, 별 정도요. 제대로 말했소? 내 말은 모두 포기하는 게, 그러니까 아예 영어시험을 보지 않는 게 낫지 않겠느냐는 말이오. 어떻소?"

"베끄 부인이 동의하시면 저도 좋아요."

"진심이오?"

"진심이에요."

그는 말없이 담배를 피웠다. 그가 갑자기 돌아섰다.

"화해합시다."[6] 그가 말했다. 그의 얼굴에선 악의와 질투가 사라지고 그 대신 관대한 친절이 빛났다.

"자, 이제 경쟁은 그만두고 친구가 됩시다." 그가 계속 말했다.

---

5 (프) je me tins pour averti.
6 (프) Donnez-moi la main.

"영어시험은 시행될 테니 내가 좋은 시간대로 잡아주겠소. 십분 전만 해도 방해하고 곤경에 빠뜨리고 싶은 생각이 조금 있었지만 이제 그 대신 진심으로 당신을 도와주겠소. 어려서부터 늘 심술궂게 굴고 싶다는 기분이 들 때가 있었소. 아까도 심술이 나서 그랬던 거요. 어쨌든 당신은 고독한 이방인이니 출세도 하고 돈도 벌어야 하겠지. 당신이 유명해지는 것도 괜찮겠소. 우리 친구가 되는 게 어떻겠소?"

"저야 좋지요, 선생님. 친구가 생기다니 기뻐요. 그게 성공보다 더 기쁜 일인걸요."

"가엾은 여자 같으니!"[7] 이 말을 남기고 그는 돌아서서 오솔길에서 멀어졌다.

시험은 잘 지나갔다. 뽈 선생은 약속을 잘 지켰고, 내가 역할을 다할 수 있도록 최선을 다해 도와주었다. 그다음 날 상장 수여식이 있었다. 그것 또한 지나갔다. 학기가 끝나고 학생들은 고향으로 떠났다. 이제 긴 방학이 시작되었다.

그 방학! 내가 그 방학을 잊을 수 있을까? 아마도 영영 그럴 수 없을 것이다. 베끄 부인은 방학 첫날 자기 아이들이 있는 바닷가로 떠났다. 다른 세 선생도 모두 휴식을 취하러 친구나 부모가 있는 곳으로 갔다. 남자 교수들도 빌레뜨를 떠났다. 몇명은 빠리로, 몇명은 부마린으로 갔다. 뽈 선생은 로마로 성지순례를 떠났다. 집은 텅비었고, 나와 하인 한명과 크레틴병[8]에 걸렸는지 지능이 떨어지는 가엾은 정신지체 학생만 남았다. 멀리 떨어진 곳에 사는 그 학생의 계모가 아이를 집으로 돌아오지 못하게 해서였다.

---

7 (프) Pauvrette!
8 선천적으로 갑상샘에 이상이 있어 걸리는 질환으로 육체적·정신적 성장과 발육에 문제가 생긴다.

내 마음은 거의 죽어가고 있었다. 비참한 갈망으로 너무 혹사당하고 있었다. 9월의 그날들은 얼마나 길었던가! 얼마나 고요하고 얼마나 생기라곤 없었던가! 황량한 건물들은 얼마나 거대하고 공허해 보였던가! 버려진 정원, 여름이 지나간 도시의 먼지로 이제 회색빛을 띤 정원은 얼마나 음울했던가! 그 여덟주가 시작될 때 앞을 내다보니 어떻게 끝까지 살아남을 수 있을지 의심스러웠다. 기분이 점점 가라앉고 있는데다, 이제 일이라는 버팀목이 무너지자 더 빠른 속도로 우울해졌다. 앞날을 내다보아도 희망이 없었다. 출구 없는 미래는 아무런 위안도 주지 않았고, 아무런 약속도 제시하지 않았으며, 미래의 선에 의지해 현재의 악을 견딜 만한 이유도 찾을 수 없었다. 슬프게도 나의 존재에 대해 자주 무관심한 마음이 들었고, 지상 모든 것의 종말에 일찌감치 도달하고 싶다는 절망적인 자포자기의 심정이 밀려왔다. 아, 아! 나 같은 사람에게 어울리는 방식으로 인생을 바라볼 여유가 생기니 그것은 희망 없는 사막에 불과한 것이었다. 초록 들판도, 종려수도, 샘도 보이지 않는 황갈색 사막일 뿐이었다. 젊음에 꼭 필요하고 젊음을 지탱해주고 이끌어주는 희망이란 것을 나는 알지 못했고, 감히 알려고도 하지 않았다. 가끔씩 희망이 마음을 두드려도 퉁명스럽게 안에서 빗장을 닫아걸고 받아들이지 않았다. 이렇게 거절당한 희망은 뒤돌아서고 때때로 슬퍼서 눈물을 흘리기도 했다. 그러나 어쩔 수 없는 일이었다. 그런 손님을 받아들일 수가 없었다. 나는 희망을 넘보는 연약함과 죄가 몹시 두려웠다.

신앙심 깊은 독자여, 내가 지금 한 이야기에 대해 길게 설교하고 싶을 것이다. 도덕가인 당신도 마찬가지고, 엄격한 현자인 당신도 마찬가지이리라. 금욕주의자인 당신은 얼굴을 찡그릴 것이고,

냉소주의자인 당신은 조소할 것이고, 쾌락주의자인 당신은 웃음을 터뜨릴 것이다. 뭐라도 좋으니 당신 좋을 대로 하길. 설교도 찌푸림도 조소도 비웃음도 모두 받아들이겠다. 어쩌면 당신이 옳을 수도 있지만, 어쩌면 당신 역시 나 같은 상황에 처하면 나처럼 틀릴 수도 있다. 첫달은 정말이지 힘들고 긴 암흑의 한달이었다.

크레틴병 학생은 불행해 보이지 않았다. 나는 그녀를 잘 먹이고 따뜻하게 해주었다. 그녀가 요구하는 것은 음식과 햇빛, 그리고 해가 나지 않을 때는 난롯불뿐이었다. 그녀의 약한 기능은 마비 상태에 만족했다. 그녀의 두뇌와 눈과 귀와 가슴은 만족스럽게 잠들어 있었다. 그 기능들은 깨어날 수 없었고, 그래서 그런 무기력 상태야말로 천국이었다.

방학의 첫 삼주 동안은 덥고 건조하고 쾌청했으나 넷째 주와 다섯째 주에는 폭풍우가 치고 비가 왔다. 왜 이런 대기의 변화에서 잔인하다는 인상을 받았는지, 왜 폭풍우가 울부짖고 빗발이 내리치자 청명할 때보다 더욱 심한 마비에 억눌렸는지 모르겠다. 하지만 사실이었다. 내 신경계는 그렇게 여러날 낮이고 밤이고 그 커다란 빈집에서 겪어야 하는 일을 더이상 견뎌낼 수가 없었다. 위안과 힘을 달라고 얼마나 기도를 했던가! 운명은 영원히 나의 적이며 결코 운명을 내 편으로 끌어들일 수 없다는 확신에 얼마나 두려움에 떨었던가! 마음속으로 이 점에 대해 하느님의 자비와 정의를 간구하지는 않았다. 나는 어떤 사람들이 살아 있는 동안 큰 고통을 겪는 것은 하느님의 큰 계획 가운데 일부라는 결론을 내렸고, 내가 그 가운데 속하는 게 분명하다는 생각에 온몸이 떨렸다.

어느날 크레틴병 학생의 친척 아주머니라는 친절한 노부인이 와서 내 이상한 불구 친구를 데려가자 마음이 살짝 홀가분해졌다. 이 불운한 아이는 때로 내게 무거운 짐이었다. 나는 그녀를 정원 너머로 데려갈 수도, 잠시 혼자 둘 수도 없었다. 그녀는 몸뿐 아니라 마음도 뒤틀려서 못된 짓만 하려 들었다. 막연히 나쁜 짓을 하려는 성향, 목적 없는 악의 때문에 끊임없이 그녀를 감시해야만 했다. 그녀는 거의 말이 없이 몇시간이고 침울해했고, 얼굴을 찡그리면서 형언할 수 없는 괴상한 표정으로 이목구비를 뒤튼 채 앉아 있었다. 인간과 함께 지낸다기보다는 야생동물과 함께 갇혀 있는 것 같았다. 그러고도 간호사 못지않게 신경을 써서 돌보아주어야 했다. 나는 가끔씩 의지가 약해져 아이를 돌보는 일이 지긋지긋해졌다. 이런 일들은 내 일이 아니었다. 지금은 부재중인 하인이 여태껏 그 일을 해왔으나 급히 휴가를 떠나느라 대신 그 아이를 돌볼 사람을 구해놓지 않은 것이다. 그 시련과 부담은 내가 겪은 일 중에서도 만만찮은 것이었다. 비천하고 싫은 일이기도 했지만 정신적인 면에서 훨씬 더 피곤하고 소모적이었다. 크레틴병 환자를 돌보다보면 나는 종종 식욕이 달아나고 먹을 힘마저 없어지는 혼미한 상태가 되어, 신선한 공기를 쐬기 위해 마당의 우물이나 샘가로 나갔다. 그러나 그 일 때문에 가슴 아파하거나 눈물을 글썽이지는 않았다. 금속처럼 녹아 흘러내리는 뜨거운 눈물로 뺨을 데는 일은 없었다.

환자 아이가 가버리자 자유롭게 외출할 수 있게 되었다. 처음에는 포세뜨가에서 멀리 떨어진 곳까지 갈 용기가 나지 않았지만, 점차 빌레뜨시의 시문市門까지 갔고 이후에는 문밖으로 나가기에 이르렀다. 그다음에는 길을 따라 들판을 지나고 구교도와 신교도의 묘지와 농장을 지나 작은 숲과 오솔길까지, 그리고 어딘지 모를 곳까지 헤매고 다녔다. 자극에 떠밀리고 열에 들떠 쉴 수가 없었다. 굶주린 사람처럼 내 영혼은 누군가와의 교제를 갈망하고 있었다.

작열하는 정오와 건조한 오후를 지나 어슴푸레한 저녁까지 하루 종일 걷다가 달이 뜨고야 돌아왔다.

고독 속에 헤매면서 나는 종종 내가 아는 다른 사람들은 지금 어디에 있을까 떠올려보곤 했다. 베끄 부인은 즐거운 해수욕장에서 아이들과 어머니와 휴양지에서 사귄 친구들과 함께 있을 것이다. 젤리 쎙삐에르는 친척들과 함께 빠리에 있고, 다른 선생들은 고향 집에 있을 것이다. 지네브라는 친척들과 즐겁게 남부 지방을 여행하고 있을 것이다. 내게는 지네브라가 가장 행복해 보였다. 그녀는 아름다운 경치를 보고 있을 것이다. 이 9월의 태양은 그녀를 위해, 여문 곡식과 굵은 포도알이 익어가는 기름진 평야 위를 비추고 있을 것이다. 그녀는 물결치는 듯한 산등성이와 파란 지평선 위로 떠오른 이 투명한 황금빛 달을 보고 있을 것이다.

그러나 이 모든 것은 아무것도 아니었다. 나 역시 가을 태양을 느끼고 수확기의 달을 보았다. 하지만 나는 차라리 무덤에 묻혀 그 태양과 달의 영향에서 완전히 벗어났으면 하는 심정이었다. 그 빛 속에서 살 수도, 그것들을 내 친구로 만들 수도, 사랑할 수도 없었다. 그러나 지네브라에게는 끊임없이 힘과 위안을 주고, 한낮을 기쁘게 하고 어둠을 향기롭게 해주는 정령 같은 것이 따라다니고 있었다. 인간을 보호해주는 수호신 중 가장 선량한 신이 날개를 펼쳐 그녀를 감싸주고, 몸을 굽혀 그녀의 머리를 가려주고 있었다. '진정한 사랑'이 지네브라를 뒤따르고 있었다. 그녀는 결코 혼자일 수가 없었다. 그녀가 이런 존재를 감지하지 못했을까? 그럴 수는 없을 것 같았다. 그렇게 무감각할 리는 없을 것이다. 그녀가 마음속으로는 그 사랑에 감사하고 있으며, 지금은 사랑을 드러내길 삼가지만 언젠가는 그를 얼마나 사랑하는지 보여줄 거라고 나는 상상했다.

그리고 그녀의 수줍음 호감을 반쯤 알아채고 위안을 받는 충실한 남자 주인공의 모습도 그려보았다. 그 둘 사이엔 공감의 전선, 서로를 이해하게 하는 가느다란 선이 있어서 100리그[9]나 떨어져 있어도 결합이 유지되며, 산과 계곡을 넘어 기도와 기원으로 서로 소통하리라는 생각이 들었다. 지네브라는 차츰 내게 여주인공과도 같은 존재가 되었다. 어느날 나는 이런 환상이 커져가는 것을 깨달았다. "정말로 신경이 과민해졌나봐. 정신적인 고통이 심해서 병이 생긴 거야. 어떻게 해야 하지? 어떻게 해야 건강하게 지낼 수 있을까?"

사실 그런 환경에서는 방법이 없었다. 마침내 하루 밤낮을 이상스러울 만치 고통스러운 우울증에 시달린 끝에 몸에도 병이 났다. 나는 억지로 침대로 갔다. 늦가을의 화창한 날씨가 끝나고 추분의 폭풍이 시작될 무렵이었다. 온통 거칠고 시끄럽고 어지러운 시간이 닥쳐왔다. 어둡고 비 내리는 그 아흐레 동안 나는 시끄러운 폭풍 소리에 넋을 잃었고, 신경과 피가 이상하게 열에 들떠 누워 있었다. 잠은 멀리 달아나버렸다. 밤에는 일어나 잠을 찾아 주위를 두리번거리며 제발 돌아와달라고 사정하곤 했다. 덜커덕거리는 창문과 바람 소리만이 답했다. 잠은 결코 오지 않았다!

아니, 내가 틀렸다. 잠이 한번 오긴 했다. 하지만 그 잠은 몹시 화가 나 있었다. 내가 귀찮게 조르는 게 성가셔진 잠은 복수하기 위해 꿈도 함께 데려왔다. 성 요한 성당의 시계에 따르면 그 꿈은 십오분도 채 지속되지 않았다. 짧은 시간이었지만 알 수 없는 고통으로 내 온몸을 뒤흔들어놓기에는 충분했다. 뭐라 명명할 수 없는 그 고통은 내세로부터 방문을 받은 듯한 색조와 외관과 공포스러운 분위기를 띠었다. 그날밤 열두시와 한시 사이에, 샘에서 뜬 물이 아니라 끝없이 파도치는 넓고 깊은 바다에서 떠온 이상하고 강한 맛의 검은 물이 가득찬 컵이 억지로 내 입술에 갖다대졌다. 이때 맛본 고통은 이 세상 방식으로 가늠할 수 없는 방식으로 만들어진 고통으로, 인간이 맛보게 되어 있는 고통이 아니었다. 이 물을 마시고 깨어나자 모든 것이 끝났다는 생각이 들었다. 종말이 다가왔다 지나갔다는 생각이 들었다. 의식이 돌아오자 끔찍하리만치 부들부들 떨려서 누군가더러 도와달라고 소리 지르려 했지만, 내 거친 외침을 들을 정도로 가까이 있는 사람이 없다는 사실을 깨달았다. 요리사 고똥은 멀리 떨어진 다락방에 있어서 들을 수 없었다. 나는 침대 위에 무릎을 꿇고 앉았다. 두려운 몇시간이 지나갔다. 이루 말할 수 없이 고통스럽고 괴롭고 답답했다. 꿈속에서 가장 공포스럽게 느껴졌던 건 이것이었다. 살아 있을 때 나를 무척 사랑했던 이를 다른 어딘가에서 만났는데, 나를 소원하게 대하는 것이었다. 미래에 대한 절망감이 마음속 깊이 스며들어 가슴이 아팠다. 내겐 회복하기 위해 애쓸 이유나 살기를 바랄 이유가 없었다. 하지만 미지의 공포와 싸워보라고 나를 부추기는 비정하고 거만한 '죽음'의 목소리는 정말이지 견딜 수가 없었다. 기도를 하려고 했으나 이런 말밖에 나오질 않았다.

"어려서부터 고난을 당하여 괴로운 마음으로 당신을 두려워하였나이다."[10]

그것은 정말 사실이었다.

다음 날 아침 고똥은 차를 가져다주면서 의사를 부르라고 다그쳤다. 나는 그러지 않았다. 의사가 치료할 수 없는 병이라는 생각이

---

**10** 시편 88:15. "내가 어릴 적부터 고난을 당하여 죽게 되었사오며 주께서 두렵게 하실 때에 당황하였나이다."

들었다.

　어느날 저녁 나는 기운 없고 몸이 덜덜 떨리는데도 일어나 옷을 입었다. 그때는 열에 들뜨지도 않고 제정신이 돌아와 있었다. 길쭉한 기숙사 건물의 고독과 적막을 더이상 견딜 수가 없었다. 송장처럼 흰 침대들이 유령으로 변하고, 침대의 머리장식은 햇빛에 바래서 거대한 시체의 머리로 보였다. 퀭하니 크게 뜬 유령들의 눈에는 더 오래된 세상과 더 힘센 종족의 죽은 꿈들이 얼어붙어 있었다. 그날 저녁 나는 '운명'은 돌덩어리일 뿐이고, '희망'은 거짓 우상, 피도 없는 눈먼 화강암 덩어리일 뿐이라는 확신을 어느 때보다 뼛속 깊이 느꼈다. 하느님이 내게 부여한 시련이 절정에 달했으므로 이제는 열이 나서 떨리는 연약한 내 손으로라도 모든 것을 뒤집어야 한다고 느꼈다. 아직도 비가 오고 바람이 불고 있었지만 하루 종일 퍼붓고 포효한 것에 비하면 누그러진 것 같았다. 땅거미가 지니 처량한 기분이 들었다. 창문에서 내려다보니 축 늘어진 깃발 같은 낮은 밤 구름이 밀려오고 있었다. 이 시간의 하늘에는 지상의 모든 고통에 대한 애정과 슬픔이 어려 있는 것 같았다. 무서운 꿈의 무게가 가벼워지고, 내가 영영 사랑받는 존재도 소중한 존재도 못될 거라는 참을 수 없는 생각이 그것과 반대되는 희망에 반쯤 굴복했다. 무덤의 석판처럼 날 짓누르고 있는 이 집을 벗어나, 저 멀리 교외의 들판에 있는 조용한 언덕에 올라가면 이 희망이 더 분명히 빛나리라는 확신이 생겼다. 나는 코트를 입고(옷을 따뜻하게 챙겨입을 정신이 있었고 그게 기억나는 것을 보면 열에 들뜬 것은 아니었다) 집을 나섰다. 성당 앞을 지나가는데 종소리가 나를 사로잡았다. 그 종소리가 나를 미사로 끌어들이는 것 같아 나는 성당으로 들어갔다. 그 순간 내게는 어떤 종류든 간에 엄숙한 의식과 진지한 예배, 하느님께 기도를 올리는 기회가 허기에 굶주린 사람에게 주어지는 빵만큼이나 반가웠다. 나는 다른 사람들과 함께 돌바닥에 무릎을 꿇었다. 그곳은 오래되고 경건한 성당으로, 거기 스민 어둠은 스테인드글라스를 통해 들어온 빛으로 인해 황금색이 아니라 자주색으로 물들어 있었다.

신자들은 몇 없었고, 미사가 끝나자 그중 반이 떠났다. 남은 사람들은 고해를 하려고 남아 있었다. 나는 꼼짝도 않고 가만히 있었다. 성당 문이 조심스럽게 모두 닫혔다. 성스러운 고요가 깔리고 경건한 어둠이 몰려들었다. 숨을 죽인 채 기도에 몰두해 있던 한 회개자가 잠시 후 고해실로 다가갔다. 나는 지켜보기만 했다. 그녀가 고해의 말을 속삭이고 그에 답하는 속삭임이 들려왔다. 그녀는 위안을 받고 돌아갔다. 한 사람이 가고 또 한 사람이 갔다. 내 곁에 무릎을 꿇고 있던 창백한 여인이 조그만 소리로 친절하게 말했다.

"먼저 가세요. 전 아직 준비가 덜 되었어요."

나는 그 말에 무의식적으로 일어나 앞으로 갔다. 내가 무슨 일을 하려는지 알고 있었다. 마음속으로 내가 무엇을 하려는지 번개같이 생각한 터였다. 더 비참해질 리는 없었고, 위안을 받을지도 모를 일이었다.

고해실 안의 신부는 눈을 들어 나를 보지 않았다. 내 입술을 향해 조용히 귀만 기울였다. 선량한 사람일 수도 있겠지만 고해성사를 주는 일이 그에게는 일종의 형식이었다. 그는 무심하게, 습관적으로 그 일을 처리하고 있었다. 나는 고해의 형식을 모르기 때문에 망설이다가, 보통 시작하는 말 대신 이렇게 말했다.

"신부님, 저는 신교도입니다."[11]

그가 곧바로 고개를 들었다. 그는 이 나라 출신의 신부가 아니었다. 이 나라의 성직자들은 거의 똑같이 비굴하게 생겼는데, 그는 옆모습이나 이마로 미루어 프랑스인인 듯했다. 나이가 들고 흰머리가 나기는 했지만 감정이나 지성을 잃은 것 같아 보이지는 않았다. 그는 친절한 말투로 신교도면서 왜 자기에게 왔냐고 물었다.

나는 충고 한마디나 위로 한마디가 듣고 싶다고 대답했다. 몇 주간 혼자 있으면서 아팠으며, 더 이상 그 무게를 견딜 수 없을 정도로 정신적으로 고통을 받고 있다고 했다.

"잘못이나 범죄 때문이오?" 그가 약간 놀라면서 물었다.

그 점에 대해서 나는 그를 안심시키고, 최선을 다해 내 경험에 대해 대략적으로 설명했다.

그는 곰곰이 듣고는 놀라고 당황한 듯했다. "불시에 절 찾아오신 데다," 그가 말했다. "당신 같은 경우는 처음이오. 보통은 늘 하는 고해성사 방식이 있고 그에 따른 대답이 준비되어 있소. 그러나 이건 보통 고해성사와는 아주 다르오. 이런 상황에서 내가 할 수 있는 적절한 충고는 거의 없소."

물론 충고를 기대한 것은 아니었다. 그러나 신부이긴 하지만 인간적이고 현명한 사람에게 이야기를 한 것이, 오랫동안 쌓여서 갇혀 있던 고통 중 일부나마 다시는 흘러나올 수 없는 그릇에 쏟아놓은 것이 내게는 도움이 되었다. 나는 이미 위안을 받았다.

"이제 가봐도 될까요, 신부님?" 그가 침묵하고 있어서 내가 물었다.

"딸이여," 그가 친절하게 말했다. 그는 확실히 진실한 사람이었다. 그는 동정심 가득한 눈길로 나를 바라보았다. "지금은 가는 게 낫겠소. 하지만 당신의 이야기에 충격을 받은 건 사실이오. 다른 모

---

11 (프) Mon Père, je suis Protestante.

든 것과 마찬가지로, 고해도 습관이 되면 형식적이고 일상적인 일이 되기 쉽소. 그대가 와서 마음을 털어놓았는데 그런 일은 드문 경우요. 당신의 고해에 대해 다시 깊이 생각해보겠소. 예배당에 가서도 그 문제를 생각해보겠소. 당신이 우리 신앙을 가지고 있다면 이렇게 말해줄 수 있을 거요. 그렇게 마음이 동요되었을 때는 피정과 규칙적인 미사만으로도 안정을 찾을 수 있을 거라고. 잘 알다시피 이 세상은 당신과 같은 사람들을 만족시킬 수가 없소. 성인들은 당신 같은 자들이 회개와 자기부정과 어려운 선행을 통해 서둘러 하늘나라로 가는 길을 닦아야 한다고 하셨소. 지상에서는 고기와 마실 것을 얻기 위해 눈물을 흘려야 하오. 고통의 빵이고 고통의 물이오. 보상은 천국에서 받을 거요. 당신이 지금 겪는 괴로움도 당신을 진정한 교회로 다시 인도하기 위해 하느님께서 보내신 전령이라고 확신하오. 당신에게는 우리 신앙이 알맞소. 우리 신앙만이 당신을 치료하고 도울 수 있소. 신교는 당신에게 너무 메마르고 냉담하고 또 단조롭소. 이 문제를 살펴볼수록, 예삿일이 아니라는 것이 더 분명해지는군요. 언제나 당신을 잊지 않겠소. 지금은 가시오, 딸이여. 하지만 다시 돌아오시오."

나는 일어나 그에게 감사하다고 했다. 내가 물러서서 가려고 하는데 그가 다시 오라고 손짓을 했다.

"이 성당으로 와선 안될 것 같소." 그가 말했다. "아픈 당신에게 이곳은 너무 춥소. 내 집으로 오시오. 내가 살고 있는 곳은……" 그리고 그는 자신의 주소를 주었다. "내일 아침 열시에 거기로 오시오."

나는 대답 대신 인사만 했다. 그리고 베일을 끌어내리고 외투를 걸친 다음 조용히 나갔다.

독자여, 내가 다시 그 훌륭한 신부에게 갈 용기가 있었다고 생각하는가? 그러느니 차라리 바빌론의 용광로 속으로 들어갈 생각을 했을 것이다.[12] 그 신부는 내게 영향을 끼칠 수 있는 무기를 가지고 있었다. 그는 천성적으로 친절한데다 프랑스인 특유의 감상적인 구석이 있었는데, 나는 그런 부드러운 면에 무감각하지 못했다. 내게는 현실을 버티어갈 힘이라고는 나 자신의 힘밖에 없었으므로, 어떤 애정이든 소중히 여기지 않고는 약하게나마 현실에 뿌리조차 내릴 수 없었다. 그에게 갔더라면, 그는 정직한 가톨릭적 미신에 있는 다정하고 부드럽고 위로가 되어주는 것들을 모조리 나에게 보여주었을 것이다. 그리고 나서는 선을 행하고 싶어하는 나의 열정에 불을 붙이고 부채질하여 그것을 살려내려고 애썼을 것이다. 그 랬다면 어떻게 되었을지는 모르겠다. 우리는 모두 자신이 어떤 점에서는 강하다고 생각하는가 하면, 약한 점도 많다는 것을 안다. 약속한 날짜와 시간에 마주가 10번지를 방문했더라면, 나는 지금쯤 이런 이교도의 이야기를 쓰는 대신, 빌레뜨의 끄레시 대로에 있는 카르멜회 수녀원에서 묵주알을 굴리고 있을지도 모른다. 그 인자한 노신부에게는 페늘롱[13] 같은 면이 있었다. 그의 동료들 대부분이 어떤 사람들이건, 내가 그의 교회와 신앙을 어떻게 생각하건(둘다 좋아하진 않았지만), 그에 대해서는 지금까지도 감사하고 있다. 내가 친절을 필요로 했을 때 그는 친절을 베풀어주었다. 그는 내게 정말 도움을 주었다. 그에게 신의 가호가 있기를!

땅거미가 완전히 져서 밤이 되었고, 내가 어둠침침한 성당에서 나오기 전에 이미 거리에는 가로등이 밝혀져 있었다. 이제는 돌아갈 수 있었다. 이제 나는 시 성벽 밖, 멀리 떨어져 있는 작은 언덕에

---

12 다니엘서 3장에 나오는 느부갓네살의 이야기를 말한다.
13 François Fénelon(1651~1715). 수많은 사람을 개종시킨 프랑스의 가톨릭 사제.

올라 이 10월의 바람을 들이마시고 싶다는 건잡을 수 없는 갈망에 사로잡혀 있지 않았다. 이제 그것은 이성으로 제어할 수 있는 소망으로 수그러들어 있었다. 나는 이성으로 욕망을 누르고 포세뜨가를 향해 돌아섰다. 아니, 그랬다고 생각했다. 하지만 나는 그 도시의 전혀 낯선 지역으로 들어서버렸다. 그곳은 오래된 곳으로, 허물어져가는 기괴한 고가가 즐비한 골목들로 가득했다. 나는 너무 쇠약한 상태여서 침착하지 못했고, 여전히 나 자신의 안전과 행복에 대해 너무나 무심했으므로 조심성이 부족했다. 나는 점점 더 당황한 나머지 어딘지 모를, 골목들이 얽히고설킨 미로에 갇혀버렸다. 길을 잃었지만 누굴 붙잡고 길을 물어야겠다는 의지도 없었다.

해질 녘에 좀 가라앉았던 폭풍은 이제 낭비한 시간을 보충하려하고 있었다. 북서쪽에서 남동쪽으로 불어오는 바람이 강하게 지평선에 휘몰아쳤다. 그 바람은 물보라 같은 비를 몰고 왔고, 간헐적으로 갑자기 우박 같은 것을 쏟아붓기도 했다. 뼛속까지 시릴 정도로 차가운 폭풍이었다. 비바람을 피하기 위해 고개를 숙였지만 비와 우박은 뒤에서 나를 때렸다. 이렇게 사투를 벌이면서도 나는 전혀 낙담하지 않았다. 내게 날개가 있어 강풍을 타고 올라가 날개를 편 뒤, 바람의 힘에 몸을 맡기고 따라가다가, 바람과 함께 모든 것을 휩쓸면 얼마나 좋을까 하는 생각뿐이었다. 이런 소원을 비는 동안 원래도 추웠지만 갑자기 더 추워졌고, 그나마 없던 기운마저 다 빠져버렸다. 근처에 있는 커다란 건물의 현관으로 가려고 하는데, 커다란 정문과 거대한 뾰족탑이 까맣게 보이더니 갑자기 눈에서 사라졌다. 계단 위에 주저앉으려고 했지만, 마치 심연으로 떨어지는 것만 같았다. 그리고 더이상은 기억이 나지 않는다.

# 16장
# 지나간 시절[1]

기절해 있는 동안 내 영혼이 어디에 다녀왔는지는 나도 모르겠다. 그 이상한 날 밤 환상 속에서 무엇을 보았는지, 어디로 여행을 다녀왔는지 내 영혼은 비밀을 지켰다. 영혼은 '기억'에게 한마디도 속삭이지 않았으며, '상상'에게도 요지부동 침묵을 지켜 당황케 했다. 아마도 영혼은 하늘로 올라가 영원한 고향을 보고, 이제는 쉴 수 있으리란 희망에 부풀고, 드디어 육체와의 고통스러운 결합에서 해방되었다고 여겼는지도 모르겠다. 영혼이 그렇게 생각했는데도 천사는 천국의 문지방에서 영혼에게 다시 내려가라고 경고한 후, 마구 떨며 가기 싫다고 흐느끼는 영혼을 지상으로 인도해 차갑고 지치고 불쌍한, 영혼이 점점 넌더리를 내는 육신에 다시 한번 매어두었는지도 모른다.

.................................
1 Auld Lang Syne. 스코틀랜드어로, 옛 우정을 기리는 로버트 번스의 시 제목이자 노래 제목.

나는 영혼이 고통스러워 신음하고 오랫동안 떨다가 마지못해 다시 감옥으로 들어갔다는 것을 알았다. 이혼한 부부인 '영혼'과 '육체'의 재결합은 쉽지 않았다. 그들은 서로 포옹하며 만난 것이 아니라 끝장을 볼 것처럼 싸우다가 다시 결합했다. 시력이 되돌아오자 마치 핏속을 헤엄치는 것처럼 사방이 빨갛게 보였다. 멍하던 귀에 갑자기 천둥이라도 치는 것처럼 커다란 소리가 들렸다. 의식은 두려움 속에서 되살아났다. 내가 어떤 낯선 존재들 사이에 있고 어디에 있는 건지 몰라 오싹해졌다. 처음에는 내가 보는 것이 무엇인지도 몰랐다. 벽은 벽이 아니고, 등불은 등불이 아니었다. 사람들이 유령이라 부르는 것이 무엇인지 알 것 같았다. 평범하기 짝이 없는 사물들을 보고 유령이라 여겼으니 말이다. 내 눈에 보이는 모든 것이 유령처럼 여겨졌다는 뜻이다. 그러나 신체 기능은 모두 제자리로 돌아왔고, 생명기관들도 곧 원래 하던 규칙적인 일을 다시 시작했다.

그때까지도 내가 어디 있는지 몰랐다. 이윽고 내가 쓰러졌던 장소에서 옮겨졌다는 사실까지는 깨달았다. 내가 있는 곳은 현관이 아니라, 벽과 창과 천장이 있어 밤과 폭풍우를 가려주는 곳이었다. 나는 어떤 집 안으로 옮겨져 있었다. 하지만 어떤 집이지?

포세뜨가에 있는 기숙학교밖에는 생각할 수 없었다. 여전히 나는 비몽사몽인 채, 내가 어떤 방에 옮겨진 것인지, 기숙사의 큰 방인지 아니면 작은 방들 중 하나인지 알아맞히려고 애썼다. 보이는 가구들이 내가 아는 어느 방과도 들어맞지 않아서 당황스러웠다. 텅 빈 흰 침대도, 쭉 늘어선 커다란 창문도 없었다. '이건 확실해,' 나는 생각했다. '베끄 부인의 방으로 옮겨놓은 건 아니야!' 파란 다마스크 천을 씌운 안락의자가 보였다. 잘 어울리는 쿠션을 얹어놓은 다른 의자들도 차츰 보였고, 마침내 쾌적한 응접실이 완전히 눈에 들어왔다. 밝게 빛나는 벽난로에는 장작이 타고 있었고, 바닥에는 어두운 갈색 바탕에 연한 하늘색 아라베스끄 무늬가 돋보이는 카펫이 깔려 있었다. 벽은 무수한 황금빛 잎사귀와 덩굴손 사이사이로 작은 하늘색 물망초 화환이 끝없이 어지럽게 얽힌 무늬가 있는 밝은색 벽지로 도배되어 있었다. 주름이 많이 잡힌 파란 다마스크 천 커튼이 쳐진 두 창문 사이에는 도금한 거울이 있었다. 이 거울을 통해 침대가 아닌 소파 위에 누워 있는 내 모습이 보였다. 내 모습은 유령 같았다. 눈은 더 크고 퀭해져 있었고, 머리카락은 여윈 잿빛 얼굴과 대조를 이루어 평소보다 어둡게 보였다. 가구뿐 아니라 창문, 문, 벽난로의 위치로 보아 낯선 집의 낯선 방인 게 확실해졌다.

아직 제대로 정신이 돌아오지 않은 게 분명했다. 파란 안락의자를 보고 있자니 점점 친숙하게 느껴졌다. 스크롤카우치[2]도 마찬가지였으며, 가장자리에 낙엽 무늬가 있는 푸른 테이블보에 덮인 중앙의 둥근 탁자도 그 못지않게 친숙했다. 특히 수가 놓인 천을 씌운 작은 발받침 두개와 흑단으로 만든 작은 의자는 더욱 친숙해 보였다. 의자의 좌석 부분과 등받이는 어두운 바탕천에 밝은 꽃무늬천이 씌워져 있었다.

나는 깜짝 놀라서 더 자세히 살펴보았다. 이상하게도 옛날에 알던 것들이 모두 날 둘러싸고 있었다. '지나간 시절'이 사방에서 미소를 짓고 있었다. 벽난로 받침 위에는 작은 타원형 그림이 두개 놓여 있었는데, 그림 속의 분 바른 올림머리를 장식한 진주, 하얀

2 양쪽 손받침대 부분이 소용돌이 모양으로 장식된 안락의자.

목을 감은 벨벳, 풍성하게 주름진 모슬린 스카프, 레이스 러플 소매의 무늬까지 눈에 익은 것들이었다. 벽난로 위의 선반에는 도자기 화병이 둘, 에나멜처럼 부드럽고 달걀껍질처럼 얇고 작은 골동품 다기들이 여러개 있었고, 유리상자 속에 든 하얀 장식품과 고전적인 석고상 들이 놓여 있었다. 나는 투시력이라도 가진 것처럼 이 모든 것의 특징과 흠집과 깨진 자국을 훤히 알 수 있었다. 무엇보다도, 동판에 새긴 것처럼 완벽하게 정교한 연필화가 그려진 가리개가 한쌍 있었는데, 이제는 해골같이 된 손가락이지만 그 손가락으로 가는 여학생용 연필을 쥐고 선 하나하나, 점 하나하나 눈으로 따라가며 꼼꼼하고 끈기 있게 그리던 시절이 떠올라 콧등이 시큰해졌다.

나는 어디에 있는 걸까? 이 세상 어느 곳에 있으며, 도대체 서기 몇년도인 것일까? 이 모든 것들은 지난날 아주 먼 나라에 있던 것들이었다. 십년 전에 작별하고 열네살 이후로 본 적이 없는 것들이었다. 나는 숨을 몰아쉬며 소리내어 말했다. "내가 도대체 어디에 있는 거지?"

지금껏 있는 줄도 몰랐던 웬 사람이 움직이더니 일어나 앞으로 왔다. 이 익숙한 광경에 들어맞지 않는 사람의 등장으로 수수께끼는 더욱 복잡해졌다. 평범한 하녀 모자와 날염 옷을 입은 라바스꾸르 하녀였다. 그녀는 영어도 프랑스어도 못하는데다 알아들을 수 없는 방언을 쓰고 있어서 아무 정보도 얻을 수 없었다. 그러나 그녀는 내 이마와 관자놀이를 향기롭고 시원한 물로 적셔주고 베고 있는 쿠션을 높여준 후, 말을 해서는 안된다는 표시를 한 후 소파 발치에 있는 자신의 자리로 돌아갔다.

그녀는 뜨개질을 하느라 바빠서 나를 쳐다보지 않았으므로 나는 방해를 받지 않고 그녀를 곁눈으로 관찰할 수 있었다. 그녀가 어떻게 거기에 와 있는지, 또 내 소녀 시절이나 지금 내가 보고 있는 광경들과 무슨 관계가 있는지 몹시 궁금했다. 더욱 놀라운 것은 그 시절의 그 장면과 현재의 나 사이에 무슨 관계가 있는가 하는 점이었다.

이 수수께끼를 하나하나 풀어가기에는 너무 기운이 없어서, 나는 이게 착각이고 꿈이고 열병 때문이라고 단정해버리려 애썼다. 그러나 착각도, 잠을 자고 있는 것도 아니었다. 나는 분명히 제정신이었다. 방이 별로 환하지 않아 작은 그림과 장식품 들과 가리개와 수놓인 의자가 또렷하게 보이지 않은 거라고 생각했다. 사실 파란 다마스크 천을 씌운 안락의자뿐 아니라 이 모든 것이 내가 너무나 또렷하게 기억하는, 너무나도 친숙한 브레턴 대모의 집 응접실에 있던 물건들과 세세한 부분 하나하나까지 똑같았다. 방만 바뀐 것 같았다. 방의 넓이와 비례는 달랐으니까.

잠든 사이에 카이로에서 다마스쿠스까지 옮겨진 베드레딘 하산의 이야기가 생각났다.[3] 그 동양의 이야기에서처럼, 내가 폭풍에 쓰러지자 수호신이 내려와 검은 날개를 낮춰 나를 쓰러뜨린 폭풍을 잠재우고 성당 계단에서 나를 안고 "하늘 높이 날아" 바다와 육지를 건너 '옛 영국'의 난롯가에다 두고 간 것일까? 아니었다. 라레스[4] 앞에서 타오르던 난롯불이 더이상 타지 않는다는 것을 알았다. 불은 오래전에 꺼졌으며, 라레스는 다른 곳으로 떠나버렸나.

하녀는 다시 몸을 돌려 날 살펴보더니, 눈을 크게 뜨고 있는 내

---

3 『아라비안나이트』에 나오는 이야기. 정령과 요정이 하산이 잠들어 있는 사이에 그의 몸을 들어 옮겨놓았다.
4 로마신화에 나오는 가정의 수호신.

표정을 보고 불안하고 흥분한 상태라고 생각했는지 뜨개질감을 내려놓았다. 그녀는 잠시 동안 작은 탁자 앞에서 바쁘게 움직이더니, 물을 붓고 약병의 약을 몇방울 떨어뜨렸다. 그러고는 손에 유리잔을 들고 나에게 다가왔다. 지금 내게 주려는 어두운 색을 띤 저것은 뭐지? 요정의 영약일까, 아니면 동방박사의 증류수일까?

묻기에는 너무 늦었다. 나는 곧 순순히 그 약을 마셨다. 고요한 생각의 물결이 부드럽게 나의 두뇌를 어루만지면서 밀려왔다. 향유보다 더 부드러운 물결이 잔잔하게 일렁이자 나는 점점 더 차분해졌다. 힘없는 팔다리의 통증도 잦아들고, 근육도 편안해졌다. 움직일 힘이 없었지만, 움직이고 싶은 마음도 없었기에 괜찮았다. 친절한 하녀는 나와 등불 사이에 가리개를 쳐주었다. 그녀가 가리개를 치려고 일어서는 것은 보았지만, 다시 자리에 앉는 것을 본 기억은 없다. 나는 두 막의 막간에 문자 그대로 곯아떨어졌다.

* * *

깨어보니, 이런! 모든 것이 다시 변해 있었다. 해가 중천에 떠 있었으나, 따뜻한 여름 햇볕이 아니라 음산하고 바람이 거세게 몰아치는 음울한 가을의 잿빛이 나를 감싸고 있었다. 이제는 확실히 기숙학교에 있다는 느낌이 들었다. 비가 여닫이창을 때리는 것으로 보나, 나무 사이로 바람이 "윙윙대는 소리"로 보나, 밖에 정원이 있는 것으로 보나, 싸늘하고 사방이 하얀 곳에 혼자 누워 있는 것으로 보나 기숙학교인 게 분명했다. 하얗다고 한 것은 프랑스식 침대 앞에 쳐진 무명 커튼이 시야를 가리고 있었기 때문이다.

커튼을 걷고 침대 밖을 내다보았다. 흰 회칠을 한 커다랗고 긴 방이 보이리라고 예상했는데 당황스럽게도 자그마한 내실이 눈에 들어왔다. 눈을 깜박여보았다. 벽이 초록색인 방이었다. 커튼을 치지 않은 넓은 창문 다섯개 대신 장식용 모슬린 줄로 햇빛을 가린 높다란 격자창만 하나 보였다. 칠을 한 나무로 된 스무개도 넘는 세면대 위에 놓인 세숫대야와 물주전자가 아니라, 무도회에 가는 숙녀처럼 분홍치마에 흰옷을 입은 화장대가 있었다. 그 위에는 번쩍이는 큰 거울이 있고, 레이스가 달린 바늘겨레가 화장대를 장식하고 있었다. 이 화장대 외에도 초록색과 흰색의 친츠 천[5]을 씌운 나지막하고 작은 안락의자와 대리석 세면대와 연두색 세면기구들이 작은 방을 꽉 채우고 있었다.

독자여, 나는 깜짝 놀랐다! 당신은 왜냐고 물을 것이다. 아무리 겁이 많다고 해도 이 단순하고 예쁜 침실 안에 뭐 놀랄 것이 있느냐고. 이 가구들은 진짜일 리 없고, 견고한 안락의자와 거울과 세면대 들은 유령인 게 분명했다. 내 말이 너무 터무니없는 소리며 그것들이 유령이 아니라고 한다면—사실 혼란스럽기는 했지만 나도 유령일 리 없다고 생각했다—남은 결론은 하나밖에 없었다. 내가 비정상적인 상태가 된 것이었다. 간단히 말해 나는 몹시 아프고 섬망 상태에 있는 것이었다. 그러나 그렇다 하더라도 내가 겪는 현상은 열병을 앓는 환자들이 겪는 망상 중에서도 가장 이상했다.

나는 알고 있었으며, 알 수밖에 없었다. 그 작은 의자의 초록색 날염 천, 그 자그마한 안락의자와 까맣게 빛나는 나뭇잎 장식이 소각된 거울틀, 세면대 위에 놓인 연녹색의 매끈한 도자기들, 회색 대리석 상판이 있고 한 귀퉁이가 부서진 바로 그 세면대, 이 모든 것

---

5 평직면포에 작은 무늬를 화려하게 날염한 천.

을 나는 알아보고 반가워할 수밖에 없었다. 그 전날 밤에 응접실의 장미목 장롱과 커튼과 도자기를 알아보고 반가워할 수밖에 없던 것과 마찬가지였다.

브레턴! 브레턴! 십년 전이 그 거울 속에서 빛났다. 그러면 왜 브레턴과 열네살 때의 일이 이처럼 나를 따라다니는 걸까? 그 시절이 돌아온 것이라면, 왜 완전하게 돌아오지 않는 걸까? 브레턴이라는 지역과 그때의 방들은 사라지고 왜 병든 내 눈앞에 가구들만 어른거리는 걸까? 금구슬로 장식하고 레이스를 주름 잡아 가장자리에 두른 진홍빛 새틴 바늘겨레는 가리개만큼이나 내가 잘 아는 것이었다. 바로 내가 만든 것이었으니까. 침대에서 벌떡 일어나 바늘겨레를 손에 들고 들여다보았다. 흰 비단실로 수놓은 타원형의 화환 속에는 금구슬을 박아 만든 "L. L. B."라는 머리글자가 있었다. 이것은 대모인 루이자 루시 브레턴의 머리글자였다.

내가 영국에 있는 걸까? 브레턴에 있는 걸까? 나는 중얼거렸다. 그리고 황급히 격자창을 가린 블라인드를 올리고, 여기가 어딘지 알아내기 위해 밖을 내다보았다. 쎄인트앤가의 말끔한 회색 길과 맞은편의 차분하고 고풍스럽고 멋진 건물이 보이고, 그 거리 끝에 교회의 탑이 보이리라는 기대가 반쯤은 있었다. 아니면 영국의 쾌적하고 고풍스러운 도시는 아니더라도 빌레뜨의 길이나 시내 한부분의 풍경을 보게 되리라고 기대했다.

그러나 그와는 반대로, 높은 격자창 주위로 무성하게 우거진 나뭇잎들 사이로 보이는 것은 풀이 무성하게 자란 언덕이었다. 언덕은 그 너머 저지대에서 자라는 나무들에 둘러싸여 있었다. 여러날 동안 보지 못한 키 큰 수목이었다. 나무들은 10월의 강풍 아래 신음하고 있었고 나무 몸통 사이로 길이 보였는데, 그 길에는 노란

낙엽 더미가 불어오는 서풍에 회오리를 일으키며 한잎 두잎 날아 다녔다. 그 너머는 평지일 게 분명했지만, 키 큰 너도밤나무 숲에 가려져 있었다. 외딴곳인 듯했으나 나로서는 전혀 알 수 없는 아주 낯선 곳이었다.

나는 다시 한번 누웠다. 내가 누워 있는 침대는 작은 벽감 안에 있었다. 벽을 향해 얼굴을 돌리자, 나를 혼란에 빠뜨리는 물건들로 가득한 방이 시야에서 차단되었다. 차단되었다고? 아니었다! 그 렇게 되길 바라면서 얼굴을 돌리고 누웠는데, 양쪽으로 갈라 묶어 놓은 커튼 사이의 초록색 벽에 초상화를 끼운 커다란 도금 액자가 눈에 들어왔다. 간단했지만 썩 잘 그린 그림이었다. 한 소년, 살아 서 이야기하고 움직일 것 같은 발랄한 소년의 얼굴을 그린 수채화 였다. 그림 속의 소년은 열여섯살쯤 되어 보였고 피부가 희고 뺨은 건강하게 발그스레했다. 머리칼은 길지만 어둡지 않은 밝은 빛이 었으며, 예리한 눈과 활 모양의 입은 명랑하게 웃고 있었다. 전체적 으로 보면 누구나 흡족해할 얼굴, 특히 그의 애정을 요구할 권리가 있는 사람들, 예를 들면 부모나 누이라면 몹시 흡족해할 얼굴이었 다. 어리고 낭만적인 여학생이라면 액자 속의 얼굴과 사랑에 빠질 지도 몰랐다. 소년이 좀더 나이가 들어 사랑을 하면 두 눈이 강렬 하게 번쩍일 것 같았다. 그 눈 속에 변함없는 신의의 빛이 담겨 있 는지는 알 수 없었다. 그의 입술 모양이, 너무 쉽게 감정을 주면 변 덕을 부리고 무시할 것만 같이 생겨서였다.

이렇게 새롭게 발견한 것들을 하나하나 가능한 한 조용히 받아 들이려고 애쓰면서 나는 혼자 속삭였다.

"아! 저 초상화는 아침식사를 하는 방 벽난로 선반 위의 좀 높은 곳에 걸려 있었어. 피아노 의자 위에 올라가 그림을 떼어 들고 그

귀여운 눈동자를 들여다보곤 했던 걸 기억하고말고. 밤색 속눈썹 아래의 눈은 웃음을 머금고 있었지. 뺨의 색과 입의 표정을 자세히 보는 게 무척 좋았어." 입이나 턱의 곡선은 상상으로도 더 아름다워지지 않을 정도였다. 나는 무지하긴 했지만 두 선이 모두 아름답다는 건 알았고, '어떻게 저렇게 매력적이면서도 이렇게 날카로운 고통을 줄 수 있을까?' 의아해하며 생각에 잠겼었다. 한번은 시험 삼아 어린 홈 양을 데려와 팔에 안아올리고 그 그림을 보라고 한 적이 있었다.

"이 그림 마음에 드니, 폴리?"

내가 물었다. 그녀는 대답 없이 오랫동안 그림을 쳐다보았고, 마침내 아이의 예민한 눈에 떨리는 어둠이 지나가더니 "내려줘"라고 말했다. '이 아이도 그것을 느끼는구나.' 나는 아이를 내려놓으면서 속으로 생각했다.

이 모든 일을 되새겨보는 지금, 이런 생각도 들었다. '단점도 있지만 그만한 사람도 없었어. 관대하고 온화하고 감수성이 풍부했잖아.' 그의 이름을 소리내어 말하는 것으로 내 회상은 끝났다. "그레이엄!"

"그레이엄!" 갑자기 침대 곁에서 똑같은 소리가 한번 더 났다. "그레이엄을 불러줄까요?"

소리나는 쪽을 바라보았다. 점점 영문을 모르겠는 나는 놀라움이 절정에 달했다. 잘 아는 사람의 초상화가 벽에 걸려 있는 것도 이상했지만, 더 이상한 것은 몸을 돌리자 맞은편에 그 못지않게 잘 아는 사람이 서 있다는 것이었다. 한 여자, 정말로 살아 있는 지체 있는 여인이었다. 키가 컸고, 남편을 잃은 여자가 입는 비단옷을 잘 차려입고 있었다. 나이 든 기혼 여성이 하는 식으로 머리를 땋고 그 머리 모양에 썩 잘 어울리는 모자를 쓴 모습이었다. 그녀 또한 미인이었다. 너무 눈에 띈다 싶은 얼굴이었지만, 그것은 분별력이나 인품 때문이 아니라 미모 때문이었다. 그녀는 약간 변한 모습이었다. 더 엄격하고 더 건강한 모습이었다. 하지만 그녀는 나의 대모였다. 분명히 브레턴 부인의 모습이었다.

나는 계속 가만있었으나 마음속으로 몹시 동요되었다. 맥박이 팔딱거리고 뺨에 핏기가 사라지고 차가워지는 것 같았다.

"부인, 여기가 어딘가요?" 내가 물었다.

"아주 안전한 피난처예요. 당분간은 잘 보호받을 테니 조금 나아질 때까지 마음 편히 있도록 해요. 오늘 아침에도 아픈 것 같군요."

"너무 당황해서 제 감각을 믿어야 할지, 아니면 감각이 모두 잘못되어서 이렇게 보이는지 모르겠어요. 그런데 영어를 하시는 거죠, 부인?"

"내 말을 알아들을 거라고 생각했어요. 난 프랑스어로는 길게 말 못해요."

"영국에서 오시지 않았어요?"

"온 지 얼마 안됐어요. 아가씨는 이 나라에 온 지 오래됐나요? 내 아들을 아나보죠?"

"아느냐고요, 부인? 아는 것 같아요. 저기 저 그림이 아드님인가요?"

"저건 어렸을 때 모습이에요. 저 그림을 보면서 그 아이 이름을 말하던데."

"그레이엄 브레턴이요?"

그녀가 끄덕였다.

"지금 저와 대화를 나누고 있는 분이 브레턴 부인이 맞나요, 전에 브레턴에 사시던……?"

"그래요. 당신은 여기 있는 외국 학교의 영어 선생이라고 들었어요. 아들이 당신을 알아보았죠."

"절 어떻게 발견했나요? 그리고 누가 발견했죠?"

"아들이 차차 얘기해줄 거예요." 그녀가 말했다. "그러나 지금 아가씨는 대화를 하기엔 너무 기운도 없고 정신도 없어 보여요. 일단 아침을 들고 눈 좀 붙여요."

육체적 피로와 정신적 혼란과 비바람 속에서 겪은 일에도 불구하고 몸이 좀 나은 것 같았다. 몸을 짓누르는 진짜 원인이던 열이 떨어지고 있었다. 지난 아흐레 동안 고형 음식은 하나도 먹지 못하는 가운데 계속 갈증이 나 괴로웠는데, 오늘 아침식사를 권하는 말에 맹렬한 식욕이 되살아나는 것을 보니 그런 듯했다. 배가 고팠기 때문에, 부인이 주는 차와 거기에 곁들여 나온 마른 빵을 열심히 먹었다. 빵은 한조각뿐이었지만 그것으로 충분했다. 두세시간가량 후 하녀가 작은 컵에 묽은 고깃국과 비스킷을 가져올 때까지 나는 그것으로 기운을 냈다.

해가 저물어 어두워지기 시작했다. 차가운 폭풍이 쉬지 않고 사납게 불어댔고 홍수가 날 것처럼 비가 쏟아졌다. 나는 침대에 누워 있는 게 무척 따분해졌다. 그 방은 예쁘장하지만 작았다. 갇혀 있다는 느낌에 기분전환을 하고 싶은 마음이 간절해졌다. 점점 추워지고 날이 어두워지자 기분이 우울해졌다. 난로 불빛을 보면서 그 따뜻함을 느끼고 싶어졌다. 더욱이 그 키 큰 부인의 아들에 대한 생각이 머리를 떠나지 않았다. 언제 만나게 될까? 분명한 것은 방에서 나가야만 만날 수 있다는 것이었다.

마침내 잠자리를 봐주러 하녀가 왔다. 그녀는 나를 담요로 싸서 날염 천을 씌운 작은 의자에 앉힐 준비를 했다. 그러나 나는 그렇게 보살펴주지 않아도 된다고 하고는 스스로 옷을 갈아입기 시작했다. 옷을 입고 한숨 돌리며 앉자, 다시 브레턴 부인이 나타났다.

"옷을 입었네요!" 그녀는 내게 익숙한 미소를 띠고 감탄했다. 유쾌한, 그러나 부드럽지만은 않은 미소였다. "몸은 좀 괜찮아졌어요? 기운이 좀 나요?"

그녀가 옛날과 너무나 똑같은 투로 내게 말을 해서 날 알아본 게 아닐까 싶을 정도였다. 소녀 시절 내가 그녀에게서 늘 느꼈던, 보호자 같은 태도와 목소리였다. 나는 그 목소리를 순순히 따랐고, 좋아하기까지 했다. 나보다 돈이 많거나 신분이 높아서라는 관습에 근거해서가 아니라(신분 면에서 우리는 차이가 없었다. 그녀와 나는 같은 신분이었다), 육체적으로 나보다 어른이라는 자연스러운 근거에서였다. 나무가 풀에게 보금자리를 제공하는 것과 마찬가지였다. 나는 더이상 격식에 매이지 않고 그녀에게 부탁했다.

"아래층으로 내려가고 싶어요, 부인. 여긴 너무 춥고 심심해요."

"아래층으로 내려갈 수 있을 만큼 기운을 차렸다면 더 바랄 게 없죠." 그녀의 대답이었다. "그러면 이리 와요. 내 팔을 잡아요." 그녀는 내게 팔을 내밀었다. 나는 그녀의 팔을 잡고 카펫이 깔린 계단을 내려가서 층계참에 이르렀다. 그리고 활짝 열린 큰 문을 통해 예의 파란 다마스크 방으로 들어갔다. 완벽하게 편안하고 가정적인 분위기가 얼마나 쾌적하게 느껴졌는지! 호박색 램프빛과 주황색 불빛은 얼마나 따뜻했는지! 그림을 완벽하게 하는 듯, 식탁에는 차가 준비되어 있었다. 영국제 차와 반짝이는 다기가 친밀한 눈길로 나를 바라보고 있었다. 골동품인 순은 단지와 육중한 순은 주전자에서부터 어두운 자주색에 도금을 한 얇은 도자기 찻잔에 이르기까지, 모두 낯익은 것들이었다. 특이한 틀에 구워서 특이한 모양을 한 예전의 그 씨드케이크도 알아보았다. 브레턴에서 늘 다탁茶卓에 놓이던 것이었다. 그레이엄은 그걸 좋아했는데, 그 케이크가 옛날과 똑같이 그레이엄의 접시 위에 은 포크와 나이프와 함께 차려져 있었다. 그렇다면 곧 그가 차를 마시러 올 것이다. 그레이엄은 어쩌면 지금 집에 있는지도 모른다. 몇분 후면 그를 볼 수도 있을 것이다.

"앉아요. 앉아요." 난롯가로 가다 내가 휘청거리자 내 안내자가 말했다. 그녀는 나를 소파에 앉혔으나 나는 너무 뜨겁다며 소파 뒤로 물러났다. 소파 그늘에 있는 작은 의자가 더 마음에 들었다. 브레턴 부인은 누구에 대해서건 어떤 일에 대해서건 수선을 떠는 법이 없었다. 그녀는 아무 말 없이 내가 하는 대로 내버려두었다. 그녀는 차를 우리고 신문을 집어들었다. 나는 대모의 행동을 하나하나 바라보는 게 좋았다. 움직임마다 젊음이 넘쳤다. 이젠 약 쉰살가량 되었을 텐데도 몸이나 마음에 세월의 녹이 슬지 않은 듯했다. 풍채가 있었지만 민첩했고, 차분하지만 가끔씩은 활달했다. 건강한 몸과 훌륭한 성품 덕에 그녀는 젊은 시절 못지않게 생기에 차 있었다.

신문을 읽으면서도 그녀는 아들이 오는지 귀를 기울이고 있었다. 그녀는 안달복달하는 사람이 아니었다. 하지만 아직도 날씨가 잠잠해질 기미가 없고 바람이 불만스럽게 으르렁대며 거칠게 부는데, 이럴 때 그레이엄이 밖에 나가 있으면 어머니의 마음은 아들과 함께 밖에 있을 터였다.

그녀가 손목시계를 보며 말했다. "평상시보다 십분이나 늦네." 잠시 후 그녀가 신문에서 눈을 떼고 문 쪽으로 고개를 살짝 기울였는데, 뭔가 소리를 들었다는 표시였다. 곧 그녀의 이마가 환해졌고, 덜 훈련된 내 귀에도 대문이 흔들리며 쇠가 부딪치는 소리와 자갈 길 밟는 소리가 들리더니 마침내 현관 초인종 소리가 났다. 그가 온 것이다. 그의 어머니는 단지의 물을 주전자에 붓고, 쿠션을 놓은 푹신한 파란색 의자를 난롯가로 끌어당겼다. 그건 당연히 그녀의 의자였지만, 뺏을 수 있는 사람이 한 사람 있었다. 그리고 그 사람이 마침내 층계를 올라왔다. 비가 오고 바람이 사납게 부는 밤에 나갔다 왔으므로 그는 화장대 앞에서 필요한 만큼 옷매무새를 가다듬은 후 올라와 바로 안으로 들어온 듯했다.

"그레이엄, 너냐?" 기뻐서 웃음이 나오는 것을 감추고 어머니가 퉁명스럽게 말했다.

"그럼 누구겠어요, 어머니?" 늦게 온 아들이 물려받은 왕좌에 불경스럽게 앉으면서 물었다.

"늦었으니 다 식은 차를 마셔야지?"

"주전자가 즐겁게 노래하고 있으니, 그런 후식은 안 먹을래요."

"게으른 아들아, 빨리 식탁으로 오렴. 넌 내 의자에만 앉으려 드는구나. 조금이라도 예의를 안다면 그 의자는 '늙은 귀부인'을 위해 남겨둬야지."

"저도 그러고 싶어요. 하지만 친애하는 '늙은 귀부인'께서 절 위해 굳이 그 의자를 남겨두시는걸요. 환자는 어때요, 어머니?"

"아가씨가 이리 와 직접 말할래요?" 브레턴 부인이 내게 몸을 돌리면서 말했다. 그녀의 권유에 나는 앞으로 걸어갔다. 그레이엄은 일어나 공손하게 나를 맞이했다. 그는 난롯가에 우뚝 서 있었는데, 그의 어머니가 드러내놓고 자랑할 만한 모습이었다.

"내려왔군요." 그가 말했다. "그럼 좀, 아니 훨씬 더 나아졌나보군요. 우리가 여기서 이렇게 만나리라고는 예상하지 못했소. 어젯밤에는 깜짝 놀랐습니다. 위독한 환자에게 서둘러 가야 하지만 않았으면 당신 곁을 떠나지 않았을 거요. 하지만 어머니도 의사라고 할 만하고 마사 역시 훌륭한 간호사예요. 당신은 기절했던 건데, 그다지 위중하진 않았소. 왜 그런 증세가 나타났는지 알아보고 또 자세히 진찰을 해봐야겠지만, 정말 훨씬 나아진 것 같군요."

"훨씬 나아졌어요." 내가 조용히 말했다. "훨씬 더 나아졌어요. 감사합니다, 존 선생님."

독자여, 이 키 큰 젊은이, 사랑스러운 아들, 날 맞이해준 집의 아들인 그레이엄 브레턴은 다름 아닌 존 선생이었다. 두 사람이 동일 인물이라는 사실을 알고도 나는 거의 놀라지 않았다. 더욱이 계단을 올라오는 그레이엄의 발소리를 들었을 때, 나는 미리 어떤 사람이 들어올 것이며 어떤 모습을 보게 될지 알고 있었다. 오늘 안 것이 아니라 오래전부터 눈치채고 있었던 사실이었다. 물론 나는 어린 시절의 그레이엄 브레턴을 또렷이 기억하고 있었다. 그는 십년(열여섯에서 스물여섯)의 세월이 흘러 소년에서 남자로 성숙하면서 크게 변했지만, 알아보지 못하거나 기억이 나지 않을 정도로 완전히 변하지는 않았다. 존 그레이엄 브레턴 선생은 아직 열여섯 소년과 닮은 점이 있었다. 눈매와 이목구비의 일부, 즉 잘생긴 얼굴의 아래쪽은 이전과 똑같았다. 나는 곧 그를 알아보았다. 처음으로 그를 알아본 것은 몇장 전, 넋을 놓고 그를 뚫어져라 바라보아서 수치스럽게도 은근한 비난을 받은 바로 그날이었다. 이후에 관찰했을 때도 모든 면에서 내 추측이 옳다는 것을 확인했다. 어른이 된 그의 몸짓과 풍채와 습관에서 나는 소년 시절에 예상할 수 있었던 그의 장래를 발견했다. 그의 굵은 목소리에서는 지난날의 억양이 들렸다. 예전과 마찬가지로 여전히 독특한 말투였다. 입이나 눈가에 넘치는 장난기나 잘 웃는 모습이나 잘생긴 이마 아래서 종종 갑자기 번쩍이는 눈빛 역시 여전했다.

그 주제에 대해 그에게 뭔가를 말하거나 내가 알게 된 사실을 암시하는 것은 나의 사고방식에 적절하다는 생각이 들지 않았을뿐더러 그러고 싶은 마음도 들지 않았다. 오히려 나는 혼자만 알고 있고 싶었다. 그가 특별한 빛을 받으며 내 앞에 서 있는 동안, 나는 그가 꿰뚫어보지 못한 구름에 가려진 채 그의 존재를 느끼는 게 좋았다. 그 빛은 온통 그의 머리 위에만 쏟아지고 발 주위에서 떨리다가 더 이상 퍼지지 않았다.

"제가 루시 스노우예요!"라고 나서서 밝히더라도 그에게는 별 차이가 없으리라는 걸 나는 잘 알고 있었다. 그래서 나는 선생이라는 직분으로 물러나 있었고, 그가 이름을 묻지 않았기 때문에 알려준 적도 없었다. 그는 사람들이 나를 "아가씨"나 "루시 양"이라고 부르는 소리는 들었지만 "스노우"란 성은 들은 적이 없었다. 그에 비해 내가 덜 변하긴 했지만 그는 그 사실을 스스로 깨닫지 못했다. 그런데도 내가 나서서 알려줄 필요가 있었겠는가?

차를 마시는 동안 존 선생은 여느 때처럼 친절했다. 차를 다 마시고 쟁반을 내가자 그는 소파 구석에 가지런히 쿠션을 배열한 다음 나더러 거기에 기대라고 했다. 그와 그의 어머니도 난롯가로 다가왔다. 그런데 앉은 지 채 십분도 안돼서 그의 어머니가 계속 나를 바라보고 있는 걸 깨달았다. 확실히 여자가 남자보다 어떤 부분에서 기민한 법이다.

"나 참," 그녀가 곧 소리쳤다. "이렇게 비슷한 사람은 처음 봤구나. 그레이엄, 넌 모르겠니?"

"뭘요? '늙은 귀부인'께선 이제 뭐가 문제세요? 어떻게 그렇게 뚫어져라 보시는 거죠, 어머니! 누가 보면 갑자기 천리안이라도 생긴 줄 알겠어요."

"그레이엄, 이 아가씨를 보고 생각나는 사람이 없니?" 그녀가 나를 가리키며 말했다.

"어머니가 그러시니까 이 아가씨가 당황하잖아요. 어머니는 불쑥 말씀하시는 게 탈이라니까요. 이분은 어머니를 처음 봐서 어머니를 잘 모른단 말이에요."

"자, 이 아가씨가 아래를 바라볼 때, 그리고 옆으로 고개를 돌릴 때 그 모습이 누구와 닮았지, 그레이엄?"

"참, 어머니가 수수께끼를 냈으니 어머니가 답을 해주셔야죠!"

"이 아가씨를 안 지가 꽤 됐다고 했지? 포세뜨가에 있는 학교에 왕진을 다니면서부터라고. 그렇지만 이렇게 꼭 닮았다는 말은 안 했잖니!"

"생각해본 적도 없고 지금도 모르는 걸 어떻게 말하겠어요. 도대체 무슨 말씀이세요?"

"바보 같으니! 이 아가씨를 잘 봐."

그레이엄이 나를 바라보았다. 그러나 나는 그런 시선을 견딜 수가 없었고, 끝이 어떻게 될지 알기 때문에 미리 말하는 게 최선이라는 생각이 들었다.

"존 선생님께서야," 내가 말했다. "우리가 쎄인트앤가에서 마지막으로 악수를 하며 헤어진 후 할 일이나 생각할 일이 많았겠죠. 그래서 몇달 전에 저는 곧 그레이엄 브레턴을 알아보았지만 선생님께선 루시 스노우를 알아보실 리가 없다고 생각했어요."

"루시 스노우! 그래. 그렇게 생각했어! 그런 줄 알았어!" 브레턴 부인이 외쳤다. 그리고 곧 난로를 지나쳐 내게 걸어와 입을 맞췄다. 어떤 여자들은 그런 일을 알고 특별히 기쁘지도 않으면서 부산을 떨어댈지도 모른다. 그러나 내 대모는 부산을 떨 사람이 아니었다. 그녀는 모든 감정을 은근하게 표현했다. 그래서 우리는 몇마디 말과 한번의 입맞춤으로 이 놀라움을 떨쳐버렸다. 그러나 나는 그녀가 기뻐했다고 감히 말할 수 있고, 나도 정말로 기뻤다. 우리가 옛 우정을 되살리는 동안 그레이엄은 맞은편에 조용히 앉아서 놀라서 멍해진 정신을 수습하고 있었다.

"어머니 말씀대로 제가 정말로 바보라는 생각이 드네요." 마침내 그가 말했다. "내 명예를 걸고 말하건대, 그렇게 당신을 자주 보면서도 한번도 의심하지 않았소. 하지만 이제 모두 알겠소. 루시 스노우! 분명해요! 완벽하게 기억이 나요. 거기 앉아 있는 모습을 보니 틀림없소. 그런데," 그가 덧붙였다. "그동안 내내 옛 친구인 것을 알면서도 아무 말도 안했단 말이오?"

"알고는 있었어요." 내 대답이었다.

존 선생은 아무 말도 하지 않았다. 그동안 내가 침묵을 지킨 것을 이상하게 생각하지만 너그럽게도 날 비난하지 않으려고 애쓰는 듯했다. 꼬치꼬치 캐묻거나 왜, 무슨 이유로 가만있었냐고 묻는 것이 예의에 어긋난다고 생각하는 것 같았다. 약간 호기심을 느꼈을지는 모르지만, 그것이 경우에 어긋난 행동을 하고 싶을 정도로 중요한 사안은 아니었다.

나는 용기를 내서 언젠가 내가 뚫어져라 그를 쳐다보던 일이 기억나느냐고만 물었다. 그때 그가 약간 화를 낸 것이 아직도 마음에 걸려서였다.

"기억이 나요!" 그가 말했다. "당신에게 화를 내기까지 했던 것 같소."

"제가 좀 주제넘다고 생각하셨죠?" 내가 물었다.

"전혀 그러지 않았소. 보통 때는 수줍고 내성적인 태도로 눈길을 돌리고 있던 당신이 빤히 바라보기에 내 얼굴이나 몸에 크게 잘못된 곳이 있나 해서 그랬던 거요."

"이제는 어찌된 일인지 아시겠죠?"

"아주 잘 알겠소."

그리고 여기서 브레턴 부인이 끼어들어 그동안 어떻게 지냈는지 이것저것 물었다. 그녀의 의문을 해소시켜주기 위해 나는 지나간 고통들을 되살려, 연락을 끊은 것처럼 보인 이유를 설명하고 혼자서 '삶'과 '죽음'과 '슬픔'과 '운명'에 맞서 싸운 이야기를 해야 했다. 존 선생은 묵묵히 듣고만 있었다. 그레이엄과 그 어머니는 그들이 겪은 변화에 대해 이야기했다. 그들에게도 모든 일이 순조로웠던 건 아니었다. 운명의 여신은 한때 브레턴 부인에게 그렇게 쏟아붓던 선물을 거두어들였다. 하지만 씩씩한 어머니는 늠름한 아들의 호위를 받으면서 세상과 잘 싸웠고 마침내 이긴 것이었다. 존 선생이야말로 행운의 별의 미소를 받으며 태어난 사람 중 하나였다. 그는 심술궂은 역경이 정면으로 부딪쳐와도 웃으면서 물리칠 사람이었다. 강하면서도 명랑했고, 확고하면서도 정중했다. 무모하진 않지만 용감했다. 그는 운명의 여신에게 구혼을 하여 돌로 된 눈동자에서 사랑의 빛을 얻어낼 수 있을 만큼 야심만만한 사람이었다.

이제 그의 직업적 성공은 아주 확실해졌다. 세달 전에 그는 이 집(끄레시 문에서 0.5리그가량 떨어진 작은 성)을 샀다. 도시의 공기가 어머니의 건강에 해롭기 때문에 이런 교외를 택한 것이었다.

그는 이곳으로 브레턴 부인을 불렀고, 그녀는 영국을 떠나면서 전에 쎄인트앤가에 있던 가구들 중 팔지 않은 것들을 가지고 왔다고 했다. 그래서 내가 환영 같은 의자와 유령 같은 거울과 찻주전자와 찻잔을 보고 놀랐던 것이다.

시계가 열한시를 치자 존 선생이 어머니를 말렸다.

"스노우 양은 이제 좀 자야 해요." 그가 말했다. "얼굴이 창백해지기 시작했어요. 왜 건강이 나빠졌는지에 대해서는 내일 몇가지 물어보도록 하지요. 지난 7월에 비해 정말 많이 변했어요. 그때만 해도 아주 멋진 신사 역을 활기차게 해내는 걸 봤거든요. 간밤의 참사에는 사연이 있는 게 확실하지만 오늘 저녁에는 더이상 묻지 않겠소. 잘 자요, 루시 양."

그리고 그는 친절하게 나를 문으로 안내하고 층계참까지 양초를 들고 와 불을 밝혀주었다.

기도를 하고 옷을 갈아입은 후 눕자 내게도 아직 친구가 있다는 생각이 들었다. 다만 열렬히 애정을 표시하는 친구도, 마음이 꼭 맞고 썩 잘 어울리는, 다정하게 위로해주는 친구도 아니었으므로, 적당히 애정을 요구하고 적당한 수준에서 기대를 해야 했다. 하지만 내 마음은 본능적으로 약해져서 그들이 귀찮아할 정도로 감사의 마음을 표시하고 싶은 마음이 간절해졌다. 나는 '이성'에게 내 이런 마음을 자제시켜주길 간청했다.

"너무 자주, 너무 많이, 지나친 호감을 가지고 그들을 생각하지는 말게 하소서." 나는 간절히 기도했다. "이 생명의 시내에서 적당히 한모금 마시고 만족하게 하소서. 목이 마르다고 해서 반가운 물을 정신없이 계속 마시지 않게 해주소서. 이 물이 지상의 샘물보다 더 달콤한 물이라고는 상상하지 않게 해주소서. 오, 신이시여! 가끔씩 나누는 교유만으로도, 드물고 짧고 평범하고 고요한 교유만으로도, 아주 고요한 교유만으로도 제가 충분히 버텨나갈 수 있게 해주소서!"

나는 이런 말을 되풀이하면서 베개 쪽으로 얼굴을 돌렸다. 그리고 여전히 같은 말을 되뇌며 눈물로 베개를 적셨다.

# 17장
# 라 떼라스

타고난 강력한 심성, 즉 본성과의 싸움은 부질없어 보일지 모르겠지만 결국은 이로운 것이다. 그 싸움을 하다보면 아무리 미약하더라도 행동과 몸가짐에 변화가 생기게 되어 있다. '이성'은 그 변화를 받아들이지만, '감정'은 걸핏하면 반대한다. 이런 싸움 후에는 인생행로 전체가 바뀐다. 표면적으로 인생이 더 잘 통제되고 차분하고 고요해 보이는데, 보통 사람들은 바로 이 표면만을 본다. 표면 아래 있는 것은 신에게 맡겨라. 우리와 동등하고 우리처럼 연약해서 누군가를 심판할 자격이 없는 인간은 이런 일에서 배제되어야 한다. 표면 아래까지 살피는 것은 조물주께 맡기자. 그분이 주신 영혼의 비밀을 그분께 보여드리고, 그분이 주신 고통을 어떻게 견뎌야 하나 여쭙고, 그분의 존재 앞에 무릎을 꿇자. 그리고 어둠속에 빛을, 가련하도록 연약한 가운데 힘을, 극도의 결핍 속에 인내를 주십사 기도드리자. 아마 우리가 원하는 시간이 아니더라도 분명히 언젠가는 기다리던 물결이 일 것이다. 우리가 꿈꾸고 가슴속으로 사랑하고 피 흘리며 갈구하던 형태는 아닐지라도, 어떤 형태로든 치유의 천사가 내려올 것이다. 그리고 절름발이와 장님과 귀머거리와 악귀에 들린 자들을 못으로 이끌고 가 목욕시켜줄 것이다.[1] 천사여, 어서 오라! 수많은 사람들이 못 주위에 누워, 느릿느릿 가는 세월 속에 그냥 고여 있기만 한 물을 바라보며 울면서 절망하고 있다. 하늘이 정한 '시간'은 너무나 멀다. 천사가 움직이고 있는 궤도는 인간의 눈으로 보기엔 너무나 광대하다. 천사들은 여러 시대에 걸쳐 그 궤도를 돌고 있으며, 한번 떠나 돌아올 때까지는 수세대가 지나야 한다. 그사이에 인간은 잠깐 반짝하며 괴로운 삶을 산 후 고통 속에서 다시 먼지로 돌아가 사라지고 잊히고, 그 일은 다시 되풀이된다. 수없이 많은 불구자와 통곡하는 이들에게 가장 먼저 그리고 유일하게 동방에서 '아즈라엘'[2]이라고 부르는 천사가 찾아온다.

그다음 날 아침 나는 일어나려고 애썼다. 하지만 기운이 없고 몸이 떨려서 옷을 제대로 입기도 힘들었다. 버티어보려고 이따금 세면대 위에 있는 물병에서 찬물을 따라 마시며 옷을 입고 있는데, 브레턴 부인이 들어왔다.

"무슨 어리석은 짓이야!" 그녀가 아침인사로 건넨 말이었다. "그러면 안돼." 그녀는 곧 특유의 기운차고 무뚝뚝한 소리로 덧붙였다. 예전에도 그녀가 아들에게 이런 식으로 말하고 그 아들이 강하게 반발하는 모습을 재미있게 지켜본 적이 있었다. 이분이 채 지

---

1 요한복음 5:2~9. 물이 움직일 때 들어가면 무슨 병이든 다 낫는다는 베데스다라는 못 이야기를 암시한다.
2 이슬람교에서 영혼을 육체에서 분리시킨다는 죽음의 천사.

나기도 전에 나는 프랑스식 침대에 꼼짝 않고 누워 있을 수밖에 없었다.

"점심때까진 거기에 가만히 누워 있어야 해." 그녀가 말했다. "우리 애가 나가기 전에 그렇게 일렀고, 이 집에선 그애가 주인이니까 말을 들어야 해. 곧 아침을 차려주마."

곧이어 그녀는 하녀 손에 맡기지 않고 몸소 아침식사를 들고 왔다. 그리고 내가 식사를 하는 동안 침대 위에 앉아 있었다. 친애하는 친구들과 존경하는 동료라고 해도 가까이 있다고 다 좋은 것은 아니다. 간호사가 환자에게 하듯 가까이서 지켜봐주고 시중을 들어준다고 해도 말이다. 친구의 눈길이라고 모두 병실에서 빛이 되고, 친구가 있어준다고 늘 위안이 되는 것은 아니다. 그러나 브레턴 부인만큼은 언제나 이 모든 것에 해당되었다. 음식이나 음료수도 그녀의 손길을 거쳐야 가장 맛있었다. 그녀가 방에 들어오면 늘 방 분위기가 더 유쾌해지던 게 기억난다. 우리의 본성에는 이상한 호감과 반감이 공존한다. 이성에 따르면 선한 사람인데도 은근히 피하고 싶고 개인적으로 만나고 싶지 않은 사람이 있다. 그런가 하면 분명히 성격적인 결함이 있는데도, 마치 그들 주위의 공기가 우리에게 이롭기라도 한 것처럼 같이 있으면 즐거운 사람도 있다. 대모의 생기에 찬 검은 눈과 밝은 갈색 뺨과 따스하고 민첩한 손길과 자립적인 분위기와 단호한 태도 등은 모두 내게 상쾌한 공기처럼 유익했다. 아들은 그녀를 "늙은 귀부인"이라고 부르곤 했지만, 나로서는 그녀에게서 여전히 스물다섯살의 민첩함과 힘이 발산되는 모습이 놀라우면서도 기뻤다.

"내 바느질감을 이리로 가져오마." 브레턴 부인이 빈 찻잔을 내가면서 말했다. "그리고 저 거만한 존 그레이엄이 안된다고만 하지 않으면 종일 네 곁에 앉아 있으마. 그애는 집을 나서면서, '대녀를 잡담으로 지치게 하면 안된다는 점을 명심하세요, 어머니' 하고는 꼭 내 방에만 가만히 있으라고 했단다. 내 좋은 친구인 너를 아껴 줘야 한다는 거야. 루시, 그애 말로는 네 안색을 보니 무슨 신경성 열병 같다고 하던데, 그런 거니?"

나는 정확히 무슨 병인지는 모르겠지만 굉장히 고통스럽고, 특히 정신적 고통을 겪은 건 분명하다고 말했다. 하지만 이 문제에 대해서는 대모에게 더 자세히 알리지 않는 게 낫겠다고 생각했다. 내가 겪은 세세한 일들은 내 삶 중 대모와 나누고 싶지 않은 부분이었기 때문이다. 그런 비밀을 털어놓는다면 그 차분하고 꿋꿋한 사람을 아주 낯선 세계로 끌고 가는 셈이 된다! 그녀와 나의 차이는, 쾌활하고 용감하고 대담하면서도 신중한 선장과 선원들이 전원 승선해서 잔잔한 바다를 안전하게 항해하는 위풍당당한 배와, 일년 중 대부분을 낡고 어두운 보트창고에 외롭고 쓸쓸하게 처박혀 있다가 날씨가 험악해져 파도가 솟구칠 때나 구름과 바다가 맞닿을 때나 죽음과 위험이 망망대해를 나누어 지배할 때 바다에 나가는 구명정의 차이로 비유될 수 있을 것이다. 아니, '루이자브레턴호'는 그런 밤에나 그런 광경이 벌어질 때 결코 항구 밖으로 나간 적이 없었고, 그 배의 선원들은 그런 것은 상상할 수도 없었다. 그래서 반쯤 가라앉은 구명정의 선원은 혼자 비밀을 간직하고 더이상 아무 이야기도 하지 않은 것이었다.

그녀가 나간 후 나는 만족스러운 기분으로 침대에 누웠다. 외출하기 전에 내 생각을 해준 그레이엄이 고마웠다.

낮에는 외로웠으나 저녁이 다가온다는 생각을 하면 낮이 짧게 느껴지고 기분도 좋아졌다. 너무나 기운이 없던 차라 휴식이 반갑게 느껴지기도 했다. 사실 아침에는 굳이 할 일이 없는 사람조차 처리해야 할 일과 진행해야 할 일이 있다는 느낌이 들고 막연히 뭔가를 도와야 한다고 느낀다. 하지만 아침 시간이 지나 부산스러운 일이 다 끝나고 계단을 밟고 방을 오가는 가정부의 발소리도 잦아드는 고요한 오후가 되자 나는 꿈같은 몽롱한 기분에 빠져들었고, 그건 과히 나쁘지 않았다.

내 작은 방은 어찌 보면 해저 동굴 같았다. 방은 거품이 이는 파도와 깊은 바다를 연상시키는 흰색과 연녹색을 제외하고는 색깔이랄 것이 없었다. 흰 베갯잇에는 조가비 모양의 장식이 있었고, 천장 구석마다 돌고래 모양의 하얀 부조가 있었다. 유일하게 색깔이 있는 새틴 바늘겨레조차 붉은 것이 산호색과 비슷했고, 검게 빛나는 거울은 인어라도 비출 것만 같았다. 눈을 감자, 바위에 파도가 부딪히듯이 강풍이 집 전면에 불어닥치는 소리가 들리더니 마침내 잠잠해지는 소리가 들렸다. 바람이 물러가 멀리, 저 멀리 사라지는 소리는 천상의 해변에서 썰물이 빠지는 소리와도 같았다. 하지만 해변이 너무 높이 있다보니 바다 밑의 집에서는 중얼거리는 소리나 자장가처럼 잔잔하게만 들렸다.

이런 꿈을 꾸다보니 저녁이 되었고, 마사가 램프를 가지고 왔다. 그녀의 도움을 받아 나는 재빨리 옷을 갈아입었고, 아침보다는 기운이 나서 부축을 받지 않고 응접실로 내려갔다.

존 선생은 평소보다 빨리 회진을 마친 것 같았다. 응접실에 들어서자 맨 처음 그의 모습이 눈에 띄었다. 그는 거실 문 맞은편 창가에 서서 어슴푸레한 황혼 빛에 의지해 신문의 깨알 같은 글자들을 읽고 있었다. 난로는 밝게 빛났지만 탁자 위의 램프는 아직 켜지지 않았으며 차도 내오지 않은 상태였다.

활동적인 대모 브레턴 부인은 푹신한 의자에 반쯤 기댄 채 누워 있었는데, 사실 잠이 든 것이었다. 나중에 그녀가 하루 종일 야외에 나가 있었다는 것을 알았다. 그녀의 아들은 나를 보더니 앞으로 걸어왔다. 어머니를 깨우지 않으려고 발걸음은 조심스러웠고 목소리는 나직했다. 그의 부드러운 목소리에는 원래 날카로운 구석이라고는 없었는데 그렇게 작게 말하자 자는 사람을 놀라게 하기보다는 다독거리는 듯했다.

"이 집은 조용한 작은 성이오." 나더러 창가에 앉으라고 권한 뒤 그가 말했다. "산책을 다니다가 이 성을 보았는지 모르겠소. 큰길에서는 안 보이지만 말이오. 끄레시 문에서 1마일만 가면 좁은 길이 나타나는데, 그 길을 따라 내려오면 가로수길이 보이오. 그 가로수길을 따라 목장과 숲을 지나오면 바로 이 집 문 앞에 도착하오. 현대식이 아니라 고전적인 바스빌[3] 양식으로 지은 집이지요. 성이라기보다는 봉건시대에 지은 영주의 저택이라오. 이 집을 '라 떼라스'라고들 하오. 잔디밭 사이로 난 넓은 길 꼭대기에 현관이 있어서 그런 이름이 붙은 거요. 풀이 우거진 계단을 따라 경사진 비탈을 내려가면 가로수길이 나오지요. 저기를 보시오! 달이 뜨고 있소. 나뭇가지 사이로 보면 잘 보인다오."

아니, 달은 어디에선들 잘 보이지 않겠는가? 좁은 곳이건 광활한 곳이건, 신성한 달빛이 닿지 않는 곳이 있단 말인가? 장밋빛 혹은 붉은빛 달이 근처의 둑 위로 솟아올랐다. 우리가 지켜보는 동안 달은 황금빛으로 환해지더니, 순식간에 고요한 하늘에 흠 하나 없는

---

3 브뤼셀을 모델로 한 빌레뜨 역시 좀더 나중에 지은 '상단 도시'와 중세시대에 지어진 '하단 도시'로 나뉘어 있다. '바스빌'(Basse-Ville)은 '하단 도시'라는 뜻이다.

모양으로 떠올랐다. 달빛이 브레턴 선생을 슬프게 했을까, 아니면 위안을 주었을까? 사랑을 상기시키지 않았을까? 그랬다고 생각한다. 한숨이 나올 분위기가 아니었는데도 그는 달을 보고 혼자서 조용히 한숨을 쉬었다. 그렇게 한숨을 쉰 이유가 무엇인지, 그러고 나서 무슨 생각을 하는지는 뻔했다. 달빛의 아름다움에 한숨이 나왔을 것이다. 그러고는 지네브라에 생각이 미쳤을 것이다. 이런 사실을 아는 나는 그가 생각하고 있는 이름을 말해야 한다는 압박감을 느꼈다. 물론 그는 그 이야기를 꺼낼 태세였다. 그의 얼굴은 이야기와 질문과 관심으로 가득차 있었으나, 어떻게 시작해야 할지 몰라 터져나오려는 말과 감정을 억제하고 있을 뿐이라는 생각이 들었다. 난감함의 짐을 나누는 것이 사실 내가 할 수 있는 유일한 최선이었다. 내가 그 우상의 이름만 꺼내기만 하면 사랑에 관한 장광설이 마구 쏟아져나올 태세였다. 마침 나는 적당한 말을 찾았다. "팬쇼 양이 숄몽들레가 사람들과 함께 여행 간 건 아시죠"라는 말로 말문을 열려는 순간, 그가 다른 이야기를 꺼내 내 계획은 수포로 돌아갔다.

"오늘 아침 일어나자마자," 그는 달에서 눈길을 떼고 감정을 감추고 자리에 앉으면서 말했다. "포세뜨가로 가서 요리사에게 당신이 안전하게 보살핌을 받고 있다고 말했소. 세상에, 당신이 집에 없다는 사실조차 아직 모르고 있더군요. 당신이 그 커다란 기숙사에 안전하게 잘 있다고 생각하고 있었소. 당신을 어떻게들 돌봤는지 알겠소!"

"아! 그럴 수도 있어요." 내가 말했다. "고똥은 달인 약 한잔과 빵 한조각만 가져다주는 것 말고는 해줄 수 있는 일이 없었거든요. 그마저도 지난주엔 너무 자주 약이고 빵이고 먹지 않겠다고 하니 그 착한 여자는 사택 부엌에서 학교 기숙사까지 헛수고하러 오는 데 지쳐 하루에 한번 정오에만 침대를 정돈해주러 왔어요. 하지만 선한 사람이고, 제가 먹을 수만 있다면 양갈비 요리⁴라도 해주었을 거예요. 믿어주세요.”

“베끄 부인은 어쩌자고 당신을 혼자 놔두고 간 거요?”

“제가 아프리란 걸 예상하지 못했을 테니까요.”

“신경계통이 아주 심하게 고통스러웠소?”

“신경계통이 뭔지 확실히는 모르겠지만 끔찍하게 우울하긴 했어요.”

“그래서 내가 알약이나 물약을 줘도 당신에게 도움이 되지 않는 거요. 약을 먹고 기분이 좋아질 수는 없소. 내 의술도 우울증의 문턱에서는 멈춰버린다오. 의술은 고통의 방을 들여다볼 뿐 말도 할 수 없고 뭘 해주지도 못하오. 즐겁게 사람들과 어울리면 효과가 있을 거요. 가능하면 혼자 있는 시간을 줄이고 운동을 많이 하도록 해요.”

나는 그의 말에 대한 수긍으로 침묵했다. 흠잡을 데 없는 말이란 생각이 들었다. 관습으로 안전하게 인정할 수 있는, 진부하리만치 쓸모 있는 말들이었다.

“스노우 양,” 존 선생이 말했다. 신경계통을 포함한 내 건강 이야기가 끝나서 다소 안심이 되었다. “종교를 물어도 되겠소? 가톨릭 신자요?”

나는 약간 놀라서 쳐다보았다. “가톨릭 신자냐고요? 아니에요! 왜 그런 생각을 하시는 거죠?”

----

4 (프) côtelettes de mouton.

"어젯밤 당신을 넘겨받은 상황 때문에 그런 거요."

"선생님께 넘겨졌다고요? 사실 전 기억이 나지 않아요. 아직도 어떻게 선생님께 넘겨졌는지 모르겠어요."

"당혹스러운 상황에서였소. 어제 나는 하루 종일 아주 흥미롭기는 하지만 위험한 병을 치료했소. 희귀한 병이라 치료가 될지도 의심스러웠소. 빠리의 병원에서 이와 유사한 환자를 보았지만 그때는 이보다 훨씬 나았소. 하지만 그런 이야기에는 관심이 없을 거요. 어쨌든 마침내 가장 위급한 증상(극심한 고통이 수반되는)이 좀 누그러들어 집으로 돌아오고 있었소. 바스빌을 지나가는 지름길이었는데, 그날따라 밤이 유난히 어둡고 비바람이 쳐 그 길로 가던 중이었다오. 말에 박차를 가하며 베긴회[5] 소속의 낡은 성당을 지나쳐 달리는 중이었는데, 현관인지 입구의 깊숙한 아치인지, 밝혀진 등불 옆에 한 신부가 손에 뭔가를 들어올리고 있는 게 보였소. 등불 빛이 환한 덕분에 신부의 모습이 아주 잘 보여서, 그를 알아볼 수 있었소. 부자나 가난한 사람 들의 병상에서 종종 만난 적이 있는 신부였소. 주로 가난한 사람들의 병상에서였지만. 그는 이 나라 대부분의 신부들보다 훨씬 훌륭한 사람이지요. 자신의 임무에 헌신적일 뿐 아니라 다른 신부들보다 지식도 풍부하고 모든 면에서 더 뛰어나다오. 눈이 마주치자 그가 나더러 멈추어달라고 했소. 그는 기절했는지 죽어가는지 모를 여인을 안고 있었소. 나는 말에서 내렸소.

'당신 나라에서 온 여자요.' 그가 말했소. '죽지 않았으면 구해주시오.' 우리나라 여자란 사람은, 살펴보니 베끄 부인 기숙학교의 영

---

5 13세기에 벨기에에 세워진 준(準)수도회.

어 선생이었는데, 완전히 의식을 잃어 핏기 하나 없는데다 몸은 차가울 지경이었소.

'어떻게 된 일이죠?' 내가 물었소.

그랬더니 그가 이상한 설명을 해주는 거요. 그날 저녁에 당신이 고해를 하러 왔는데, 너무 지치고 고통스러워 보이는데다 당신이 한 말 때문에……"

"제가 한 말이라뇨? 제가 무슨 말을 했다고 그러죠!"

"틀림없이 아주 무거운 죄를 고백한 것 같은데, 뭔지는 말해주지 않았소. 고해성사는 누설해선 안되기 때문에 나도 호기심을 눌렀고 그도 아무 말 하지 않았소. 하지만 당신이 털어놓은 이야기 때문에 당신을 미워하는 것 같지는 않았소. 다만 꽤 충격을 받은 것처럼 보였고, 그런 밤에 당신이 혼자 길을 나서는 게 안됐다고 생각했던 것 같소. 그래서 당신이 성당을 나와 집에 닿을 때까지 쭉 지켜보아야 한다고 생각했던 모양이오. 아마 그 착한 신부가 그렇게 한 것은 어느정도 무의식적으로 신부라는 이들의 예민함 때문인지도 모르지요. 당신 집을 알아두려고 그랬는지도 모르고…… 고해를 할 때 주소를 알려주었나요?"

"알려주지 않았어요. 오히려 그런 암시조차 주지 않으려고 신경을 썼는걸요. 고해로 말하자면, 존 선생님, 고해를 했다니 미쳤다고 생각하실지도 모르겠지만 그럴 수밖에 없었어요. 이게 다 선생님이 말하는 그 '신경계통'이라는 것 때문이겠죠. 말로 표현하긴 힘들지만, 밤이고 낮이고 견딜 수가 없었어요. 끔찍한 외로움으로 가슴이 찢어질 듯 아팠어요. 어떤 감정이 출구를 발견해 쏟아져나왔어요. 그걸 막으면 죽을 것 같았어요. 심장을 지나 흐르던 피가 동맥류나 다른 병적 원인으로 제대로 흐르지 못하고 비정상적인 출구를 찾는 것처럼요(이해하시죠, 존 선생님). 전 같이 있어줄 사람이 필요했고 친구가 필요했고 상담이 필요했어요. 하지만 내실이나 방에서는 찾을 수 없어서 성당으로, 고해실로 간 거예요. 고해실에서 비밀을 털어놓지도 않고, 특별한 이야기를 하지도 않았어요. 전 잘못한 게 없으니까요. 꾸며낸 이야기이건 사실이건, 어떤 범죄를 저지를 만큼 제 인생이 화려하진 않잖아요. 털어놓은 거라곤 따분하고 견딜 수 없는 불만뿐이었어요."

"루시, 한 반년쯤 여행을 가는 게 좋겠어요. 차분한 당신이 웬일인지 쉽게 흥분하는 성격이 되어가고 있소! 빌어먹을 베끄 부인 같으니! 가장 훌륭한 선생을 혼자 가두어놓다니, 그 땅딸막한 과부는 인정머리도 없나요?"

"베끄 부인 잘못이 아니에요." 내가 말했다. "살아 있는 누구의 잘못도 아니에요. 아무도 비난하지 마세요."

"그럼 누가 잘못한 거요, 루시?"

"저요, 존 선생님. 제 잘못이에요. 그리고 '운명'이라는 커다랗고 추상적인 개념의 잘못이죠. 전 운명의 어깨에 엄청난 비난을 짐 지우길 좋아해요. 으레 짊어져야 할 몫이거든요."

"'저'는 앞으로 좀더 보살핌을 받아야겠소." 존 선생이 빙그레 웃으며 말했다. 짐작건대 내 엉망인 말 때문인 듯했다.

"환경을 바꾸고…… 기분전환을 하라는 게 내 처방이오." 실용적인 젊은 의사는 잠시 입을 다물더니 계속 말했다. "아까 이야기로 돌아갑시다. 쎌라스 신부는 아주 머리가 좋은 사람이지만(예수회 신부라고들 하오) 당신이 생각하는 만큼 현명한 사람은 아니오. 당신이 포세뜨가로 돌아가지 못한 채 열에 들떠 헤맨 걸 보니 말이오. 틀림없이 고열이 났을 텐데……"

"아니에요, 존 선생님. 그날밤에 열이 심해진 거예요. 그리고 제가 열 때문에 정신착란을 일으켰다고는 하지 마세요. 그러진 않았으니까요."

"좋소! 그렇다면 당신이 지금 이 순간의 나만큼이나 침착했다고 해둡시다! 어쨌든 당신은 기숙학교와는 반대 방향으로 헤매었소. 그러다가 베긴회 성당 근처에서 비바람을 맞으며 칠흑 같은 어둠 속에 기절해 쓰러진 거요. 그리고 신부가 당신을 구하러 왔고, 알다시피 의사가 오게 된 거요. 우리 둘이 사륜마차를 불러 당신을 이리로 데려왔소. 씰라스 신부는 늙었지만 몸소 당신을 여기 2층까지 옮겨와 침상에 눕혔소. 그는 의식이 돌아올 때까지 당신 곁에 있고 싶어했고, 나도 그럴 작정이었소. 그런데 그때 마침 내가 치료하고 온, 그 죽어가는 환자가 보낸 심부름꾼이 헐떡거리며 도착해 마지막 의무를 요구했소. 의사의 마지막 왕진과 신부의 종부성사 말이오. 종부성사를 미룰 수는 없었소. 그래서 나는 씰라스 신부와 함께 떠나면서, 그날 저녁 어머니가 외출하신 이유로 당신을 마사에게 맡기고 몇가지 지시를 내렸는데, 시킨 대로 잘한 것 같소. 자, 그렇다면, 이제 당신은 가톨릭 신자요?"

"아직은 아니에요." 내가 웃으면서 말했다. "씰라스 신부님께 제가 어디 살고 있는지 알려주지 마세요. 아시면 개종시키려 들 테니까요. 하지만 뵙게 되면 제가 정말로 감사해하고 있다는 말씀은 전해주세요. 부자가 되면 그분의 자선사업에 기부하겠어요. 존 선생님, 어머니께서 깨셨어요. 차를 내오라고 종을 울려야겠어요."

그가 종을 울렸다. 깨어난 브레턴 부인은 깜빡 잠이 들었던 데에 놀라고 분해서, 자기가 잤다는 사실을 부인할 태세를 보였고, 그런 어머니의 모습에 아들은 장난스럽게 공격하기 시작했다.

"자장, 자장, 우리 엄마! 주무시니까 꼭 아기 같으시던데요. 더 주무세요."

"내가 잤다니, 존 그레이엄! 무슨 얘기냐? 난 낮잠을 자는 법이 없다는 걸 알잖니. 아마 깜박 졸았겠지."

"바로 그거예요! 천사가 가볍게 실수하고, 요정이 꿈꾼 거겠죠. 엄마, 그러실 때 꼭 티타니아[6] 같다니까요."

"그건 너 때문이란다, 네가 보텀이랑 꼭 닮았잖니."

"스노우 양, 어머니처럼 재치 있는 분을 본 적이 있소? 어머닌 연세와 풍채에 어울리지 않게 아주 발랄한 분이에요."

"그런 칭찬은 네가 받아야지. 자기 몸집부터 생각해보려무나. 내가 보기엔 아주 많이 불어난 것 같은데. 루시, 애한테서 영국 젊은이 냄새가 물씬 풍기지 않니? 전에는 장어처럼 늘씬했는데 이젠 덩치 좋은 기마병같이 보이지. 왕실 근위병 같단 말이야. 그레이엄, 유의하렴! 뚱뚱해지면 내 아들이 아니라고 할 거다."

"그보다는 먼저 어머니 자신의 성격부터 바꿔야 할걸요! 루시 양, 저는 '늙은 귀부인'의 행복엔 필수적인 존재거든요. 6피트나 되는 무례한 내가 없으면, 엄마는 시름시름 앓아 파리해지고 우울증에 걸려 샛노래질 거요. 날 야단치시느라 생기발랄하고 건강하고 기운이 넘치시는 거라오."

두 사람은 벽난롯가에 서서 마주 보고 있었다. 그들이 주고받는 말은 아주 살갑지는 않았지만, 서로를 바라보는 눈빛은 말의 부족함을 보완해주고 있었다. 적어도 브레턴 부인의 삶에서 가장 훌륭

---

6 셰익스피어의 희곡 『한여름 밤의 꿈』의 주인공. 요정나라의 여왕으로, 남편 오베론은 그녀가 보텀과 사랑에 빠지도록 만든다. 보텀은 아테네의 직조공으로 장난꾸러기 요정 퍽이 당나귀 머리를 씌운다.

한 보물은 아들의 가슴속에 간직되어 있는 게 분명했다. 그녀가 가장 소중하게 여기는 맥박이 그의 가슴속에서 뛰고 있었다. 그의 경우에는, 물론 어머니에 대한 사랑 외에도 다른 사랑이 있었다. 그리고 말할 것도 없이, 그 사랑은 가장 최근에 생겨났기에 '베냐민의 몫'[7]의 사랑을 받았다. 지네브라! 지네브라! 브레턴 부인은 자신의 우상인 아들이 누구의 발밑에 경의를 바치고 있는지 알고 있을까? 그런 선택을 인정할까? 나는 알 수 없었다. 하지만 팬쇼 양이 그레이엄을 어떻게 대하는지 안다면 부인이 어떻게 할지는 잘 알고 있었다. 만일 팬쇼 양이 그레이엄에게 냉정하게 굴었다가 애교를 부렸다 거절했다가 유혹했다 하는 식으로 행동하는 것을 안다면, 그녀가 준 시련 때문에 아들이 겪는 고통을 조금이라도 상상할 수 있다면, 아들의 고결한 정신이 정복당해 고통받고 아들보다 열등한 사람이 팬쇼 양에게 더 사랑받고, 그 열등한 사람이 아들에게 굴욕감을 주는 수단이 되는 것을 내가 봤듯 브레턴 부인이 봤다면, 그녀는 **곧바로** 지네브라를 멍청이거나 정신이상자거나 아니면 둘 다라고 선언했을 것이다. 사실 나도 그렇게 생각했다.

그렇게 이튿날 저녁도 첫날처럼 달콤하게 지나갔다. 사실은 더 달콤했다. 우리는 스스럼없이 서로의 생각을 이야기하고 지나간 고통에 대해서는 더이상 이야기하지 않았다. 우정은 더욱 단단해졌다. 나는 더 행복하고 더 스스럼없고 더 편안해졌다. 그날밤 나는 울면서 잠자리에 드는 대신 유쾌한 생각으로 둘러싸여 꿈나라로 갔다.

---

**7** 가장 큰 몫이란 뜻. 창세기 43:34. "요셉이 자기 음식을 그들에게 주되 베냐민에게는 다른 사람보다 다섯배나 주매."

## 18장
# 말다툼을 하다

라 떼라스에 머문 처음 며칠 동안 그레이엄은 내 옆에 있는 의자에 앉지 않았고, 방을 자주 왔다갔다하면서도 내가 있는 곳으로는 다가오지도 않았다. 평소보다 더 골똘히 생각에 잠기거나 심각해 보이지도 않았다. 그러나 나는 팬쇼 양을 생각하고 있었고, 그의 입에서 그녀의 이름이 튀어나올 거라고 예상했다. 그 미묘한 주제가 언제 나오나 하고 끊임없이 귀와 마음의 준비를 하고 있었다. 내 '인내심'은 계속 무장태세를 하고 있으라는 명을 받았고, '공감'은 언제라도 흘러나올 만반의 준비를 하고 있으라는 요청을 받았다. 그는 얼마간 내면의 갈등을 겪는 듯했고 나는 그런 그를 별말 없이 지켜보기만 했는데, 마침내 그가 그 이야기를 꺼내고야 말았다. 이야기는 미묘하게, 말하자면 이름 없이 시작됐다.

"듣기로는, 당신 친구가 여행을 하며 방학을 보낸다면서요?"

'맙소사, 친구라고요!' 나는 속으로 생각했다. 그러나 반박할 일도 아니었고, 그도 마음대로 생각할 권리가 있었다. 나로서는 그 단어가 약간 도를 넘은 것이었지만, 그냥 친구라고 해두기로 했다. 그래도 시험 삼아 그에게 누구 말이냐고 묻지 않을 수 없었다.

존 선생이 내가 바느질을 하고 있는 탁자에 와 앉았다. 그는 실타래에 손을 얹고 무심결에 실을 풀기 시작했다.

"지네브라…… 그러니까 팬쇼 양이 숄몽들레가 사람들과 함께 남프랑스로 여행을 갔다고 하던데 말이오?"

"네."

"서로 편지는 주고받소?"

"그런 특권을 누릴 생각을 해본 적이 한번도 없다고 말하면 놀라시겠군요."

"그녀가 쓴 편지를 본 적이 있소?"

"네, 친척 아저씨께 쓴 건 몇번 봤어요."

"그 편지에는 재치와 순진함[1]이 가득 담겨 있겠지요. 그녀는 재기가 넘치고 가식이란 게 거의 없는 사람이잖소?"

"바송삐에르 씨께는 대강 쓰죠. 그분이 뛰면서도 읽을 수 있을 정도일걸요."(사실 지네브라가 부자 아저씨께 보내는 편지라는 것은 대개 현금을 명백히 요구하는 사업적인 문서였다.)

"그럼 필체는 어떻소? 틀림없이 예쁘장하고 가벼운 필치로 숙녀다울 거요. 그렇게 생각해도 되오?"

맞는 말이기 때문에 그렇다고 대답했다.

"그녀는 분명 하는 일마다 다 잘할 거예요." 존 선생이 말했다. 내가 이 말에 서둘러 맞장구를 치지 않자 그가 덧붙였다. "그녀를

-----

1 (프) naïveté.

잘 아는 당신도 결점을 지적하는 건 쉽지가 않지요?"

"그녀는 몇가지엔 아주 능하죠."('그중에서도 남자에게 새롱거리는 능력이 제일이죠'라고 나는 속으로 덧붙였다.)

"그녀가 언제 빌레뜨로 돌아오리라고 생각하오?" 잠시 후 그가 물었다.

"실례지만 존 선생님, 설명을 드려야겠군요. 팬쇼 양과 제가 아주 친하다고 여겨주셔서 영광이지만, 전 그런 영광을 누리고 있지 못해요. 그녀는 자신의 계획과 비밀을 저와 나누는 법이 없답니다. 그녀의 특별한 친구는 다른 데 가서 알아보셔야겠네요. 예를 들면 숄몽들레 집안 사람들이라든지요."

그런데 정말로 그는 내가 자기처럼 숄몽들레가 사람들을 질투해서 괴로워한다고 생각하고 있었다! "그녀를 용서해주시오." 그가 말했다. "너그럽게 봐주시오. 사교계의 빛이 그녀를 현혹하고 있지만 곧 그들의 허황됨을 깨달을 거고, 더 큰 애정과 더 굳은 신뢰를 가지고 당신에게 되돌아올 거요. 숄몽들레 집안 사람들에 대해선 나도 좀 아는데, 천박하고 과시적이며 이기적인 사람들이오. 틀림없이 지네브라는 마음속으로 그런 사람들 스무명보다 당신을 더 소중히 여길 거요."

"그렇게 말씀하시다니 친절하시군요." 나는 간단히 대답했다. 그가 내게 부여해준 감정을 부인하고 싶어 입술이 탔으나 나는 그 불을 껐다. 나를 뛰어난 팬쇼 양이 비밀을 털어놓는 친구였지만 그녀에게 버림받고 굴욕감을 느끼다 지금은 그녀를 그리워하는 친구로 여기도록 내버려두기로 한 것이었다. 하지만 독자여, 그것은 힘든 굴복이었다.

"하지만 알다시피," 그레이엄이 계속했다. "당신을 위로하면서도 나 자신에게는 그런 위로를 할 수가 없구려. 그녀가 나를 제대로 인정해주리라 기대할 수가 없으니 말이오. 아말은 아주 쓸모없는 인간인데도 그녀가 그를 좋아하는 것 같아 걱정이오. 졸렬한 망상 때문에!"

정말로 더는 참을 수가 없었다. 갑자기 예상치 않게 나는 인내심을 잃고 말았다. 병이 난데다 기운이 없어서 내 인내심이 지쳐 약해진 듯했다.

"브레턴 선생님," 나는 폭발했다. "선생님의 망상이야말로 심각한걸요. 한가지만 제외하면 선생님은 모든 면에서 솔직하고 건강하고 올바른 생각을 지닌 총명한 사람이에요. 하지만 이 한가지 예외에서는 노예와도 같죠. 팬쇼 양에 관한 한 선생님은 존경을 받을 만한 자격이 없어요. 저도 그 점에 대해서는 존경할 수가 없고."

나는 벌떡 일어나 무척 흥분한 상태로 방을 나갔다.

이 작은 소동은 아침에 벌어졌다. 저녁에 다시 그를 만나야 했는데, 그제야 내가 잘못했다는 생각이 들었다. 그는 보통 사람, 즉 세속적인 사람이 아니었다. 그는 본성의 틀은 넓고 튼튼하지만 세부는 거의 여성적이라 할 만큼 섬세했다. 일반적으로 생각하는 것보다, 수년간 사귄 후 그의 본성이라고 믿게 되는 것보다 그의 성격은 훨씬 섬세했다. 정말로, 그가 지나치게 신경이 예민해져 그러한 감수성이 드러날 때까지는 이 복잡한 본성을 모르고 지나치기가 쉽다. 특히 그는 공감하는 능력이 뛰어난 사람이 아니어서 더욱더 알아차리기가 힘들다. 느끼는 것과 남의 감정을 재빨리 알아차리는 것은 별개의 능력이다. 두 능력을 모두 가진 사람은 얼마 안되고, 어떤 사람에게는 둘 다 없다. 존 선생은 완벽할 정도로 세세하게 느끼는 능력이 있었다. 내가 앞서 말한바, 그는 섬세하게 느끼는 만큼 공감하지는 못하는 사람이니 독자는 그를 극단적으로 공감 능력이 없는 사람이나 무감각한 사람으로 생각하지 않기를 바란다. 오히려 그는 친절하고 관대한 사람이었다. 무엇이 필요한지만 알려주면 그는 아낌없이 주는 사람이었다. 슬픔을 말로 표현하면 기꺼이 귀기울여 들어주었다. 하지만 그에게 예리한 눈치나 직감이라는 기적을 바라면 실망할 것이다. 그날밤, 방에 들어온 존 선생의 모습이 램프 빛에 비쳤을 때, 나는 단숨에 그의 심리를 꿰뚫어보았다.

그는 자신을 "노예"라고 부르고 어떤 점에 대해서는 존경하지 않겠다고 말한 사람에 대해 특이한 감정을 지니게 되었음이 틀림없었다. 노예라고 한 것은 맞는 말이었고, 존경받을 만한 자격이 없다는 것도 틀린 말은 아니었다. 그는 그 점을 부인하지 못했고, 마음속으로 솔직히 그 비참한 가능성을 되씹어보기까지 했다. 그는 나의 비난을 받고는 마음의 평화가 깨져서 그다지도 고통을 준 실패의 원인을 찾았다. 그는 마음속으로 자책하며 근심에 싸여 심란해 보였고, 나와 어머니 둘 다에게 냉담하게 구는 듯했다. 그렇지만 내게 악의나 원한을 보이진 않았고, 옹졸한 표정을 짓지도 않았다. 그의 얼굴은 침울한 가운데에도 남성미가 빛났다. 곧 하인이 올 것 같아서 나는 탁자에 그의 의자를 황급히 가져다놓고 떨리는 손길로 조심스럽게 차를 따라 건네주었다. 그때 그가 말했다.

"루시, 고마워요." 예의 성량이 풍부하고 듣기 좋은 어조에 친절한 말투였다.

나에게는 한가지 계획밖에 없었다. 아까 화를 낸 것을 속죄해야 했다. 그러지 않으면 그날밤 잠들 수 없을 것 같았다. 이대로는 안 됐다. 그 상태를 견딜 수가 없었다. 이런 문제로 그와 싸울 배짱이 있는 척하고 싶지도 않았다. 존 선생과 사이가 틀어지는 것보다는 학교에서 외롭게 지내거나 수도원의 적막을 견디면서 침체되는 편이 오히려 나을 것 같았다. 지네브라야 은빛 비둘기 날개든 다른 새의 날개든, 날개를 달고 가장 높이 떠 있는 별들 사이의 가장 높은 곳까지 올라가거나 말거나였다.[2] 그러면 그 연인의 환상 역시 높이 올라가 그녀의 매력에 어울리는 별자리를 골라주겠지. 어떤 별자리를 골라주느냐를 놓고 내가 더이상 싸울 일이 아니었다. 오랫동안 나는 그와 눈길을 마주치려고 애썼다. 몇번 나와 눈이 마주쳤으나 그가 아무 말 없이 물러서는 바람에 난감했다. 차를 마신 후 그는 앉아서 슬픔에 잠긴 모습으로 조용히 책을 읽었다. 용기를 내 그의 곁으로 다가가 앉고 싶었지만, 그렇게 하면 그가 화를 내고 적대감을 표시할 것 같았다. 나는 말을 걸고 싶었지만 속삭일 엄두조차 나지 않았다. 그의 어머니가 방을 나갔다. 그러자 견딜 수 없이 후회가 밀려왔고, 나는 "존 선생님"이라고 웅얼거리듯 말했다.

그가 책에서 눈을 떼고 나를 바라보았다. 그의 눈은 냉정하거나 악의에 차 있지 않았고 입술에도 냉소가 묻어 있지 않았다. 언제라도 기꺼이 내 말을 들어주겠다는 태도였다. 그의 정신은 잘 성숙된 진한 포도주 같아서 천둥소리 한번에 시어지지 않았다.

"존 선생님, 제가 너무 경솔하게 말한 걸 용서해주세요. 제발, 제발 용서해주세요."

내가 말하자마자 그는 미소를 지었다. "루시 양, 어쩌면 내가 그런 소리를 들어 마땅한지도 모르겠소. 당신이 날 존경하지 않는다면 분명히 내가 존경받을 만하지 않기 때문일 거요. 내가 바보가

---

2 시편 68:13. "너희가 양 우리에 누울 때에는 그 날개를 은으로 입히고 그 깃을 황금으로 입힌 비둘기 같도다."

아닌가 걱정이 되오. 내가 기쁘게 해주고 싶은 사람을 그렇게 해주지 못하는 것으로 봐서 어떤 면에서는 내 처신이 잘못된 게 분명하오."

"꼭 그렇지 않을 수도 있어요. 그런 경우라 하더라도 그게 선생님 성격의 결함 때문인가요? 상대방이 지각이 없어서가 아닐까요? 이제 제가 화가 나서 한 말은 취소하게 해주세요. 모든 면에서 전 선생님을 깊이 존경해요. 자신을 대수롭지 않게 생각하면서 남을 지나치게 소중하게 여긴다면 그 자체가 훌륭한 일이 아니고 뭐겠어요?"

"내가 지네브라를 지나치게 소중히 여기는 거요?"

"전 지나치다고 믿는데 선생님은 아무리 소중히 여겨도 지나치지 않다고 믿으시죠. 서로 의견이 다른 것이라고 해두죠. 절 용서해주세요, 부탁이에요."

"내가 화가 나서 한 말 한마디에 악의를 품을 사람 같소?"

"그런 사람이 아니고 그럴 리도 없다는 거 알아요. 하지만 '루시, 난 당신을 용서하오!'라고만 해주세요. 괴로운 제 마음이 편안해지게 말이에요."

"당신이 가벼운 상처를 줘 나 역시 괴로웠지만 풀어버릴 테니, 당신도 마음 편히 가지시오. 이제 고통이 사라졌으니 용서하는 것 이상이오. 내 행복을 비는 사람에게 진정으로 감사하고 있소."

"저는 진정으로 당신의 행복을 비는 사람이에요. 선생님 말씀이 맞아요."

이리하여 우리의 싸움은 끝났다.

독자여, 이 작품이 진행되는 동안 존 선생에 대한 내 의견이 일관성 없어 보이더라도 용서해주기 바란다. 당시 내가 느낀 대로 이야기하는 것이고 보이는 대로 묘사하는 것이니까.

그런 오해가 있은 후 그는 전보다 내게 더 다정하게 대해줌으로써 훌륭한 성품을 보여주었다. 아니, 내 이론에 따르면, 그와 나 사이를 소원하게 했던 바로 그 사건으로 우리의 관계는 약간 변했다. 그러나 괴로워하며 예상했던 것과는 다른 의미에서였다. 여태껏 우리 둘 사이에는 아주 얇고 투명하지만 몹시 싸늘한, 보이지 않지만 차가운, 뭐랄까, 일종의 얼음막 같은 것이 존재했고 그 얼음막을 사이에 두고 대화가 진행되었다. 화가 나서 한 말이기는 하지만 열띤 말 몇마디에 '자제'라는 연약한 서리꽃에 김이 서렸고, 이때쯤 그것은 녹을 기미가 보였다. 그날부터 친구로 지내면서 그는 나와 얘기할 때 격식을 따지지 않았다. 그는 자기 자신에 대해, 그리고 자신이 깊은 관심을 지닌 일에 대해 말하고 싶을 때면, 늘 내가 미리 알아채고 자기 이야기를 듣고 싶어한다고 생각하는 듯했다. 따라서 당연히 나는 계속 '지네브라'에 대해 많은 것을 듣게 되었다.

"지네브라!" 그는 그녀를 너무도 아름답고 착하다고 생각했다. 그녀의 매력과 부드러움과 순수함에 대해 말하는 그의 말투에 애정이 넘쳐서, 실상을 분명히 잘 아는 나조차 그녀를 생각하면 일종의 후광이 보이기 시작했다. 독자여, 터놓고 말하자면, 여전히 그는 종종 터무니없는 소리를 했다. 하지만 나는 언제나 그에 대해 인내심을 가지려고 애썼다. 이미 교훈을 얻었기 때문이었다. 그를 화나게 하거나 슬프게 하거나 실망시키면 나 자신이 얼마나 심한 고통을 겪게 되는가를 이미 깨달은 바였다. 새롭고 기묘한 의미에서 나는 더없이 이기적인 사람이 되었다. 그의 의지에 순응하고 그의 기분에 맞춰주는 기쁨을 물리칠 수가 없었다. 계속 자신 없어하고, 자신이 결국 팬쇼 양의 사랑을 얻어낼 능력이 없으리라 생각하고 낙담하는 모습은 여전히 그의 가장 어리석은 모습이었다. 내 마음속에는 그녀가 단지 그를 부추기기 위해 교태를 부리고 있으며, 그의 말 한마디, 시선 한번을 갈망하고 있다는 환상이 어느 때보다도 완강하게 뿌리를 내렸다. 참고 들어주자고 결심했는데도 가끔 그 때문에 마음이 괴로웠다. 이렇게 표현할 길 없는 달콤하고도 쓰라린 기쁨을 맛보는 가운데, 그가 내 마음속의 굳은 결의라는 부싯돌을 치는 바람에 몇번 불이 번쩍거리기도 했다. 그러다가 어느날, 나는 그의 초조함을 가라앉혀주기 위해, 내 생각에도 팬쇼 양이 결국 그를 받아들일 작정인 게 **틀림없다**는 말이 나와버렸다.

"틀림없다고 했소! 말이야 쉽겠지만, 그런 확신을 지닐 근거가 있소?"

"최상의 근거가 있죠."

"자, 루시, 근거가 무엇인지 **말해주겠소**?"

"저 못지않게 선생님도 잘 알고 있으면서 그래요? 존 선생님도 알고 있으면서 그녀의 변함없는 사랑을 터놓고 믿지 못하시는 걸 보면 정말 놀라워요. 이런 상황에서 의심하는 건 모욕이나 다름없어요."

"지금 당신은 말이 빨라지고 숨도 가빠지기 시작했소. 하지만 완전히 설명을 마칠 때까지 조금만 더 빨리 말하고 조금만 더 숨을 몰아쉬시오. 난 완벽한 설명을 들어야겠소."

"설명해드리죠, 존 선생님. 어떤 경우에 선생님은 아낄 줄 모르고 베푸는 사람이에요. 정성껏 제물을 바칠 준비가 되어 있는 숭배자죠. 쎌라스 신부님이 선생님을 개종시킨다면 그분의 자선사업을 위해 거액을 내놓을 거고, 그분의 성당 제대에 초를 갖다바칠 거고,

선생님이 가장 좋아하는 성인을 위한 예배당을 최선을 다해 꾸밀 거예요. 존 선생님, 지네브라는……"

"쉿!" 그가 말했다. "더이상 말하지 마시오."

"쉿이라뇨, 그러지 않겠어요. 계속 말하겠어요. 지네브라의 손에 선생님에게 받은 선물이 얼마나 들려 있었는지 저는 셀 수도 없을 정도예요. 선생님은 그녀를 위해 가장 비싼 꽃을 찾아다녔죠. 머리를 짜 가장 우아한 선물, 여자만이 상상해낼 수 있을 정도로 우아한 선물을 생각해냈어요. 게다가 팬쇼 양은 당신이 관대한 정도를 넘어서 무리를 해서 샀을 게 분명한 장신구를 한벌 가지고 있더군요."

이 문제에 대해서 지네브라는 결코 겸손한 적이 없었지만, 그녀의 숭배자는 얼굴 전체가 벌겋게 물들었다.

"말도 안되오!" 그가 내 가위로 비단실을 난폭하게 자르며 말했다. "내가 좋아서 준 거요. 그것을 받아주는 것만으로도 그녀가 호의를 베풀어준다고 느꼈소."

"호의를 베푸는 것 이상이었어요, 존 선생님. 그녀는 명예를 걸고 당신께 보상을 하겠노라 맹세한 거예요. 애정으로 갚을 수 없다면, 사무적으로 같은 액수의 금화를 건네야 해요."

"당신은 그녀를 이해하지 못하고 있소. 그녀는 너무나 사심이 없어서 내 선물을 개의치 않은 거고, 너무나 순진해서 선물의 가치를 모르는 거요."

나는 큰 소리로 웃었다. 나는 그녀가 모든 보석의 가격을 계산하는 것을 들은 적이 있다. 그녀는 비록 어렸지만, 돈 때문에 생기는 곤란, 돈을 쓸 계획, 돈의 가치, 돈을 얻어내려는 노력 등이야말로 수년 동안 가장 빈번하게 그녀의 정신을 자극한 것들이었으며, 그것들이 그녀가 가장 좋아하는 자극이라는 사실을 나는 잘 알았다.

그는 계속했다. "그녀의 무릎에 작은 선물을 놓았을 때 그녀가 지은 표정을 당신이 보았어야 하는데 말이오. 너무나 냉담하고 전혀 감동받지 않은 기색이었소. 가지고 싶어하지도 않았고, 바라보는 것조차 좋아하지 않았소. 단지 나를 슬프게 하지 않으려는 상냥한 마음에서 옆에 꽃다발을 놓는 것을 허락해주거나, 때로는 꽃다발을 가져가기도 하는 듯하오. 그녀의 상앗빛 팔에 팔찌(늘 내가 보기에 예쁘면서도 싸구려가 아닌 것으로 골랐소)를 채워줘도 그 빛에 그녀의 빛나는 눈이 현혹되는 법이 없었소. 내 선물에 눈길 한번 주지 않는단 말이오."

"그럼 물론 선물을 하찮게 여겨서 풀어보지도 않은 채 당신에게 돌려주었겠군요?"

"아니오, 그녀는 너무 착해서 차마 거절하지 못했소. 그녀는 내가 선물을 주었다는 사실을 잊은 척하기도 했소. 숙녀다운 조용한 망각으로 그 장신구를 간직하고 있는 거죠. 상황이 이런데, 어떤 남자가 선물을 받아준다는 걸 호의의 표시로 여기겠소? 내가 가진 모든 것을 그녀에게 주고 그녀가 그것을 받아들인다 해도, 그건 단지 그녀가 치사한 계산을 못해서이니 감히 우리의 관계가 한 단계 발전했다고는 믿을 수 없소."

"존 선생님," 나는 입을 열었다. "사랑은 맹목적이라잖아요." 그런데 바로 그때, 비스듬히 바라보이는 존 선생의 눈에 미묘한 푸른빛이 스쳤다. 그 눈빛은 내게 옛 시절을, 그의 초상화를 상기시켰다. 그러자 팬쇼 양이 순진하다는 그의 공공연한 설득이 가장한 것일 수도 있다는 생각이 들었다. 그가 그녀의 아름다움을 사랑하는 것은 사실이지만, 평소에 그가 하는 말만큼 착각하고 있는 것은 아니며, 그녀의 결점을 더 분명히 알고 있는 건 아닐까. 결국 그것은 우연한 눈빛이었거나 기껏해야 순간적인 인상일 수도 있었다. 우연이든 의도적인 것이든, 사실이든 상상이든, 그 눈빛으로 인해 대화는 끝났다.

# 19장
# 클레오파트라

　방학이 끝난 지 이주나 지날 때까지 나는 라 떼라스에 머물렀다. 브레턴 부인의 친절 덕분에 더 쉴 수 있게 된 것이었다. 그녀의 아들이 어느날 "루시 양은 아직 그 축사 같은 기숙학교로 돌아갈 만큼 회복되지 않았어요"라고 판결을 내리자 그녀는 당장 포세뜨가로 달려가 교장과 만나, 내가 건강을 완전히 회복하기 위해서는 휴식과 기분전환이 더 필요하다고 사정하여 관대한 처분을 얻어냈다. 하지만 그후 나는 받지 않아도 될 관심을 받게 되었다. 베끄 부인의 정중한 방문을 받은 것이다.

　베끄 부인은 어느 화창한 날 성까지 마차를 타고 왔다. 손 선생이 어떤 곳에 살고 있나 보기로 마음먹은 듯했다. 쾌적한 집터와 단정한 실내는 분명히 그녀의 기대 이상이었다. 그녀는 보는 것마다 칭찬했고, 푸른 응접실을 "하나의 멋진 작품"[1]이라고까지 했다. 그러고는 내게 "이렇게 훌륭하고 정답고 품위 있는"[2] 친구가 생겼다니 축하한다는 말을 여러차례 하며 짤막한 찬사를 던진 다음, 존 선생이 들어오자 날듯이 그에게로 달려가 그의 "성"³과 "위엄 있는 여주인인 그의 어머니"⁴와 그의 인물에 대해서 온통 찬사와 단언으로 반짝이는 말을 퍼부어대기 시작했다. 실로 그의 모습은 활짝 피어 있었는데, 베끄 부인의 유창하고 현란한 프랑스어를 들을 때면 늘 그러듯이 그 순간에도 착하지만 장난기 어린 미소를 띠어 더 아름다웠다. 간단히 말해서 부인은 그날 최고로 빛났고, 찬사와 기쁨과 애정의 회전 폭죽을 터뜨리며 사라졌다. 나는 학교 일에 대해 몇가지 물 게 있어 반은 의도적으로 마차까지 따라가, 그녀가 자리에 앉고 마차 문을 닫은 후 그 안을 들여다보았다. 그 짧은 시간 동안에 얼마나 큰 변화가 일어났는지! 바로 전까지 활기와 재담으로 가득하던 그녀가 이제는 판사보다 더 엄격하고 현자보다 더 엄숙한 모습으로 앉아 있었다. 이상스러운 작은 여인이여!

　나는 존 선생에게 돌아가 부인이 그를 좋아한다며 놀렸다. 그가 얼마나 웃었던지! 그녀의 멋진 말 중 몇마디를 기억해내고 현란한 말투를 거듭 흉내내면서 얼마나 눈을 빛내며 재미있어했던지! 그는 날카로운 유머감각을 지니고 있었고, 팬쇼 양을 잊을 때에 한해 세상에서 가장 훌륭한 친구였다.

＊ ＊ ＊

---

1 (프) une pièce magnifique.
2 (프) tellement dignes, aimables, et respectables.
3 (프) château.
4 (프) madame sa mère, la digne châtelaine.

"차분하고 부드러운 햇볕 속에 앉아 있는 것"[5]은 쇠약한 사람에게 아주 좋다고들 한다. 햇볕이 활력을 준다는 것이다. 예전에 꼬마 조르제뜨 베끄가 회복되고 있을 때, 나는 그 아이를 안고 나와 담을 끼고 몇시간이고 산책하곤 했다. 담장에 매달린 포도가 남부의 태양 아래 익어가고 있었으며, 태양은 주렁주렁 열린 포도알을 굵고 달콤하게 만드는 손길로 아이의 작고 창백한 몸집을 어루만져 주었다.

몸이 쇠약한 사람에게 한낮의 따뜻한 햇살이 건강에 이로운 것과 같은 이치로, 부드럽고 온화하고 따뜻한 성품은 마음이 가난한 사람에게 좋은 영향을 끼친다. 이런 선택된 성품을 지닌 부류가 바로 브레턴 선생과 그의 어머니였다. 어떤 사람들이 남을 불행하게 만드는 것을 즐기는 것과 마찬가지로, 이들은 행복을 전하기를 좋아할 뿐 아니라 법석을 떨지 않고 거의 의식하지도 않은 채 본능적으로 행복을 전해주었다. 즐거움을 주는 수단은 그들의 마음속에서 저절로 솟아났다. 내가 그들과 머무는 동안 매일 뭔가 작은 일이 꾸며졌고, 그 결과는 유익하고도 즐거웠다. 존 선생은 무척 바쁜 가운데도 우리와 함께 잠깐씩 소풍을 가곤 했다. 어떻게 일정을 처리했는지는 모르겠지만, 일이 많은데도 불구하고 그는 매일 자유시간이 나도록 체계적으로 정리해서 일했다. 열심히 일을 했지만 몸을 혹사하는 경우는 거의 없었고, 짜증을 내거나 어찌할 바를 모르거나 압박감을 느끼는 모습을 본 적도 없었다. 무슨 일을 하든 그는 넘치는 힘으로 우아하고 편안하게 해냈다. 끊임없이 유쾌하고 활기찬 태도로 일했다. 그 행복한 이주 동안 나는 그의 안내

5 토머스 무어의 시 『랄라 루크』(*Lalla Rookh*)에서 인용한 구절.

를 받아 지난 여덟달 동안 본 것보다 더 많은 장소를 방문하고 더 많은 사람들을 보았다. 그는 나는 이름조차 들어본 적이 없는 빌레 뜨의 흥미로운 장소로 날 데리고 가, 여러가지 중요한 정보를 신이 나서 알려주었다. 그는 내게 이야기하는 것을 결코 귀찮아하지 않는 듯했으며, 그의 말을 듣는 것은 내게도 분명히 힘든 일이 아니었다. 그는 무언가에 대해 이야기할 때 냉담하고 모호하게 말하는 법이 없었고, 일반화하는 일도 드물었으며, 장황하게 늘어놓지도 않았다. 그는 나만큼이나 아주 구체적으로 이야기하는 것을 좋아했다. 그는 사물의 특질을 관찰하길 좋아하는 듯했고, 그 관찰은 피상적이지 않았다. 이런 자질은 그의 이야기에 흥미를 더해주었다. 그는 책 여기저기서 무미건조한 사실이나 상투적인 어구나 진부한 의견을 빌리거나 훔쳐오지 않고 직접 경험한 바를 독창적으로 이야기했는데, 이런 사람이 드문 만큼 신선하고 반가웠다. 내 눈앞에서 그의 정신이 새 장을 펼쳐 보이고, 새로운 날로 넘어가고, 더 고귀한 새로운 새벽을 맞이하는 것만 같았다.

그의 어머니도 자비심이 풍부한 사람이지만 그는 더 훌륭하고 너그러운 마음을 지니고 있었다. 그를 따라 그 도시의 인구밀도 높은 빈민가인 바스빌에 갔다가, 그가 의사 일 못지않게 박애주의적인 일을 하고 있다는 사실을 알게 됐다. 그는 아주 비참한 사람들 속에서 적극적으로 선행을 하고 있었다. 그는 자신이 행하는 일의 가치를 전혀 의식하지 않은 채 유쾌하게, 일상적으로, 전심전력을 다해 그 일을 했다. 빈민들은 그를 무척 좋아했으며, 병원의 가난한 환자들은 가히 열광적으로 그를 환영했다.

그러나 그만하자. 충실한 서술자인 내가 편파적인 칭찬에 빠져들어선 안된다. 내가 완벽하지 않은 것과 마찬가지로 당시 존 선생도 완벽하지 않았다는 것을 잘 안다. 그도 시종일관 인간적인 약점의 영향을 받았다. 그와 함께 지낼 때면 매시간, 아니 거의 매순간 행동과 말과 표정 속에 그도 신이 아니라는 것이 드러났다. 신이라면 존 선생처럼 심한 허영이나 가끔 엿보이는 경솔함을 지닐 수는 없었을 것이다. 가끔 그는 현재를 제외한 모든 것을 망각하고 그것에 열정적으로 몰두했는데, 어떤 신적 존재라도 그런 점을 닮지는 않을 것이다. 그가 천박하게 현재의 물질적 안위를 탐했다는 것이 아니다. 자신의 남성적 자기애에 영양을 공급할 수 있는 것이라면 어디에서건 이기적으로 얻어냈다는 것이다. 그는 계속 자기애를 실컷 먹이고 번듯하게 유지하기 위해서라면 그 값이 얼마건 개의치 않고 기꺼이 그 탐욕스러운 자기애를 배불리 먹이려 들었다.

독자는 그레이엄 브레턴에 대해 제시된 두가지 관점, 공적인 면과 사적인 면, 집 밖에서의 모습과 집 안에서의 모습 사이의 모순처럼 보이는 면을 주목하시라. 우선 공적인 면에서 그는 자신을 잊은 사람처럼 열심히 일하면서도 자신의 힘을 겸손하게 드러냈다. 한편 집 안에서 그는 자신이 무엇을 가졌으며 자신이 어떤 사람인지 명확하게 의식했다. 그는 떠받들어주면 좋아했는데, 다소 무모할 정도로 떠받들어주길 요구했고 그런 대접을 받으면 뽐내며 흡족해했다. 두가지 모습 모두 분명히 그레이엄의 모습이었다. 조용하고 은밀하게 존 선생에게 도움을 주는 일은 불가능했다. 그를 위해 몰래 사소한 것을 준비해놓으면, 다른 남자들처럼 어떻게 된 일이냐고 묻지도 않고 넘어가는구나 싶다가도 어느새 웃으면서 한두마디를 던져 놀라게 했다. 그 한두마디는 처음부터 끝까지 그가 지켜보고 있었음을, 계획을 눈치채고 진행과정을 지켜보았으며 일이 마무리되는 것을 알았음을 증명해주는 말이었다. 그는 내가 이렇게 대접해주는 것을 좋아해서, 눈을 빛내고 미소를 머금으며 그 기쁨을 드러냈다.

그렇게 눈에 띄지 않게 베푼 친절을 그가 빚이라고 하면서 갚으려 들지 않았다면 더욱 좋았을 것이다. 어머니가 그를 위해 어떤 수고를 할 때도 그는 어머니의 주위가 환해지도록 자신의 활기를 퍼붓는 것으로 보상했다. 그는 원래 명랑하고 장난기 있으며 농담도 잘하고 다정한 사람이지만, 그럴 때는 그런 자질들이 한층 돋보였다. 만일 루시 스노우가 그런 수고를 한 것이 발각되면 그는 그에 대한 보상으로 즐거운 소풍을 계획했다.

나는 그가 빌레뜨에 대해 완벽하게 아는 데 종종 놀랐다. 그는 큰길에 대해서뿐 아니라 화랑과 회관과 박물관 진열실에 대해서도 잘 알았다. 그는 볼 만한 것들이 있는 미술관과 과학관의 모든 문에 "열려라! 참깨"라고 주문을 외울 수 있는 사람이었다. 나는 과학을 이해할 만큼 총명하지는 않았지만, 무지하고 맹목적이며 분별없는 본능 때문에 예술에 경도되어 있었다. 나는 화랑에 가기를 좋아했으며, 그곳에 혼자 있는 걸 너무나 좋아했다. 까다로운 성격이라 사람들과 함께 있으면 무언가를 제대로 보거나 느낄 수가 없었다. 잘 모르는 사람과 함께 가게 되면 눈앞의 그림에 대해 계속 대화를 해야 하는데, 그럴 경우 반시간쯤 지나면 육체적 피로와 철저한 정신적 무력감이 동시에 밀려와 지쳐버리곤 했다. 지적인 어른은 말할 것도 없고 교육을 잘 받은 어린아이들도 사람들과 어울려 그림이나 고적이나 명승지나 동물원의 사자를 보는 시련을 태연히 견디며 잘 감상했다. 이런 사람들을 보면 늘 나 자신이 부끄러웠다. 존 선생은 내 마음에 더할 나위 없이 드는 안내인이었다. 그는 사람들로 붐비기 전 적절한 시간에 나를 화랑에 데리고 가서 두세시간 동안 혼자 내버려두었다가 볼일을 보고 난 뒤 데리러 왔다. 그동안 나는 행복한 시간을 보냈다. 늘 감탄하느라 행복한 것이 아니라, 찬찬히 들여다보고 의문을 제기하고 결론을 내리느라 행복했다. 화랑을 처음 방문했을 때에는 약간의 오해로 '의지'와 '능력' 사이에 싸움이 벌어졌다. '의지'는 정통적으로 감탄할 만한 것으로 간주되는 그림들을 인정하라고 강요했다. '능력'은 그렇게는 할 수 없다며 신음소리를 냈다. 그리고 '능력'은 스스로를 조롱했고, 취향을 세련되게 가꾸고 열의를 연마하라고 닦달당하고 자극받았다. 그러나 야단을 맞으면 맞을수록 '능력'은 찬사를 보내지 않으려고 더욱 고집을 부렸다. 차츰 이상한 피로감이 몰려오는 것이 이런 의도적인 노력 때문임을 나는 깨달았다. 이렇게 애쓰지 않고 볼 수는 없나 하는 생각이 들었고, 그래서 마침내 그러지 않기로 했다. 그리하여 나는 전시된 백여점의 그림 중 아흔아홉점의 그림 앞에서는 게으름을 피우며 사치스러운 평온 속에 잠겼다.

독창적이고 좋은 책이 드문 만큼 그런 그림도 드문 것 같았다. 결국 나는 대가의 걸작[6] 앞에 서서 떨지 않고 혼자 중얼거렸다. "이것들은 전혀 자연과 닮지 않았어. 자연의 햇빛은 이런 색깔이 아니야. 폭풍이 불고 구름이 끼었다고 해도 말이야. 쪽빛 하늘 아래서는 여기 그려진 것처럼 탁한 색이 나올 수가 없어. 그리고 저런 쪽빛도 없어. 그리고 그 위에 잔뜩 칠해놓은 검은 것은 잡초이지 나무가 아니야." 멋지게 그려진 자기도취적이고 뚱뚱한 여인네들 몇은 본인들의 생각과는 달리 여신 같아 보이지 않았다. 훌륭하게 완성된 작은 플랑드르파의 그림이나 최상의 소재로 제작한 갖가지

---

6 (프) chef d'œuvres.

의상을 그려 유행복 견본집에나 어울릴 만한 스케치 또한 엉뚱한 곳에 훌륭한 재능을 발휘한 예를 보여주는 것이었다. 그러나 여기 저기에 의식을 만족시킬 만한 진실의 단편들이 있었고, 눈을 즐겁게 해주는 빛이 있었다. 산중에서 일어난 눈폭풍을 그린 그림에서는 자연의 힘이 터져나왔고, 남부의 화창한 어느날을 그린 그림에서는 자연의 영광이 드러났다. 어느 초상화의 생생한 표정은 그 인물에 대한 명석한 통찰을 보여주었다. 어느 역사적 인물을 그린 그 그림은 너무나도 원래의 인물을 빼닮아서 천재의 작품이라는 느낌을 주었다. 내가 좋아했던 그림들은 이것들뿐이었다. 이 그림들은 내게 친구처럼 소중해졌다.

어느날 일찍 조용한 시간에 화랑에 갔더니 나밖에 없는 것 같았다. 빛이 가장 잘 드는 곳에 어마어마하게 큰 그림 한점이 전시되어 있었다. 그 앞에는 작품을 보호하기 위한 띠가 둘려 있었고, 그 그림을 보다가 다리가 아파지면 앉아서 계속 감상할 수 있도록 적당한 곳에 푹신한 벤치도 놓여 있었다. 그 그림은 소장품 중의 여왕임을 뽐내고 있었다.

그것은 내가 생각하기에 실물보다 훨씬 크게 그린 듯한 한 여인의 그림이었다. 부피가 큰 상품을 측정하는 저울에 그 숙녀를 달아보면 틀림없이 14 내지 16스톤[7]은 나갈 것 같았다. 그녀는 정말로 영양 상태가 좋았다. 그 정도의 키와 몸집, 그리고 풍부한 근육과 풍성한 살덩어리를 갖기 위해서는 빵과 야채와 수프는 말할 것도 없고 고기를 아주 많이 소비한 것이 분명했다. 그녀는 침상에 비스듬히 누워 있었다. 왜 누워 있는지는 알 길이 없었다. 배경은 훤한

---

7 1스톤은 약 6.3킬로그램이다. 즉 100킬로그램쯤 나가 보인다는 뜻이다.

대낮이었고, 그녀는 기운이 펄펄 넘쳐 보통 요리사 두명분의 일을
할 만큼 튼튼해 보였으며, 척추가 약하다고 변명을 늘어놓을 만하
지도 않았으므로 당연히 서 있거나 적어도 똑바로 앉아 있어야 했
다. 대낮에 빈둥대며 소파에 누워 있을 이유가 없었다. 게다가 점
잖은 옷을 입고 있어야 마땅했지만, 그녀가 입은 옷은 제대로 몸을
감싸주지도 못했다. 72야드나 되어 보이는 그 많은 옷감을 가지고
제대로 몸을 가리지도 못한 것이었다. 당치 않게 주위가 지저분한
것도 변명의 여지가 없었다. 항아리와 냄비—어쩌면 꽃병과 술잔
이라고 해야 할지도 모르겠다—들이 바닥 여기저기에 뒹굴고 있
었다. 그 사이에 완전히 쓰레기 같은 꽃들이 섞여 있었고, 우스꽝스
러운 휘장이 어지럽게 긴 의자를 뒤덮고 바닥까지 늘어져 있었다.
도록을 찾아보고야 나는 이 눈에 띄는 작품의 이름이 '클레오파트
라'인 것을 알았다.

　글쎄, 나는 의구심에 차 그 그림을 보며 앉아 있었다(의자가 있
었기 때문에 거기 앉는 게 낫겠다는 생각이었다). 장미와 금술잔과
보석 등 세부적인 것들 몇개는 아주 예쁘게 그려져 있었지만, 전체
적으로 엄청나게 크기만 한 엉터리라고 생각했다. 내가 들어갔을
때는 거의 비어 있던 방에 사람들이 들어오기 시작했다. 이런 사정
을 거의 의식하지 않고(정말이지 그런 건 내게 문제가 되지 않았
다), 나는 그대로 그 자리에 앉아 있었다. 이 검은 피부의 거대한 집
시 여왕을 뜯어보자는 게 아니라 쉬기 위해서였다. 그러다가 곧 피
곤해져서, 세밀하게 그린 작은 정물화들을 바라보며 기분전환을
했다. 야생화와 야생과일과 이끼 낀 새 둥지, 맑은 초록빛 바닷물
속으로 보이는 진주 같은 새 둥지 속의 알 등을 그린 그림들이 그
조야한 엉터리 그림 아래 얌전히 걸려 있었다.

갑자기 누군가가 내 어깨를 가볍게 쳤다. 놀라서 돌아보자 누군가가 고개를 숙이고 내 얼굴을 들여다보고 있었다. 충격이라도 받은 듯 찡그린 표정이었다.

"여기서 뭐 하고 있소?"[8] 목소리가 물었다.

"즐기고 있는 중인데요."[9]

"즐기고 있는 중이라고! 실례지만 뭘 즐기고 있소? 어쨌든 내가 일으켜주겠소. 내 팔을 잡으시오. 저쪽으로 갑시다."[10]

나는 정확하게 그가 하라는 대로 했다. 로마에서 돌아온 뿔 에마뉘엘 선생(그렇다, 그였다)은 여행이라는 새로운 수훈으로 이마를 월계관으로 장식한 사람답게 전보다 더 관대해진 것 같았다.

"일행에게 데려다주겠소." 방을 가로질러 가면서 그가 말했다.

"일행이 없는데요."

"혼자는 아니잖소?"

"혼자예요, 선생님."

"여기 올 때 아무도 같이 오지 않았단 말이오?"

"아니요, 선생님. 존 선생님께서 데려다주셨어요."

"물론, 존 선생과 그의 어머니가 함께 왔겠죠?"

"아니요, 존 선생님하고만 왔는데요."

"그러면 그 사람이 저 그림을 보라고 했단 말이오?"

"그런 건 아니에요. 제가 찾아낸 거예요."

그 순간 뿔 선생은 머리를 까마귀 털처럼 짧게 쳤든지 아니면 머

<hr>

8 (프) Que faites-vous ici?

9 (프) Mais, monsieur, je m'amuse.

10 (프) Vous vous amusez! et à quoi, s'il vous plaît? Mais d'abord, faites-moi le plaisir de vous lever: prenez mon bras, et allons de l'autre côté.

리털을 뻣뻣하게 곤두세운 것 같았다. 이제 그를 간파한 나는 침착한 태도로 그를 약올리는 게 약간은 재미있어졌다.

"섬사람은 정말 대담하다니까!" 그가 소리를 질렀다. "영국 여자들은 정말 이상해!"[11]

"무슨 문제라도 있나요, 선생님?"

"문제냐고! 어떻게 젊은 여자가 감히 남자처럼 침착하고 냉정하게 앉아서 저 그림을 볼 수 있단 말이오?"

"흉한 그림이긴 하지만 왜 보면 안되는지 도대체 알 수가 없군요."

"좋소! 좋아!"[12] 더이상 말하지 마시오. 그렇지만 혼자 여기 있어선 안되오."

"하지만 선생님 말씀대로 같이 온 사람, 그러니까 일행이 없을 때는 어떡하죠? 그럴 때는 혼자 있든 다른 사람들과 함께 있든 그게 무슨 차이가 있어요? 누구도 절 간섭하지 않는데요."

"조용히 하고 저기 앉으시오!"[13] 그는 유난히 어두운 구석에 의자를 쾅 하고 놓으며 말했다. 아주 처량한 일련의 '그림들'[14] 앞이었다.

"하지만 선생님……"[15]

"하지만 선생, 앉아서 꼼짝 마시오. 내 말 알아듣겠소? 당신을 찾으러 사람이 올 때까지, 아니면 내가 허락할 때까지 꼼짝 말고 여

---

11 (프) Singulières femmes que ces Anglaises!
12 (프) Bon! Bon!
13 (프) Taisez-vous, et asseyez-vous là—là!
14 (프) cadres.
15 (프) Mais, monsieur—

기에 있어야 하오."[16]

"정말 처량한 구석자리네!" 나는 소리쳤다. "그림은 또 얼마나 흉한지!"[17]

그리고 정말로 그림 속 여자들은 '흉'했다. 제목은 '여자의 일생'[18]으로, 네점의 그림이 한벌을 이루고 있었다. 그들은 몹시도 놀라운 기법으로 그려져 있었다. 따분하고, 창백하고, 활기 없고, 형식적으로. 첫째 그림은 기도서를 들고 교회 문밖으로 나오는 '소녀'[19]였다. 아주 깔끔한 옷차림에 눈을 내리깔고 입은 꼭 다물고 있는 모습이 아주 가증스럽고 조숙한 위선자처럼 보였다. 두번째 그림은 희고 긴 베일을 쓰고 자기 방 기도대에서 무릎을 꿇고 기도하는 '아내'[20]였다. 그녀는 두 손을 모아 깍지를 끼고 분통이 터진 것처럼 흰자위를 드러내고 있었다. 세번째 그림은 점토로 빚은 듯 통통하고 얼굴은 병든 보름달 같은 아기를 수심에 차서 들여다보는 '젊은 어머니'[21]였다. 네번째 그림은 상복을 입고 역시 상복 차림의 어린 딸의 손을 잡고 있는 '과부'[22]였다. 이 둘은 어느 공동묘지 구석에 세워진 우아한 프랑스식 묘비를 뚫어지게 바라보고 있었다. 이 네명의 '여자들'은 도둑처럼 험상궂고 어두웠으며, 유령처럼 냉담하고 무미건조했다. 저런 여자들과 살아야 한다면! 가식적이고,

--------

16 (프) Mais, mademoiselle, asseyez-vous, et ne bougez pas—entendez-vous? jusqu'à ce qu'on vienne vous chercher, ou que je vous donne la permission.

17 (프) Quel triste coin! et quels laids tableaux!

18 (프) La vie d'une femme.

19 (프) Jeune Fille.

20 (프) Mariée.

21 (프) Jeune Mère.

22 (프) Veuve.

유머감각도 없고, 냉혹하고, 멍청하기 짝이 없는 미물들과! 거대하고 게으른 클레오파트라도 형편없었지만 이 여자들 역시 마찬가지였다.

이 걸작들을 오랫동안 보는 것은 무척 힘든 일이어서 차츰 주위를 두리번거리며 화랑을 둘러보았다.

이때쯤 뽈 선생이 나를 쫓아냈던 그 '여걸' 주변은 인산인해를 이루고 있었다. 군중의 반이 여자였다. 나중에 뽈 선생은, 그 여자들은 "유부녀"[23]이며 따라서 "처녀"[24]들이 봐서는 안되는 것도 볼 수 있다고 했다. 나는 그 주장에 동의할 수 없고 말도 안되는 소리라고 분명히 말했다. 그러자 그는 평소처럼 독단적으로 내게 조용히 하라고 하더니, 곧이어 내 태도가 어리석으면서도 무모하다고 비난했다. 뽈 선생은 교수 중에서도 제일가는 작은 독재자였다. 여담이지만, 그는 그 그림을 아주 편안하게 오랫동안 바라보았다. 내가 명령대로 경계를 벗어나지 않는지를 확인하기 위해서인지 그는 시시때때로 내가 있는 쪽으로 감시의 눈길을 보냈다. 곧 그가 다시 내게 말을 걸었다.

"아팠다고 하지 않았소?" 그가 물었다. "그랬던 걸로 알고 있는데."

"네, 하지만 이젠 많이 좋아졌어요."

"어디서 방학을 보냈소?"

"주로 포세뜨가에서 보내고 얼마 동안은 브레턴 부인 댁에서 보냈어요."

"당신이 혼자 포세뜨가에 있었다는 말은 들었소. 사실이오?"

---

23 (프) des dames.
24 (프) demoiselle.

"완전히 혼자는 아니고 마리 브로끄(그 크레틴병을 앓는 아이)와 함께 있었어요."

그는 어깨를 으쓱했다. 그의 얼굴에 여러가지 모순된 표정이 재빠르게 스쳐갔다. 뽈 선생도 마리 브로끄를 잘 알았지만 3반(가장 성적이 낮은 아이들이 있는)을 가르치진 않았기 때문에 그 감정들이 첨예한 갈등을 겪지는 않았다. 하지만 그녀의 외모나 혐오스러운 행동이나 다루기 힘든 성질에 대해서는 그도 자주 짜증을 냈으며 심한 반감을 지니고 있었다. 그는 자신의 뜻이 좌절되거나 취향에 맞지 않으면 쉽게 반감을 갖곤 했다. 그러나 다른 한편 그녀의 불행을 가여워하고 참아주어야겠다는 마음 또한 강했다. 성정상 그는 그런 마음이 드는 걸 거부할 수 없는 사람이었다. 그러므로 한편으로는 짜증과 혐오, 다른 한편으로는 동정심과 정의감이 거의 매일 전쟁을 벌였다. 그러나 짜증과 혐오감이 지배적일 때는 거의 없었으며, 그 점에서 그는 높이 평가받을 만했다. 하지만 짜증과 혐오감이 기승을 부릴 때는 공포심을 불러일으키는 성격의 일단이 나타났다. 그는 강렬한 열정을 지니고 있었으며 애증 또한 생생했다. 두가지 감정을 모두 제어하려고 애썼지만 겉으로 드러나는 그 격렬함은 조금도 줄어들지 않았다. 그런 성향이었으므로 평범한 사람들이 그를 싫어하고 두려워하는 것은 쉽게 상상이 가는 일이었다. 그러나 그 앞에서 그런 모습을 보이는 것은 큰 실수였다. 무엇보다도 그는 자기를 믿지 못해 불안에 떠는 모습을 견딜 수 없어 했다. 상냥하게 신뢰하는 것은 그를 달래는 최고의 방법이었다. 그러나 그러기 위해서는 난해한 그의 성격을 완전히 이해해야 했다.

"마리 브로끄와는 잘 지냈소?" 잠시 가만히 있다가 그가 물었다.

"전 최선을 다했지만 그 아이와 단둘이 있는 건 끔찍했어요!"

"정신력이 약해서 그런 거요! 아마 용기와 자비심이 부족한 것 같군. 간호 수녀들이 지닌 자질이 당신에겐 없소."

(그는 나름대로 신심이 깊은 사람으로, 가톨릭의 자기부정적이고 자기희생적인 면에 진심으로 경의를 표했다.)

"정말 모르겠어요. 힘닿는 데까지 돌보았지만 그애 아주머니가 와서 데려갔을 때 정말 한숨 놓았어요."

"아! 당신이 이기주의자라 그렇소. 그런 불운한 아이들이 가득한 병원에서 간호하는 여자들도 있소. 당신이라면 그렇게 할 수 있겠소?"

"선생님이라면 할 수 있으세요?"

"여자라는 이름에 값하는 사람이라면 당연히, 조야하고 나약하고 자기도취적인 우리 남자들에 비해 그런 의무를 행할 힘이 훨씬 더 강해야 하오."

"그 아이를 씻기고, 늘 단정하게 해주고, 먹이고, 즐겁게 해주려고 애썼지만 제게 말을 거는 대신 늘 얼굴을 찌푸렸다고요."

"당신이 장한 일을 했다고 생각하오?"

"아뇨. 하지만 제가 할 수 있는 최선을 다했어요."

"그렇다면 백치 하나를 돌보다가 아파 쓰러진 걸 보아 당신의 힘에 한계가 있는 거요."

"그래서가 아니고, 선생님, 전 신경성 열병에 걸렸어요. 정신적으로 병들어 있다고요."

"정말이오? 당신은 별로 쓸모가 없구려.[25] 영웅적인 면이라곤 없소. 고독을 견딜 용기는 없으면서 '클레오파트라' 그림을 태연하게

--------

**25** (프) Vraiment! Vous valez peu de chose.

바라볼 만용만 있는 것 같소만."

이 작은 남자의 비웃는 듯한 적대적 어조에 쉽게 화를 낼 수도 있었겠지만, 나는 결코 그에게 화가 난 적이 없었고 그때도 화를 낼 마음이 아니었다.

"클레오파트라!" 나는 조용히 되뇌었다. "선생님도 클레오파트라를 쭉 보고 계시던데요. 그 여자를 어떻게 생각하세요?"

"아무런 가치도 없소." 그가 대답했다. "대단한 여인이긴 하지. 여왕 같은 풍모에, 아테나 여신의 자태를 지녔으니. 하지만 내 아내나 딸이나 누이가 저런 여자라면 싫소. 당신 역시 다시는 그쪽으로 눈길도 주지 마시오."[26]

"하지만 선생님, 그렇게 말씀하시면서도 여러번 쳐다보셨잖아요. 여기서도 아주 잘 보이던걸요."

"벽 쪽으로 돌아서서 여자의 일생을 그린 네점의 그림을 잘 들여다보시오."

"죄송하지만, 선생님. 저 여자들은 너무나 가증스러워요. 저 여자들을 우러러보시는 거라면 제가 자리를 양보해드릴 테니 여기서 보세요."

"선생," 그가 어정쩡하게 웃으며, 혹은 미소 지으려고 애썼지만 결국 험상궂고 초조한 표정이 되어 말했다. "신교의 젖을 먹고 자란 당신네들을 보면 놀랍소. 당신네 경솔한 영국 여자들은 빨갛게 달아오른 보습 사이를 태연히 걸으면서도 타지 않는단 말이지. 당신네들 중 몇은 느부갓네살왕의 가장 뜨거운 용광로 속에 던져지

---

**26** (프) Cela ne vaut rien. Une femme superbe—une taille d'impératrice, des formes de Junon, mais une personne dont je ne voudrais ni pour femme, ni pour fille, ni pour sœur. Aussi vous ne jeterez plus un seul coup d'œil de sa côté.

더라도 불탄 냄새도 없이 나올 거요.[27]"

"선생님, 한쪽으로 좀 비켜주시겠어요?"

"뭐라고! 지금 뭘 보고 있소? 저 젊은 남자들 사이에 아는 사람이 없을 텐데?"

"있는 것 같은데요. 예, 아는 사람이 보이네요."

사실 너무 예쁘장해서 다시 생각해보아도 아말 대령임에 틀림없는 머리가 얼핏 보였다. 얼마나 완벽하고 세련된 모양의 두상인가! 얼마나 단정하고 말쑥한 모습인가! 얼마나 여성스러운 발과 손인가! 눈에 외안경을 갖다대는 모습은 얼마나 깜찍한가! 얼마나 열심히 클레오파트라를 우러러보고 있는가! 그러고 나서는 얼마나 열심히 옆의 친구와 재잘대며 속삭이는가! 정말 양식 있는 사람이야! 오, 정말 훌륭한 취향과 기지를 지닌 세련된 신사야! 약 십분간 관찰한 결과, 나는 그가 그 거무스레하고 덩치 큰 '나일강의 비너스'[28]에게 반했다는 것을 알았다. 그의 거동에 부쩍 관심을 갖고 표정과 움직임을 살피는 데 너무나 몰두한 나머지 나는 잠시 뽈 선생의 존재를 잊었다. 그러는 동안에 그 신사와 나 사이에 사람들이 끼어들었다. 그러지 않았으면 뽈 선생은 내가 넋을 잃은 모습을 보고 더 큰 충격을 받아 제 발로 물러났을 것이다. 어쨌든 다시 둘러보니 그는 사라지고 없었다.

뽈 선생을 찾다가 그와는 달리 군중 사이에서도 잘 보이고 훤칠한 키에 풍채까지 좋은 사람이 내 눈에 들어왔다. 존 선생이 이쪽

---

27 다니엘서 3:27. "총독과 지사와 행정관과 왕의 모사들이 모여 이 사람들을 본즉 불이 능히 그들의 몸을 해하지 못하였고 머리털도 그을리지 아니하였고 겉옷 빛도 변하지 아니하였고 불탄 냄새도 없었더라."
28 클레오파트라의 별명.

으로 오고 있었다. 존 선생은 그 가무잡잡하고 신랄한 독설가인 작은 선생과 용모나 몸매나 피부색에서 헤스페리데스[29]의 과일과 잡목숲의 야생자두만큼이나, 용감하지만 유순한 아라비아산 말과 제멋대로에 고집불통인 셰틀랜드종 조랑말만큼이나 달랐다. 그는 나를 찾고 있었으나 뽈 선생이 방금 나를 처박아놓은 구석자리까지는 눈길이 미치지 못했다. 나는 가만히 앉아서 잠시 그의 모습을 관찰했다.

그는 아말에게 다가가 그 근처에 멈추었다. 그가 아말의 머리 위에서 내려다보는 기쁨을 즐긴다는 생각이 들었다. 존 선생 역시 클레오파트라를 바라보고 있었다. 그러나 그 그림이 취향에 맞지는 않는지 그 작은 백작처럼 싱글거리진 않았다. 입매는 까다로워 보였으며 눈빛은 냉담했다. 그는 다른 사람들에게 자리를 양보하고 무표정하게 그 자리를 떠났다. 나는 그가 기다리는 모습을 보고 일어나서 그와 함께했다.

우리는 화랑을 한바퀴 둘러보았다. 그와 함께 둘러보는 건 즐거운 일이었다. 나는 그가 그림이나 책에 대해 이야기하는 것을 듣는 게 항상 좋았다. 그는 전문가인 척하지 않으면서 자신의 생각을 말했고, 그 생각은 늘 신선하고 타당하면서 간결하고도 함축적이었다. 그가 알아채지 못한 몇가지를 말해주는 것도 내 즐거움이었다. 그는 너무나 다정하게, 너무나 열심히 배우려는 자세로 내 말을 경청했다. 불분명하고 더듬거리는 여자의 설명을 듣기 위해 자신의 훤하고 잘생긴 이마를 낮춘다고 남자의 위엄이 손상된다는 생각에 얽매이지도 않았다. 그가 지식을 전달할 때는 명료하고 알기 쉽게

---

29 그리스신화에 등장하는 님프들로, 세상 서쪽 끝 정원에서 용 라돈과 함께 황금 사과와 사과나무가 있는 낙원을 지킨다.

말했기 때문에 늘 뚜렷이 기억에 남았다. 그가 해준 설명이나 알려
준 지식은 결코 잊히는 법이 없었다.

화랑을 나설 때 나는 클레오파트라 그림에 대해 어떻게 생각하
느냐고 물었다(에마뉘엘 선생이 나를 맞은편 구석자리로 어떻게
데려갔는지 이야기하고, 선생이 추천한 일련의 그 지독한 그림들
을 보여주고는 웃은 후였다).

"풋!" 그가 말했다. "우리 어머니가 훨씬 더 미인이시죠. 저기 있
는 프랑스 멋쟁이들이 클레오파트라를 가리켜 '관능적인 여자'[30]라
고 하더군요. 그녀가 관능적이라면 내가 할 수 있는 말은 나는 '관
능적인 여자'가 싫다는 것뿐이오. 그 혼혈 여인과 지네브라를 비교
해보시오!"

<hr>

[30] (프) le type du voluptueux.

# 20장
# 음악회

어느날 아침 브레턴 부인이 내 방으로 급히 오더니 서랍 속의 내 옷들을 좀 보자고 했다. 나는 아무 말 없이 그렇게 했다.

"그래," 그녀가 내 옷들을 뒤적이며 말했다. "새 옷을 맞춰야겠구나."

그녀는 나가더니 재단사와 함께 들어왔고, 재단사는 내 치수를 쟀다. "있잖니," 그녀가 말했다. "이런 작은 문제만이라도 내 취향대로 하고 싶구나."

이틀 후 집에 분홍색 옷이 배달되었다.

"제게 어울리지 않아요." 이 옷을 입으면 중국 귀부인 같아 보이리라 느끼면서 내가 황급하게 말했다.

"어울리는지 안 어울리는지는 입어보면 알 거 아니니." 물리칠 수 없이 단호하게 덧붙이면서 대모가 말했다. "내 말 잘 들어라. 바로 오늘 저녁에 이 옷을 입을 거야."

나는 그럴 순 없다고 생각했다. 누가 뭐래도 그 옷을 입을 수는 없었다. 분홍색 옷이라니! 그런 옷은 입어본 적도 없었고, 내게 어울리지도 않았다.

대모는 그날밤 그레이엄과 내가 자신과 함께 음악회에 가야 한다고 했다. 주요한 음악협회의 연주회장인지 홀인지에서 열리는 큰 행사라고 설명했다. 음악원의 가장 뛰어난 학생들이 연주를 하며 공연이 끝난 다음에는 '빈자貧者들을 위한 복권 추첨'[1]이 있을 거라고 했다. 게다가 라바스꾸르의 왕과 왕비와 왕자도 참석할 예정이었다. 그레이엄은 표를 보내면서 왕이 참석하는 자리이므로 정장을 하고 정각 일곱시까지 준비하고 있으라고 했다.

여섯시경에 나는 2층으로 불려 올라갔다. 누구도 강요하거나 상의하고 설득하지 않았지만, 나는 조용히 압도당해서 다른 사람들이 하자는 대로 했다. 검은 레이스를 걸치자 분홍색이 차분해 보였기 때문에 그런대로 입을 만해졌다. 대모는 "성장盛裝"[2]을 했다며 거울을 보라고 했다. 나는 약간 두려움에 떨면서 거울을 봤고 더욱 두려움에 떨면서 돌아섰다. 시계가 일곱시를 쳤다. 브레턴 선생이 왔다. 대모와 나는 아래층으로 내려갔다. 그녀는 갈색 벨벳 드레스를 입고 있었다. 그녀의 그림자를 따라 걸으면서 엄숙하고 장중한 주름이 잡힌 그 어두운 색 옷이 얼마나 부러웠던지! 그레이엄은 거실 문 앞에 서 있었다.

'이목을 끌기 위해서 치장했다고 생각하지 않았으면 정말 좋겠군.' 나는 불편한 마음으로 생각했다.

"루시, 이 꽃 받아요." 그가 내게 꽃다발을 내밀며 말했다. 그는

----

1 (프) au bénéfice des pauvres.
2 (프) en grande tenue.

상냥하게 미소를 짓고 만족스럽게 고개를 끄덕였을 뿐 내 옷을 유심히 보지 않았다. 놀림을 당할까 두려웠던 내 감정과 부끄러움은 순식간에 사라졌다. 내 옷은 아주 단순한 모양에 주름이나 화려한 장식도 없었다. 내가 겁을 먹은 것은 천이 가볍고 색이 밝아서였다. 그레이엄이 그걸 보고도 아무렇지 않게 여겼으므로 내 눈도 곧 그 옷을 순순히 받아들였다.

매일 밤 공적인 여흥의 자리에 가는 사람들은 어쩌다 오페라나 음악회에 가는 사람들이 느끼는 신선한 기분을 모를 것이다. 음악회의 성격을 정확하게 알지 못하기 때문에 매우 즐거울 것이라고 확신할 수는 없었지만 마차를 타고 연주회장으로 가는 것 자체는 아주 즐거웠다. 맑지만 추운 밤에 마차 안에 앉아 있는 아늑한 안락함, 친절하고 유쾌한 친구들과 함께 가는 기쁨, 가로수길을 따라서 마차를 타고 가면서 나무 사이로 언뜻언뜻 보이는 반짝이는 별들, 큰길로 나왔을 때 더 활짝 밀려오는 밤하늘, 빌레뜨시 시문을 통과하는 길, 빛나는 가로등 불빛, 검문하는 시늉을 하던 경비병들과 거기에 기꺼이 응하는 우리의 모습, 그것이 몹시 즐거웠던 것, 이 모든 작은 일들은 내게 새로웠고, 이상하게 기분 좋게 만드는 매력이 있었다. 내 주위를 둘러싼 정다운 분위기가 이 매력에 얼마만큼 영향을 미쳤는지는 모르겠다. 존 선생과 브레턴 부인은 가는 동안 내내 활기차게 말다툼을 했고, 내가 그들의 혈육이라도 되는 양 거리낌 없이 친절을 베풀었다.

우리가 지나가던 그 길, 빌레뜨에서 가장 번화한 그 길은 대낮보다 더 환하게 불이 밝혀져 있었다. 가게들은 또 얼마나 휘황찬란했던지! 큰길을 따라 얼마나 즐겁고 명랑하고 풍요롭게 생기가 흘렀던지! 이 거리를 바라보고 있으니 포세뜨가가 떠올랐다. 담장에 둘러싸인 정원과 어둡고 넓은 '교실들'이 생각났다. 이 시간이면 아무것으로도 가려져 있지 않은 높은 창을 통해 별을 바라보며 고독하게 그 교실들을 거닐었고, 그러노라면 '경건한 낭독' 시간에 단조롭게 뭔가를 따라 읽는 소리가 멀리 휴게실에서 들려왔다. 얼마 있으면 다시 그런 소리를 들으며 헤매겠지. 어두운 미래의 그림자가 찬란한 현재를 가로질러 살며시 다가와 나는 순간 정신이 번쩍 들었다.

이때쯤 우리는 같은 방향으로 달리는 마차들의 흐름에 합류했고, 곧이어 환하게 불을 밝힌 큰 건물이 나타났다. 공연장에 가본 적이 없기 때문에 그 건물 안에서 내가 무엇을 볼지에 대해서는 앞서 말한 대로 그저 추측하는 정도였다.

우리는 많은 사람들로 혼잡한 현관에 내렸다. 그러고는 잘 기억나지는 않지만, 어느새 나는 넓고 오르기 편하고 위엄 있어 보이는 계단을 올라가고 있었다. 계단에는 부드럽고 푹신한 진홍색 카펫이 깔려 있고, 계단 끝에 엄숙하게 닫혀 있는 커다란 문 또한 진홍색 천이 씌워져 있었다.

어떤 마법을 걸어야 그 문이 열릴까 알 수가 없었으나 존 선생이 알아서 밀자 문이 열리고 홀이 나타났다. 홀은 크고 넓고 천장이 높았으며, 커다란 곡선을 그리는 벽과 돔형의 둥근 천장은 내 눈에 모두 순금으로 보였다(그 정도로 아주 정교하게 칠해져 있었다는 말이다). 벽과 천장은 쇠시리 장식, 세로 홈 장식, 꽃줄 장식이 돌출되어 있었는데, 모두 눈부신 황금색이거나 순백의 눈처럼 흰색이었다. 도금한 나뭇잎과 순백의 백합으로 된 화관만 흰색과 황금색이 섞여 있었다. 휘장이 매달려 있고 카펫이 펼쳐져 있고 쿠션이 놓인 곳들은 하나같이 진홍색이었다. 나는 둥근 천장에 매달린 수많은 불꽃에 황홀했다. 수많은 수정 덩어리들이 깎인 면마다 빛나고 방울처럼 떨어지고 별빛처럼 반짝였는데, 보석들이 이슬처럼 녹아내려 찬란하게 빛나거나 무지개 조각이 떨리고 있는 것만 같았다. 독자여, 그것은 그저 샹들리에일 뿐이었으나 내게는 동양의 지니의 작품처럼 보였다. 나는 환히 빛나고 향기로운 둥근 천장에 검은 피부를 한 거인의 손이, 즉 '램프의 노예'의 구름 같은 손이 떠다니며 경이로운 보물을 지키고 있는지 확인하고 싶을 지경이었다.

우리는 계속 앞으로 갔다. 어디로 가는지 나는 전혀 알 수 없었지만, 어느 모퉁이를 돌자 맞은편에서 오는 사람들과 마주쳤다. 순간 내 눈에 들어온 그들의 모습이 지금도 떠오른다. 짙은 색 벨벳 옷을 입은 아름다운 중년 여인과 내가 여태껏 본 사람 중 가장 잘생기고 몸매가 가장 훌륭한, 아들인 듯한 신사와 분홍색 옷을 입고 검은 레이스 망또를 걸친 여자가 있었다.

나는 그들 모두를, 두 사람뿐 아니라 제3의 인물까지 주목했다. 그리고 아주 잠시 동안은 모르는 사람들이라고 생각해 그들 세 사람의 외양에 대해 공정한 판단을 할 수밖에 없었다. 그러나 내가 받은 인상이 굳어지기도 전에 내가 두 기둥 사이의 공간을 메우는 큰 거울을 마주하고 있음을 깨달았고, 그런 생각은 사라졌다. 그들은 바로 우리였다. 이리하여 나는 난생처음 타인이 나를 보듯 나자신을 보는 행운을 가진 것이었다. 그 결과에 대해 길게 말할 필요는 없을 것이다. 주위와 심한 불협화음을 이룬 그 모습에 후회가 밀려왔다. 생각만큼 예쁘진 않았지만, 그보다 못했을 수도 있었다는 걸 생각하면 그나마 감사해야 마땅했다.

마침내 우리는 넓고 황홀하지만 따뜻하고 쾌적한 홀 전체가 잘 보이는 곳에 앉았다. 이미 그곳은 사람들로 가득차 있었고, 모두 화려한 사람들이었다. 그 여자들이 매우 아름다웠는지는 모르겠지만 입고 있는 옷은 완벽했다. 외국 여자들은 집 안에 있을 때는 우아하지 않다가도 공공장소에서는 우아하게 보이는 기술을 가지고 있는 것 같았다. 실내복을 입고 머리 마는 종이를 매단 채 집에서 일상적인 활동을 할 때는 아무리 둔하고 거칠게 보이는 여자도, 파티를 위해 고개와 팔을 미끄러지듯 움직이고 기울이는 우아한 자태와 입과 눈의 표정을 멋지게 간직하고 있었다. 파티 때면 그들은 그런 몸가짐을 화려한 의상과 장신구와 함께 적절하게 활용했다.

여기저기 독특한 모습의 미인들이 보였는데, 영국에서는 찾아볼 수 없는, 튼튼하고 골격이 좋은 조각 같은 미인들이었다. 그런 이들의 몸매에서는 각진 곳이라곤 없었다. 대리석 여인상 못지않게 매끈하고, 고요하고 당당한 자태는 페이디아스[3]가 조각한 여신상 못지않았다. 그들의 생김새에는 네덜란드 화가들이 성모 마리아를 그릴 때 부여하는 특징들, 즉 균형 있으면서도 부드러운 이목구비, 단정하면서도 둔감해 보이는, 저지대 국가 여성의 고전적인 특징들이 나타났다. 그들의 무표정한 고요와 열정 없는 평화의 깊이와 견줄 수 있는 것은 극지방의 눈 내린 벌판뿐이었다. 이런 여자들은 장신구가 필요 없어서 그런 것을 걸치지도 않았다. 윤기 나는 머리를 촘촘하게 땋기만 해도 그보다 더 매끄러운 뺨과 이마가 충분히 돋보였다. 옷은 아무리 단순해도 멋지게 어울렸고, 둥근 팔과 완벽한 목은 팔찌나 목걸이가 없어도 아름다웠다.

영광스럽고 기쁘게도 그 미인들 중 한 사람은 나와 잘 아는 사이

---

3 기원전 5세기 그리스의 조각가.

였다. 그녀의 골수 깊이 자리잡은 자기애가 지닌 무감각한 힘은 놀라울 정도였다. 그녀에게 그보다 강한 것이 있다면 다른 사람을 배려할 줄 모르는 오만뿐이었다. 그녀의 차가운 혈관에는 피 한방울 흐르지 않았고, 림프액만 잔잔하게 가득차 있어 동맥은 거의 꽉 막혀 있었다.

방금 내가 묘사한 헤라 여신께서는 우리가 잘 볼 수 있는 곳에 앉아 있었다. 그녀는 모든 사람의 주목의 대상이었고 본인도 그것을 충분히 의식하고 있었지만, 그렇게 뚫어지게 바라보거나 흘끔거리는 눈길에 대해서 끄떡도 안했다. 냉담하고 몸매 좋은 아름다운 금발 아가씨인 그녀는 마치 옆에 있는 윗부분만 도금된 하얀 기둥과도 같았다.

존 선생이 그녀 쪽으로 자꾸 눈길을 돌리는 것을 보고 나는 나지막한 소리로 당부했다. "부디 마음 단단히 먹으세요. 꼭 저 아가씨와 사랑에 빠져야 하는 건 아니잖아요." 나는 계속 말했다. "미리 말씀드리지만, 당신이 그녀의 발밑에서 죽는다 해도 그녀는 당신을 사랑하지 않을 거예요."

"잘 알았소." 그가 말했다. "하지만 저 거만하고 무감각한 모습이야말로 내 마음을 가장 강력하게 자극한다는 것을 당신이 어떻게 알겠소? 절망이라는 자극은 내 감정을 불러일으키는 데 가장 좋은 자극제요." (그는 어깨를 으쓱했다.) "하지만 이런 일에 대해 당신은 전혀 알지 못하니. 어머니께 말해봐야겠소. 어머니, 제가 위험에 처했어요."

"그런다고 내가 관심이나 가질 줄 아니!" 브레턴 부인이 대꾸했다.

"아, 잔인한 운명이여!" 아들이 대답했다. "아마 이 세상에 어머니만큼 무심한 어머니도 없을 거예요. 며느리가 생기는 그런 재앙이 닥치리라고는 꿈에도 생각하지 않으시는 것 같군요."

"재앙이 닥치리라는 예고가 없어서 그러는 건 아니다. 지난 십년 동안 '엄마, 저 곧 결혼할 거예요!'라고 계속 날 협박해왔잖니. 넌 채 어른이 되기도 전부터 그렇게 외쳐왔어."

"하지만 어머니, 곧 그렇게 될 거예요. 안전하다고 안심하고 계실 때 갑자기 야곱이나 에서나 다른 가부장처럼 나가서 아내를 얻을 거예요. 아마 이 땅의 딸 중에서 고르게 될지도 모르고요."[4]

"그러기만 해보렴, 존 그레이엄! 그걸로 끝이다."

"어머닌 저더러 노총각이 되라고 하시는 건가요? 마나님, 정말 너무 질투가 심하세요! 저기, 연갈색 머리에 하늘색 새틴 드레스를 입은, 자기가 입은 옷만큼이나 '눈부시게 빛나는'[5] 저 멋진 숙녀를 좀 보세요. 제가 만일 저 여신 같은 아가씨를 집에 데려와 브레턴 2세의 부인이라고 소개하더라도 놀라지 않으시겠어요?"

"라 떼라스에는 어떤 여신도 데려오지 못할걸. 그 작은 성에는 여주인이 둘이나 있을 자리가 없으니까. 브레턴 2세의 아내가 저만 한 덩치에 가죽장갑을 끼고 새틴 옷을 입은 밀랍인형 같은 저 대단한 숙녀라면 특히 더 그렇지."

"어머니, 그녀는 어머니의 그 파란 안락의자를 아주 멋지게 차지할걸요!"

"내 의자를 차지한다고? 외부 침입자쯤이야 내가 거뜬히 물리치지! 그녀야 그 의자를 차지하지 못해 한탄하겠지. 자 숯, 존 그레이

---

**4** 창세기 27:46. "리브가가 이삭에게 이르되 내가 헷 사람의 딸들로 말미암아 내 삶이 싫어졌거늘 야곱이 만일 이 땅의 딸들 곧 그들과 같은 헷 사람의 딸들 중에서 아내를 맞이하면 내 삶이 내게 무슨 재미가 있으리이까."

**5** (프) reflets satinés.

엄! 입은 다물고 눈으로만 봐라."

이렇게 옥신각신하는 동안, 내가 들어섰을 때 이미 꽉 찼다고 생각한 연주회장에 사람들이 계속 입장해서 천장에서 바닥까지 비스듬히 경사진 무대 앞의 반원형 객석이 사람들로 꽉 들어찼다. 커다란 임시무대는 그 어떤 무대보다도 컸으며, 반시간 전에는 텅 비어 있던 그곳은 지금 활기가 흘러넘쳤다. 무대 중앙에는 그랜드피아노 두대가 설치되어 있었는데, 흰옷을 입은 음악학교 여학생들이 그 무대 위로 소리없이 쏟아져들어왔다. 그레이엄과 그의 어머니가 파란 새틴 옷을 입은 아가씨에 대해 입씨름을 하는 동안, 나는 그 여학생들이 한데 모이고 지시에 따라 정렬하는 과정을 흥미롭게 지켜보았다. 내가 아는 두 신사가 그 소녀들을 통솔하고 있었다. 장발에 수염을 기른, 예술가처럼 보이는 한 신사는 유명한 피아니스트이자 빌레뜨 최고의 음악 교사였다. 그는 일주일에 두번씩 베끄 부인의 기숙학교에 와 그의 교습을 받을 만한 부잣집 아이 몇명을 가르쳤다. 그는 뿔 선생의 이복동생인 조제프 에마뉘엘이었다. 이제 두번째 신사, 뿔 선생의 모습도 보였다.

뿔 선생을 보자 즐거웠다. 나는 완전히 제 세상을 만난 듯한 그를 바라보며 혼자 웃었다. 그는 어마어마한 관중 앞에 똑똑히 보이도록 서서 백명가량 되는 숙녀들을 정렬시키고 위압적으로 통솔하고 있었다. 그는 또한 아주 진지한 표정으로, 기운차고 열심히, 무엇보다 무소불위의 왕과도 같은 태도로 그 일에 몰두하고 있었다. 그런데 그가 무슨 일로 여기에 와 있는 걸까? 음악이나 음악학교와 무슨 상관이 있는 걸까? 음의 차이도 제대로 구분하지 못하는 사람인데? 그가 온 것은 권위를 부리고 과시하는 것을 좋아하기 때문임을 나는 알고 있었다. 하지만 그 과시욕이 아주 천진했기 때문에 거슬리지는 않았다. 이제는 저 여학생들 못지않게 동생인 조제프 역시 뽈 선생이 마음대로 좌지우지하는 게 명백하게 보였다. 뽈 선생 같은 욕심쟁이는 정말이지 본 적이 없었다! 곧 유명한 가수와 연주자 들이 무대 위에 올라왔고, 이 별들이 떠오르자 그는 혜성같이 사라졌다. 그는 유명한 사람들을 못 견뎌서 자신이 빛날 수 없는 자리면 피해버렸다.

그리고 이제 모든 준비가 끝났다. 홀에 비어 있는 칸은 하나밖에 없었다. 그곳은 장엄한 계단과 문과 마찬가지로 진홍빛으로 도배되어 있었고, 차양이 드리워진 위풍당당한 두개의 의자 양옆에는 푹신하고 긴 의자가 있었다.

신호에 따라 문이 뒤로 밀리며 열리고, 사람들이 기립했다. 오케스트라의 음악과 합창단의 환영의 노래가 울려퍼지는 가운데 라바스꾸르의 왕과 왕비가 입장했다.

그때 처음으로 왕과 왕비를 보았다. 유럽 왕족의 표본이 될 만한 이 인물들을 내가 얼마나 뚫어져라 보았는지는 추측에 맡기겠다. 처음으로 왕을 보는 사람이면 누구나 그가 항상 왕관을 쓰고 손에는 홀을 들고 왕좌에 앉아 있지는 않는다는 사실에 놀라고 약간은 실망도 느낄 것이다. 목을 빼고 왕과 왕비를 보려다가 중년의 군인과 다소 젊은 숙녀가 보였을 때 나는 반은 속은 느낌이고 반은 즐거웠다.

지금도 왕의 모습이 또렷이 기억난다. 50세쯤 되어 보였고 어깨가 약간 구부정했고 머리카락은 회색을 띠고 있었다. 모인 사람들 중에 그를 닮은 사람은 없었다. 그의 성격이나 습관에 관해서는 들은 적도 읽은 적도 없었다. 이마와 눈 주위와 입가에 철필로 새겨진 선명한 상형문자 같은 주름살을 보고 처음에는 나도 모르게 당혹스럽고 의아했다. 하지만 곧 손으로 쓴 것이 아닌 그 문자의 의미를 알지는 못했어도 느낄 수는 있었던 것이다. 그 자리에는 말없이 고통받고 있는 사람이, 신경이 예민한 우울증 환자가 앉아 있었던 것이다. 그의 두 눈은 어떤 유령을 보아온, 오랫동안 '우울증'이라는 이상한 유령을 맞이하고 떠나보내며 살아온 사람의 것이었다. 아마 지금도 무대 위의 저 빛나는 무리 가운데서 그를 굽어보는 그 유령을 보고 있는지도 몰랐다. 우울증은 사람들이 많이 모인 곳에 등장하곤 한다. 그것은 '운명'처럼 어둡고 '병'처럼 창백하며 '죽음'처럼 강하다. 희생자가 순간적으로 행복하다고 느끼면 유령은 "그렇게는 안되지. 내가 가마"라고 말하고는, 다가와서 가슴속의 피를 얼어붙게 하고 눈빛을 흐리게 만든다.

어떤 이는 왕이 이마에 쓴 왕관에 눌려서 그런 이상하고 고통스러워 보이는 주름이 생겼다고 할지 모른다. 또 어떤 이는 첫 아내를 일찍 여의어 그렇다고 할지도 모르겠다. 그 두가지 모두 때문인지는 모르지만, 그 주름은 가장 암담한 인간의 적, 바로 우울증에 시달려 생긴 것이었다. 그의 아내인 왕비는 이 사실을 아는 듯했다. 그 인자한 얼굴은 남편의 슬픔을 반영하는 어두운 그림자로 덮여 있었다. 왕비는 온화하고 사려 깊고 우아한 사람처럼 보였고, 내가 앞에서 묘사한 대리석 같은 느낌을 주는, 견실한 매력의 여자들처럼 아름답지는 않았다. 그녀는 다소 여윈 편이었다. 이목구비가 뚜렷했지만 왕가와 왕족 혈통의 권위적인 분위기를 풍겨 호감이 가는 것은 아니었다. 그래도 현재의 옆모습으로 보이는 표정은 보기가 좋았다. 하지만 그 표정을 보니 왕비의 초상화를 떠올릴 수밖에 없었다. 지금 표정과 비슷한 초상화의 선들은 천박하게 표현되어 있어 나약하게 보이기도 하고, 관능적으로 보이기도 하고, 교활하게도 보였다. 그러나 왕비의 눈만은 자신의 것이었다. 그리고 그 눈은 연민과 선의와 부드러운 공감으로 신성한 빛을 띠고 있었다. 그녀는 왕비가 아니라 친절하고 사랑스럽고 우아한 숙녀처럼 행동했다. 그녀의 어린 아들이자 라바스꾸르의 왕자인 댕동노 공작이 함께 와서 어머니의 무릎에 앉아 있었다. 그날 저녁 내내 그녀는 옆에 앉아 있는 왕을 살피고, 그가 넋을 놓고 우울해하는 것을 의식하여 그의 관심을 아들에게 돌림으로써 기분을 돋워주려고 했다. 그녀는 종종 머리를 숙이고 아이가 하는 말을 듣고는 웃으면서 그 말을 왕에게 전했다. 우울한 왕은 깜짝 놀라 듣다가 웃기도 했지만 그 착한 천사가 이야기를 끝내면 곧 다시 우울함에 빠지곤 했다. 얼마나 슬프고도 의미심장한 광경이었는지! 귀족이나 라바스꾸르의 정직한 부르주아 들이 그의 이상한 모습을 전혀 눈치채지 못하는 것 같아서 더욱더 슬펐다. 음악회에 온 사람 중에서 충격이나 깊은 인상을 받은 것처럼 보이는 사람은 아무도 없었다.

왕과 왕비가 입장할 때 조정의 인사들인 외국 대사 두세명이 함께 들어왔다. 당시 빌레뜨에 살고 있던 외국 엘리트들도 함께였다. 그들은 진홍색 긴 의자에 자리를 잡았다. 숙녀들은 앉고 남자들은 대부분 서 있었다. 검은 옷 차림으로 일렬로 뒤에 선 신사들 때문에 앞에 앉은 숙녀들이 과시하는 휘황찬란함이 더욱 돋보였다. 이 휘황찬란함은 시시각각으로 변하는 조명이 밝아졌다 어두워졌다 하며 그림자를 만들어내는 데서 비롯된 것이었다. 중간 좌석은 벨벳과 새틴 옷을 입고 보석과 깃털 장식을 한 부인들로 채워져 있었고, 왕비의 오른편 바로 앞 긴 의자는 빌레뜨 귀족사회의 꽃, 아니 꽃봉오리라고 해야 할 소녀들을 위한 자리 같았다. 보석이나 머리 장식이나 솜털 같은 벨벳이나 윤기 나는 비단은 없었지만 그 소녀들에게는 순수함과 소박함과 천사 같은 우아함이 있었다. 수수하게 머리를 땋고 흰색이나 연한 장밋빛 혹은 차분한 파란색 옷을 입은 아름다운 자태(공기의 요정과 같은 자태라고 쓰고 싶었지만 그건 사실과 다른 이야기였을 것이다. 열여섯 혹은 열일곱을 넘지 않을 이 '소녀' 중 몇몇은 스물다섯살 난 건장한 영국 여자처럼 튼튼한 모습을 자랑하고 있었다)의 그 소녀들은 천사를 연상시켰다. '흰옷과 장밋빛 옷을 입은'[6] 소녀들 중 적어도 두어명은 아는 얼굴이었다. 베끄 부인의 학생이었던 아이가 둘 있었다. 마드무아젤 마띨드와 앙젤리끄였다. 이들은 작년에 학교에 다닐 때 1반이었지만 두뇌는 2반 수준을 넘지 못했다. 내게 영어수업을 들었으나 『웨이크필드의 목사』를 한 페이지도 제대로 번역하지 못해 쩔쩔맸다. 나는 이들 중 한명과는 세달 동안 일대일 수업을 했는데, 그애가 늘 '두번째 아침식사'[7]라며 먹는 빵과 버터와 익힌 과일의 양은 정말이지 경이로웠다. 더 경이로운 사실은, 다 먹지 못한 것을 주머니에 넣었다는 것이었다. 이는 거짓 없는 진실이다.

　이 천사들 중 아는 얼굴이 또 한명 있었다. 거기 모인 소녀들 중 가장 예쁜, 어쨌든 적어도 가장 덜 점잔 빼고 위선적으로 보이지 않는 소녀로, 역시 거만하지만 솔직해 보이는 영국 귀족 소녀 옆에 앉아 있었다. 두 사람은 모두 영국 대사관 일행의 호위를 받으며 왔다. 그녀(내가 아는 소녀)는 몸매가 날씬하고 유연한 것이, 외국 처녀들과는 자태가 아주 달랐다. 그녀의 머리는 촘촘히 땋지 않아서 새틴 두건이 아닌 진짜 머리처럼 보였으며, 그 긴 곱슬머리는 굽이치며 늘어뜨려져 있었다. 그녀는 수다스럽게 떠들어댔는데, 자

<hr>

6 (프) rose et blanche.
7 (프) second déjeuner.

신과 자신의 위치에 대해 일종의 경박한 만족감으로 가득한 듯 보였다. 나는 브레턴 선생은 쳐다보지 않았지만 그 역시 지네브라 팬쇼를 보고 있다는 것을 알 수 있었다. 아까부터 그는 아주 조용해져서 어머니의 말에 짧게 대답하고 자주 한숨을 억눌렀다. 왜 한숨을 쉬겠는가? 그는 이루어질 수 없는 사랑을 좇는 취미가 있다고 고백했고, 여기에 그런 취미를 완전히 만족시킬 만한 대상이 있지 않은가? 그의 사랑의 대상인 여인은 더 높은 세계에서 빛을 내뿜었다. 그는 그녀 가까이 갈 수 없었고, 그녀에게서 눈길이나 한번 얻을 수 있을지도 불확실했다. 나는 그녀가 지금까지 그에게 호감을 가지고 있는지 지켜보았다. 우리의 자리는 그 진홍빛 긴 의자에서 그다지 멀리 떨어져 있지 않았다. 팬쇼 양처럼 재빨리 이리저리 둘러보는 사람이라면 우리를 보지 못했을 리가 없었다. 잠시 후 그녀의 망원경이 우리에게 고정되었다. 적어도 존 선생과 그의 어머니는 본 듯했다. 나는 금방 눈에 띄는 것이 싫어서 보이지 않는 그늘 속에 계속 있었다. 그녀는 계속 존 선생을 지켜보더니, 곧 망원경을 들어 그의 어머니를 살펴보았다. 일이분 후 그녀는 웃으면서 옆자리 아가씨에게 속삭였다. 공연이 시작되자 이리저리 둘러보던 그녀도 무대를 쳐다보았다.

음악회에 대해서는 길게 이야기할 필요가 없을 것이다. 독자께서는 내가 음악회에서 받은 인상에 대해서 알고 싶지 않을 것인데다, 문외한이 받은 인상이니 기록할 필요도 없을 테니까. 음악원 여학생들은 잔뜩 겁먹은 채 덜덜 떨면서 두대의 피아노를 연주했다. 그들이 연주하는 동안 조제프 에마뉘엘이 옆에 서 있었으나 그는 배다른 형만큼 기지나 영향력을 발휘하지 못했다. 그의 형이었다면 틀림없이 억지로라도 학생들이 침착하게 영웅적으로 행동하도록 했을 것이다. 뽈 선생이라면 불안한 초연자들을 두개의 불, 즉 청중과 선생에 대한 공포 사이에다 놓고 선생에 대한 두려움을 극대화함으로써 필사적인 용기를 불어넣었을 것이다. 그러나 조제프는 이런 일을 해낼 위인이 아니었다.

흰 모슬린 옷을 입은 피아노 연주자의 뒤를 이어 흰 새틴 옷을 입은 다 큰 멋진 숙녀가 부루퉁한 표정으로 등장했다. 그녀가 부르는 노래는 마법사가 거는 마법과도 같았다. 나는 그녀가 어떻게 그럴 수 있는지, 어떻게 목소리를 높였다 낮췄다 하며 멋지게 노래를 할 수 있는지 궁금했다. 하지만 거리의 악사가 부르는 소박한 스코틀랜드 노래에도 나는 그보다 더 깊이 감동을 받곤 했다.

그다음에는 한 신사가 나왔는데 그는 왕과 왕비가 있는 쪽으로 깊이 고개를 숙여 인사한 후, 흰 장갑을 낀 손을 수시로 가슴에 갖다대면서 '거짓된 이자벨'[8]이라는 여자를 원망하며 고통에 차 절규했다. 그는 특히 왕비의 공감을 얻으려고 애쓰는 듯했다. 그러나 내가 얼토당토않게 착각한 게 아니라면 왕비는 그다지 열렬한 관심을 표하지 않고 조용히 예의를 지키며 바라보는 정도였다. 그 신사가 표현하는 감정은 아주 비참한 것이어서, 그 비참한 노래가 끝나자 나는 기뻤다.

그날 저녁 여흥 중 가장 좋았던 것은 기운을 돋워준 합창이었다. 가장 훌륭한 지방합창단에서 뽑혀온 대표들은 술통 같은 몸매의 진짜 라바스꾸르 토박이들이었다. 이들은 점잔 빼지 않고 마음에서 우러나는 대로 노래를 불러 좋은 결과를 거두었다. 그들의 노래에서 청중은 힘을 느끼고 만족했다.

--------

8 (프) fausse Isabelle.

소심한 이중주, 잘난 체하는 독창, 놋쇠로 된 허파에서 울려퍼지는 듯한 합창이 공연되는 내내 나는 한쪽 눈과 귀는 무대를, 다른 한쪽은 줄곧 브레턴 선생 쪽을 향했다. 나는 시종 그를 의식하면서, 그가 어떻게 느끼고 무슨 생각을 하는지, 즐겁게 공연을 보고 있는지 그 반대인지 끊임없이 묻고 있었다. 마침내 그가 말했다.

"모든 게 마음에 드오, 루시? 아주 조용히 있군요." 그가 특유의 유쾌한 어조로 말했다.

"제가 말이 없는 것은," 내가 말했다. "음악뿐 아니라 주위의 모든 것을 아주, 아주 흥미진진하게 보고 있기 때문이에요."

그러자 그가 몇마디를 더 했으나 아주 침착하고 태연한 어조여서, 내가 본 것을 그가 보지 못했구나 하는 생각마저 들었다. 내가 속삭였다.

"팬쇼 양이 여기 있어요. 보셨어요?"

"그렇소! 당신이 알아챈 것까지 봤소."

"숄몽들레 부인과 함께 온 건가요?"

"숄몽들레 부인은 많은 사람들과 함께 저기 있소. 그렇소, 지네브라는 그녀와 일행이오. 그리고 숄몽들레 부인은 아무개 귀족 부인과 함께 왔고, 그 부인은 왕비를 수행하고 왔소. 작은 유럽 왕실이기에 망정이지 그렇지 않으면 아주 대단한 것으로 들렸을 거요. 여기선 격식이라야 친밀하게 구는 정도고, 으리으리한 축제라야 소박한 주일 행사 정도요."

"지네브라도 당신을 본 것 같은데요?"

"나도 그렇게 생각하오. 당신이 안 볼 때도 몇번이나 그녀를 보았소. 그리고 당신이 보지 못한 시시한 광경도 보았고."

나는 무엇인지 묻지 않았다. 그가 스스로 알려주길 기다렸고, 곧 알게 되었다.

"팬쇼 양은," 그가 말했다. "귀족 친구와 함께 왔소. 그 친구의 얼굴을 보고 싸라 양인 것을 알았소. 귀족인 그녀의 어머니가 내게 왕진을 청한 적이 있었소. 그녀는 자존심이 강한 소녀이지만 전혀 무례하지는 않소. 아는 사람을 지네브라가 웃음거리로 만들었으니 싸라 양이 좋게 생각할지 모르겠소."

"누굴 비웃었는데요?"

"나하고 어머니였소. 젊은 부르주아 의사만큼 좋은 농담거리가 없으니 나야 그런 취급을 받아도 상관없지만 내 어머니께 그러다니! 어머니께서 웃음거리가 되신 건 생전 처음이오. 빈정대듯 입술을 삐쭉거리며 망원경으로 이쪽을 보았을 때 내 기분이 얼마나 묘했는지 아시오?"

"존 선생님, 신경쓰지 마세요. 그럴 가치도 없는 일이에요. 오늘 밤처럼 심하게 들뜬 상태면 지네브라는 저 온화하고 수심에 잠긴 왕비나 우울한 왕이라도 서슴지 않고 비웃었을 거예요. 경솔한 여학생에게 성역이 있겠어요?"

"하지만 잊었나본데, 난 팬쇼 양을 경솔한 여학생으로 여기는 데 익숙지 않소. 그녀는 나의 여신이자 천사였잖소?"

"아! 당신이 잘못 아셨던 거예요."

"솔직히 털어놓자면, 허풍을 떨거나 낭만적인 척하지 않고 말하자면, 육개월 전에는 그녀가 여신 같다고 생각한 적이 있소. 선물에 대해 우리가 나눈 대화를 기억하오? 그때 나는 모든 걸 다 털어놓지는 않았소. 당신이 열을 올리며 그 이야기를 하는 게 재미있었소. 당신의 의견을 충분히 듣고 싶어서 일부러 모르는 척하기도 했소. 지네브라도 인간의 한계를 지니고 있음을 입증해준 시금석이 그 선물이었소. 그래도 여전히 그녀의 아름다움은 매혹적이었다오. 사흘, 아니 세시간 전만 해도 난 그녀의 노예였소. 그녀가 오늘밤 자신의 아름다움에 의기양양해하며 내 곁을 지나갈 때만 해도 내 감정은 그녀에게 경의를 바치고 있었소. 하지만 운 나쁜 그 한번의 조롱 때문에 나는 그녀의 가장 비천한 하인이 되고 말았소. 그녀가 날 비웃었다면 상처를 입었어도 내 마음이 금세 그녀에게서 멀어지지는 않았을 거요. 그녀가 어머니께 잠시 한 짓은 내게 십년 동안 그렇게 한 거나 마찬가지요."

그는 잠시 침묵했다. 존 선생의 푸른 눈에서 쾌활한 기색이 사라지고 분노가 이글거리는 모습을 본 것은 처음이었다.

"루시," 그가 다시 말을 시작했다. "우리 어머니를 잘 봐요. 그리고 두려움이나 애정에 치우치지 말고 어머니가 어떻게 보이는지 말해주시오."

"언제나처럼 영국 중산층 부인이시죠. 엄숙하게 차려입긴 하셨지만 원래도 허세를 부리시는 법이 없고 침착하고 명랑한 분이죠."

"내게도 그렇게 보여요. 어머니께 신의 가호를! 명랑한 사람은 어머니와 함께 웃겠지만 경박한 사람은 그녀를 비웃기만 할 거요. 어머니가 웃음거리가 될 수는 없어요. 적어도 내 동의 없이는 안되지. 아니면 내 경멸이나 반감을……"

그는 말을 멈췄다. 적당히 흥분하는 것 이상으로 점점 더 흥분하고 있었기 때문에 알맞은 때 멈춘 셈이었다. 당시에는 그가 팬쇼 양에게 불만을 품을 이유가 하나 더 있는 것을 몰랐다. 안색이 벌게지고 콧구멍을 벌름거리고 경멸로 인해 턱이 일그러진 모습은 그가 완전히 새로운 단계에 들어섰음을 가리켰다. 그러나 원래 부드럽고 차분한 사람이 어쩌다 화를 내는 모습을 보니 마음이 썩 편

치 않았다. 그의 젊고 건강한 몸에서 뿜어져나오는 양심에 찬 전율
또한 달갑지 않았다.

"내가 무섭소, 루시?" 그가 물었다.

"왜 이렇게 화를 내시는지 모르겠어요."

"그 이유는," 그가 귓속말을 했다. "지네브라가 순수한 천사도
순결한 여인도 아니기 때문이오."

"말도 안돼요! 지나친 말이에요. 지네브라는 그렇게 나쁜 사람
이 아니에요."

"내겐 나쁘게 보이오. 당신이 보지 못하는 걸 난 볼 수 있소. 자, 이
이야기는 그만둡시다. 어머니를 놀리며 장난이나 쳐야겠소. 어머
니가 졸고 계시는군. 어머니, 정신 차리셔야죠."

"존, 너야말로 좀더 예절 바르게 행동하지 않으면 정신이 번쩍
들게 해줘야겠구나. 노래 좀 듣게 루시와 조용히 있지 못하겠니?"

우레와 같은 합창이 시작되는 바람에 우리가 나누던 대화는 그
소리에 묻혀 들리지 않았다.

"어머니가 노래를 들으신다고요! 자, 저는 진짜 보석인 이 단추를
걸 테니 어머니는 그 납유리 브로치를 걸고 내기하시죠."

"내 브로치가 납유리라고, 그레이엄? 불경스러운 녀석 같으니라
고! 보석인 걸 뻔히 알면서."

"오! 그건 어머니가 잘못 알고 계신 거예요. 속아서 사신 거예요."

"난 네가 생각하는 것만큼 잘 속지 않는단다. 존, 왕실에 출입하
는 아가씨들과는 어떻게 알게 된 거니? 두 아가씨가 아까 삼십분
동안이나 자꾸 쳐다보더구나."

"어머니께서 못 보셨으면 했는데요."

"왜? 그중 한 아가씨가 망원경으로 날 보며 비웃어서 그러냐? 예

쁘지만 그렇게 멍청한 애가 지껄인 걸 가지고 늙은 귀부인이 화낼 것 같으니?"

"존경스럽고 지혜로운 노부인이시군요! 아직은 아내를 열명 준다 해도 어머니와 바꾸지 않겠어요."

"너무 내놓고 그러진 마라, 존. 그러다 내가 기절하면 넌 날 업고 가야 하니까. 그렇게 짐을 지고 가다보면 생각이 바뀌어 '어머니, 어머니보다는 아내 열명이 훨씬 낫겠어요!'라고 소리칠걸."

* * *

연주회가 끝나고 다음 순서는 '빈자들을 위한 복권 추첨'이었다. 그 사이는 휴식시간이었는데, 상상해낼 수 있는 가장 즐거운 소란과 소동으로 시끌벅적했다. 무대에서는 흰옷을 입은 여학생들이 물러나고 그 대신 신사들이 올라 무리를 지어 바삐 움직이며 추첨 준비를 했다. 신사들 중 가장 바삐 움직이는 사람은 다시 나타난 익숙한 인물로, 키가 크지는 않지만 활동적이었다. 그는 키 큰 장정 세명분의 활력으로 기운차게 움직였다. 뽈 선생이 일을 하는 모습이란! 얼마나 유능하게 지시를 내리고, 그와 동시에 발 벗고 몸소 나서던지! 그의 지시에 따라 대여섯명의 조수가 피아노 등을 날랐다. 당연히 그도 거들었다. 필요 이상으로 기민하게 움직이는 그의 모습을 보자 반은 우습고 반은 당혹스러웠다. 이 모든 야단법석이 마음에 들지 않고 경멸스러웠다. 그러나 이렇게 편견에 차 짜증스러움을 느끼며 지켜보는 동안 그의 말과 행동 모두에서 불쾌하지만은 않은 순진함이 느껴졌다. 또 그보다 온순한 다른 사람들과 대조를 이루어 더욱 두드러져 보이는 그의 생김새에서 뿜어져나오는 특이한 활기도 간과할 수 없었다. 날카롭고도 그윽한 강렬한 눈매, 창백하고 널따란 이마에서 느껴지는 힘, 한없이 유연한 입매 등에 눈길이 끌릴 수밖에 없었다. 그는 차분한 힘은 없지만 눈에 띄는 역동성과 정열을 소유한 사람이었다.

그러는 동안 홀 전체가 소란스러워졌다. 사람들은 대부분 기분 전환을 위해 일어서 있었다. 어떤 사람들은 여기저기 걸어다녔고, 모두 웃고 떠들었다. 진홍색 칸에서는 특히 활기찬 장면이 펼쳐졌다. 긴 구름같이 모여 있던 신사들은 흩어져서 무지개같이 늘어서 있는 숙녀들과 어울렸고, 장교처럼 보이는 두세명의 남자가 왕에게 가까이 가서 이야기를 나누었다. 왕비는 자리를 떠나 나란히 앉아 있는 아가씨들 곁을 따라 미끄러지듯이 나아갔는데, 그녀가 지나가면 아가씨들이 자리에서 기립했다. 그녀는 한 사람 한 사람에게 친절하게 알은척을 하며 친절한 말이나 표정, 혹은 미소를 건넸다. 싸라와 지네브라 팬쇼 두 아가씨에게도 몇마디 말을 걸었다. 왕비가 자리를 뜨자 둘 다, 특히 지네브라는 흡족하여 누구보다 신나 보였다. 그러자 몇몇 숙녀들이 그들에게 몰려가 말을 걸고 신사들도 주위로 몰려들어 작은 원을 이루었다. 지네브라와 가장 가까운 곳에 서 있는 신사는 아말 백작이었다.

"이곳은 숨이 막히도록 덥군." 브레턴 선생이 갑자기 초조한 기색으로 벌떡 일어나며 말했다. "루시, 어머니, 잠시 신선한 공기를 쐬러 나가지 않겠어요?"

"함께 다녀오렴, 루시." 브레턴 부인이 말했다. "난 그냥 여기 있으마."

나도 그냥 앉아 있고 싶었으나 나의 바람보다 그레이엄의 소망이 우선이어서 그와 함께 나갔다.

밤공기가 살을 에는 듯했다. 아니 적어도 내 느낌은 그랬지만 그는 그렇게 느끼는 것 같지 않았다. 사방은 아주 고요했고 하늘에는 구름 한점 없이 별만 총총했다. 나는 모피 숄을 걸치고 있었다. 우리는 길을 따라 모퉁이를 몇번 돌았다. 가로등 아래를 지나면서 그레이엄과 눈길이 마주쳤다.

"루시, 침울해 보이는군요. 나 때문이오?"

"당신이 슬플까봐 걱정하는 것뿐이에요."

"전혀 그렇지 않소. 그러니 나처럼 기분을 푸시오. 루시, 내가 언제 죽을지 몰라도, 심장병 때문에 죽지는 않을 거요. 상처를 받더라도 잠시 우울할 뿐이지, 질질 끌며 온통 고통이나 감상에 젖지는 않소. 집에서 항상 명랑한 내 모습을 보지 않았소?"

"보통은 그렇죠."

"그녀가 어머니를 비웃어서 다행이오. 미인을 한다스 준다 해도 우리 어머니와 바꾸지는 않겠소. 그 조롱 덕분에 나는 큰 덕을 입었소. 팬쇼 양, 고맙소!" 그는 곱슬머리에서 모자를 들어올려 인사를 하는 척했다.

"그렇소," 그가 말했다. "그녀에게 감사하고 있소. 그녀 덕분에 내 심장의 10분의 9는 늘 무쇠처럼 단단하다는 것을 알게 되었소. 그리고 나머지 10분의 1은 조금만 찔러도 피가 나지만 곧 낫는 것을 알았소."

"방금 열을 내며 분노하셨잖아요. 내일이면 생각과 느낌이 달라질걸요."

"내가 열을 냈다고요! 당신은 날 모르는군. 오히려 열이 가라앉았소. 나는 이 밤처럼 냉정하오. 그나저나 밤공기가 당신에게 너무 차가울 것 같소. 돌아갑시다."

"존 선생님, 이건 갑작스런 변화예요."

"그렇지 않소. 설령 그렇다 해도 두가지 충분한 이유가 있소. 당신에게 한가지는 말했소. 자, 이제 다시 들어갑시다."

자리로 다시 돌아가는 길은 쉽지 않았다. 복권 추첨이 시작되어 연주회장은 흥분의 도가니였다. 지나가야 하는 복도에 사람들이 꽉 들어차 길을 막고 있어서 잠시 멈춰 서 있을 수밖에 없었다. 우연히, 아니 사실은 내 이름을 부르는 소리가 들리는 것 같아서 나는 주위를 둘러보다가, 어디에나 나타나는, 피할 수 없는 뽈 선생이 바로 옆에 있는 것이 보였다. 그는 엄숙한 눈빛으로 날 쏘아보았는데, 나보다는 내 분홍색 옷을 보고 있었다. 그의 눈에는 냉소가 어려 있었다. 그에게는 베끄 부인의 학교 교사와 학생 모두의 옷을 비난하는 습관이 있었다. 적어도 교사들은 그 습관에 모욕감을 느끼고 있었으나, 나는 여태껏 그런 비난의 대상이 된 적이 없었다. 내 평상복은 주목을 끌 일이 없는 수수한 옷이기 때문이었다. 오늘 밤 나는 더이상 간섭받을 기분이 아니어서, 그의 야유를 듣느니 무시해버려야겠다는 생각으로 얼굴을 계속 존 선생의 코트 소매 쪽으로 돌리고 있었다. 뽈 선생의 못생기고 검은 얼굴보다는 존 선생의 검은 소매가 훨씬 더 유쾌하고 편안하고 더 온화하고 다정하다는 생각이 들었다. 존 선생도 무의식적으로 내 행동을 지지하는지 나를 내려다보며 다정한 목소리로 말했다.

"루시, 내 옆으로 가까이 오시오. 이 북적대는 시민들은 사람을 가려가며 밀칠 자들이 아니오."

하지만 나는 뜻대로 할 수 없었다. 최면에 이끌려서인지 아니면 다른 어떤 힘, 즉 반갑지 않고 불쾌하지만 강력한 힘에 이끌려, 뽈 선생이 사라졌는지 다시 둘러보았다. 아니었다, 그는 그 자리에 서서 가만히 날 바라보고 있었으나 눈빛은 달라져 있었다. 그는 내 생각을 훤히 꿰뚫어서 피하려는 내 마음을 읽고 있었다. 악의 없이 조롱기가 섞여 있던 눈빛은 찡그린 표정으로 변해 있었다. 달래볼 양으로 인사를 하자, 답례로 아주 뻣뻣하고 엄숙하게 고개를 끄덕일 뿐이었다.

"루시, 당신이 화나게 한 저 사람은 누구요?" 브레턴 선생이 웃으며 속삭였다. "저 야만인처럼 보이는 당신 친구는 누구요?"

"베끄 부인 학교의 교수예요. 아주 화를 잘 내는 사람이죠."

"지금도 매우 화난 것처럼 보이는데 당신이 뭘 잘못했소? 어떻게 된 일이오? 아, 루시, 루시! 무슨 일인지 말해주시오."

"별로 복잡할 것도 없는 얘기예요. 에마뉘엘 씨는 까다로운 사람인데, 내가 자기를 보고 무릎을 굽혀 인사하지 않고 당신의 코트 소매만 보고 있는 걸 보고 무시당했다고 생각한 것 같아요."

"저 작은……" 존 선생이 말을 꺼냈다. 그가 이어서 무슨 말을 하려고 했는지는 모르겠다. 그 순간 내가 사람들의 발에 깔릴 뻔했기 때문이다. 뽈 선생이 주위에 있는 사람들의 안전이나 편리는 전혀 고려하지 않은 채 팔꿈치로 무례하게 밀치고 지나갔고, 그 결과 내가 불편하게 깔릴 뻔한 것이었다.

"저자는 소위 '심술쟁이'[9] 짓을 하고 있군." 브레턴 선생이 말했고, 나도 그렇다고 생각했다.

우리는 천천히 앞으로 나아가 마침내 가까스로 자리에 돌아가 앉았다. 복권 추첨은 거의 한시간이나 계속되었다. 활기차고 즐거운 광경이었다. 우리 모두가 표를 가지고 있기 때문에 한차례 추첨

---

**9** (프) méchant.

을 할 때마다 희망과 두려움이 교차되었다. 다섯살과 여섯살 여자 아이 둘이 추첨을 했고, 경품들이 무대 위에 소개되었다. 상품은 비싼 것은 아니지만 푸짐했다. 존 선생과 나도 상품을 하나씩 탔다. 내가 받은 상품은 담뱃갑이고 그의 것은 숙녀용 모자였다. 파란색과 은색이 섞여 있는 챙이 없고 하늘하늘한 모자로, 한쪽에는 구름 같은 깃털 장식이 달려 있었다. 그는 서로 바꾸자고 안달을 했지만 나는 싫다고 했다. 나는 오늘날까지 그 담뱃갑을 간직하고 있다. 그것을 보면 흘러간 시절과 행복했던 하루 저녁이 생각난다.

존 선생은 엄지와 집게손가락으로 그 모자를 멀찌감치 집어들고 경외심과 당혹감이 섞인 표정으로 바라보았는데, 그 모습을 보니 웃음이 터져나왔다. 그렇게 한참을 바라보다가 그는 냉정을 되찾고 그 연약한 물건을 발 사이 바닥에 내려놓으려 했다. 그런 물건을 어떻게 다루고 보관해야 하는지 전혀 모르는 것 같았다. 그의 어머니가 구해주지 않았으면 그는 그것을 오페라 모자처럼 팔 아래 껴서 찌그러뜨렸을 것이다. 그의 어머니는 모자를 원래 있던 종이상자 속에 다시 넣었다.

그레이엄은 저녁 내내 명랑했는데, 그 명랑함은 억지로 꾸민 것이 아니라 절로 우러나온 것이었다. 그의 행동과 표정에는 쉽게 묘사할 수가 없는, 이상하게 나름대로 독특한 무언가가 있었다. 열정을 극복할 때의 드문 면모와, 별다른 노력 없이도 '실망'을 때려눕히고 그 송곳니를 뽑아내는 건강하고도 깊은 힘을 읽어낼 수 있었다. 그런 태도에선 바스빌의 가난한 사람이나 죄수나 고통받는 사람들을 치료할 때 본 적이 있는 자질들이 연상됐다. 그는 단호하고 인내심 있으면서도 상냥해 보였다. 누가 그를 좋아하지 않을 수 있겠는가? 그는 약해서 휘청거리면 어떻게 받쳐주어야 하나 마음을 쓸 만한 약한 구석을 전혀 드러내지 않았다. 그는 갑자기 짜증을 내서 평온을 깨뜨리고 웃음을 억눌러야 하는 상황을 만드는 법이 없었다. 뼛속까지 저릴 독설이 튀어나오는 법도 없었고, 마음을 냉담하게 하고 벌레 먹고 녹슬게 할 침울한 시선을 보내는 법도 없었다. 그의 옆에는 휴식과 피난처가, 그의 주위에는 햇살이 머물고 있었다.

그러나 그는 팬쇼 양을 잊지도, 용서하지도 않았다. 한번 화가 나면 쉽게 달래기가 어렵고 한번 멀어지면 다시 친구가 되기가 힘든 사람인 듯했다. 그는 여러번 그녀를 바라보았다. 은밀하거나 겸손한 눈빛이 아니라 대담하고 노골적인 눈길이었다. 이제는 아말이 그녀 옆에 붙어 있었고, 숄몽들레 부인은 옆에 앉아 있었다. 그들은 들떠서 즐겁게 대화에 빠져 있었다. 들떠 있기는 진홍색 칸에 앉아 있는 사람들이나 홀에 있는 일반인들이나 마찬가지였다. 활기찬 대화를 나누는 중에 지네브라는 한두번 손과 팔을 들어올렸고, 그러자 멋진 팔찌가 팔에서 번쩍였다. 그 빛이 존 선생의 눈에 반사되자 조롱과 경멸이 가득한 불꽃이 이는 게 보였다. 그가 웃음을 터뜨렸다.

"이 모자도 쭉 제물을 바치던 신전에 올려놓아야 할 것 같소. 어쨌든 거기서는 좋은 반응을 얻겠지. 여직공이라도 그렇게 넙죽넙죽 받지는 않을 거요. 참 이상한 일이오! 그녀는 명색이 명문가 출신인데 말이오."

"어떤 교육을 받았는지 모르셔서 그래요." 내가 말했다. "평생 외국의 이 학교 저 학교 흘러다니면서 외국어를 잘 모른다는 핑계를 내세우며 자기 잘못을 봐달라는 식이었으니까요. 그리고 그녀의 말로 미루어보면 부모도 같은 식으로 교육을 받은 것 같아요."

"그녀가 재산이 없다는 건 알고 있었고, 언젠가는 그런 생각을 하고 기뻐했던 적도 있소." 그가 말했다.

"제게 말한 바로는," 내가 대답했다. "집이 가난하대요. 그런 점에 대해서는 늘 솔직하게 말하거든요. 이 나라 사람들 식으로 거짓말을 하는 법은 없어요. 부모님 양가가 대가족인데, 지위나 연줄이 꽤 내세울 만하다고 생각하나봐요. 살림이 아주 곤란한데다 타고나길 경박해서, 그럴싸하게 보일 수만 있으면 물불을 가리지 않고 뻔뻔스럽게 굴죠. 실상이 이렇고, 또 이게 그녀가 어려서부터 쭉 보아온 현실이에요."

"과연 그렇겠군요. 그러나 전에는 그보다 더 나은 사람일 거라고 상상했소. 하지만 루시, 솔직히 말하자면 오늘밤 그녀와 아말을 보면서 새로운 것을 발견했소. 무례하게 우리 어머니를 힐끔거리기 전에 이미 그것을 느꼈소. 들어오자마자 그 두 사람이 눈빛을 교환했는데, 내겐 그게 가장 불쾌하게 느껴졌소."

"무슨 뜻이에요? 그들이 장난 삼아 연애를 한다는 건 오래전부터 알고 계셨잖아요?"

"아, 장난 삼아 하는 연애라! 진정한 사랑을 유혹하기 위해 순진한 소녀들이 그런 계략을 쓸 순 있겠지. 하지만 내가 말한 것은 장난 삼아 하는 연애가 아니었소. 그들은 서로 은밀히 이해하고 있다는 눈빛이었소. 소녀답지도 순진하지도 않았고. 아프로디테만큼 아름답다 해도 그런 눈빛을 주고받는 여자와는 결혼하지 않겠소. 차라리 짧은 치마에 고깔모자를 쓴 시골 처녀와 결혼하겠소, 그녀가 정직한지 확인한 다음에 말이오."

나는 웃을 수밖에 없었다. 그가 심하게 과장하고 있다는 생각이 들었다. 지네브라는 무척 경박하지만 정직하다고 믿었으므로 나는 그렇다고 말했다. 그러나 그는 고개를 절레절레 흔들면서 자신의 명예를 걸고 그녀를 믿지 않겠다고 했다.

"단 한가지 점에서만큼은," 내가 말했다. "안심하고 그녀를 신뢰할 수 있어요. 그녀는 뻔뻔스럽게 남편의 지갑과 재산을 갉아먹고 성질을 긁어 인내심을 바닥내기는 하겠지만, 남편의 명예를 더럽히거나 다른 사람이 그러는 걸 그냥 보고 있을 사람은 아니에요."

"이제 당신은 그녀를 변호하고 있군요." 그가 말했다. "내가 다시 사슬에 묶이면 좋겠소?"

"아니에요. 당신이 자유로워져서 기쁘고, 오랫동안 자유로울 거라고 믿어요. 그렇지만 공정하셔야 해요."

"난 공정하오. 라다만토스[10]만큼이나 공정하지, 루시. 일단 결별한 이상 엄격하게 판단할 수밖에 없소. 봐요! 왕과 왕비가 일어나고 있소. 난 저 왕비가 좋아요. 인상이 아주 부드럽거든. 어머니도 아주 피곤하신가보오. 여기 더 오래 있다가는 우리 늙은 귀부인을 집으로 모시고 갈 수도 없겠소."

"내가 피곤하다고 했니, 존?" 아들 못지않게 정신이 말짱하고 활기찬 모습으로 브레턴 부인이 소리쳤다. "아직도 너보다는 오래 앉아 있을 수 있다. 우리 둘 다 아침까지 여기 있어보자꾸나, 해뜰 무렵 누가 더 지쳐 떨어지는지 좀 보게."

"그런 실험은 하고 싶지 않은데요. 사실은 어머니야말로 가장 싱싱한 상록수 같은, 가장 젊어 보이는 부인이세요. 그렇다면 아들이 너무 신경이 예민하고 몸이 약하니 이제 그만 빨리 돌아가자고 청원해야겠군요."

---

10 그리스신화에서 제우스와 에우로페의 아들. 모범적인 공평무사함 때문에 사후에 지옥의 재판관으로 임명된다.

"나태한 젊은이 같으니! 잠이나 자고 싶은 게로구나. 너 좋을 대로 하자꾸나. 루시도 몹시 지친 것 같으니. 루시, 부끄러운 줄 알아야지! 네 나이 때 난 일주일 내내 저녁마다 외출해도 안색 하나 변하지 않았다. 자, 둘 다 함께 나가자. 그리고 너희가 아무리 이 노부인을 놀려도 나는 나대로 모자를 넣은 이 종이상자를 들고 가야겠구나."

그리고 부인은 모자상자를 집어들었다. 내가 짐을 들어주겠다고 했으나 그녀는 상냥하게 거절하면서 내 몸이나 잘 챙기라고 했다. 이제 브레턴 부인은 격식에 얽매이지 않는 모습으로 앞장서서, 왕과 왕비가 떠난 뒤 "아수라장"이 된 인파 속을 헤치고 나아가며 길을 터주었다. 그레이엄은 어머니가 자신이 본, 모자상자를 나르는 어느 여직공보다도 기운이 좋다고 치켜세우면서 그 뒤를 따랐다. 그리고 내게 어머니가 하늘색 모자를 마음에 들어하며, 언젠가 그걸 쓸 테니 잘 보라고 했다.

그날밤은 매우 춥고 어두웠으나 우리는 곧 마차를 찾았다. 재빨리 마차에 올라타니 그 안은 난롯가처럼 따뜻하고 아늑했다. 집으로 돌아가는 길은 연주회에 가던 길보다 더 유쾌했다. 우리가 연주회장에 있는 동안 '포도주 상인'[11]의 가게에서 시간을 보낸 마부가 라 떼라스로 들어가는 모퉁이를 지나쳐 어두운 외딴길로 마차를 몰기는 했지만 그래도 즐거운 밤이었다. 우리는 브레턴 부인이 라 떼라스가 외진 곳에 있다는 생각은 늘 했지만 이 세상 끝에 있는지는 몰랐는데 지금 보니 세상 끝에 와 있는 것 같다고 말할 때까지 웃고 떠드느라 길을 잘못 든 것도 몰랐다. 한시간 반이나 마차를

--------

11 (프) marchand de vin.

타고 있었는데도 아직도 가로수길에 들어서지도 못하고 있었던 것이다.

그레이엄이 밖을 내다보니 어두운 들판만 보였다. 도랑을 파서 눈에 잘 띄지 않는 울타리를 따라 늘어선 가로수와 참피나무의 낯선 가지를 보고야 그는 사태를 짐작했다. 그레이엄은 마차를 멈추라고 소리친 후 내려가서는 마부석으로 올라가 손수 고삐를 잡았다. 우리는 예정보다 한시간 반가량 늦게 집에 도착했다.

마사가 우리를 잊지 않은 덕분에 난롯불이 활활 타오르고 있었고 식당에는 저녁식사가 깔끔하게 차려져 있었다. 난롯불과 식사 둘 다 흡족했다. 우리가 각자 방으로 간 것은 겨울날 아침 동이 트고 나서였다. 나는 처음 입었을 때보다 훨씬 더 행복한 기분으로 분홍색 옷과 레이스 망또를 벗었다. 그 음악회에 성장을 하고 갔던 모든 사람이 나 같지는 않았으리라. 모든 사람이 우정에, 그리고 우정이 주는 고요한 위안과 수수한 희망에 만족하진 않았을 테니까.

# 21장
# 반작용

사흘 후면 기숙학교로 돌아가야 했다. 나는 시계를 보며 그 사흘의 순간순간을 헤아렸다. 시간을 붙잡아둘 수만 있다면 기꺼이 그렇게 했을 것이다. 그러나 시간은 내가 지켜보는 동안에도 미끄러지듯 흘렀고, 다 가버릴까봐 두려워하는 사이에 어느새 사라져버렸다.

"루시, 오늘 떠나지 말아라." 아침식사 때 브레턴 부인이 사정하듯이 말했다. "한번 더 연기해줄 수도 있단다."

"한마디만 하면 연기할 수 있다고 하더라도, 그런 부탁은 않겠어요." 내가 말했다. "이제 작별인사를 하고 다시 포세뜨가로 가서 지내고 싶어요. 오늘 아침에 가야겠어요. 트렁크는 다 싸두었어요."

하지만 내가 돌아가는 것은 그레이엄에게 달려 있는 듯했다. 그가 함께 가주겠다고 했기 때문인데, 하루 종일 바빴던 탓에 해거름녘에야 집에 돌아왔다. 그리고 약간의 실랑이가 벌어졌다. 브레턴 부인과 아들은 내게 하룻밤만 더 있다 가라고 간청했고, 나는 어서 가고 싶어 애가 타는 바람에 울고 싶은 심정이었다. 고통이 어서 끝나버리길 바랐던 나는 사형대의 사형수가 도끼를 내리치길 바라는 것과 같은 심정으로 그들 곁을 떠나고 싶었다. 내 마음이 얼마나 간절한지 그들은 알지 못했다. 이런 점에서 그들은 나와 같은 심정을 경험해본 적이 없었다.

존 선생이 베끄 부인의 학교 문 앞에 나를 내려주었을 때는 이미 어두워져 있었다. 문 위에는 램프가 밝혀져 있었고, 하루 종일 내리던 11월의 가랑비가 여전히 내리고 있었다. 램프 불빛이 보도를 비추고 있었다. 지금부터 채 일년도 안된 어느날 밤, 내가 처음으로 이 집에 발을 들여놓았던 그날밤도 꼭 이랬다. 그때와 아주 흡사한 풍경이었다. 두근거리는 가슴으로 지금 앞에 있는 이 문이 열리기를 기다리면서 하릴없이 바라보던 보도의 돌 모양까지도 기억이 났다. 나는 얼마나 외로운 탄원자였던가. 그날밤에도 지금 함께 서 있는 이 사람과 잠깐 만났지. 그에게 그 만남을 상기시키거나 설명한 적이 있었냐고? 그런 적은 없었고, 그러고 싶지도 않았다. 나는 그 즐거운 추억을 마음속에 깊이 묻은 후 최상의 상태로 보관하고 있었다.

그레이엄이 초인종을 눌렀다. 통학생들이 떠나는 저녁시간이라 로진이 대기 중이어서 금세 문이 열렸다,

"들어오지 마세요." 나는 그에게 말했다. 하지만 그는 어느새 불이 환히 켜진 복도에 들어와 있었다. 그가 "내 눈에 고인 눈물"을 보지 말기를 바랐다. 이렇게 친절한 사람에게 그런 슬픔을 내보이는 건 쓸데없는 짓이었다. 의사인 그는 자신의 능력으로 치료나 개선이 불가능할 때도 늘 치료하거나 고통을 덜어주고 싶어했다.

"루시, 기운 내시오. 나와 어머니를 진정한 친구로 생각해주시오. 우린 당신을 잊지 않겠소."

"저도 잊지 않겠어요, 존 선생님."

이제 트렁크를 들여놓고 우리는 악수를 했다. 그는 가려고 돌아섰으나, 자신의 관대한 충동을 채울 만큼 충분한 말과 행동을 해주지 않아서인지 뭔가 미흡해했다.

"루시," 내 뒤를 따라오며 그가 말했다. "여기 있으면 아주 외로울 것 같소?"

"처음에는 그렇겠죠."

"어머니께서 곧 방문하시겠지만 그사이에 내가 할 수 있는 일이 있으면 뭐든지 말해주시오. 편지를 쓰겠소. 말도 안되는 소리라도 떠오르는 대로 뭐든 즐거운 이야기를 써 보내겠소. 그래도 괜찮겠소?"

'정말 착하고 친절하시군요!' 나는 속으로 생각했다. 그러나 웃으면서 고개를 젓고 말했다. "그런 생각은 하지 마세요. 괜히 부담 갖지 마세요. 당신이 제게 편지를 쓰시겠다고요? 그럴 시간이 안 나실 거예요."

"오! 시간이 날 거요, 아니면 시간을 내보겠소. 잘 있으시오!"

그가 떠났다. 육중한 현관문이 닫혔다. 도끼가 떨어지자 고통이 엄습했다.

생각하거나 느낄 틈을 갖지 않으려고 눈물을 마치 술인 양 삼키면서 나는 예의상 베끄 부인의 거실에 들렀다. 그녀는 완벽하게 상냥한 태도로 내 인사를 받았고, 잠깐이었지만 환영하는 내색까지 했다. 십분 후 그녀는 물러가도 좋다고 했다. 식당에서 휴게실 쪽으로 가니 학생과 선생 들이 저녁 공부를 하기 위해 모여 있었다. 나는 다시 환영을 받았는데 그것은 겉치레가 아니었다. 그들과의 재회가 끝나자 기숙사로 돌아갈 수 있었다.

"그레이엄이 정말로 편지를 쓸까?" 피곤함 때문에 침대 끝에 털썩 앉으며 나는 자문했다.

어둠침침하고 기다란 방의 어둠을 뚫고 어느새 살며시 다가온 '이성'이 침착한 어조로 속삭였다.

"아마 한번이야 쓰겠지. 워낙 친절하니 한번쯤은 쓰려고 노력할 마음은 들겠지. 하지만 계속 쓸 리는 없어. 아마 두번도 쓰지 않을걸. 그런 약속을 믿는 건 바보짓이야. 비가 내려 일시적으로 생긴 웅덩이를 사시사철 물이 솟는 영원한 샘으로 잘못 알고 믿는 건 미친 짓이지."

나는 고개를 숙인 채 한시간도 넘게 생각에 잠겨 앉아 있었다. 여전히 '이성'은 늙어서 주름진 손을 내 어깨 위에 얹고서 차갑고 새파란 입술을 귀에 갖다대며 속삭였다.

"만일 말이야," '이성'이 소곤거렸다. "만일 그가 편지를 쓴다고 치자. 그다음엔 어쩔 건데? 즐겁게 답장할 생각을 하고 있는 거야? 아, 바보야! 경고해주지! 답장은 짤막해야 해. 정신적인 즐거움도 누려선 안돼. 지성의 만족을 탐해서도 안돼. 감정을 부풀려서도 안돼. 너의 어떤 기능도 축제를 즐겨서는 안돼. 우정의 서신교환에 탐닉해서도, 다정하게 교류를 해서도 안돼⋯⋯"

"하지만 그레이엄과 얘기를 나눴을 땐 그런 잔소리를 안했잖아." 내가 항변했다.

"안했지." '이성'이 말했다. "그때는 그럴 필요가 없었으니까. 말하는 것은 네게 좋은 훈련이야. 넌 말을 잘 못하잖아. 말하는 동안엔 열등감을 버릴 수도 없고 과대망상을 가질 수도 없지. 너의 말에는 고통과 박탈과 곤궁이 배어 있어……"

"하지만," 내가 다시 끼어들었다. "육체적으로 보잘것없고 말솜씨가 형편없는 사람이 떨리는 입술보다 더 나은 전달 수단인 글을 택하는 게 잘못이란 말이야?"

'이성'은 단지 이렇게만 대답했다. "그런 생각을 간직하는 게 위험하다고! 너의 글 어디엔가 그런 생각이 스며 발랄해지는 것도 위험해!"

"하지만 느끼면서도, 절대로 표현해서는 안된다고?"

"절대로!" '이성'이 단호하게 대답했다.

나는 '이성'의 가혹한 엄격함에 신음했다. 절대로, 절대로라니. 너무 냉정한 말이었다! 이 '이성'이라는 마녀는 내가 쳐다보거나 미소를 짓거나 희망을 품지도 못하게 했다. '이성'은 내가 완전히 압도되어 겁을 먹고, 길들여지고, 산산조각날 때까지 잠시도 쉬지 않고 몰아쳐댔다. '이성'에 따르면, 나는 빵조각이나 벌려고 일하며 죽음의 고통을 기다리면서 평생 낙담한 채 살아야 할 운명이었다. '이성'이 옳을 수도 있었다. 하지만, 가끔씩 우리는 '이성'을 무시하고 '이성'의 채찍을 벗어나 '상상'에게 달려가서 빈둥대지 않는가. 밝고 부드러운, 이성의 적이자 우리의 상냥한 '구원자'이며, 신성한 '희망'인 '상상'에게 말이다. 끔찍한 복수가 되돌아오리라는 것을 알면서도 우리는 이따금 한계를 넘어서기도 하며, 또 그래야 한다. '이성'은 악마처럼 복수한다. '이성'은 늘 계모처럼 내게 독기를 품고 대했다. 내가 '이성'을 따르는 것은 애정 때문이 아니라 두려움 때문이었다. 더 다정한 '힘'에게 은밀히 충성을 맹세하지 않았더라면, 나는 '이성'의 학대, 즉 '이성'의 인색함과 냉담함과 메마른 식탁과 차가운 잠자리와 야만적이고 끊임없는 매질 때문에 이미 오래전에 죽었을 것이다. '이성'은 겨울밤 차가운 눈 위로 자주 나를 내쫓으면서 개들이 갉아먹다 버린 뼈다귀나 먹으라며 던져주었다. 자기 창고에는 내가 먹을 게 없다고 딱 잘라 말하면서, 더 나은 음식을 요구할 권리가 내겐 없다고 모질게 굴면서…… 그리고 내가 하늘을 바라보자 공전하는 별들 가운데 머리 하나가 보였다. 한가운데서 가장 밝게 빛나는 별이 유심히 날 바라보며 동정 어린 빛을 보내더니, '인간 이성'보다 더 부드럽고 아름다운 천사가 조용히 황야로 내려왔다. 그 천사는 영원한 여름에게서 빌려온 여름 공기를, 영원히 시들지 않는 꽃과 생명의 과일이 열리는 나무의 향기를, 태양이 뜨지 않아도 밝은 세계의 순수한 미풍을 몰고 왔다. 이 착한 천사는 가장 좋은 날 가장 좋은 시간에 수확의 천사들이 추수한 이슬 젖은 새하얀 수확물에서 골라 만든 신기하고 달콤한 음식물로 내 굶주림을 달래주었다. 천사는 삶 자체가 견딜 수가 없어 눈물을 흘리며 우는 나를 상냥하게 달래주고, 피로에 지친 육체를 쉬게 해주었으며, 절망으로 마비된 내게 희망과 용기를 불어넣어주었다. 신성하고 인정 많은 구원의 천사여! 신 아닌 누군가에게 무릎을 꿇는다면, 날개 달린 그대, 산에서든 평지에서든 아름다운 그대의 발밑[1]에 무릎을 꿇겠노라! 태양을 흠모하여 신전을 세우고 달에게도 제단을 바쳤지만, 오, 더 큰 영광이여! 그대를 위해서는 신전을 지은 적도 기도를 올린 적도 없지만, 사람들은 수세기에 걸쳐 그대를 숭배해왔도다. 그대의 거처는 둥근 천장에 갇히기에는 너무 높고, 벽을 두르기에는 너무 넓도다! 우주가 곧 그대 신전

---

1 이사야서 52:7. "좋은 소식을 전하며 평화를 공포하며 복된 좋은 소식을 가져오며 구원을 공포하며 시온을 향하여 이르기를 네 하나님이 통치하신다 하는 자의 산을 넘는 발이 어찌 그리 아름다운가."

의 마루이다. 빛나는 조화로운 세계에 바쳐진 의식이 지금 그 신비를 드러내도다!

완벽한 군주여! 거대한 일군의 순교자가 그대를 위해 인내할 것이며, 그중 선택된 훌륭한 자들이 그대의 일을 성취할 것이로다. 결코 의심받는 법이 없는 신성이여, 그대의 본질은 멸망을 모르도다!

이 하늘의 딸은 오늘밤에도 나를 기억해주었다. 그녀는 내가 우는 것을 보고 위로하러 와주었다. "자거라," 그녀가 말했다. "달게 자거라. 내가 네 꿈에 금칠을 해줄 것이니!"

그녀는 약속을 지켰고, 자는 동안 나를 지켜봐주었다. 그러나 새벽이 되자 '이성'이 교대를 했다. 깜짝 놀라 일어나보니 비가 창문을 때리고 가끔 성마른 울음소리를 내며 바람이 불었다. 기숙사 중앙의 검은 원통형 받침대 위의 야간등은 빛을 잃고 있었다. 벌써 날이 밝은 것이었다. 정신적 고통을 겪고 고양되는 대신 마비되는 사람은 얼마나 불쌍한가! 그날 아침 각성의 고통은 거인 같은 힘으로 날 움켜쥐고 침대 밖으로 끌어냈다. 이른 새벽의 추위 속에서 얼마나 재빨리 옷을 갈아입었던가! 이가 시릴 정도로 차가운 물병의 물을 얼마나 깊이 들이켰던가! 내게는 그 물이 강심제였다. 분노로 심란할 때면 사람들이 위스키를 마시듯이 나는 물을 마셨다.

곧 학교 전체에 '기상'[2] 종소리가 울렸다. 이미 옷을 갈아입은 나는 혼자 휴게실로 내려갔다. 난로가 켜져 있어 훈훈했다. 집 안의 다른 곳은 살을 에는 듯한 대륙의 혹한으로 추웠다. 11월 초였지만 북풍은 일찌감치 유럽 전역에 겨울의 그림자를 몰고 왔다. 처음 이곳에 왔을 때는 검은 난로가 썩 마음에 들지 않았던 게 기억난다.

--------

2 (프) réveillée.

그러나 이제는 난로를 보면 편안한 느낌이 들고 영국인이 벽난로를 좋아하듯이 이 검은 난로가 좋아지기 시작했다.

나는 이 검은 위로자 앞에 앉아 곧 인생과 기회에 대해, 운명과 그것의 명령에 대해 나 자신과 깊은 논쟁에 빠졌다. 어젯밤보다 차분해지고 강해진 내 정신은 스스로 전제적인 규칙을 만들어, 나약하게 과거의 행복한 순간을 회상하면 벌을 내리겠다고 했다. 또 믿음에 의지해 현재라는 황야를 인내심 있게 여행하고, 길잡이가 되어주면서도 우리를 통제하고 빛을 내면서도 두려움을 불러일으키는 구름기둥[3]을 주시하라고 명령했다. 또한 정신은 우상 숭배의 충동을 억누르고 저 멀리 있는 약속의 땅을 애타게 그리워하지 말라고 했다. 머나먼 약속의 땅에 흐르는 강은 죽어가는 꿈속에서나 다다를 수 있고 그곳의 달콤한 초원은 황량한 무덤 같은 느보산[4] 꼭대기에서나 볼 수 있을 테니까.

차츰 힘과 고통이 뒤섞인 감정이 철사처럼 심장을 에워싸면서 맥박이 고르게, 적어도 심하지 않게 뛰어서 하루 일을 하기에 알맞은 상태가 되었다. 나는 고개를 들었다.

아까 말한 것처럼 나는 휴게실과 홀 사이의 벽을 뚫고 넣은, 두 방 모두를 데우는 난로 곁에 앉아 있었다. 그리고 그 난로 바로 옆에는 벽을 뚫어 낸, 홀까지 들여다보이는 창문이 있었다. 눈을 들어보니 모자의 장식술과 이마와 두 눈이 그 창을 메우고 있었다. 그 두 눈의 고정된 시선과 내 눈이 마주쳤다. 그 눈은 나를 바라보고

---

3 출애굽기 13:21~22. "여호와께서 그들 앞에서 가시며 낮에는 구름기둥으로 그들의 길을 인도하시고 밤에는 불기둥을 그들에게 비추사 낮이나 밤이나 진행하게 하시니 낮에는 구름기둥, 밤에는 불기둥이 백성 앞에서 떠나지 아니하니라."
4 모세가 약속의 땅을 바라본 산.

있었다. 그때까지 나는 내 뺨에 눈물이 흐르는 것을 몰랐으나 그제야 느낄 수 있었다.

이곳은 괴상한 집이었다. 어떤 구석에 처박혀 있어도 간섭을 받았고, 눈물도 마음대로 흘릴 수가 없었고, 무슨 생각만 해도 염탐하는 자가 곁에서 보고 추측을 했다. 그런데 이 집에 살지 않는 이 새로운 남자 염탐자는 웬일로 이 시간에 이곳에 온 걸까? 이런 식으로 침범할 권리가 그에게 있단 말인가? 다른 교수들은 수업종이 울리기 전에 홀에 올 엄두도 못 내는데, 에마뉘엘 선생은 시간도 이유도 전혀 고려하지 않았다. 오늘 그가 봐야 하는 참고 서적이 1반 책꽂이에 있었고, 그는 그 책을 찾으러 가는 도중에 휴게실을 지나는 참이었다. 그는 늘 앞뿐 아니라 뒤, 아니 사방을 둘러보는 버릇을 가지고 있었다. 그런 그가 그 작은 창문을 통해 나를 본 것이었고, 이제는 휴게실 문을 열고 들어와 섰다.

"루시 양, 슬퍼하고 있구려."[5]

"선생님, 저도 슬퍼할 권리는 있어요."[6]

"마음에 병이 있고 기분도 안 좋은 것 같소."[7] 그가 계속했다. "슬퍼하고 우울해하면서도 반항적이니 말이오. 당신의 뺨에 불꽃처럼 뜨겁고 바닷물의 결정체처럼 짠 눈물이 두방울 흐르고 있소. 이렇게 말하는 동안에도 이상하게 날 바라보는구려. 당신의 모습을 보며 무슨 생각을 했는지 말해도 되겠소?"

"선생님, 전 곧 기도를 드리러 가야 할 것 같아요. 지금은 얘기할 시간이 없네요. 이만 실례하……"

---

5 (프) Mademoiselle, vous êtes triste.

6 (프) Monsieur, j'en ai bien le droit.

7 (프) Vous êtes malade de cœur et d'humeur.

"모든 실례를 용서하겠소." 그가 말을 가로막았다. "난 지금 기분이 매우 좋아서 거절, 아니 모욕을 당해도 전혀 언짢지 않소. 그대를 보니 새로 잡혀와 아직 길들여지지 않은 어린 야생동물이 최초로 들어선 침입자에게 분노와 공포가 섞인 눈길을 보내는 것 같소."

말도 안되는 소리! 학생에게 했어도 무례하고 분별없는 말을 선생에게 하다니, 도저히 받아들일 수가 없었다. 그는 내가 발끈하여 대답하길 바라고 있었다. 전에도 그가 다혈질인 사람들을 자극해 폭발시키는 걸 본 적이 있었다. 하지만 나는 그의 악의를 만족시켜주지 않기로 했다. 나는 아무 말 없이 앉아 있었다.

"그대는," 그가 말했다. "달콤한 독약은 얼른 마시면서 몸에 좋은 쓴 약은 역겹다며 물리치는 사람 같소."

"정말이지 전 쓴 약은 싫어요. 그리고 쓰다고 다 몸에 좋은 건 아니에요. 독약이건 음식이건 간에 일단 달콤한 것이 맛있잖아요. 달콤한 것 자체를 부인할 순 없죠. 매력 없는 인생을 질질 끌며 오래 사는 것보다는 즐거운 마음으로 빨리 죽는 게 나을지도 모르죠."

"하지만," 그가 말했다. "내가 마음대로 약을 먹일 수만 있다면 쓴 약을 매일 적당히 마시게 하겠소. 그 사랑스러운 독약은 약이 담긴 잔째 부숴버리겠소."

나는 고개를 홱 돌렸다. 그가 있다는 사실 자체가 무척 불쾌했고, 다른 한편으로는 질문을 회피하고 싶었다. 지금 기분으로는 자제력을 잃은 대답이 튀어나올 것 같았다.

"자," 그가 좀더 부드럽게 말했다. "사실대로 말해보시오. 친구들과 헤어진 게 슬퍼서 그렇소?"

알랑거리는 부드러운 말투는 꼬치꼬치 캐묻는 말투보다 더 견디기 힘들었다. 나는 아무 말도 하지 않았다. 그는 방에 들어와서는 내게서 약 2야드쯤 떨어진 긴 의자에 앉아, 대화를 나누기 위해 자기 딴에는 몹시 참으며 오랫동안 기다렸다. 그것은 헛된 시도였으니, 나는 이야기할 수가 없기 때문이었다. 마침내 나는 혼자 있게 해달라고 간청했다. 부탁하는 내 목소리는 떨렸고, 나는 탁자 위에 엎드려 울고 말았다. 작지만 비통한 울음이었다. 그는 한동안 더 그렇게 앉아 있었다. 문 닫히는 소리와 발소리로 그가 갔다는 것을 알 때까지 나는 아무 말도 하지 않고 고개도 들지 않았다. 울고 나니 마음이 좀 가라앉았다.

아침식사 전에 세수를 할 시간은 있었고, 나는 누구 못지않게 차분한 모습으로 식당에 나타났다고 생각한다. 그러나 바로 내 앞에 앉은 숙녀만큼 명랑해 보이지는 않았다. 그녀는 다소 작은 눈을 즐겁게 반짝이며 날 가만히 바라보다가 허심탄회하게 식탁 위로 손을 뻗어 악수를 청했다. 여행과 여흥과 사랑이 썩 잘 맞았는지 팬쇼 양은 아주 통통해졌으며, 뺨은 사과처럼 둥글둥글했다. 마지막으로 보았을 때 그녀는 우아한 이브닝드레스 차림이었지만 교복을 입은 지금의 모습 역시 못지않게 매력적이었다. 교복은 검은색과 감청색 바둑무늬의 거무스레하고 칙칙한 실내복이었는데, 그 거무스레한 옷이 그녀의 깨끗한 피부와 갓 피어난 혈색과 아름다운 금발머리와 대조를 이루어 오히려 매력을 돋보이게 했다는 생각이 든다.

"돌아와서 반가워, 티몬.[8]" 그녀가 말했다. 티몬은 그녀가 지은 내 별명 열두어개 중 하나였다. "이 음울한 곳에서 내가 널 얼마나 그리워했는지 모를 거야."

--------

8 기원전 5세기경의 아테네인으로 인간 혐오자로 유명하다.

"오, 그래? 날 보고 싶었다면 물론 내가 해줄 일이 있어서겠지. 스타킹을 수선해야 하나보구나." 나는 그녀가 요만큼이라도 사심이 없으리라고는 믿지 않았다.

"여전히 심술궂고 까다롭게 굴기는!" 그녀가 말했다. "그럴 줄 알았다니까. 날 냉대하지 않는다면 네가 아니지. 그런데 할머니, 늘 그랬듯이 삐스똘레는 별로죠, 커피는 더 마시고 싶고? 저와 바꿀래요?"

"마음대로 해."

이런 식으로 그녀는 나를 편하게 해주곤 했다. 그녀는 아침에 마시는 커피를 좋아하지 않았다. 학교에서 나오는 커피는 그녀가 좋아할 만큼 진하거나 달지 않았기 때문이다. 그녀는 건강한 다른 여학생들과 마찬가지로 갓 구워 맛있는 삐스똘레나 롤빵을 아주 좋아했다. 각자에게 정해진 양의 빵이 나왔는데, 내게는 필요 이상으로 많아서 반은 지네브라에게 주었다. 이 남는 빵을 탐내는 학생들이 많았지만 나는 늘 그녀에게 주었다. 그러면 그녀는 때때로 자기 몫의 커피를 내게 주곤 했다. 오늘 아침에는 그 커피가 반가웠다. 배는 고프지 않았지만 목이 몹시 마른 참이었다. 왜 내가 다른 여학생이 아니라 지네브라에게 빵을 주는지, 왜 가끔 두 사람이 컵을 하나만 써야 할 때, 예컨대 시골로 먼 산책을 나갔다가 농장에서 쉬어가면서 물을 마셔야 할 때면 그녀와 같은 컵을 쓰는지는 나도 몰랐다. 늘 나는 그녀와 짝이 되어 식사를 했으며 밀맥주건 달콤한 포도주건 신선한 우유건 가장 좋은 것은 그녀 차지가 되도록 내버려두었다. 하지만 그건 사실이었으며 그녀도 그것을 알고 있었다. 그러므로 우리는 티격태격하면서도 소원하게 지내지는 않았다.

아침식사 후면 나는 으레 1반 교실로 피해 갔다. 아홉시 종이 치면 문이 열리고 통학생과 두꺼만 학교에서 먹는 반ⁿ기숙학생 들이 몰려와 다섯시까지 쉬지 않고 공부하고 소란을 떨었는데, 나는 그 일과가 시작될 기미가 보일 때까지 1반 교실에 혼자 앉아서 책을 읽거나 생각에 잠겼다. (사실은 생각에 잠기는 때가 더 많았다.)

그날 아침에 막 교실에 앉았는데 문 두드리는 소리가 났다.

"실례합니다, 선생님."[9] 한 기숙학생이 얌전하게 들어오며 말했다. 그러고는 자신의 책상에서 필요한 책인지 종이인지를 꺼낸 후 발꿈치를 들고 나를 지나쳐 살금살금 물러나면서 말했다. "정말 공부를 열심히 하시네요!"[10]

공부를 열심히 한다니, 나 참! 공부할 거리를 펼쳐놓기는 했지만 나는 아무것도 하지 않고 있었다. 공부는 하지도 않았으며, 할 생각도 없었다. 이렇게 세상의 평판은 실제와는 다른 것이다. 베끄 부인은 나를 '인텔리 여성'[11]쯤으로 여겨 가끔 엄숙한 말투로 너무 열심히 공부를 해서 "피가 머리에만 몰리지 않도록" 조심하라고 당부하곤 했다. 정말로 포세뜨가의 모든 사람들은 루시 양이 박식하다는 미신을 믿었다. 에마뉘엘 선생만은 예외였지만. 그는 자기만의 특이한 방식, 나로서는 전혀 알 길이 없는 방식을 이용해 내 진짜 실력에 대해 어렴풋이, 하지만 제법 정확하게 평가하고 있었다. 그는 조용히 기회를 포착해 다른 이들의 틀린 평가에 대해 즐거워하며 악의적으로 내 귀에 대고 낄낄대곤 했다. 나는 지식이 부족한 것은 그다지 신경쓰이지 않았다. 내 나름의 방식으로 생각하는 게 좋았고, 많은 책보다는 몇권의 책을 읽는 것이 좋았다. 문체나 감정

---

9 (프) Pardon, mademoiselle.

10 (프) Que mademoiselle est appliquée!

11 (프) bas-bleu.

에 작가 개인의 성격이 뚜렷이 드러나는 작품들을 좋아했으며, 아무리 재치 있고 가치 있는 책이라도 개성이 없으면 시시하게 여겼다. 내 정신에 관한 한 신께서는 알아서 제한된 능력과 기운을 주셨고, 나로서는 주어진 재능에 감사하며 더 큰 재능에 대한 야심을 품거나 교양을 높이려고 안달하며 열성을 부리지도 않았다.

예의 바른 학생이 나가기도 전에, 무례하게 노크도 없이 두번째 침입자가 끼어들었다. 내가 장님이더라도 이 침입자가 누군지 알아맞혔을 것이다. 이때쯤에는 타고난 나의 조용한 태도가 동료들의 태도에도 영향을 끼쳐, 결국 내게 이롭고 편리한 결과를 가져왔다. 이제는 이 학교에 내게 무례하게 굴거나 간섭하는 사람이 거의 없었다. 처음 왔을 때는 무딘 독일인이 어깨를 치면서 달리기 시합을 하자고 하기도 했고, 소란스러운 라바스꾸르인이 팔을 잡고 운동장으로 끌어내기도 했다. 또 거의 한시간에 한번 꼴로 '회전그네'[12]를 타러 가자고 조르거나, 뛰면서 하는 숨바꼭질인 '하나, 둘, 셋'[13]이라는 놀이를 하자고 하는 이들이 있었다. 그러나 얼마 전부터는 나에 대한 이런 자잘한 관심들이 사라져 노골적으로 거절할 필요가 없어졌다. 이제 사람들이 친한 척할까봐 걱정할 필요가 없었다. 꼭 한 사람만 빼놓고는. 하지만 그 사람은 영국인이므로 견딜 만했다. 지네브라 팬쇼 양은 홀을 지나가는 나를 가끔씩 거리낌 없이 붙잡아서 왈츠를 추듯 강제로 빙빙 돌리고는 내가 정신적으로 육체적으로 불편해하는 것을 보고 즐거워했다. 내 "학구적인 여가시간"을 침범한 사람은 바로 지네브라 팬쇼였다. 그녀는 팔에 커다란 음악책을 끼고 있었다.

---

12 (프) Pas de Géant.
13 (프) Un, deux, trois.

"가서 연습이나 해." 나는 즉시 그녀에게 말했다. "당장 작은 음악실로 가!"

"그대와 이야기를 나누고 나서 가지, 친애하는 친구여.[14] 나는 네가 방학을 어디서 보내고 어떻게 미의 여신들에게 제물을 바치면서 다른 여자아이들처럼 인생을 즐기게 되었는지에 대해서 이미 알고 있어. 다른 사람하고 똑같이 차려입고 그날밤 음악회에 온 걸 봤단 말이야. 담당 재단사가 누구야?"

"수다쟁이 같으니. 아주 교묘하게 이야기를 시작하는데! 내 재단사라니! 말도 안되는 소리! 가, 지네브라. 정말로 너와 함께 있고 싶지 않아."

"하지만 나는 너와 함께 있고 싶은데, 뚱한 천사여,[15] 내키지 않아 해봐야 소용없다고. 오, 하느님![16] 우리는 재능 있는 동포, 교양 있는 '영국 곰'[17]를 어떻게 다루는지 알고 있답니다. 그렇다 치고 곰 아가씨, 이지도르랑 아는 사이야?"

"존 브레턴과 아는 사이지."

"오, 조용히!" (손가락으로 귀를 막으면서) "거친 영국식 말투 때문에 귀청이 떨어져나가겠어. 그런데 우리의 사랑스러운 존 선생님은 어떻게 지내? 그에 관해 이야기를 좀 해봐. 그 불쌍한 사람은 틀림없이 슬픔에 잠겨 있겠지. 그날밤 내 행동에 대해 뭐라고 했어? 내가 너무 심하진 않았어?"

"내가 널 봤다고 생각하니?"

---

**14** (프) chère amie.
**15** (프) ange farouche.
**16** (프) Dieu, merci!
**17** (프) ourse Britannique.

"아주 즐거운 저녁이었어. 오, 멋있는 아말 백작! 그리고 멀리서 또 한 남자가 부루퉁한 채 죽어가는 꼴과 미래의 내 시어머니가 될 노부인을 보고 있자니! 그런데 나와 싸라 양이 망원경으로 그 부인을 본 건 좀 무례하지 않았나 몰라."

"싸라 양은 망원경으로 보지 않았는걸. 그리고 네가 한 일에 대해서는 조금도 꺼림칙해할 필요 없어. 브레턴 부인은 네 조롱쯤은 가볍게 받아넘기는 분이니까."

"그럴 거야. 노부인들이야 워낙 강하니까. 하지만 불쌍한 그 아들! 그가 뭐라고 했는지 말해줘. 몹시 기분이 상했다는 건 알지만."

"네가 내심 이미 아말 부인이 된 것 같다고 하더라."

"그랬어?" 그녀는 기뻐하며 소리를 질렀다. "그가 눈치챘어? 너무 멋진데! 질투로 미칠 지경이었겠지!"

"지네브라, 정말 브레턴 선생과는 그만둘 거니? 그가 널 포기하길 원해?"

"오, 그가 포기 못한다는 건 너도 알잖아. 그런데 화내진 않았어?"

"미쳐 날뛰었지." 나는 그 말에 동의했다. "3월의 토끼처럼."

"그럼 도대체 어떻게 그를 집으로 데리고 갔어?"

"도대체 어떻게 데리고 갔냐고, 나 참! 가련한 그의 어머니와 내가 조금도 불쌍하지 않니? 마차에서 꼭 붙들고 있는데 그가 소리를 지르며 발작을 해서 모두 혼비백산한 장면을 상상해봐. 게다가 마부까지 길을 잘못 들었어. 그래서 우리는 길을 잃었지."

"정말로 그런 거 아니지? 날 비웃고 있군. 이봐, 루시 스노우……"

"정말 사실이야. 그리고 브레턴 선생이 마차 안에 가만있으려 하지 않은 것도 사실이야. 그는 우리 자리에서 빠져나가 마부석에서 직접 마차를 몰려고 했어."

"그래서 그다음에는?"

"그다음에 드디어 집에 도착했을 때는, 말로 다 할 수 없는 소동이 벌어졌지."

"오, 그래도 말해봐. 아주 재미있을 것 같은데!"

"네게는 재미있겠지, 팬쇼 양. 하지만,"(아주 엄숙하게)"이런 속담이 있잖니. '한 사람에게 놀이인 것이 다른 사람에게는 죽음일 수 있다.'"

"계속해봐, 착하지, 티몬."

"양심상 못하겠어, 너한테도 인정이라는 것이 있다는 걸 확실히 해줘."

"난 인정이 아주 많아. 알잖아!"

"좋아, 그렇다면 그레이엄 브레턴 선생이 우선 저녁을 안 먹고, 야식으로 차려놓은 닭고기와 송아지 내장 요리에 손도 대지 않고 식탁에 고스란히 둔 걸 상상해봐. 그러고 나서는…… 하지만 괴로운 일을 자세히 늘어놓아봐야 무슨 소용이겠니. 어린 시절에 소동을 피우고 발작을 일으키던 때도 그날밤처럼 이불을 덮어씌우느라 그의 어머니가 고생한 적이 없었다는 말만 들어도 충분하겠지."

"가만히 누워 있지 않으려고 했어?"

"가만히 누워 있지 않으려고 했어. 그래. 이불이야 덮어줄 수 있었지만, 문제는 덮은 채 가만있으려고 들지 않은 거야."

"그가 뭐라고 했어?"

"뭐라고 했냐고! 여신 같은 지네브라를 불러달라면서 그 악마 아말을 저주했어. 금발머리와 파란 눈과 하얀 팔과 번쩍이는 팔찌가 어쩌고 하면서 고래고래 고함질렀고. 상상이 가?"

"아니, 그랬어? 팔찌를 본 건가?"

"팔찌를 봤냐고? 그래, 나만큼이나 똑똑히 봤지. 그리고 아마 처음으로 네 팔을 꼭 조이던 팔찌에 붙은 상표도 봤을걸. 지네브라," (일어서서 어조를 바꾸어) "자, 이제 그만하자. 가서 연습해." 그리고 나는 문을 열었다.

"하지만 이야기가 다 끝나지 않았잖아."

"다 말할 때까지 기다리지 않는 게 나을 거야. 더이상 들어봐도 즐거운 이야기는 없을 테니까. 앞으로 가!"

"까다롭긴!" 그렇게 말하면서도 그녀는 순순히 따랐다. 사실 1반 교실은 내 영역이어서 떠나라는 경고에 합법적으로 저항할 수는 없었다.

하지만 사실 그때만큼 그녀가 마음에 든 적도 없었다. 내가 한 이야기와 현실 사이의 대조를 생각하니 즐거웠다. 존 선생이 유쾌하게 집으로 마차를 몰고 가 맛있게 저녁을 먹고 기독교인답게 차분하게 잠자리에 든 것이 떠올랐다. 그의 고통의 원인인 아름답고 나약한 존재에 내가 짜증을 느낀 것은 그가 정말로 불행해 보였을 때뿐이었다.

\* \* \*

이주일이 지났다. 나는 혹독한 학교생활에 다시 익숙해졌다. 격렬한 변화의 고통을 거쳐 습관이라는 마비 상태에 빠진 것이었다. 어느날 오후 홀을 지나 '문체와 문학' 수업을 보조하기로 되어 있는 1반 교실로 가는데, 길쭉하고 커다란 창문 옆에 문지기인 로진이 서 있는 게 보였다. 그녀는 평상시와 마찬가지로 무심한 태도였다. 그녀는 늘 "편안한 자세"로 서 있었는데, 이번에는 한손을 앞치마 주머니에 넣고 나머지 한손으로는 편지를 눈앞에 들고 냉정하게 주소를 읽어본 후 주의 깊게 봉인을 살피고 있었다.

편지! 지난 일주일 동안 내 두뇌의 핵심부를 사로잡아온, 그런 모양의 편지였다. 그 전날 밤에도 나는 편지 꿈을 꾸었다. 나는 강한 자력에 끌려 편지 쪽으로 다가갔다. 하지만 용기를 내어 한가운데에 빨간 밀랍 자국이 있는 흰 봉투를 보자고 로진에게 요구해야 했을까. 아니다. 바라던 편지가 아니면 실망할지 모르니 살짝 지나쳤어야 했다. 그 순간에도 다가오는 '실망'의 발소리를 들은 것 같아 가슴이 두근거렸다. 그러나 신경과민에서 비롯된 오해였다! 그 소리는 복도를 걷는 문학 선생의 빠른 발소리였다. 나는 그보다 먼저 가려고 뛰었다. 그가 도착하기 전에 조용히 내 자리에 앉아 학생들에게 수업 준비만 시켜놓으면 그가 날 특별히 주목하진 않을 것이다. 그러나 홀에서 얼쩡거리다 잡히는 날에는 장광설을 들을 게 분명했다. 다행히도 내겐 학생들을 완벽히 조용히 시키고 잘 훈련된 고요함 속에서 바느질감을 꺼내 일을 시작할 시간이 있었다. 잠시 후 에마뉘엘 선생이 격렬하게 빗장을 당겨 문을 벌컥 열고 들어와, 금세 화를 낼 것처럼 고개를 지나치게 깊이 숙여 인사했다.

그는 항상 천둥처럼 우리를 덮쳤다. 그러나 이번에는 문에서 교단으로 번개같이 날아가지 않고 내 책상 앞에 멈추었다. 그는 학생들과 교실을 등진 채 나와 창문 쪽으로 얼굴을 돌리고 나를 바라보았다. 벌떡 일어나 무슨 일이냐고 물어도 될 그런 눈길이었다. 그는 믿을 수 없다는 듯이 날 노려보았다.

"자! 당신에게 온 거요."[18] 그가 코트에서 손을 꺼내 내 책상 위에

---

18 (프) Voilà! pour vous.

로진이 들고 있던 그 편지, 흰 에나멜 칠이 된 얼굴에 키클롭스[19]의 애꾸눈 같은 진홍빛 눈이 박혀 있는 편지를 던졌다. 너무나 명확하고 완벽하게 내 마음속 망막에 각인된 바로 그것이었다. 나는 그것이 희망의 편지이며 소원의 결실이며 의심으로부터의 해방이자 공포에 대한 몸값임을 알고 느꼈다. 부당한 간섭을 일삼는 뽈 선생이 그 편지를 문지기에게서 빼앗아 내게 직접 전달한 것이었다.

화를 낼 수도 있었지만 그런 감정을 느낄 겨를이 없었다. 그랬다. 내가 손에 들고 있는 것은 간단한 쪽지가 아니라 적어도 편지지 한장 정도가 들어 있는 봉투였다. 봉투가 얇지 않고 단단하고 꽤 두툼해 흐뭇했다. 그리고 봉투에는 고른 필체로 깨끗하고 분명하게 "루시 스노우 양"이라고 수신인의 이름이 쓰여 있었다. 그리고 떨리지 않는 손길로 솜씨 좋게 떨어뜨려 아주 동그란 모양이 된 봉인 위에는 그의 이름 첫 글자인 "J. G. B."가 깔끔하게 찍혀 있었다. 행복한 느낌, 즉 기쁨의 감정이 따스하게 심장으로 몰려와 내 몸속 혈관 곳곳으로 생기 있게 달려가는 것이 느껴졌다. 이번 한번만큼은 희망이 실현된 것이었다. 내 손안에 쥐고 있는 것은 현실 속에 있는 견고한 기쁨의 조각이었다. 꿈이 아니고 머릿속에서 만들어낸 이미지도 아니었다. 상상력이 만들어낸 행운의 허상, 굶주리면서도 먹을 수 없는 허상도 아니었다. 얼마 전 서글프게 찬미하던 만나의 성찬도 아니었다, 만나야 처음에는 말로 표현할 수 없을 만큼 초자연적으로 달콤하고 입에 닿자마자 곧 녹지만, 결국 우리의 영혼이 증오하고 마는 천사의 이슬과 정수일 뿐이다. 즉 신에게는 치료제이나 인간에게는 독약이니, 그런 것은 다시 가져가고 우

19 그리스신화에 나오는 외눈박이 거인.

리에게는 지상에서 나는 자연의 음식을 달라고 간청하게 되는 것이다. 하지만 내가 우연히 얻은 것은 달콤한 서리나 작은 깟씨도, 과자나 달콤한 꿀도 아니었다.[20] 그것은 사냥꾼이 쫓는 야생의 맛있는 식량, 즉 숲이나 사막에서 자라 신선하고 몸에 좋고 건강을 증진시키는, 영양이 풍부하며 기운을 돋워주는 고기였다.[21] 그것은 죽어가는 늙은 아버지 이삭이 아들 에서에게 부탁하면서 잡아오면 그 대가로 자신이 죽으면서 축복을 내려주마 했던 고기였다. 그것은 신의 선물이었다. 나는 속으로 이런 선물을 주신 신께 감사했으며, 인간에게도 큰 소리로 "감사합니다, 감사합니다, 선생님!" 하고 마음을 드러냈다.

선생은 입술을 썰룩이더니 악의에 찬 눈길을 보낸 후 교단으로 걸어갔다. 뽈 선생은 장점이 없진 않았지만 결코 좋은 사람은 아니었다.

내가 그 자리에서 편지를 읽었냐고? 마치 에서의 화살을 매일이라도 쏠 수 있는 것처럼 허겁지겁 그 고기를 서둘러 먹었냐고?

나는 그 정도로 바보는 아니었다. 주소가 쓰여 있는 봉투와 선명한 세 글자가 새겨진 봉인만 해도 우선 풍요로운 선물이었다. 나는 살며시 교실을 빠져나가 낮에는 잠겨 있는 큰 기숙사의 열쇠를 구해서 내 방으로 갔다. 베끄 부인이 위층으로 올라와 엿볼까 조바심치고 떨면서, 서랍을 열고 큰 상자의 자물쇠를 연 뒤 조그만 상자를 꺼냈다. 그리고 편지를 다시 한번 훑어보며 눈요기를 한 다음

---

**20** 출애굽기 16:14, 16:31. "그 이슬이 마른 후에 광야 지면에 작고 둥글며 서리같이 가는 것이 있는지라." "이스라엘 족속이 그 이름을 만나라 하였으며 깟씨같이 희고 맛은 꿀 섞은 과자 같았더라."
**21** 창세기 27장.

경외감과 부끄러움과 기쁨이 섞인 감정으로 봉인에 입술을 갖다댄 후, 그 맛보지 않은 보물을 아주 깨끗하고 순결한 상태로 은종이에 싸서 작은 상자 속에 넣고, 큰 상자를 잠그고 서랍을 닫고 기숙사 문을 잠그고 교실로 돌아갔다. 동화는 다 사실이며 요정의 선물은 꿈이 아닌 것만 같았다. 이상하고 달콤한 광기여! 나는 그 편지를, 내 기쁨의 원천인 이 편지를 아직 읽지 않았으며 몇줄인지도 모르고 있었다.

다시 교실로 들어가보니 뽈 선생이 열병에 걸린 사람처럼 고함을 지르고 있는 것이 아닌가! 어떤 학생이 잘 들리지 않게 우물우물 대답해서 기분이 상한 것이었다. 그 학생과 다른 학생들은 울고 있었으며, 그는 얼굴이 거의 납빛이 되어 교단에서 소리를 지르고 있었다. 이상하게도, 내가 나타나자 그는 나를 공격하기 시작했다.

"당신이 이 학생들의 선생이란 말이죠? 당신이 숙녀에게 걸맞은 행동을 가르친다고 공언할 수 있소? 이 학생들에게, 말하는 것이 부끄러운 짓이라도 되는 것처럼 모국어를 목구멍 속에서 억누르고 이 사이로 잘게 썰어 짓이겨도 된다고 부추겼소? 이게 겸손이오? 난 그 정도 바보는 아니오. 이건 겸손을 가장한 사악한 사이비 감정, 악의 후손이나 조상이란 말이오. 이렇게 점잖은 체하고 거드름 피우고, 이렇게 가식적이고 역겹게 고집을 부리는 1반 학생들에게 굴복하느니, 그들을 모두 쓸어담아 숙녀인 척하는 여선생에게 맡기고 난 3반의 어린 학생들에게 ABC나 가르치겠소."

이런 말에 내가 뭐라고 대꾸할 수 있었겠는가? 정말 할 말이 없었다. 그가 내 침묵을 눈감아주기만을 바랐다. 폭풍이 다시 몰아치기 시작했다.

"내 질문에 아무 대답도 안하시겠다? 우쭐대는 책꽂이, 초록 모직 천을 간 책상, 쓰레기 같은 화분받침, 액자와 지도 같은 잡동사니와 외국인 보조 선생이 있는 이 거만한 1반 교실에서는 그렇게들 생각하는 모양인데, 세상에! 이곳에서는 문학 선생 말은 대답할 가치도 없다고 생각하는 게 멋진 것으로 여겨지는 모양이로군! 이건 틀림없이 '대영제국'[22]에서 직수입한 새로운 사상인 것 같군. 섬나라의 무례한 교만의 분위기가 나는 걸 보니 그래."

잠시 침묵이 흘렀다. 다른 선생이 야단을 칠 때는 눈물 한방울 흘리지 않던 1반 학생들이 에마뉘엘 선생의 무절제한 격노 앞에서는 모두 눈사람처럼 녹아내리고 있었다. 나는 크게 동요하지 않고 용기를 내 앉아서 바느질을 시작했다.

무언가 때문에, 아마도 나의 계속된 침묵이나 바느질하는 손놀림 때문인 듯한데, 에마뉘엘 선생은 마지막 인내심마저 잃고 말았다. 그는 정말로 교단에서 펄쩍 뛰어내리더니 내 책상 근처에 있는 난로를 내리쳤다. 쇠로 만든 작은 문이 떨어져나올 뻔했고, 연료가 사방으로 흩날렸다.

"나를 모욕하려는 거요?"[23] 그가 불꽃을 정리하는 척하며 분노에 찬 나지막한 목소리로 물었다.

가능하다면 그를 좀 달래야 했다.

"하지만 선생님,"[24] 내가 말했다. "전 절대로 선생님을 모욕하려는 게 아니에요. 전에 친구가 되자고 하셨던 말씀을 명심하고 있는 걸요."

마음과 달리 목소리가 떨렸다. 그러나 그 떨림은 지금 치밀어오

22 (프) la Grande Bretagne.
23 (프) Est-ce que vous avez l'intention de m'insulter?
24 (프) Mais, monsieur.

르는 두려움 때문이라기보다는 방금 전의 가슴 떨리는 기쁨 때문이었다는 생각이 든다. 그렇지만 뽈 선생의 분노에는 분명히 눈물을 솟게 하는 무언가가, 일종의 격정과도 같은 감정이 있었다. 나는 슬프지도 두렵지도 않았지만 울고 말았다.

"자, 자!"[25] 사방에 홍수가 난 걸 둘러보고 그가 급히 말했다. "내가 괴물에다 무법자인 게 분명하군. 내겐 손수건이 하나밖에 없소." 그가 덧붙였다. "스무장이 있으면 여러분에게 하나씩 주겠지만 대표로 선생에게 주지. 여기 있소, 루시 양."

그리고 그는 깨끗한 비단 손수건을 꺼내 내게 내밀었다. 뽈 선생을 모르는 사람, 즉 그라는 사람이나 그의 충동적인 성격을 잘 모르는 사람이라면 자연스럽게 이런 호의를 거절하는 실수를 했을 것이다. 하지만 나는 그래서는 안된다는 것을 분명히 느꼈다. 망설이는 기미만 보였어도 막 시작되려는 평화 협상에 치명적이었을 것이다. 내가 일어서는 도중에 손수건이 다가왔다. 나는 그 손수건을 공손하게 받아 눈물을 훔친 후, 다시 자리로 돌아가 그 협상의 깃발을 꼭 쥐고 무릎에 올려놓은 채 남은 수업시간 동안 바늘이나 골무나 가위나 모슬린에 손을 대지 않으려고 애썼다. 뽈 선생이 그 바느질 도구에 여러번 시기하는 눈길을 던졌기 때문이었다. 마땅히 자신에게 주의를 기울여야 하는데 바느질 때문에 주의가 산만해진다고 여겨 그는 그것들을 잡아먹을 듯이 미워했다 그는 아주 유창하게 수업을 진행해나갔으며 끝까지 무척 친절하고 우호적이었다. 수업을 마치기 전에 구름은 걷히고 해가 빛났으며, 눈물은 웃음으로 바뀌었다.

........................................
**25** (프) Allons, allons!

교실을 떠나면서 그는 다시 한번 내 책상 앞에 멈추어 섰다.

"그런데 당신 편지는?" 그가 물었다. 이번에는 그다지 사나운 어조가 아니었다.

"아직 읽지 않았어요, 선생님."

"아! 너무 좋아서 당장 읽기 아깝다는 말씀이시군. 내가 어렸을 때 아주 잘 익은 복숭아를 아꼈던 것처럼 그 편지를 아끼는 거요?"

그의 추측은 거의 정확했고, 내 뺨이 후끈 달아오르는 바람에 진실이 드러나고야 말았다.

"즐거운 순간을 갖자고 자기 자신과 약속했구려." 그가 말했다. "편지를 읽는 것 말이오. 혼자 있을 때 편지를 뜯어보겠군, 그렇지 않소?[26] 아! 웃음으로 답하고 있군. 좋소! 너무 못되게 굴어서는 안 되겠지. '젊음도 한때니까.'[27]"

"선생님, 선생님!" 나는 소리쳤다. 아니, 돌아서는 그를 따라가며 속삭였다. "오해를 하고 떠나시면 안돼요. 그건 친구의 편지일 뿐이에요. 안 읽었어도 그 점은 확실히 말씀드릴 수가 있어요."

"알고 있소, 알고 있소. 친구일 뿐이라는 게 무슨 의미인지 말이오. 잘 있으시오, 루시 양!"[28]

"하지만 선생님, 여기 손수건이요."

"편지를 다 읽을 때까지 가지고 있으시오. 그러고 나서 돌려주시오. 나중에 당신 눈을 보면 편지가 어떤 내용인지 대충 알게 되겠지."

그가 사라졌고, 학생들은 어느새 교실에서 정자로, 정원으로, 마

---

26 (프) n'est-ce pas?
27 (프) la jeunesse n'a qu'un temps.
28 (프) Je conçois, je conçois: on sait ce que c'est qu'un ami. Bonjours, mademoiselle!

당으로 쏟아져나가 저녁식사가 시작되는 다섯시까지 늘 하는 놀이를 했다. 한순간 나는 생각에 잠겨서 무심결에 손수건을 팔에 감고 배배 꼬았다. 어떤 이유에서인지, 갑자기 어린 시절의 황금빛이 돌아와 행복했으며, 예사롭지 않게 그 빛이 활발하게 되살아나 마음이 들떴다. 방과 후의 자유 때문에 즐거워진데다 무엇보다도 위층 서랍의 작은 상자 속에 있는 보물을 의식하고 기분이 좋아졌기 때문이리라. 나는 손수건을 공처럼 공중에 던지고 떨어지면 붙잡으면서 가지고 놀기 시작했다. 그 놀이는 내 손이 아니라 다른 사람의 손에 의해 중단되었다. 헐렁한 외투 소매에서 나온 손 하나가 내 어깨 너머로 뻗쳐지더니, 즉흥적으로 만든 놀잇감을 낚아챈 후 퉁명스러운 말과 함께 가져가버렸다.

"당신이 나를, 그리고 내 성의를 무시한다는 걸 잘 알겠소."[29]

정말이지 그 작은 남자는 무서운 사람이었다. 어디서든 나타나 종잡을 수 없는 행동을 하는 유령 같았다. 어떤 변덕을 부릴지 어디서 불쑥 나올지 알 수가 없었다.

---

**29** (프) Je vois bien que vous vous moquez de moi et de mes effets.

# 22장
# 편지




온 집안이 조용해졌다. 저녁식사가 끝나고 시끄러운 여가활동 시간도 지나갔다. 어둠이 깔리고 저녁 공부 시간을 맞아 휴게실에 조용히 램프가 켜졌다. 통학생들은 집으로 돌아갔고, 저녁이 되어 문 여닫는 소리와 요란한 초인종 소리도 잠잠해졌다. 베끄 부인은 어머니와 몇몇 친구들과 편안하게 식당에 앉아 있었다. 그제야 나는 조용히 부엌으로 들어가 고똥에게 특별히 반시간쯤 읽어야 할 게 있으니 양초[1]를 좀 빌려달라고 했다. 내 친구 고똥은 내 부탁을 들어주며 말했다. "물론 드리죠, 귀여운 아가씨, 드리고말고요. 필요하면 두자루라도 드릴게요."[2] 나는 양초에 불을 붙여 들고 소리 없이 기숙사 방으로 올라갔다.

유감스럽게도 기숙사 방에는 몸이 안 좋다며 침대에 누워 있는

......................................

1 (프) bougie.

2 (프) Mais certainement, chou-chou, vous en aurez deux, si vous voulez.

학생이 하나 있었다. 모슬린 나이트캡의 테두리 장식 아래 드러난 '잔뜩 피곤한 얼굴[3]의 주인공이 지네브라 팬쇼 양인 것을 알고 나는 더욱더 낙심했다. 그 순간에야 누워 있었지만, 곧 벌떡 일어나 날 붙잡고 수다를 늘어놓을 게 분명했다. 나는 전혀 방해받고 싶은 기분이 아니었다. 그녀를 보니 정말로 속눈썹이 약간 떨리고 있었다. 자는 척하고 있을 뿐, '티몬'의 행동을 몰래 감시하는지도 모른다는 경고였다. 그녀는 믿을 만한 인물이 아니었다. 나는 혼자서 평화롭게 내 소중한 편지를 읽고 싶은 마음이 간절했다.

갈 곳은 교실밖에 없었다. 나는 작은 상자 속에 있는 보물을 꺼내들고서 아래층으로 내려갔다. 불운이 이어졌다. 교실에서는 매주 하는 대로 촛불을 밝혀놓고 비질을 하며 청소에 한창이었다. 의자는 책상 위에 올려져 있고, 공기는 먼지로 뿌옇고, 마루는 축축한 커피가루(라바스꾸르의 가정부들이 찻잎 대신 사용한다)로 검게 물들어 있었다. 모든 것이 절망적인 혼란 속이었다. 당황스러웠지만 나는 꿋꿋하게 어딘가 혼자 있을 곳을 찾아내고야 말겠다는 결의에 차 교실을 나왔다.

내가 아는 열쇠 보관 장소에서 열쇠를 꺼내들었다. 쉬지 않고 3층으로 올라가 어둡고 좁은 조용한 층계참에 도착한 뒤, 벌레 먹은 문을 열고서 춥고 컴컴한 다락방으로 뛰어들어갔다. 이곳이라면 아무도 따라오지도 방해하지도 않을 것이다. 베끄 부인이라도 어쩌지 못할 것이다. 다락문을 닫고 곰팡이 슨 낡은 서랍장 위에 양초를 놓았다. 쌀쌀해서 숄을 걸쳤다. 편지를 집어들고 달콤한 초조함에 떨면서 봉인을 뜯었다.

---

3 (프) figure chiffonnée.

'길까? 짧을까?' 갑자기 불어온 부드러운 남풍에 뿌옇게 된 눈을 비비며 생각했다.

편지는 길었다.

'냉담할까? 다정할까?'

편지는 다정했다.

기대를 통제하고 억누르고 다스리고 있던 내게 그 편지는 무척 다정하게 느껴졌다. 나의 갈망과 굶주린 마음 때문에 실제보다 더 다정하게 느껴졌을지도 모른다.

내 희망은 너무 작았고 두려움은 너무 컸다. 소망이 실현되자 충만한 기쁨이 밀려왔다. 아마 일생 동안 이런 기쁨을 한번도 맛보지 못하는 사람도 많을 것이다. 스산한 다락에서 겨울바람에 흔들리는 희미한 촛불 아래서 단지 선의일 뿐 그 이상은 아닌 편지를 읽으면서 불쌍한 영어 선생은 궁전에 사는 여왕보다 더 행복했다. 당시 내게 그 선의는 신의 자비로움처럼 느껴졌다.

물론 그런 얄팍한 행복은 짧을 수밖에 없었다. 하지만 지속되는 동안은 아기자기하고 진정한 행복이었다. 그것은 거품이었지만 달콤한 거품, 진짜 감로로 만들어진 거품이었다. 존 선생은 내게 긴 편지를 썼다. 그는 내게 기꺼이 편지를 쓴 것이었다. 그것은 우리의 눈앞을 스쳤던 장면들, 함께 방문했던 장소들, 함께 나눈 대화들, 간단히 말해 평온했던 지난 몇주간의 모든 사소한 이야기들을 다정하고도 흡족한 마음으로 쓴 편지였다. 하지만 내 기쁨의 진정한 핵심은 편지 속의 쾌활하고 다정한 언어가 나뿐만 아니라 그에게도 만족스러웠으리라는 확신에 있었다. 그가 다시는 그런 만족을 바라거나 추구하지 않을지도 몰랐다. 어느 모로 보나 이런 가설은 거의 확실하게 들어맞는 것 같았다. 하지만 **정말 그랬는지**는 후에 밝혀질 일이었다. 편지를 읽는 그 순간에는 어떤 고통도 결핍도 흠도 없었다. 충만하고 순수하고 완벽한 그 순간은 내게 큰 축복이었다. 지나가던 천사가 내 곁에서 쉬면서, 내게 몸을 굽히고 내 두근거리는 가슴 위에 날개를 드리우는 느낌이었다. 상처를 치유해주는, 부드럽고 시원하고 신성하게 해주는 날개를. 존 선생님, 훗날 제게 상처를 입히셨지만 단 한번의 소중한 선행을 기억하고 있으므로 무조건 용서해드리지요!

인간의 행복을 시기하는 인간 아닌 사악한 악령은 정말 있는 걸까? 공중을 떠돌면서 인간에게 해를 끼치기 위해 독을 퍼뜨리는 그런 악령은 정말 있는 걸까? 내 곁에 있었던 그것은 도대체 무엇이었을까……?

그 넓고 외딴 다락 안에서 무언가 이상한 소리가 들렸다. 분명히 마루 위를 살금살금 걸어가는 발소리를 들은 것만 같았다. 악령의 외투가 나타난다는 어두운 구석에서 뭔가 슥 나온 것 같았다. 나는 몸을 돌렸다. 촛불은 침침했고 방은 길었다. 하지만 내가 본 것은 정말이었다! 유령이 나올 것 같은 그 방 한가운데에 온통 흑백으로만 된 유령이 서 있는 것이 보였다. 폭이 좁은 검은 통치마를 입고 머리에는 붕대를 감고 흰 베일을 쓰고 있었다.

독자가 나에게 무슨 말을 하든, 신경과민이거나 미쳤다고 하든, 그 편지를 받고 너무 흥분해서 정서불안이었다고 하든, 꿈을 꾸었다고 하든, 이것만은 맹세할 수 있다. 나는 거기, 그 방에서 그날밤 '수녀' 유령을 보았다.

나는 소리를 질렀고, 속이 메스꺼워졌다. 그 유령이 다가왔다면 아마 기절했을 테지만 그것은 물러났고, 나는 문을 향해 돌진했다. 그 많은 계단들을 어떻게 내려왔는지 모르겠다. 본능적으로 휴게실은 피해 베끄 부인의 응접실로 달려갔다. 나는 그곳으로 뛰어들어가 말했다.

"다락방⁴에 뭔가가 있어요. 거기에 있었는데 뭔가를 봤어요. 여러분 모두 가보세요!"

사실 그 방에는 네명밖에 없었지만 내 눈에는 사람으로 가득차 있는 것처럼 보여 "여러분 모두"라고 말한 것이었다. 베끄 부인과, 건강이 좋지 않아 딸의 집으로 와서 쉬고 있는 어머니 낀뜨 부인과 오빠인 빅또르 낀뜨 씨와 내가 그 방에 들어갔을 때 문을 등지고 노부인과 대화를 나누고 있던 또다른 신사, 이렇게 네명이었다.

공포에 질려 숨이 막힐 정도였으므로 나는 죽은 사람처럼 창백했을 게 분명했다. 춥고 온몸이 떨렸다. 그들은 모두 대경실색하여 일어서서 나를 에워쌌다. 나는 그들에게 다락으로 가보라고 다그쳤다. 신사들을 보니 안심이 되고 용기가 났다. 가까이에 신사들이 있으면 도움을 받을 수 있을 것 같았다. 나는 문 쪽으로 돌아서서 따라오라고 손짓을 했다. 그들은 가만히 있어보라고 했지만 나는 가봐야 한다고 말했다. 내가 보았던 것, 다락 한가운데 서 있는 이상한 그 무언가를 그들도 분명히 봐야 한다고 말했다. 그리고 그제야 서랍장 위의 양초와 함께 두고 온 편지가 생각났다. 그 소중한 편지! 그 편지를 위해서라면 사람이건 유령이건 상관없었다. 나는 날듯이 계단을 올라갔다. 사람들이 따라오고 있어서 더욱더 서둘러야 했다.

이런! 내가 다락문에 도착했을 때 그 안은 굴속처럼 깜깜했다. 촛불은 꺼져 있었다. 그들이 올라왔을 때, 다행히 누군가가——아마

---

4 (프) grenier.

늘 침착한 베끄 부인일 것이다──방에서 나올 때 램프를 가져왔으므로, 곧 램프 불빛이 깜깜한 어둠을 꿰뚫었다. 서랍장 위의 양초는 꺼져 있었다. 그런데 편지는 어디에 있는 거지? 이제 나는 수녀 유령이 아니라 그 편지를 찾기 시작했다.

"내 편지! 내 편지!" 나는 정신이 나가다시피 해서 헐떡이며 흐느꼈다. 마루 위를 기면서 손을 마구 휘저었다. 운명이여, 잔인하고도 잔인하도다! 제대로 그 효험을 맛보기도 전에 불가사의한 방식으로 내 작은 위안거리를 낚아채가다니!

다른 사람들이 뭘 하고 있었는지는 모르겠다. 그들을 볼 틈이 없었다. 그들이 이것저것 물었으나 나는 아무 대답도 할 수 없었다. 그들은 구석구석 모조리 뒤지면서 외투들이 흩어져 있다는 둥, 천창에 틈인지 금인지 있다는 둥 이런저런 말을 했으나 귀에 들어오지 않았다. "사람인지 뭔지 여기에 있긴 있었군." 잘난 척하며 이런 말을 하는 사람도 있었다.

"오, 내 편지를 가져갔어요!" 엎드려 바닥을 더듬고 있던 편집광이 소리쳤다.

"무슨 편지 말이오, 루시? 자, 친애하는 아가씨, 무슨 편지요?" 친숙한 목소리가 내 귀에 대고 물었다. 내 귀가 잘못된 건가? 그렇겠지. 나는 고개를 들었다. 내 눈이 잘못된 건가? 내가 목소리를 제대로 알아들은 건가? 바로 그 편지를 쓴 바로 그 사람의 얼굴이 보였던 게 맞나? 이 침침한 다락 안, 내 곁에 있는 사람이 존 그레이엄, 그러니까 브레턴 선생이란 말인가?

그랬다. 그날 저녁 긴뜨 부인이 갑자기 아파서 브레턴 선생이 왕진을 와 있었던 것이다. 내가 응접실에 들어갔을 때 있던 다른 신사 한명이 바로 그였다.

"내 편지 말이오, 루시?"

"당신, 바로 당신이 내게 쓴 편지 말이에요. 그 편지를 조용히 읽기 위해 이리로 왔었어요. 혼자서 그 편지를 읽을 만한 장소를 찾을 수가 없었거든요. 하루 종일 그 편지를 아껴두고 저녁까지 뜯어보지도 않았어요. 제대로 훑어보지도 않았는데 잃어버리다니 견딜수가 없어요. 오, 내 편지!"

"쉿! 소리치지 마시오. 너무 심하게 자책하지도 말고. 그게 뭐 그리 중요하오? 쉿! 이 추운 방에서 나갑시다! 더 조사하기 위해 사람들이 경찰을 부를 거요. 여기에 있을 필요가 없소. 자, 아래층으로 내려갑시다."

따스한 손 하나가 차가운 내 손을 감싸고 난로가 있는 방으로 이끌었다. 존 선생과 나는 난로 앞에 앉았다. 그는 내게 말을 걸며 위로했다. 그는 말로 다할 수 없이 다정했고, 잃어버린 편지 대신 내게 스무통이라도 더 써주마고 약속했다. 잘 낫지 않는 깊은 상처를 남기는 칼날 같은 말과 악행도 있고, 독이 묻은 톱니 칼날로 베는 것과 같은 해악과 모욕도 있다면, 너무 듣기 좋아서 분별 있는 사람조차 영원히 간직하고 싶어하는 위안의 말도 존재한다. 내게 위안이 되어주었던 친절한 어조, 일생 동안 뇌리에 맴돌았던 사랑스러운 목소리, 그것은 바래지 않는 상냥함으로 기억되었으며, '죽음'을 예견하는 검은 구름마저 꿰뚫는 흐려지지 않는 빛으로 부름에 답했다. 브레턴 선생이 내가 생각한 만큼 완벽하지 않고, 그의 실제 성격이 내가 믿듯 깊지도 고매하지도 넓지도 않으며, 인내심이 있지 않다고들 했다. 모르겠다. 당시 그는 내게 목마른 여행자에게 샘이 그렇듯, 추위에 떠는 죄수에게 태양이 그렇듯 좋은 사람이었다. 나는 그를 영웅 같은 사람이라고 기억한다. 그리고 지금 이 순간에도 그를 영웅적인 사람으로 그릴 생각이다.

그는 웃으며 왜 자기 편지를 그렇게 소중히 여기느냐고 물었다. 나는 내 혈관 속의 피처럼 소중하다고 생각했지만 그 말을 입 밖으로 내지는 않았다. 달리 소중히 할 편지가 별로 없어서라고만 대답했다.

"그 편지를 읽지 않은 게 분명하군요." 그가 말했다. "읽었다면 아무렇지도 않게 생각할 텐데!"

"읽긴 했어요. 하지만 한번밖에 못 읽어서 다시 읽고 싶어요. 없어져서 속상해요." 그러자 다시 새삼스럽게 흐르는 눈물을 주체할 수가 없었다.

"루시, 루시, 루시, 내 불쌍한 대代누이여(그런 관계가 있다면 말이오), 여기, 여기 당신 편지가 있소. 이 편지가 그런 눈물과 이런 과분한 신뢰만큼의 가치가 있소?"

이상하고도 그가 할 법한 행동이었다! 그는 다락방 마루에서 내가 찾던 편지를 재빨리 보고는 또 그만큼 재빨리 낚아채서 외투 주머니 속에 감추었던 것이다. 내가 좀 덜 고통스러워하고 덜 절실했다면 그가 주웠다는 사실을 인정하고 돌려주었을까는 의문이다. 내가 흘린 눈물이 1도라도 더 낮았다면 그는 재미있어하는 것으로 끝냈을 것이다.

그의 장난 때문에 겪은 고통에 대해 의당 비난을 해야 하는데도, 나는 편지를 다시 찾은 게 너무 기뻐 비난하는 것을 잊었다. 기쁨이 커서 그것을 감출 수가 없었다. 그러나 말보다는 표정으로 나타나는 기쁨이었으리라. 말은 거의 하지 않았으니까.

"이제 만족스럽소?" 존 선생이 물었다.

나는 그렇다고, 만족스럽고 행복하다고 대답했다.

"자, 그러면," 그가 계속했다. "몸은 괜찮소? 좀 진정되는 중이오? 그다지 진정된 것 같지 않군요. 아직도 나뭇잎처럼 떨고 있으니 말이오."

그러나 나는 충분히 진정된 것 같았다. 적어도 더이상 겁이 나지는 않았다. 나는 진정이 되었다고 말했다.

"그러면 당신이 본 것을 이야기해줄 수 있겠소? 당신 설명이 아주 애매했다는 건 아시오? 뭔지는 밝히지 않고서 백지장처럼 하얗게 되어 '무언가'에 대해서만 말했소. 그게 사람이었소? 동물이었소? 무엇이었소?"

"무엇을 봤는지 정확하게 말하지 않을 거예요. 다른 사람도 그걸 보았다면 확실한 증언을 해주겠지만, 지금 말하면 사람들은 절 믿지 않거나 꿈을 꾸고 헛소리한다고 할 거예요."

"나한테 말해봐요." 브레턴 선생이 말했다. "전문가로서 듣겠소. 지금 나는 당신을 전문가적 관점에서 관찰하고 있소. 번뜩이며 불안해하는 비정상적인 눈에서, 창백한 뺨에서, 가만히 있지 못하는 손에서 당신이 숨기려는 모든 것을 읽고 있어요. 자, 루시, 어서 내게 말하시오."

"비웃으실 거죠……?"

"이야기해주지 않으면 더이상 편지를 쓰지 않겠소."

"지금 비웃고 계시잖아요."

"그 편지도 다시 뺏겠소. 내가 쓴 편지니 다시 달라고 할 권리도 있다고 생각하오."

그의 말에서 장난기가 느껴져서 나는 심각해지고 조용해졌다. 하지만 그 편지는 접어서 감추어버렸다.

"당신이 감출 수는 있겠지만 내가 원하면 언제든지 다시 가져갈 수 있소. 잘 모르나본데, 나는 손재주가 아주 좋아요. 마음만 먹으면 마술사처럼 할 수도 있소. 어머니께선 내가 말만 잘하는 게 아니고 눈썰미도 있다고 하셨소. 하지만 당신은 본 적이 없을 거요. 본 적 있소, 루시?"

"그럼요, 그럼요. 당신이 소년이었을 때 그 두 재주를 모두 보았죠. 지금보다 재주가 더 좋았어요. 이제는 힘이 세니까 힘 때문에 섬세함은 사라졌을 거예요. 하지만 아직도 존 선생님께서는 이 나라 사람들이 소위 '기민한 눈길'[5]이라고 하는 것을 지니고 있고, 그건 누구나 다 아는 사실이죠. 베끄 부인도 알고 있고, 그리고 또……"

"그리고 좋아하죠." 그가 웃으며 말했다. "그녀도 그런 면이 있으니까. 하지만 루시, 내게 그 편지를 주시오. 당신이 사실은 그 편질 좋아하지 않는 것 같으니 말이오."

나를 자극하는 이 말에 나는 대꾸하지 않았다. 그레이엄의 유쾌한 기분을 너무 돋워주어서는 안되었다. 그의 입가에는 이제 막 새로운 종류의 미소가 번지고 있었다. 아주 달콤하지만 다소 나를 슬프게 하는 미소였다. 그의 눈에는 새로운 다른 종류의 빛이 번쩍였다. 적대적이지는 않지만 그렇다고 안심할 만한 눈빛도 아니었다. 나는 가려고 일어나 그에게 약간 슬프게 인사를 했다.

그는 예민한 사람이었다. 말로 표현하지 않은 나의 불평, 마음속에서도 채 정리되지 않은 불평을 그다운 통찰력과 눈치로 감지했다. 그는 혹시 기분이 상했느냐고 조용히 물었다. 나는 그렇지 않다는 뜻으로 고개를 저었다.

---

5 (프) un air fin.

"그러면 당신이 가기 전에 심각한 얘길 좀 하겠소. 당신은 아주 신경이 날카로운 상태요. 당신 자신이 아무리 자제를 해도 표정이나 태도에 다 드러난다오. 오늘 저녁 당신은 그 음울하고 허물어진 무덤 같은 다락, 습기 차고 곰팡내가 나고 폐결핵균과 감기균이 우글대는 함석지붕 아래의 감옥에, 들어가서는 안되는 곳에 들어간 거요. 그리고 거기에 혼자 있는 동안 상상력에 기괴한 인상을 남길 어떤 모습을 보았거나 보았다고 생각하고 있소. 예전이나 지금이나 당신은 도둑 같은 물리적 공포에 휘둘릴 사람이 아니라는 걸 잘 알고 있소. 하지만 앞으로도 유령 같은 것이 찾아와 당신 마음을 뒤흔들지 않으리라고는 확신할 수 없소. 침착하시오. 이건 모두 신경의 문제요. 그래도 본 걸 구체적으로 묘사해보시오."

"아무에게도 말씀하지 않을 거죠?"

"아무에게도, 절대로 아무에게도 말하지 않겠소. 썰라스 신부만큼이나 절대적으로 날 믿어도 되오. 정말이오. 의사는 아마 신부보다도 안전한 고해 상대일 거요, 머리가 하얗게 세진 않았지만."

"웃지 않으실 거죠?"

"아마 웃을 수도 있겠지만 당신을 위해 비웃지는 않겠소. 루시, 당신의 소심한 성격으로는 잘 안 믿겠지만 난 당신을 친구로 느끼고 있소."

이제 그는 친구처럼 보였다. 말로 표현할 수 없는 그 미소와 눈빛은 사라지고, 입술과 콧구멍과 눈썹의 굴곡은 완만해졌다. 그가 진지하고 차분해진 것이었다. 털어놓으라는 권유에 넘어가 나는 본 것을 그대로 이야기했다. 그전에도 그에게 이 집의 전설에 대해 말한 적이 있었다. 그와 함께 마차를 타고 에땅 숲을 지나가던 어느 온화한 10월 저녁에 한시간쯤 그 이야기를 했다.

그는 앉아서 생각에 잠겼고, 그가 생각하는 동안 모두 아래층으로 내려오는 소리가 들렸다.

"그들이 끼어들 것 같소?" 그는 성가시다는 표정으로 문을 바라보았다.

"이리로는 안 올 거예요." 내가 대답했다. 베끄 부인은 우리가 앉아 있는 작은 방에는 저녁에 오는 법이 없었다. 그 방에 아직 난롯불의 온기가 남아 있었던 것은 단지 우연이었다. 그들은 문을 지나쳐 식당으로 갔다.

"자," 그가 계속 말했다. "그들은 도둑이니 강도니 하고 말할 거요. 그냥 내버려둡시다. 아무 말도 마시오. 당신이 본 유령에 대해 절대로 누구에게도 말하지 않겠다는 결심을 지키시오. 유령은 다시 나타날지도 몰라요. 그래도 놀라지 마시오."

"그렇다면 당신은," 나는 속으로 공포에 떨면서 말했다. "유령이 단지 내 머릿속에서 나온 거고, 지금은 돌아갔으니 예기치 않은 날 예기치 않은 시간에 다시 나오리라고 생각하시는 거예요?"

"환각이라는 생각이오. 아마, 오랫동안 시달린 정신적 갈등에서 비롯된 결과가 아닌가 싶소."

"오, 존 선생님, 제가 그런 환상에 시달린다고 생각하니 온몸이 떨려요! 너무나도 진짜 유령 같았거든요. 치료법은 없나요? 예방책은 없나요?"

"행복이 치료법이고 명랑한 마음이 예방책이오. 둘 다 계발하시오."

행복을 계발하라는 말을 듣는 것은 이 세상의 어떤 조롱보다도 더 공허했다. 그런 충고가 무슨 의미가 있는가? 행복은 옥토에 심은 뒤 거름을 주어 가꾸는 감자가 아니다. 행복은 천상에서 멀리 떨어져 있는 우리에게 내리는 영광의 빛이며, 여름 아침 천국의 시들지 않는 꽃과 황금 열매에 맺혀 있다가 우리 영혼 위로 떨어지는 신성한 이슬이다.

"행복을 계발하라고요!" 내가 의사에게 짤막하게 말했다. "그러는 당신은 행복을 계발하세요? 어떻게 하시는데요?"

"나는 원래 명랑한 사람이오. 그리고 불운이 날 괴롭힌 적이 없었소. 역경이 한번 나와 어머니께 인상을 찌푸리고 지나간 적은 있었소. 하지만 우리가 무시해버리자, 아니 오히려 비웃어주자 지나가버렸소."

"그렇지만 행복을 계발하는 거랑은 다르잖아요."

"난 우울에 굴복하진 않았소."

"우울한 당신 모습을 본 적도 있는데요."

"아, 지네브라 팬쇼 양 때문에 말이오?"

"그녀 때문에 불행해한 적도 가끔 있었잖아요?"

"피! 그런 말 마시오! 말도 안되오! 이젠 다 나아졌소."

웃음을 머금은, 생기에 차 반짝이는 눈동자와 건강하고 활기가 넘치는 밝은 얼굴이 그 증거라면 그는 분명히 나아져 있었다.

"어딘가 잘못되었거나 아픈 것처럼 보이지는 않는군요." 나는 인정했다.

"그러면 루시, 당신은 왜 나처럼 보고 느낄 수 없는 거요? 나처럼 활기차고 용감할 수 없소? 기독교 왕국의 수녀와 난봉꾼을 모조리 무시할 만큼 말이오. 당신이 손가락을 튕기는 걸 볼 수만 있다면 지금 당장 황금이라도 주겠소. 한번 해보시오."

"제가 바로 지금 팬쇼 양을 선생님 앞에 데려온다면요?"

"루시, 맹세코 그녀를 봐도 꿈쩍 안할 수 있소. 아니면 그녀가 진실한, 그렇소, 열정적인 사랑을 보인다면, 그때는 날 움직일 수 있겠지. 그 정도의 대가는 치러야 용서하겠소."

"설마요! 얼마 전만 해도 그녀의 미소가 선생님께 최고의 기쁨이었잖아요."

"이젠 아니오, 루시. 달라졌소! 한때 당신은 나더러 노예라고 했소. 하지만 이제 난 자유인이오!"

그는 일어섰다. 그의 머리와 몸의 자세나 움직임, 빛나는 눈동자나 표정에는 편안함 이상의 자유, 과거의 집착을 경멸하는 분위기가 드러났다.

"팬쇼 양은," 그가 계속 말했다. "어떤 감정의 단계로 날 이끌어주었지만 이젠 끝났소. 이제 나는 다른 상태에 이르렀소. 사랑에는 사랑으로, 열정에는 열정으로, 꼭 그만큼만 주기로 했소."

"아, 선생님! 선생님! 난관이 있는 '사랑'을 추구하는 성격이라고, 콧대 높은 냉담함에 매력을 느낀다고 하셨잖아요!"

그가 웃으며 대답했다. "난 변덕스럽소. 한순간 느꼈던 기분을 다음에는 비웃기도 하지. 자, 루시," (장갑을 끼면서) "오늘밤에 다시 그 수녀 유령이 나타날 것 같소?"

"그럴 것 같진 않아요."

"다시 온다면 수녀 유령에게 나, 존 선생의 안부를 전하고 그녀에게 나의 방문을 허락해주십사 하고 간청하시오, 루시, 아름다운 수녀였소? 얼굴이 예뻤소? 그 점에 대해서는 아직 아무 말도 안했소. 그게 정말 중요한데 말이오."

"얼굴 전체를 흰 천으로 가리고 있었어요." 내가 말했다. "하지만 눈은 반짝였어요."

"빌어먹을 유령 같으니!" 그가 불경하게 소리를 질렀다. "하지만 적어도 눈은 아름다웠군. 밝고 부드러운 눈이라."

"차갑게 응시하는 눈이었어요." 내가 대답했다.

"아니오, 아니오. 이제 다시는 나타나지도 당신을 괴롭히지도 않을 거요, 루시. 그녀가 다시 나타나거든 이렇게 악수를 하시오. 그래도 그녀가 그걸 버틸 수 있을 것 같소?"

유령이 버티기에는 너무나 친절하고 상냥한 악수라는 생각이 들었다. "잘 자시오"라는 인사와 함께 그가 지은 미소 역시 그러했다.

\* \* \*

그렇다면 다락에 무엇이 있었던가? 사람들은 뭘 찾아냈을까? 샅샅이 조사했지만 별로 발견한 게 없었다. 그들은 처음에는 외투가 흩어져 있다고 말했으나, 나중에 베끄 부인이 한 말에 의하면 외투는 보통 때와 다름없이 걸려 있었고, 천장의 깨진 유리에 대해서는 그 방에는 항상 깨지거나 금이 간 유리창이 서너개 이상 있었다. 게다가 며칠 전에는 우박이 내리고 폭풍이 몹시 불었던 터였다. 부인은 내가 본 것에 대해 꼬치꼬치 캐물었으나 나는 단지 검은 옷을 입은 모습을 희미하게만 보았다고 말했다. "수녀"라는 말을 했다가는 당장 남녀 간의 사랑을 떠올리거나 비현실적이라고 생각할 게 뻔해 그 말은 하지 않으려고 애썼다. 그녀는 하인이나 학생이나 선생 들에게 그 문제에 대해서 함구해야 한다고 했다. 그러고는 내가 학교 휴게실로 가지 않고 응접실에 있던 자기에게 달려와 그 오싹한 이야기를 한 것은 분별 있는 행동이었다고 칭찬했다. 그렇게 그 일은 끝났다. 홀로 슬퍼진 나는 그 이상한 형체가 이

세상의 것인지 무덤 너머의 영역에서 온 것인지, 단지 병의 산물이
며 나는 그 병의 희생양인지 곰곰이 생각에 잠겼다.

(2권으로 이어집니다)

## 고전의 새로운 기준, 창비세계문학

　오늘날 우리는 인간의 존엄과 개성이 매몰되어가는 시대를 살고 있다. 물질만능과 승자독식을 강요하는 자본주의가 전지구적으로 확산되면서 현대사회는 더 황폐해지고 삶의 질은 크게 훼손되었다. 경제성장만이 최고의 선으로 인정되고 상업주의에 물든 문화소비가 삶을 지배할수록 문학은 점점 더 변방으로 밀려나고 있다. 삶의 본질을 성찰하는 문학의 자리가 위축되는 세계에서는 가진 자와 못 가진 자 할 것 없이 모두가 불행할 수밖에 없다.

　이 시대야말로 인간답게 산다는 것의 의미가 무엇인지 근본적인 화두를 다시 던지고 사유의 모험을 떠나야 할 때다. 우리는 그 여정에 반드시 필요한 벗과 스승이 다름 아닌 세계문학의 고전이라는 점을 강조한다. 고전에는 다양한 전통과 문화를 쌓아올린 공동체의 경험이 녹아들어 있고, 세계와 존재에 대한 탁월한 개인들의 치열한 탐색이 기록되어 있으며, 새로운 세상을 꿈꾸는 아름다운 도전과 눈물이 아로새겨 있기 때문이다. 이 무궁무진한 상상력의 보고이자 살아 있는 문화유산을 되새길 때만 개인의 일상에서 참다운 인간적 가치를 실현하고 근대적 삶의 의미와 한계를 성찰하는 지혜를 얻을 수 있을 것이다.

'창비세계문학'은 이러한 문제의식에서 출발한다. 세계문학의 참의미를 되새겨 '지금 여기'의 관점으로 우리의 정전을 재구성해야 할 필요성이 그 어느 때보다 절실하다. '정전'이란 본디 고정된 목록으로 존재하는 것이 아니라 그때그때 주어진 처소에서 새롭게 재구성됨으로써 생명을 이어가는 것이다. 우리는 먼저 전세계 문학들의 다양성과 차이를 존중하면서 국가와 민족, 언어의 경계를 넘어 보편적 가치에 기여할 수 있는 가능성에 주목하고자 한다. 근대를 깊이 성찰한 서양문학뿐 아니라 아시아와 라틴아메리카, 중동과 아프리카 등 비서구권 문학의 성취를 발굴하고 재평가하는 것 역시 세계문학의 지형도를 다시 그리려는 창비의 필수적인 작업이 될 것이다.

여러 전집들이 나와 있는 세계문학 시장에서 '창비세계문학'은 세계문학 독서의 새로운 기준이 되고자 한다. 참신하고 폭넓으면서도 엄정한 기획, 원작의 의도와 문체를 살려내는 적확하고 충실한 번역, 그리고 완성도 높은 책의 품질이 그 기초이다. 독서시장을 왜곡하는 값싼 유행과 상업주의에 맞서 문학정신을 굳건히 세우며, 안팎의 조언과 비판에 귀 기울이고 독자들과 꾸준히 소통하면

서 진정 이 시대가 요구하는 세계문학이 무엇인지 되묻고 갱신해
나갈 것이다.

1966년 계간 『창작과비평』을 창간한 이래 한국문학을 풍성하게
하고 민족문학과 세계문학 담론을 주도해온 창비가 오직 좋은 책
으로 독자와 함께해왔듯, '창비세계문학' 역시 그러한 항심을 지켜
나갈 것이다. '창비세계문학'이 다른 시공간에서 우리와 닮은 삶
을 만나게 해주고, 가보지 못한 길을 걷게 하며, 그 길 끝에서 새로
운 길을 열어주기를 소망한다. 또한 무한경쟁에 내몰린 젊은이와
청소년들에게 삶의 소중함과 기쁨을 일깨워주기를 바란다. 목록을
쌓아갈수록 '창비세계문학'이 독자들의 사랑으로 무르익고 그 감
동이 세대를 넘나들며 이어진다면 더없는 보람이겠다.

2012년 가을
창비세계문학 기획위원회
김현균 서은혜 석영중 이욱연 임홍배 정혜용 한기욱

창비세계문학 81

# 빌레뜨 1

초판 1쇄 발행/2020년 6월 5일

지은이/샬럿 브론테
옮긴이/조애리
펴낸이/강일우
책임편집/양재화 김지연
조판/전은옥
펴낸곳/(주)창비
등록/1986년 8월 5일 제85호
주소/10881 경기도 파주시 회동길 184
전화/031-955-3333
팩시밀리/영업 031-955-3399 편집 031-955-3400
홈페이지/www.changbi.com
전자우편/lit@changbi.com

한국어판 ⓒ (주)창비 2020
ISBN 978-89-364-6480-6 03840